死のさだめ

ケイト・チャールズ

夜の大聖堂に駆けつけた救急隊員と警官たち。教会内の対立はついに一人の男の命を奪ったのだ。災いの始まりは，数カ月前にさかのぼる。新しくやってきた首席司祭は，ロンドンの権力者たちばかりに媚を売り，地元の人々を露骨に軽んじた。そればかりか，彼が提出した改革案は，どれも教会が大切にしてきた伝統や信者との絆を踏みにじるものばかりだった。古参の司祭らは怒りを隠せず，団結して抵抗を試みる。だが，悪戯な運命は，いつしか悲劇へと向かって走り始めていたのだった。交錯する様々な人々の思いが丹念に描かれていく，シリーズ第三弾。

登場人物

ルーシー・キングズリー……………画家
デイヴィッド・ミドルトンブラウン……事務弁護士
ジョン・キングズリー……………聖堂参事。ルーシーの父
アーサー・ブリジズフレンチ…………副首席司祭
ロウィナ・ハント……………………〈大聖堂友の会〉代表
ジェレミー・バートレット……………建築家
イヴリン・マーズデン…………………老嬢
ルパート・グリーンウッド……………聖堂参事。音楽監督
ジュディス・グリーンウッド…………ルパートの妻
フィリップ・セットフォード…………聖堂参事。教区宣教師
クレア・フェアブラザー………………フィリップの妻
ジョージ・ウィロビー…………………主教

パット・ウィロビー……ジョージの妻
スチュワート・ラティマー……首席司祭
アン・ラティマー……スチュワートの妻
アイヴァ・ジョーンズ……オルガン奏者
カスティ・ハント……ロウィナの娘
トッド・ランドール……神学生
オリヴィア・アシュレイ……主教秘書
マイク・ドルーイット……警部
ヴァル・ドルーイット……マイクの妻
ヴィクター&バート……ギフトショップ経営者
ドロシー・アンワース……食堂経営者
リズ・クラブツリー……
バリー・クラブツリー……　鳴鐘者
ニール・ベドウズ……

死のさだめ

ケイト・チャールズ
中村有希訳

創元推理文庫

APPOINTED TO DIE

by

Kate Charles

両親に

死のさだめ

プロローグ

拠り所がこわされたら正しい者に何ができようか。

詩篇第十一篇三

十一月某夜……

けたたましいサイレンが、大聖堂境内を包む夜の静謐《せいひつ》を切り裂いた。少し前にベッドにはいったものの、悶々として眠れずにいたジョン・キングズリー聖堂参事は、はね起きてすぐ窓辺に寄った。脈打つようなパトカーの青い灯が、大聖堂の灰色の石壁に不気味に反射している。それは耳障りにむせび泣く救急車のサイレン同様、この場所にはあまりにも似つかわしくない闖入者《ちんにゅうしゃ》だった。

では、やはり避けられなかったのか。二、三軒離れた境内の角で悲劇が展開する間、ジョン・キングズリーは嘆息した。シェークスピア悲劇の最終場と同じことになってしまった——ただし、眼の前のそれは最終場ではない。最終のひとつ手前の場だ。シェークスピアの世界と違い、現し世《うつしよ》では正義の裁きがなされねばならず、罪人《つみびと》は審判を受けねばならない。

しかし、罪は誰にあるのだろう？　ジョン・キングズリーは痛ましい思いで自問した。もちろん、罪は全員にあるに違いない。境内に住んでさえいれば、当然守られているはずだと――第二のエデンにでもいるつもりで、ここは外界の邪悪から隔離されているはずだと勝手に信じてきた、われわれ全員に。けれども気づくべきだったのだ。聖なる場所の下《もと》に暮らすことなど、世俗の罪から免れうる何の保証にもならないことに。野心の罪、高慢の罪、そして……殺人の罪。

冷たく青い光が閃き、グロテスクに歪んだ巨大な影を大聖堂東端の壁に映し出すと、何が起きたのかは、もう明白だった。この夜、司祭館にふたりの男がいたことを、キングズリー聖堂参事は知っていた――そして、ふたりが互いに相手を憎み、恐れる理由を持っていたことも――今、そのひとりが、忙しく動き回る救急隊員によって、担架で運び出されてきた。もうひとりもすぐに出てくるだろう。警官に両脇からはさまれて。

なぜ、こんなことに？　なぜ、この小さな世界が壊れることに？　ふたりの男が、ひとりは生者、ひとりは瀕死の者として、司祭館を後にしたこの夜――ジョン・キングズリーは、はっきりと悟った。これから先、たとえ何が起きようと、この小さな世界がもとに戻ることは二度とない、と。

しかし、ことの始まりは数ヵ月前にさかのぼる。それは七月のことだった……

第一幕

1

私の敵の前で、あなたは私のために食事をととのえ、
私の頭に油をそそいでくださいます。
私の杯は、あふれています。

詩篇第二十三篇五

晩餐会の客は誰も、テーブルに空席があることに触れなかった。無論、誰もが気にしていた。ルーシー・キングズリーは、テーブルの周囲から空の席にちらちらと向けられる視線に、痛いほどそれを感じていた。女主人はただ、ブリジズフレンチ聖堂参事は気分がすぐれないので、予定通りに出席することができなくなった、とだけ告げた。
ルーシーは驚いていた。昼間、一緒だった時には、ブリジズフレンチ聖堂参事は気分が悪いようには見受けられなかった。それでも、聖堂参事の欠席は、ルーシーにとってほとんどの出

席者と同様、好奇心をそそられ、軽く訝る程度の出来事だったが、女主人にとっては、純然たる災厄だったのだ。

ロウィナ・ハントはテーブルの上座の空席を自棄《やけ》になって見つめた。すっかりおじゃんだわ。苦々しくそう思ったのは、ブリジズフレンチ聖堂参事が現職の副首席司祭、つまり聖堂参事会の幹部であり、ひいてはここマルベリー主教座聖堂参事会を監督することになる次期首席司祭の有力候補でもあり、その彼を晩餐会の主賓に据える心積もりであったから——ではない。聖堂参事会の全員を贅沢にもてなし、彼女の料理の腕が一流であると巧妙に宣伝する計画に穴があき、準備に準備を重ねた遠謀深慮の第一歩で蹴つまずいたから——でもない。そう、いちばん問題なのは、人数があわなくなったことだ。テーブルの男がひとり少ないことが、すべてをぶちこわしにしていた。非礼にも、副首席は晩餐の直前ぎりぎりになって、ようやく電話をかけてきた。おかげで土壇場で代理をたてることはおろか、余分な食器や椅子を片付けることすらできなかった。

いや、本当に問題なのは、もちろん、あのキングズリーという女だった。何週間も前にこの晩餐会を計画した時には、男性がひとり多くなりそうで、それなら理想的とは言えないにしろ、悪くはなかった。ところが、ほんの数日前に、キングズリー聖堂参事が申しわけなさそうに、晩餐会を欠席したいと電話をかけてきたのだ。週末に娘のルーシーが急に来ることになった、ブリジズフレンチ聖堂参事に娘が画家であることをたまたま話したところ、週末にぜひ呼んでほしいと説得されてしまったのだ、とキングズリー聖堂参事はロウィナに説明した。主催する音楽祭の計画が危ういほど遅滞をきたしている副首席は、ルーシー・キングズリーの芸術的な才能こそ、今まさに自分に必要なものだと主張しているらしい。

もちろんロウィナは、娘さんと一緒に出席してほしい、と言い張った。キングズリー聖堂参事は、娘は菜食主義者で献立が難しいので、と辞退したが、ロウィナは、セットフォード聖堂参事夫妻から、菜食のメニューをすでに頼まれているのだと説明した――菜食主義は、この夫婦が信奉するたくさんの〈主義〉のひとつにすぎないのである。

ロウィナが知るよしもなかったのは、ルーシー・キングズリーが、才能ある画家というだけでなく、魅力的であることを否めない――美女と呼んでもおかしくない――優美な物腰と、肩に届く純金の巻き毛でできたすばらしい後光に包まれた女であることだった。あの髪の色もカールも天然ね、とロウィナはとげとげしい気分で、片手を艶《つや》やかな濡れ羽色の髪にあてた。その洒落《しゃれ》たウェーブも豊かな色も、金で買ったもので、維持するにもたいへんな費用がかかっている。あの女、どう見ても三十五歳より若いってことはない――それであんな髪だなんて、むかつくわね。

ロウィナの右隣で、ジェレミー・バートレットがルーシー・キングズリーにすっかり眼を奪われている。ロウィナは臍《ほぞ》を嚙む思いでそれを見ていた。ジェレミーの隣にルーシーを坐らせたのは失敗だった。計画では、ルーシーはこの小さな社会にはいりこめずにずっと父親と喋っているはずだったのだ。けれどもキングズリー聖堂参事は、アーサー・ブリジズフレンチの欠席でひとりあぶれたイヴリン・マーズデンと話しこんでいた。ジョン・キングズリーとからの椅子にはさまれたミス・マーズデンが、前者を話相手に選んだのはごく当然だ。そして、ジョン・キングズリーが、娘には自力でこの場をしのがせてでも、孤独な婦人の相手をつとめる義務があると感じたのも、自然なことだった。

ええ、娘は自力でしのいでますとも、とロウィナはタラゴン風味のチキンを乱暴につついた。ジェレミーに完全に背を向けられたままでは、招待客を観察し、会話を盗み聞く以外、することがない。左隣のグリーンウッド聖堂参事が、ロウィナに向かってひとりでくどくど喋っているが、彼の話には興味がないので、時々頷いてやるだけでたくさんだった。

けれども、イヴリン・マーズデンが自分と同じくらい、ブリジズフレンチ聖堂参事の欠席に当惑している事実には、意地の悪い満足を覚えた。彼女の見たところ、ミス・マーズデンが腹を立てているのは、副首席の〈ご不快〉について、公式発表されるまで自分がまったく知らなかったという一点につきるらしい。ミス・マーズデンは、副首席に関して何もかも知りぬいていると自負しているので、副首席がまず彼女に電話をかけて、その身にふりかかった事情を細大もらさず説明し、後に——必要に応じて——その事実を、皆の前ですっぱ抜けるようにしてくれるべきだったとでも、思っているのだろう。彼女は皆と同様、アーサー・ブリジズフレンチを今宵の饗宴から遠ざけている原因をまったく知らない様子で、見るからにおかんむりだった。

自分もこれほど腹が立っていなければ、イヴリン・マーズデンに同情できただろう、とロウィナは思った。あんな年寄りで、貧しくて、しかも不器量だなんて、恐ろしく辛いことに違いない——首席司祭と聖堂参事会のお情けにすがって、雨風をしのぐ屋根を与えられた身で、愛してくれる男が現れる見通しもまるでなしだなんて。ミス・マーズデンがブリジズフレンチ夫人になりたがっていることは、聖堂参事会の中では秘密でも何でもなかった。ロウィナの考えでは、現実にそうなる可能性はありそうになかった。たしかにアーサー・ブリジズフレンチは、必ずしも大当たりの結婚相手と言えないかもしれないが、少なくとも立派な地位を持っている——いずれ首席司祭ともなればなおさらだ——ミス・マーズデンにそれ以上の贅沢が望めるだろうか。すでに引退した六十代前半のミス・マーズデンはその職業通りの、もしくはそうであった通りの外見だった。もとは地元の幼児学校（通例五〜七歳の児童を教育する）の女校長で、野暮ったいが、常にこぎれいに装い、赤みがかった髪を時代遅れのフレンチロール（後頭部でまとめた髪を縦ロールにして垂らす結髪）に結っている。今夜のドレスは、彼女が長年無駄な戦いを続けてきた肥満気味の体の線をなんとか隠していた。キングズリー聖堂参事に顔を寄せて、少々不自然な喋り方をしているのは、こころもち出っ歯なのを隠そうという涙ぐましい努力であろう。まさに憐れを誘わずにいられない老嬢だ。その彼女の相手を、今夜ははからずも、気の毒な聖堂参事がつとめるはめになっていた。

しかし、キングズリー聖堂参事は不快感をまったく面に出さなかった。ミス・マーズデンの話に興味を示し、食べ物を詰めこみながら、絶えず頷き続けている。聖堂参事が料理を真実愉しんでいる、と知って、ロウィナは好意を持った——時機がきたら、彼女がどれほどすぐれた料理人であるか思い出してくれるようにも願った。主教座聖堂参事会に最近加わり、数ヵ月前まで大聖堂公舎に住んでいたジョン・キングズリーとは、まだそれほど懇意ではないものの、これまで観察してきたかぎりでは、嫌悪すべき点はひとつもなかった――もちろん、娘は別だ。聖堂参事はいくらかぼんやりしているものの、常に紳士的だった。ふさふさと柔らかな銀髪の下で、細長く青白い顔は穏やかで神聖な雰囲気を漂わせ、柳のように背が高い彼の姿は、エル・グレコの描くひょろ長い聖人に似て、幽玄で神々しかった。

娘は父親似の体格らしい。父親譲りの白い肌を、ローラ・アシュレイの淡いプリントドレスが最高に引き立てている。ルーシーがジェレミー・バートレットを振り返るたびに、ロウィナはその生き生きとした顔をはっきりと見ることができた。青緑色の眼で彼を見つめ、あでやかに微笑む顔を。ふん、恥知らずな尻軽女、とロウィナは辛辣に決めつけた。ジェレミーもすぐに見抜くでしょうよ。

しかしジェレミーは、ルーシー・キングズリーの相手をすることに、いっこうに飽きる様子がなく、ロウィナに冷たく背を向け続けていた。彼女は泣きだしたくなった。何週間もかけて今夜の計画を練ったのは、単に聖堂参事会のメンバーに料理の腕を印象づけるためだけではない。自分がいい奥さんになれることを、ジェレミーにさりげなく知らせるためであり、持ち前の高雅な趣味で家庭と食卓を彩り、内助の功で夫が大聖堂の世界で名をあげるのを助けられる、とわからせるつもりでもあったのだ。この大聖堂境内で、ジェレミーは比較的新しい住人だった。彼がロンドンの建築設計事務所を売り払い、大聖堂建築家としてマルベリーに越してきてからまだ一年たっていない。初めのうち、ジェレミーとロウィナの仲は進行しなかった――別に驚くことではない。彼は妻を亡くしたばかりで、おそらくは今も喪に服しているのだから

——しかしロウィナは、もうすぐ進展があると期待をふくらませていた。このごろジェレミーは、彼女の魅力に気づいていなくもない、とほのめかすようになってきている。じれったくても、今夜まではそれで十分だった。多趣味で非常に魅力的な彼が、実は礼儀正しい仮面の下に情熱的な本質を秘めた自分の同類であることをロウィナは察知している。自然と銀に変わりつつある、透けるような金髪。形のよい顎をおおう、よく手入れされた顎髭。五十近い男としては文句なく魅力的だ。ロウィナは耳をそばだて、ふたりの会話の断片を拾おうとした。音楽について話しているだけだ。ため息をのみこみ、彼女はグリーンウッド聖堂参事に向き直った。彼の話も少しは聞いてやらなければ。

一座でただひとり聖職者ではないジェレミー・バートレットがもっとも中身の充実した人物ならば、ルパート・グリーンウッドは間違いなくもっとも外見の充実した人物である。ロウィナは一瞬、彼の美しさに見惚れた自分に気づいてうろたえた。彼は三十を過ぎているが、典型的な、英国人のハンサムな少年のような面立ちだった。長い顎、均整のとれた目鼻立ち、正直そうな青い眼、金糸のブロンド。しかし、これだけ容姿に恵まれているにもかかわらず、この大聖堂音楽監督は、人生のうちにたったひとつのことにしか関心を持っていなかった——音楽、である。音楽に関してなら彼は何時間でも語り続けることができた。聞き手が死ぬほど退屈していることにも気がつかずに。今、彼がロウィナに熱く語っているのは、マルベリーの新しい音楽祭のために選んだ曲についてだが、どれもこれも、英国内では聞かれたことがないような曲ばかりだった。

きっと、それなりの理由があるんでしょう、と音楽に明るくないロウィナは解釈した。そして、顔に微笑を固定すると、話を聞くのをやめて、テーブルのもっと奥の方に眼を向けた。グリーンウッド聖堂参事のむこうの席では、三人で会話をしているようだった。

しばらく耳をそばだてた後で、〈会話〉というのは適当な言葉ではないと、ロウィナは判断した。セットフォード聖堂参事は、適切でタイミングのよい、妻の合いの手に助けられて説教をしていた。テーマは〈第三世界の人口過剰問題と、教会の答えのあり方について〉らしい。

フィリップ・セットフォードにはうんざり――ルパート・グリーンウッドとはまた違う意味でだけど。ロウィナは思った。みんなも同じ気持ちに違いないわ。セットフォード聖堂参事が、行きたくてたまらない場所に行けずにいるのは、非常に不幸なことだった。彼はアフリカのどこかで、恵まれない現地の人々に貢献したいと切望していたが、胸が丈夫ではなく、伝道区に行けないのだ。彼を知る人は皆、マルベリー大聖堂の教区宣教師という職は、彼にとって不十分な代用品でしかなく、せっかくの才能を生かせずにいることがわかっていた。セットフォード聖堂参事はまた、極端に人好きのしない外見だった。薄くなった赤毛――生え際は、顎と同じくらい激しく後退している――眉もまつげもほとんどなく、色の薄い眼は、いつもぎょろりと飛び出て見え、実際は小柄でもないのに、吹けば飛ぶような印象を受ける。よく通る声をしているが、ぐちっぽい響きがあり、それがロウィナにはとても不快だった。

セットフォード聖堂参事の左隣では、妻のクレア・フェアブラザーが熱烈に頷きつつ、時折、夫の熱弁に注釈をさしはさんだ。言うまでもないが、男女同権主義はミズ・フェアブラザーが信奉するたくさんの〈主義〉のひとつで、彼女は結婚後も別姓を貫いたのである。大聖堂境内に夫と住み、閉ざされた島にいるような生活にもかかわらず、彼女は典型的な聖職者の妻ではなかった。ミズ・フェアブラザーは〈マルベリー家族計画クリニック〉の長たるキャリアを、大聖堂内における権力よりずっと大事にしていた。権力争いの工作にうつつを抜かすなどというくだらないまねは、その毅然とした性分にあわなかったのである。夫よりも年下で四十歳の彼女は、きりっとした美人で背が高く、かっちりした体格だった。丸顔で、頬骨が高く、眉間は広く、黄褐色の眼のほかは、つるりとした感じで、五十でも二十でもあまり変わらない、齢を感じさせせない顔だった。化粧は〈主義〉でしていない。明るい栗毛は短く刈られているが、頭のまわりで自然とウェーブが魅力的にうねっている。服はオックスファムの貧民救済バザーで買ったものばかりだが、やはり自然にエレガントに着こなしている。今夜の彼女は、黒っぽいインド綿にきらめくスパンコールを一面に散らしたドレスを着ており、ロウィナの見たところ、その剃っていない脚も、サンダルの素足も、エレガントな印象をいささかも損なっていなかった。

しかし、気の毒なジュディス・グリーンウッドに同じことは当てはまらなかった。現在、彼女は食べ物をつつきながら皿を見つめ、セットフォード聖堂参事による人口過剰問題の講義にじっと耐えていた。ロウィナもルパート・グリーンウッドの妻を地味で魅力のない女と表するのは思いやりがないことだとは思うのだが、実際、それが当たらずとも遠からずと言った表現なのだった。ジュディスは本当にみっともなかった。艶のない薄茶色の髪は伸ばしっぱなしで、お手製の不恰好なワンピースを着ていた。しかし何より気の毒なのは、あれで明らかに、ジュディスが今夜は精一杯、お洒落をしているという事実だった。彼女は普段、まったく化粧をしない——〈主義〉ではなく、単にしようとしないだけだが——今夜のジュディスは、頬が不自然にピンクで、目蓋は不自然に真っ青だった。まったく時代遅れの色ねえ、とロウィナは評価した。ひょっとすると、娘のころに背伸びして買ったきり、今夜まで引き出しの奥で眠っていた化粧品かも。あの美しいルパートが、こんな冴えない女のどこに惹かれたのだろう、と何度も不思議に思ったものだ。夫を盲目的に尊敬しているという、たったひとつの美点かしら？たしかに、それは多くの男にとって強烈な媚薬に違いないけれど。

フィリップ・セットフォードの声が、ロウィナの思索をさえぎった。「そして人口過剰問題は第三世界だけの問題ではない。ここ、マルベリーの問題でもある……ええ、クレアなら詳しくお話しできますが、もうぞっとしますよ。少女たちは、自分も子供にすぎないというのに。もちろん、クレアが相談にのった時はもう手遅れなんですよ」

クレア・フェアブラザーは夫に身を寄せた。「こう言っちゃ何だけど、ジュディス、でも、分別のある正気の人間が、今の世界に子供を産もうなんて思う理由がわからないわね。わたしに言わせれば、弁護の余地もない愚行よ。世界資源はどんどん枯渇してるでしょう。フィリップと結婚した時に、わたしたちは最初から子供を作らない、と決めたの。もちろん、その決断を後悔したことは一度もないわ」

ジュディス・グリーンウッドにとって、人生でいちばんの不幸は子宝に恵まれなかったことだった。彼女はうつむいて皿を見つめたまま、もしも世界じゅうの人がそう考えたら人口がゼロになってしまうわ、と言いたいのを堪《こら》えていた。

デザートの時、ルーシー・キングズリーは自分にそそがれる女主人の視線に気づいた。それは好意的な眼差しとは言いにくかった。「これ、おいしいですね」明るく言って、ジェレミー・バートレットのむこうから身をのりだした。「どこのチョコレートを使ってるんですか？」

ロウィナの微笑は氷のようだった。「わたくしは必ず、スイス製のチョコレートを使います」

「作り方を教えていただけません？」

「秘伝ですの」ロウィナはぴしりと答えた。

ルーシーは、話題を転じたほうが無難だと察した。テーブルのむこうで進行中の講義と、炉棚に飾られた褐色の巻き毛が愛らしい少女の写真をもとに、別の話題をこころみた。「お子さんがいらっしゃるんですか、ハントさん？」

「ええ、娘がひとり。あの子は今……」ロウィナがわずかにためらうのに、ルーシーは気づいた。「学校にいて……離れて暮らしてるんです」〈学校〉という単語がやや強調されていた。

「〈大聖堂友の会〉はいつごろから運営なさってるんですか？　あなたがとてもすばらしい仕事をなさってると、父がよく申してますけど」ルーシーはなるべく友好的で親しげな微笑を浮かべた。ロウィナは態度を少しやわらげた。

「六年以上です。主人が亡くなってすぐ。わたくしは、それで境内の家に住み続けられたんですの」彼女は説明した。

「じゃ、ご主人も聖職の方?」

「長年、音楽監督を。グリーンウッド参事の前に。主人は晩禱《ばんとう》の歌の間に突然——急な心臓発作で」ロウィナは美しいマニキュアの爪を見下ろして、急いでつけ加えた。「もちろん、わたくしよりずっと年上だったものですから」

「ええ、わかります。とてもお若い花嫁さんでしたのね」ルーシーがしみじみと言うと、ようやく心からの笑顔で報いられた。

チーズとクラッカーの後、やっとポートワインで男たちをもてなす時間がやってきた。この時のために、ロウィナはセラーから極上の一瓶を出しておいた。ワイン通で有名なブリジズフレンチ聖堂参事がいない今は、価値のわかるジェレミーのためだけと言っていい。ほかの男たちはだめね。食事中、シェリーやワインの飲み方を見てたけど、あれじゃヴィンテージのポートも、テスコの三ポンド九十九ペンスのも、わかりゃしないわ(テスコ・スーパーマーケット。自社ブランドのワインが有名)。ロウィナ自身、ポートを味わうのが嫌いでなかった。もしかすると、男たちが飲んだ後に、ちょっぴり余るかもしれない。

「それでは、レディの皆さま」わざとらしく言って、予期した通り、クレア・フェアブラザーが軽蔑したように顎をしゃくるのを見届けると、「客間にいらっしゃる時間ですわ。ジェレミー、あなたが注いでくださる?」ロウィナは建築家の前にデカンタを置いた。

「いや、今夜はポートはよしておくよ」彼は軽く言うと、席を立って伸びをした。「もう、たっぷり飲んだから」

「まあ、だって運転しないでしょう」ロウィナはなおも言った。

「そうだけど、頭をはっきりさせておきたくてね」ジェレミーは彼女の手をとると、かすかに皮肉っぽい笑みを浮かべ、片眉をあげてみせた。「ロウィナ、今夜はありがとう。とても愉しかった。申しわけないが、ぼくらは失礼するよ。ルーシー・キングズリーさんに月明かりの下で大聖堂を案内する約束をしたんでね。月が沈むからもう行かないと」

ロウィナ・ハントは絶句した。

2

シオンを巡り、その回りを歩け。
そのやぐらを数えよ。
その城壁に心を留めよ。その宮殿を巡り歩け。
後の時代に語り伝えるために。

詩篇第四十八篇十二―十三

七月初めの暖かな土曜の夕方だった。このうえなく長い、夏至のころの夕間暮《ゆうまぐ》れ。ルーシー・キングズリーとジェレミー・バートレットが、ロウィナ・ハントのジョージ王朝風のテラスハウス（何軒も横に連結する造りの住宅）から大聖堂境内に出てきた時も、太陽はまだ沈みきっておらず、空高く浮かぶ月の青白い銀の円盤は朧《おぼろ》にかすんでいた。暮天《ぼてん》はようよう暗みを増し、境内中央に堂々とそびえたつ、時代を経た石造りの建物の周囲を、ひたひたと影でおし包んでいく。

ルーシーは空を仰いだ。「あなた、月がもう沈むって言ってたけど」

彼女の同伴者はにやりとした。「嘘だよ」

「でも、どうして？」

「時々、ハント夫人がちょっとしつこく思える、とだけ言っとこうか。ぼくに下心があるような、妙な気配を感じるんだ。ぼくはきみといる方がいい」

ルーシーは聞き流した。「マルベリー大聖堂について、何を教えてくれるの？」

「どのくらい知ってるんだい？」ジェレミーは彼女をロウィナ宅の門から境内に連れ出し、現在は大聖堂の東端あたりに来ていた。

「あまり」ルーシーは言った。「昔、来たことはあるのよ。ここと同じ教区で育ったから――父が牧師をしていた小教区は、ここから二十マイルほどのところなの。だけどラドローのほうが買物には近かったから、マルベリーにはめったに来なくって」

「それじゃ、簡単な歴史から始めようか？」ジェレミーは提案し、具合よく大聖堂と向き合ったベンチに、ルーシーを誘った。

「ええ、お願い」彼女は優美に坐った。

「きみが知ってる話だったら止めてくれよ。大聖堂の話を始めると、ぼくは際限なく喋りまくるから」彼は隣に腰をおろした。「これは一〇八八年に大修道院として建てられた。聖マロウを祭ったベネディクト派の修道院だ。修道士たちは自分たちが聖遺体を、もしくは、その一部を所持していると主張していた。ま、バース大修道院も同じ主張をしてたけどね」ジェレミーはにやりとした。「当時はそんなことがいくらでもあった。どのみち、最初に造られた時、このノルマン様式の東端部には、聖マロウの立派な墓があったんだよ（教会堂内で東端部はもっとも神聖とされる。主祭壇がおかれ、聖人の墓は祭壇背後に設けられる）」

「あのう、聖マロウってどんな人だったかしら」ルーシーは自分の無知をはにかみ、教会堂内で東端部はもっとも神聖とされる。おずおずと訊ねた。

「ああ、ブリタニーの伝道師だよ。六世紀の司教さ。ウェールズ人だったから、このあたりでは昔から人気のある聖人だ。伝説じゃ風変わりな人だったらしい――伝道の旅の道中、馬の背に揺られながら、大声で賛美歌を歌うのが好きだった」

「おもしろそうな人ね」

「快く思わない者もいたと言われているけどね。それでも修道士たちは、さっきも言った通り、彼のために壮大なノルマン様式の教会と大修道院を建てた」ジェレミーはどっしりした正方形の中央塔を指し示した。「あの塔はもちろん、当時から残っている部分としては最高のものだよ。ただ、ヴィクトリア時代の派手好き連中が、案の定、台無しにしちまってるけど」ヴィクトリア風の鋸状の縁飾りは、薄暮の深い蒼の中で変色したぎざぎざの巨大な歯に見えた。「それからおよそ百年後、殉教したトマス・ベケットがものすごく人気のある聖人になったもので、修道士たちはついでに彼も讃えることにして、聖マロウと聖トマス・ベケットを一緒に祭るようになった。南の袖廊《そでろう》に大窓が作られたのはその時だ――〈ベケットの窓〉、と呼ばれている」

「それはまだ残ってる?」

「うん――あれはこの大聖堂の至宝と言っていい」ジェレミーは左にある南の袖廊を指差した（十字型教会堂において、十字架の縦木部分にあたる身廊に対し、横木部分にあたるのが、南北にわかれた袖廊）。「残念ながら、外からその窓を見るのはちょっと難しい。袖廊に向かってのびた塀が見えるかい？　ぼくの庭の塀だよ。前世紀に建てられた聖歌隊学校ので――今、ぼくの家になっている。だから、窓はうちの庭からしか、まともに見えないんだ。でなければ」含み笑いをして、「寝室の窓から。〈ベケットの窓〉を見るなら、なんたってあそこが特等席だ。ぜひ、いつか見にきてほしいな」

今度もルーシーは動じることなく、さらりと受け流した。「そう」大聖堂を見やると、額にかかる髪をかきあげ、話題を変えた。「あの東端部は？　あれってどう見ても、垂直式じゃない？（垂直式は十四世紀以降）」ふたりの正面で、東窓は狭間飾りで上にのびるアーチを作り、飛び梁は夜空に吸いこまれるように伸びている。

「そう、後期の垂直式だ。薔薇戦争の最中に、一四五九年のラドローの戦いの後で、赤薔薇軍がちょいと暴れ回った。珍しくもないことだよ。奴らはここにもやってきたけど、なぜか聖マロウが気に喰わなかったんだね。墓をぶち壊したうえに、東端をすっかり粉々にした。それで、この東端は垂直式のゴシック様式で建てなおされた。実にすばらしい建築だよ。奥内陣の扇形天井は見物《みもの》だね。その後、修道士たちは二度と彼の墓を作らなかった。そのかわり、発見した聖マロウの首を黄金の聖骨箱におさめて、主祭壇に安置した。かなり豪華なものだったに違いない。頭部を模《かたど》って、宝石がちりばめられていたというから」

「そんなものじゃ、宗教改革の時に壊されたんじゃない？（この時から偶像崇拝が禁じられる）」

「ああ、ここからがマルベリー伝説になる。一五三八年に大修道院が解散させられた時、地方長官が血眼で探したのが、くだんの聖骨箱だった。でも、僧たちのひとり、トマス修道士がそれを隠した。長官の部下は、ありかを教えなければ殺すと言ってトマス修道士を脅したけれども、彼は聖マロウの首を守るためなら、自分の首など喜んで差し出すと答えた――殉教の覚悟をしてたんだな、同名の聖人ベケットのように。部下たちは彼の言葉をまともにとって、その場で処刑した。首をはねて」

ルーシーは身震いした。「聖骨箱は見つけられてしまったの？」

「ああ、もちろん。彼の犠牲はまったくの無駄だった。別の修道士がさっさと渡しちまったんだよ。それはしかるべく潰され、溶かされて、宝石はヘンリー八世の宝物室に納まった」ジェレミーはしばらく口をつぐみ、真面目な顔になった。「建物自体も難を逃れられなかった。トマス修道士が抵抗する前なら、赦される可能性もあった（修道院解散命令の際、修道院の多くが破壊された）。ヘンリー八世が一五四〇年に主教座聖堂と名付けることになる、破壊を免れた修道院教会のひとつとして、存続できたかもしれなかった。だけど、トマス修道士の無駄な殉教のせいで、その可能性は、ぱあになった。長官の部下たちは住民に、この大聖堂を小教区教会として与えた――褒美としてだよ、もちろん――住民たちが、西端部をアーチ型天井三つ分破壊した後で。それで、あそこは変に寸詰まりな姿をしているんだ――身廊の左の端は現在、アーチ型天井ふたつ分しか残っていない」

「じゃあ、ここが実際に主教座聖堂になったのは？」

「一八六八年にマルベリー教区が、それまでまたがっていたウスター、ヘレフォード、リッチフィールドの三教区から独立した時だよ。さて、これで」彼は微笑して、立ち上がった。「歴史の講義は終わりだ。今度は境内を案内しようか？」

道は大聖堂の東端をまわっており、ふたりの立っているところから、境内のほとんどが見通せた。「今も言ったけど」ジェレミーは説明を始めた。「すぐそこの、塀のむこうがぼくの家だ。ここからだと屋根しか見えないけど。ここの道は、あの塀にさえぎられて行き止まりになってる。境内からは家にはいれないんだ――西端から外にまわらないと」

「まあ、不便！」

「多少はね。だけど、ぼくはめったに境内にはいる用がないし、大聖堂が開いている時なら、中を通り抜けられる」

「聖堂の鍵をもらってないの？」

ジェレミーは笑った。「ぼくは一介の建築家にすぎないからね。鍵を持たされるほど、信用はない」

「塀の隣の建物はとても古いものに見えるけど。あれは古代の様式をまねてるだけ？」ルーシーは石造りの長い建物を指差した。それは二階建てで、窓はたくさんあるが、入口が見えなかった。

「いや、あれこそ大修道院の施設で唯一の生き残りだよ。施薬所、つまり病院だね。どうして破壊されなかったのかわからないが――ずっと倉庫として使われていたようだ。一八七〇年前後に、あれは校舎にされた。一九二〇年にはいると、古い司祭館が事務所にされて、施薬所兼校舎が新たな司祭館になった。出入口は逆の側だよ」

「今は空いてるんでしょ？」

「現時点ではね。でも、いつまた首席司祭がはいってもおかしくない。秋ごろには新首席司祭が決まるだろう」ジェレミーは物思わしげに首をふり、「きみが大聖堂内部の力関係というものをどれだけ理解しているかはわからないけど、ここの人々は皆、ブリジズフレンチ参事が任命されることを望んでいる――マルベリー大聖堂は進歩的とは言いがたいからね、これが現状の平和を維持するのに、いちばんいい人選なんだ。ブリジズフレンチ参事自身もあてにしていることだし」

「そうみたいね。マーズデンさんだって、ほかの人がなるなんてありえないと思ってるもの。晩餐会の前にそう言ってたわ」

「マーズデンさん……ね。彼女自身もあてにしているからな」彼は笑った。「首席司祭夫人になりたがってるのさ」

「ああ、そう」

「実現するかどうかあやしいね、彼が任命されるされないは別としても」ジェレミーは、皮肉な笑みを浮かべてつけ加えた。「ぼくの聞いたかぎりじゃ、副首席はもう何年も彼女をかわしつづけているらしいから」ジェレミーは境内の曲がり角にある、司祭館の左の建物を指差した。「イヴリン・マーズデンはあそこに住んでいるんだ、司祭館の隣に。もう何十年も」

「こっちは?」大聖堂東端の真正面には、三軒つながったテラスハウスがあった。赤煉瓦の一九二〇年代の新ジョージ王朝様式。中央の家は小さく、屋根窓のある一階建てで、両隣の二軒はそれより大きく、二階建てだが、見た感じは窮屈そうだった。

「ブリジズフレンチ参事は右の家。マーズデンさんのすぐ隣だ。真ん中がオルガン奏者のアイヴァ・ジョーンズの家。左は大聖堂音楽監督の家だよ」ジェレミーは説明した。次の並びのテラスハウスは境内の通りから引っこんだところに、南西を向いて建っており、ふたりが辞去してきた家もそのうちの一軒だった。連なった三軒は揃いの洒落《しゃれ》た黒い鉄の門を持っていたが、外観はそれぞれの住人の趣味を反映して微妙に異なり、一様になるのを防いでいた。ルーシーの父が住むのは、いちばん手前の右の家だった。住み始めてから数ヵ月の間、彼は自分の家に個性を与えようという作業をほとんどしていなかった。玄関前のペチュニアとアリッサムの鉢植えが唯一個性といえたが、それらも半分忘れられ、テラコッタの鉢の中で萎れてしまっていた。その隣の玄関前では、明らかにアフリカ製のものらしい黒人の母親と乳飲み子の木像が、不寝番よろしく仁王立ちになり、窓辺の派手なアフリカ趣味の日よけと共に、ここが教区宣教師の家であることを知らしめていた。対照的に、ロウィナ・ハントの玄関は、両脇を品よく刈りこまれた月桂樹のエレガントなコンテナにはさまれ、窓という窓にホランダ布の小洒落《こじゃれ》た日よけがかかっている。

ジェレミーは大きな石造りの納屋を指差した。境内から少々奥まった場所にあるせいで、テラスハウスの列にほとんど隠れている。「あれが大聖堂の食堂だよ。納屋を改造してあるんだ。昼間はあそこで食事ができる。たいして期待しなければ、とりあえず腹の足しにはなる」ふたりはゆっくりと進んでいった。「その隣に並んでるのは店だ。十七世紀に救貧院として建てられたんだが、最近改造された」一階建ての屋根から、高い煙突が六本、屹立していた。色とりどりのショーウィンドウと、こぎれいなドアが三つ見える。「一軒は本屋——かなり品揃えがいい——もう一軒は見ての通り、ブティック。真ん中のが大聖堂のギフトショップだよ」彼らはしばらく立ち止まって、ウィンドウに陳列された、マルベリー大聖堂のマグカップやティータオルや絵葉書を眺めた。

次の建物はまるきり違うものだった。十八世紀に流行ったけばけばしく悪趣味なゴシック風の、ピンクのスタッコ壁とふたつの正面玄関に飾られた巨大な家。「これが昔の司祭館だった。今は教区事務所がはいっている——教区弁護士やら登記係やら」

同じくらい巨大な十七世紀の石造りの建物が左に見えて、そこが境内の端だった。「ここはかつて学校だった」ジェレミーは説明した。「現在は大聖堂所有の貸しオフィスになっている。教区の貴重な財源だ」

大聖堂の西の入口前で境内は終わっていた。ふたりは大聖堂の前に広がる大きな緑の空き地を横切り始めた。かつてマルベリー大修道院の西端があった場所だ。

「主教館はこの反対側だ。ぼくの家の隣だよ。ちょっと寄って、一杯やってかないか？」

ルーシーは頷いた。「でも、あまり遅くまでいられないわ。父が起きて待ってるから——わたし、鍵を持ってないの」

「西の入口はたいしたものじゃない」前を通過しつつ、ジェレミーは軽蔑するように言った。「ヴィクトリア風さ。両脇にポーチを付け足して幅を出している。それで、西の入口は実際より見かけがやたらと広いんだ」やがて現れた主教館は、なかなか見応えがあった。新古典主義様式の大きな建物で、グレーのスタッコと、堂々たるイオニア式の円柱で飾られている。「十九世紀に裕福な銀行家のために建てられたんだ。大聖堂に近いから、主教には便利な場所だよ。主教専用の入口もあるんだ、実は。回廊の東辺で大聖堂につながってる。修道院回廊はそこしか残っていないけど、ほとんど無傷だ」

「主教館は行ったことがあるわ」ルーシーは言った。「主教は父の古いお友達なの」

ジェレミーは主教館の横をまわって、屋根つき回廊と接する角に、ルーシーを連れていった。「この回廊に関して、ちょっとしたアイディアがあるんだ」彼は打ち明けた。「横をガラス張りにして少し飾れば、すばらしいティールームになると思うんだ。食堂より便利な位置にあるし、ぶらぶらしているぼくにとっても、いい仕事になる。小人閑居してなんとやらっていうだろ？」と、眉をあげてみせた。

「いい考えだと思うけど」ルーシーは曖昧に答えた。「でも、ほかの人がなんて言うかしら？大聖堂の雰囲気が壊れるって思われそうじゃない？」

「まだ誰にも言ってないんだ」ジェレミーはにやりとした。「打ち明けたのはきみが初めてだよ。でも、そうだね――みんなは気に入らないだろうな。マルベリーじゃ、改革案はなかなか取り上げてもらえない。ゆっくり時間をかけて、正しい手順で攻めないと」回廊の入口で立ち止まった。「ぼくの家はここを通らないと行けないんだよ」このころには夜も本格的になり、あたりはすっかり暗くなっていた。ふたりは並んで立ち、中世の修道院回廊を眺めた。アーチ型天井の連なる屋根が、月明かりに仄かにきらめいている。「実は、ここの回廊は幽霊が出ると言われてるんだ。ぼくは見たことがないけど、見たって話はずいぶん聞いた。トマス修道士が自分の頭をかかえて、すーっと通り過ぎたって。文字通り〈両手に頭をかかえて〉だよ。聖マロウの首を探しているらしい」

ルーシーは身震いした。「信じられるわ、こんな場所だもの。かわいそうな人――無駄に殺されて」

ジェレミーは彼女の腕をとり、回廊から連れ出すと、家の前に向かった。「さあ、あがって。一杯やろう」

居間は家具の趣味もよく、居心地がよかった。ルーシーは好感をもって眺めた。至るところに本があり、レコードもまた、壁ふたつ分の棚にびっしりと並んでいる。半分開いた両開き扉から、隣の部屋がグランドピアノに占領されているのが見えた。「ピアノを弾くの?」グラスとデカンタを取ってきたジェレミーに訊ねた。

「チェロなんだ、本当は」

「トロロープの小説みたいね」彼女は微笑んだ。「ハーディング氏のチェロ。すてきね」

「きみはピアノを弾く?」彼はブランデーグラスを手渡しつつ、微笑み返した。

「昔は。でも、もう何年も弾いてないわ――ロンドンの家は狭くて、ピアノが置けないのよ」

「よし、今度、二重奏をやろう」

「わたし、絶対に下手よ」

「下手かどうかはぼくが決める」ジェレミーの微笑は急に褪せて、痛みを伴う物思わしげな表情に変わった。「妻と……よく演奏したよ。それが今、いちばん恋しい」

「もう……どのくらいになるの？」ジェレミーがそのことを話したいのかどうかわからなかったが、話題を持ち出したのは彼の方だった。

「一年以上になる」ブランデーを見下ろし、ジェレミーはしばらく沈黙した。「癌、だった。長引いて、ずいぶん苦しんだ。妻が亡くなってから、ぼくは……もうそれ以上、ロンドンに住んでいたくなかった。あくせく競争する意味がなくなった気がして。それで、何もかも売り払って、ここに移ったんだ。そうしてよかったと思う。ぼくはここが好きだ。大聖堂にも惚れたし――ここの歴史にね。建築学的に見れば、たしかにぐちゃぐちゃだけど、それでもこの建物がぼくは好きだ。ここの人たちもわりといい人ばかりだし」無理に回想から脱すると、微笑を浮かべてルーシーに向き直った。「人と言えば、ぼくらをどう思う？　あの晩餐会の後で？」

ルーシーは笑った。「まあ、答えにくいことを訊くのね！」ブランデーをひとくちふくんだ。

「全体的に？　ひとりひとり？」

「どっちでも。じゃあ、両方」

ジェレミーが待ち構えると、彼女は頭の中で考えをまとめ始めた。「ここはびっくりするくらい狭い社会じゃない？　ここだけでまとまって、外界から独立したような」

「その通り。排他的と言っていい」

「ブリジズフレンチ参事のことは変だったわ。昼間に会った時は、とてもお元気そうだったのに」

「ブリジズフレンチ参事はたしかに変だよ。多少ね」ジェレミーは笑った。「古道具屋の親爺並みに頑固一徹。わかるかな——クロスワードパズルや神学上の曖昧な謎を解くのが趣味って手合いさ。三〇年代に、彼はここの合唱隊員だった。ブリジズフレンチ参事が教区を取り仕切ることになると、ぼくらはきっと当時の儀式をそっくり、再現させられるんだろうな」

「ふうん、なんだか懐古趣味ね。あら、じゃあ、この音楽祭って……」

「もちろん副首席の発案だよ。〈三聖歌隊祭〉から爪弾きにされてるのが、ずっと我慢できなかったんだから」

「ほんと？」

ジェレミーは眉をうごめかした。「ヘレフォード、ウスター、グロスター——なぜ、マルベリーが参加しちゃいけない？　なぜ、〈四聖歌隊祭〉にしちゃいけない？　もう何年も、ブリジズフレンチ参事はそのことでやいやい言ってきたけど、誰ひとり洟《はな》も引っかけなかった。で、副首席はついに実力行使に踏み切った——〈三聖歌隊祭〉よりもすごいものになるはずの音楽祭を、自ら主催することにしたんだ。そうなれば当然、彼の履歴にも箔がつくしね。次の首席司祭が選ばれる時に。主導力を見せてマルベリーを有名にしたとかなんとか、そんな風に」

ルーシーは疑わしげだった。「でも、そううまくいくかしら？　今日の会議の様子じゃ、とても……」

「ま、だめだろう。難点はいろいろあるが、ひとつは、そもそも連中の誰ひとりとして、金銭に関して現実的に把握していないってことだ。とんでもない無駄ばかりやってるから、あれじゃ黒字になるわけがない。だけど、いちばん問題なのは……」間をおき、眼鏡の縁越しにルーシーを見た。「レベルが低いってことだ。音楽祭の計画が無秩序で雑ってだけじゃない、聖歌隊そのものが水準に達してないんだ。アイヴァ・ジョーンズに会ったかい、オルガン奏者の？」

「会議で」ルーシーは頷いた。

「彼の実力はせいぜい月並みってとこだ。オルガン奏者としても、聖歌隊指導者としても。そしてここの聖歌隊だが、もちろんプロじゃない。たいていの大聖堂はちゃんとしてるのに。うちはずっと昔に聖歌隊学校をつぶしちまったから、近所の公立中学から男子生徒を引っ張ってきている。女の子はいないよ、一応――それだけはブリジズフレンチ参事が絶対に許さない。聖歌隊の大人たち――平信徒の聖歌助手は――ただ働きのボランティアさ。歌うのが好きで、暇な奴がやってる。何人かははっきり言って悲惨だけど、まあ、いないよりはマシだからね」

「だとすると、ちょっと難しすぎる選曲だったような気がするけど」

「それも難点のひとつだよ。やたら難しいうえに、一般受けしそうにない曲ばかりだろ。うまくいったらお慰みだね」ジェレミーは肩をすくめた。「だけど、ルパート・グリーンウッドは石頭だから。何を言っても無駄なんだ」

「グリーンウッド参事はどうなの？　音楽家として？」

「ああ、彼は正真正銘のプロだ。空気のかわりに音楽を吸って生きてる。ただ、少々オタクでね。選曲は彼がやったんだが、あまりにもマニア向けすぎる」

ルーシーは会議の様子を振り返ってみた。ルパート・グリーンウッドの少年のような美貌に対する強烈な印象と、その後で彼の冴えない内気な妻を見た時の驚き。彼女は話題を移した。

「ルパート・グリーンウッドの奥様は……ちょっと意外な感じだったわ」

ジェレミーは笑った。「たしかにルパートは大聖堂一の美男子だ。それに引き換え、われらがジュディスは……いや、みくびっちゃいけない、ルーシー。ジュディスが、実は深遠なる魅力を秘めていたとしても、不思議じゃないんだから」

それからしばらく後で、ジェレミーはルーシーを父親の家まで送っていった。「今夜は楽しかったわ、ジェレミー。境内の案内も、大聖堂の歴史のお話も、本当におもしろかった」ルーシーは心からそう言った。「来月の音楽祭を見にきた時、また会えるのを楽しみにしてるわ」

ジェレミーは一瞬、ためらった。「その前に会えないか、ルーシー」

「え?」

「ぼくは別に、ロンドンに行けないわけじゃない」彼はにこりとした。「汽車だって、しょっちゅうあるし。ロンドンに行ったら、食事に誘ってもいいかな?」

ルーシーが答えるまで長い間があった。「ごめんなさい」彼女はようやく言った。「いけないわ」

ジェレミーは眉根を寄せた。「きみは結婚してないだろう」それは質問というより、断定だった。

「ええ、してないわ」ルーシーは口籠った。「でも……おつき合いしている方が」

「婚約者？」

「ううん……」

「よかった」ジェレミーは安心したように頷いた。「じゃ、決定的な拒絶とはとらない。ぼくがおとなしく諦めると思ったら、ルーシー・キングズリー、きみはぼくという男を、もっとよく知る必要があるよ」

3

あなたは私の歩みと私の伏すのを見守り、
私の道をことごとく知っておられます。

詩篇第百三十九篇三

キングズリー聖堂参事は娘のために、鍵をあけたままにしていてくれた。ルーシーが家にはいった時、父は書斎で電話をしていた。ルーシーは腕時計を見た。もうすぐ十二時。電話をするには、少し遅すぎる時間だ。父は普段、あまり遅くまで起きていないのに。彼女は居間の坐りごこちのいい椅子を選ぶと、ゆっくり待つことにした。

数分後、彼は現れた。心配事でもあるのか、いつも穏やかな眉間に皺が寄っている。「おや、おかえり。帰ってたのか」

「ええ、ちょっと前に。ねえ、どうかしたの?」

彼はぼんやり頷いた。「ああ。大聖堂のことで。ホットチョコレートを飲むかい?」

「うん。あ、わたしが作るわ」

「それはありがたいな」

不慣れなキッチンで、ミルクが温まる間、ルーシーはチョコレートの缶を忙しく探し回った。いつもうわの空でいる父をよく知っているので、缶がどこにあってもおかしくないのはわかっている。それはやはり、信じがたいことに、流しの下の洗剤の間で見つかった。居間にトレイを運んでいくと、父は気に入りの肘掛け椅子で、あいかわらず悩んだような表情で宙を見つめていたが、マグカップを受け取るとルーシーに微笑みかけた。「ありがとう」

ルーシーは真向かいに腰をおろした。「どうしたの、お父さん？　話してくれない？」

銀髪を撫でながら、彼はしばらく考えた。「そうだな。誰にも言わないと約束してくれれば……」

「ええ、言わないわ」ルーシーはチョコレートを吹いて冷まし、ひとくち飲んだ。

「アーサー・ブリジズフレンチが……」言いかけて、一度口をつぐみ、そしてまた、はじめから言いなおした。「今夜、ジョージが電話をかけてきたんだ。私が家に帰ってすぐだ。アーサーを心配していた」マルベリー主教、ジョージ・ウィロビー神学博士は、ジョン・キングズリーの、おそらくいちばんの親友だった。

「どうして？　ブリジズフレンチ参事がどうかしたの？　昼間は元気そうだったけど」

「それなんだ。昼間は元気だった、ジョージが彼と話すまでは——晩餐会の直前に」ルーシーが不思議そうな顔をしていると、また続けた。「ジョージは悪い知らせを自分の口から伝えたかったんだよ。ほかから伝わる前に。実は、新しい首席司祭が選ばれたんだ。ただし、アーサーじゃない」

「そんな。ひどい、本当にあてにしてたみたいだったのに」

ジョン・キングズリーは悲しげに首を振った。「そうなんだよ。アーサーはやっとマルベリーでの出世を極めるはずだったんだ。ここのためにつくし、努力したすべての行ないが認められるはずだった。この大聖堂に身を捧げてきた褒賞として、アーサーは昇進を期待していた。そして、彼は期待していいはずなんだ」聖堂参事は力をこめて付け加えた。「アーサーにはその資格がある。過去十年間、首席司祭代理をつとめてきたのは彼なんだからね。実質的に、彼がここの首席司祭だったんだ。もちろん、それはみんな、私がここに来る前の話だが、ジョージが話してくれたんだよ。前任の首席司祭はどうしようもなかった。耄碌《もうろく》して、何もかもアーサーにまかせきりだった。だから今、アーサーが晴れがましい地位につくのは正当なことだ。引退する前に、少なくとも二、三年は」

「それで、選ばれたのは誰？」ルーシーは訊いた。

「ああ、ロンドンの人間だよ。スチュワート・ラティマーという、ロンドンの一流教会の牧師で――たしかジョージは、フラム教会とか言っていた」

「知らない人？」

「いや、最近会った。彼が大聖堂を訪れてきた時に。聖堂参事会は人事に口出しできないし、主教にもできない――人事はすべて首相の意向だ。それでも彼はここに来て、みんなと会うのを忘れなかった。いい人物だと思ったよ。若くて、精力的で。ただ、私たちは当然、アーサーが任命されると思いこんでいたのでね。あれだけ献身してきたのだから」

ルーシーは巻き毛を指にからませ、今の知らせを心の中で反芻《はんすう》した。「主教はどうしてお父さんに電話をしてきたの？」

「アーサーを心配したんだよ。彼は知らせを冷静に受けとめられなかったんだ。ジョージは、私なら慰められると考えたんだ。アーサーと私は長い付き合いだから」

「それで、お話しした？」

「そう、さっき電話をかけた。もう夜遅いとは思ったけれども、ジョージが、アーサーはきっと起きているというのでね。その通り、起きていた。ひどく取り乱していた。かわいそうに」ジョン・キングズリーはしみじみとため息をつき、眼鏡をはずすと、鼻梁をさすった。「なんと言っていいのか、わからなかった。私にできたのは、ただ彼の話を聴いて、痛みを分かちあうことだけだった」

「それだけでも、救われたに違いないわ」心やさしい父が胸を痛める姿に、急に愛しさがこみあげて、ルーシーは断言した。

「本当にそうならいいんだが。今年は彼の厄年だった――冬には母親も亡くなったんだ」

ルーシーは目を見開いた。「母親って、彼の？　ものすごいお年寄りじゃない！」

「ああ、そうだ――九十はとっくに超えていた。でも、アーサーがマルベリーに来た時から、家のことはずっと母親がやっていたんだよ。アーサーの話じゃ、亡くなる直前まで元気で――一日も、病気らしい病気をしたことがなかったそうだ。それなのに、インフルエンザにかかって、一週間で亡くなってしまった。彼にはたいへんなショックだった。互いに頼りにし、支えあっていた親子だったからね。そこに今度のことだろう。アーサーがどうやって立ち直るのか、見当もつかないよ」

「心配？　彼が……馬鹿なことをするんじゃないかって」

「いやいや」キングズリー聖堂参事は言った。「まさか、そんなことはしないだろう」そう言いながらも、その顔は不安の色が濃くなっていた。

二杯目のホットチョコレートがはいると、ふたりはつとめて、より陰気でない話題に会話をもっていこうとした。けれども、来たる音楽祭が話題では、アーサー・ブリジズフレンチについて、まったく触れないわけにいかなかった。

「実際、おまえに何をさせるつもりなのかね？」聖堂参事は娘に訊ねた。「アーサーは計画の話し合いに、おまえをどうしても呼びたがっていたけれども。具体的に何のためだったのかね？」

「ああ、音楽祭のプログラムの表紙絵を描いてほしいって。ポスターとか、そんなのにも使えるような」

「だけど、音楽祭は八月末――来月だよ。ちょっと、余裕がなさすぎないかね？」

「そうなのよ」ルーシーは笑って、髪をかきあげた。「だけど幸い、今のところ仕事がつまってないから、すぐ仕上げられるわ。来週にでも」

「料金は支払ってもらえるんだろう？」父は心配そうに言った。「私はアーサーに、おまえがプロの画家だとはっきり言ったからね。無料にはならないはずだって」

ルーシーは微笑んだ。「あら、ちゃんと請求書は送るわ。もちろん、勉強させていただきますけど。でもきっちり支払ってもらいます！」

深夜という時間と先刻の情動が、心地よい部屋にくつろぐ父娘の間に、珍しく親密な空気を生み出していた。ルーシーはこの部屋に馴染みがなかったけれども、家具はすべて田舎の牧師館を転々とした少女時代から親しんだものだった。チョコレートを飲みながらふたりはほとんど喋ろうとせず、ただほのぼのとした時を過ごしていた。この空気を壊したくなかった。

ルーシーは心から父を愛していたが、立ち入った相談をしたことはなかった。キングズリー聖堂参事は遠慮深いたちで、子供たちの人生を穿鑿しようとしなかったし、ルーシーはなんでもひとりで片付けようとするタイプだったから、私的な問題を他人に相談するのが不得手で──不必要なことと見なしていた。殊に浮き世離れした穏やかな父が相手では。

だから、夜が更けて──おそらくこの親密な空気に勇気づけられてだろう──父がそれを言い出した時、ルーシーは悟ったのだった。父がどれほど彼女を心配し、想ってくれているのかを。

「今夜はジェレミー・バートレットと親しくなれたようだね」彼はおそるおそる遠回しに言った。

ルーシーはあたりさわりのない返事をした。「ええ、とてもいい人みたい」

「彼は奥さんが亡くなって以来、とても孤独なんだよ」ジョン・キングズリーは言葉を切ると、長い色白の指先を突き合わせ、そしてやさしく言い添えた。「おまえがひとりでいるのが心配なのだよ。ロンドンはとても大きい街で、おまえは……」

「前ほど若くはないって？」ルーシーは笑った。「心配しないで、お父さん」彼女はもう長い間、デイヴィッドのことを父に言わなければと考えていた。今が、きっとその時だった。「実はね、わたし……とても好きな人がいて」父は勇気づけるように頷き、何も言わなかった。やや間をおいて、ルーシーは続けた。「デイヴィッドっていうの。デイヴィッド・ミドルトンブラウン。事務弁護士なの。一年くらい前から、お付き合いしてるわ」

「ロンドンに住んでいる人かね？」

「ううん、ノーフォーク。でも、もうすぐロンドンに引っ越してくるの。リンカンズイン法学院に仕事口があって。とても有名で、由緒あるところなのよ」誇らしい気持ちが声にあらわれるのを抑えきれないままに付け加えた。「慈善団体のための仕事も、信頼されてたくさんまかされてるわ。もちろん英国国教会のも」

「それはすばらしいね」キングズリー聖堂参事は安心したように微笑むと、また沈黙した。ルーシーもまた沈黙し、デイヴィッドのことを考えていた。今週末はノーフォークで、彼の家を売りに出す準備を手伝って過ごす予定だった。その計画は、音楽祭の準備を助けてほしいと切羽詰まった声で訴える父の電話で、断念することになった。ルーシーにはとても拒めなかった――父が頼みごとをするのはめったにないことだった。だけど、かわいそうなデイヴィッド。

土壇場の予定変更で、彼が取り乱し、失望したのはもっともだった。つまり、彼の家自体は問題なかったのだが——昨年、母親が亡くなった後にかなり改装されたうえにもともと几帳面なデイヴィッドは、母親から家をきちんとしておくようにみっちり仕こまれていたのだから。問題は庭だ。デイヴィッドは週末を必ずといっていいほど、ロンドンのルーシーの部屋で過ごしていたので、その結果、哀れにも庭は無視されていた。ルーシーは七月の暑い陽の下で、雑草を引き抜いたり、灌木を剪定したり、世俗の欲とは無縁の満ち足りた週末を過ごすことを、愉しみにしていた。それなのに、大聖堂境内における期待はずれの野心と欲にまみれた不満の渦に、頭から飛びこんでしまったようだった。

ようやく、父娘は休むことにした。ルーシーがはいる客用寝室の前で、キングズリー聖堂参事は娘の額にキスをした。「来てくれてありがとう」彼は言った。「おやすみ、ルーシー。神の御加護を」

父のやさしい祝福は、幼いころに何度となく聞いた懐かしいもので、慣れない部屋で眠ろうとするルーシーを内省的な気分にさせた。長い一日だった——ロンドンからマルベリーまでの、とても直通とは思えない長い長い列車の旅に始まり、このベッドで終わる一日。その間にはあまりに多くの出来事があった。そして、あまりに多くの新しい出会い。

まず、もちろん気の毒なブリジズフレンチ聖堂参事。その風貌は、風評と同じくらいに奇天烈で、対面した時には度肝を抜かれた。驚くほど背が高く、死人のように痩せこけ、しかも猫背で、額が張り出し、その下でもじゃもじゃの眉毛がさかんに自己主張している。頭のてっぺんに毛があったとしても、絶壁のような額は、高くそびえて見えただろう。実際には、髪は——脂じみてぼうぼうの黄ばんだ白髪は——頭の横と後に限定され、額は何からも邪魔されることなく、つるぴかの丸屋根に続いていた。まさに驚嘆すべき人物だった。

次に会ったのは、会合にいた人間——美男のルパート・グリーンウッドに、不機嫌そうに寡黙な、小柄で浅黒い、オルガン奏者のアイヴァ・ジョーンズ。その後は、晩餐会の出席者。そして、ジェレミー。

わたしはジェレミーに公正だったかしら？　思わせ振りな態度を取ってしまったのかしら？　そんなつもりはなかった——ジェレミーのことは、晩餐会の愉快な話相手だと思い、共通の興味について話し、大聖堂とその周辺にまつわる広大な知識をお相伴して過ごした夕べを心から愉しんだりはしたけれども、それを深い意味にとられるとは考えもしなかった。自分はもう誰かの恋愛対象になることはないと——デイヴィッドとの絆の強さを——ごく当たり前に思っていたので、手遅れになる前に、事実を言っておくことすら思いつかなかったのだ。でも本当にはっきりさせられただろうか？　ジェレミーは最終的な拒絶と受け取らなかったようだけど。

ルーシーは、はたと気づいた。きっとジェレミーは、結婚も婚約もしていないのは、デイヴィッドがまだプロポーズをしていないからだと勘違いしたのだろう。もちろん、それは真実とかけ離れている。デイヴィッドは何度となく、繰り返し繰り返し、結婚を申しこんでいた。愛する男と最終的な絆を結ぶのをルーシーにためらわせているものは、若気のいたりとも言える、どうしようもない男との短命な結婚によるまだ癒えぬ傷だった。自分の拒絶がデイヴィッドを落胆させているのはよくわかっている。生真面目な彼は、結婚で得られる安心というものを切望しているのだ。ルーシー自身、結婚に対する根強い反感を克服しようと、努力してはいるのだが、うまくいかなかった。週末は一緒に過ごそう、という現在の取り決めが、十分でないのはわかっているが、それはあと二ヵ月ほどで、デイヴィッドがロンドンに越してくれば、改善されるはずだった。相続した家が当分住める状態ではないので、デイヴィッドはしばらく彼女の家で暮らすことになっている。それなら結婚しているのとほとんど変わらなくなるわ、と自分に言い聞かせ——少なくとも、デイヴィッドがそう思ってくれることを願った。

ジェレミーのことは？　たしかに感じのいい、申し分なく魅力的な男性だ。この週末の出来事をデイヴィッドに報告する時は、少しはしょった方がいいかもしれない——ジェレミー・バートレットのことには触れないように。デイヴィッドはまだ、ふたりの関係に安心感を持てずにいるから、一方的とはいえ、ジェレミーが彼に恋敵宣言をしたと知れば、きっと不安になる。たとえルーシーにはジェレミーなど彼の敵でないとわかっていても、デイヴィッドは心底から脅威を覚えるに違いない——とりあえず、ルーシーは彼を不安から守りたかった。

ようやく、とろとろと眠りの中に沈んでいきながら、ルーシーはデイヴィッドを思い浮かべた。ひとり淋しく寝ている彼を。不意に、彼女はたまらなく恋しくなった。次に逢えるのは？　来週末なんて遠すぎる。明日、大聖堂の朝の礼拝に出て、日曜日の正餐——主教に父と招待された昼食会の後——すぐに彼のところに帰ろう。列車でロンドンに戻ったら、まっすぐノリッジ行きの列車に乗り継ぐのだ。深夜になってもかまわない、二、三日、一緒に過ごすのだから。ブリジズフレンチも、プログラムの表紙絵も待たせておけばいい――今はどうしても、デイヴィッドが必要なのだから。

境内の、とある家の外でジェレミー・バートレットは長いこと立ちつくしていた。見つからないように陰に隠れて、彼は窓を見つめていた。ジョン・キングズリーは居間のカーテンを閉めなかったので、彼は父娘の団欒を心ゆくまで眺めることができた。読唇術ができるわけでもなく、何を語らっているかはわからないが、問題でなかった。頭の中では思いが渦巻いていた。ルーシー・キングズリー。会った瞬間からジェレミーは彼女に魅せられた。ルーシーは挑発もせず、意識的に魅力をふりまきもしなかった。きっと彼はその自然にふるまう姿にもっともひきつけられたのだ。ジェレミーは妻を亡くしてから……いや、その前から、女というものに慣れていた――ロウィナ・ハントのような――誘惑のサインを巧妙に、もしくは不器用にちらつかせる女たち。無論、長い間には直接的な誘惑に負けることもあった――彼とて木石ではない――そんな女には、たいがいすぐに興味をなくした。けれども、ルーシー・キングズリーは違った。今夜、一緒にいた間、何度となく水を向けてみたが、とうとう最後までひっかかってこなかった。

ルーシーは決まった相手がいると言った。しかしその言葉にさえ、いっそう歪んだ興奮を覚え、闘志をかきたてられた。あれほど興味をひかれる女には、もう長年お目にかかっていない。

どこかの馬の骨が先に名乗りをあげたからといって、おとなしく引き下がるつもりはない。ひさびさの狩りだ、とジェレミーは呟いた。必ず手に入れる。関係が二、三ヵ月続こうが、一晩で終わろうがかまわない。ただ、仕留めさえすればそれでいい。

かなりの時がたって居間の明かりが消え、ジェレミーは固唾を呑んだ。ほどなく頭上で、二階の窓に灯がともり、ルーシーが部屋にはいってきた。ジェレミーはもっとよく見えるようにあとずさったが、残念なことに、彼女はまっすぐ窓辺に寄り、カーテンを引いてしまった。

ジェレミーはひょいと肩をすくめると、踵を返して家路についた。ロウィナ・ハントの家の前を行き過ぎる時、通りに面した寝室に自然と眼がいった。ロウィナはルーシーほど慎み深くなかった。ホランド布の日よけは途中までしかおろされていない。ベッドサイドの光が、鏡台の前に坐って艶やかな黒髪を銀のブラシでとかす色っぽい姿を浮き上がらせ、美しい肌と締まった体が黒いレースのナイトガウンからはっきり透けている。この距離ではほんの娘のように見えた。違う状況であればジェレミーも足をとめたかもしれない。しかし、今夜は違った。ロウィナは彼の興味をまったくひかなかった。

それでもジェレミーは家に着くまでの間に、ロウィナに電話をしようと決めていた。ブリジズフレンチ聖堂参事の欠席を思い出し好奇心に駆られたのだ。電話でなら、集まった客の前では口に出せなかったことを教えてくれるかもしれない。

彼女はすぐ、寝室の電話に出た。「ロウィナ・ハントです」

「ロウィナ？　ぼくだ。遅くにごめん」彼は切り出した。

受話器からロウィナの含み笑いが聞こえた。「いいえ。起きてたわ」

「食事の礼を言いたくてね」彼はすらすらと言った。「本当にうまかった」

「まあ、よかった」

「アーサー・ブリジズフレンチも、あんなごちそうを食いっぱぐれるなんて惜しいことをした。よっぽどの理由があったのか」

「ええ、実は……」ロウィナはほんの一瞬ためらったが、すぐに続けて、「ジェレミー、誰にも言わないって約束して。どうしてアーサーが来なかったか、あのあと知ってしまったのよ」

ジェレミーは声の調子を変えないように言った。「ああ。言わないよ」

「わたし、心配だったから、みんなが帰った後に電話をしてみたのよ」ロウィナは説明した。「あんな失礼なやりかたはアーサーらしくないし、急病というのも納得がいかなかったから」

「で？」

「あなたもきっと信じられないわ！　彼は首席司祭に任命されなかったの！」

「なんだって！　じゃ、誰が……？」

「スチュワート・ラティマーという男よ、ロンドンの。アーサーは今夜、それを知ったの。正式発表までは、二、三日あるけど」

「なるほど」それが何を意味するのか、ジェレミーがすっかり理解するまで、長い思索の間があった。やがて、彼は低い笑いをもらした。「そうか、そうか、そうか。これで何もかもひっくりかえるってわけだ。賭け金は全部パー。参考までに聞きたいな、きみはこれをどう見ている? きみの欲しいものが手にはいりやすくなるか、その反対か?」

「どういう意味かしら」ロウィナは冷ややかに答えた。

「わかってるだろう。今夜の晩餐会だ――ただの仲良しこよしの懇親会じゃないんだろ? ぼくはそれほど、うぶじゃない。いや、ロウィナ――きみは何か欲しいものがあって、そのために聖堂参事会を味方につけたいんだ。話してみろよ、助けてやれるかもしれないぜ? 手を組めば、結局、どっちの利益にもなるかもしれない。大聖堂に関することが最優先って意味じゃ、どうせぼくらは同じ穴のむじ……」

「あなたの欲しいものは、言われなくてもわかるわ」ロウィナがさえぎった。

「へえ?」

「建築家なら誰でも欲しがるものよ。建築史に自分の名を残すこと。どうやるつもりか知らないけど」

ジェレミーは笑った。「お利口さんだな、ロウィナ。ほかには?」

「あなたもお利口さんなら、わたしが必ず欲しいものは手に入れる女だってことがわかってるはずよ。誰がマルベリーの首席司祭になっても関係ないわ」受話器を置くと、満足気な声でひとりごちた。「欲しいものには、あなたもはいってるの、ジェレミー・バートレット。あなたも必ず手に入れてよ」

4

全《まっ》き道を歩む者は、私に仕えます。

詩篇第百一篇六

数週間後。都合のいい時にウィロビー主教宅を訪問してほしい、と主教秘書が伝えにきた時、ジョン・キングズリーは大聖堂の書庫で仕事をしていた。マルベリー大聖堂境内居住の聖堂参事としてまかされた義務のひとつが、書庫の整理と管理だった。破壊を免れた東回廊上部の細長い部屋に作られた書庫は大きくはないが、珍貴な書物が二、三あり、歴史的に興味深い本がごまんとあって、聖堂参事はそこで過ごす時をおおいに愉しんでいた。

ジョージ・ウィロビー主教とジョン・キングズリーは、神学校時代からの親友だった。主教が、親友に聖堂参事会員職を受諾させるまでには何年もかかった。この友人はいつまでたっても、小教区の田舎牧師の立場に満足しており、高い地位に対する野心をまったく持たなかったのである。しかし、そんな彼にも引退する年齢が近づいたので、ぜひマルベリーで有終の美を飾るようにと、主教は説き伏せだした。ついには、書庫の管理をしてもらえればありがたいから、という口実まで持ち出した。主教はキングズリー聖堂参事が名利を離れた謙虚で高潔な人物であることを知っており、彼が来ることで、私利私欲の横行するこの主教座聖堂参事会に、よい変化がもたらされることを期待したのだ。ずうずうしさとは無縁の、遠慮深い謙虚さこそが、機会を得た主教をして、すぐさまキングズリーを出世せしめた原因であった。

ウィロビー主教は満面に笑みをたたえ、玄関のドアを自ら開けて出迎えた。「ジョン！ よく来てくれたな！ さあ、はいった、はいった！」

「お邪魔じゃなかったかい、ジョージ？」

「もちろん邪魔じゃないとも」愉快そうに笑った。「私が呼んだんだからね。お邪魔どころか大歓迎だ。一日じゅう、本を書いていて、実のところ、アルビ派キリスト教異端分派には飽き飽きしてきたところさ。だけど、私がこんなことを言ったなんて、誰にも言わないでくれよ！」主教はまた腹を揺すって大笑いした。ジョージ・ウィロビー神学博士は短軀肥満で、ふさふさの真っ白な髭と、茶目っ気たっぷりの青い眼の、サンタクロースとエホバ神を足して二で割ったような人物だった。しかし、見かけとは裏腹に、彼は著名な学者であり、初期キリスト教異端分派研究の第一人者であり、かてて加えて聖職者として極めて有能で、マルベリー主教座における在職期間もたいへん長く、すこぶる評判がよかった。主教は友人の先に立って家の中を通過しつつ、肩越しに説明した。「パットが庭にいるんだよ。そっちのほうがいいだろう？ 今、やかんをかけてくる――お茶にしよう」

高貴《オノラブル》なるパトリシア・ウィロビー主教夫人は教区内全域においては、パットという名でより親しまれていた。男ふたりが庭に出てきた時、夫人はちょうど背を向けているところだった。

熟練した手つきで剪定ばさみをふるい、丹精したすばらしい薔薇の花がらつみをしていた。

「パット！」主教は朗々たる豊かな声を轟かせた。「ジョンがお茶を飲みにきたよ！　お湯を沸かしてきた」

パット・ウィロビーは笑顔で振り向いた。「ジョン！　本当におひさしぶりね！　全然、うちに来てくれないんだから。あなたがマルベリーに越してくる前のほうが、よく顔をあわせていたような気がするわ」大柄で骨太の彼女は色白の肌を陽射しから守るために幅広の麦藁帽子をかぶっていたが、両腕は無防備でそばかすが散っていた。

「すみません」キングズリー聖堂参事は謝った。「でも、おふたりがとても多忙なのを知っていますからね。あまりお邪魔をするわけには」

「ま、何を馬鹿なこと言ってるの！」パットはあっさり言い切った。夫と同様に、彼女はジョン・キングズリーをたいへんに好いていた。聖堂参事は主教とほとんど同い年なのに、自分の面倒を見る能力がまるきりないので、パット・ウィロビーは母性本能をありったけ注ぎたくなるのだった。彼女はまた、二十年以上も前に早逝したエリザベス・キングズリーの親友でもあった。その死に際して、パットはしっかりとした柱となり、母親が命と引き換えに産んだ赤ん坊の世話をするのは無論のこと、呆然としているジョンと三人の子供たち——十代のルーシーとふたりの兄——にとって、はかりしれないほどの支えとなった。耐えがたい時代にパットに与えられた力強い親切を、ジョン・キングズリーは片時も忘れたことがなく、彼女には感謝してもしきれないと常々思い返していた。

主教はマルベリーの教区じゅうで人気があったが、主教夫人はさらに人気があった。子宝に恵まれなかった彼女はぐずぐずと悲観したりせず、早くからその世話好き本能を小教区それぞれの牧師夫妻に長年注ぎこんできた（主教の教区は、牧師の小教区ブロックにわかれている）。彼らは忠誠と愛情をもって恩に報い、その結果、母のように慕ってくれる少なからぬ数の名付け子を、パットは教区じゅうに持つこととなった。それでも余るエネルギーと愛情は、彼女の庭に、犬に、そしてもちろん主教に惜しみなくそそがれた。

犬たちは、かんかん照りの八月の午後にまけて庭の隅にある古木の陰に寝そべり、はっはっと息を荒くしていた。二匹ともラブラドルで、黒いのはカイン。金色のは当然、アベルといった。愛する女主人が客と共に近づくと、二匹は頭をもたげて、緩慢に尾をふった。長いピンクの舌が、分厚いハムのように口からだらりと垂れている。ジョン・キングズリーがかがみこんで、耳の後をかいてやると、尻尾の動きが少し元気になった。「いい子だねえ」彼は小声で話しかけた。

木陰には、日焼けした花柄のクッションをのせたガーデンチェアが四脚と、雨風にさらされ、少々傷んだ木のテーブルがあった。「ここでお茶を飲みましょう」パットが宣言した。主教は従順にお茶道具を取りにいった。パットは椅子にどすんと坐ると、帽子を脱いで、顔の前でぱたぱたあおいだ。「暑いわねえ。庭いじりは。しかもこの陽気じゃね」白い髪はうなじで無造作にまとめられ、あおぐたびに後れ毛が顔のまわりでふわふわ動いた。

まもなくお茶は、笑顔の主教が持つトレイにのって登場した。葉を蒸らす間、パットは聖堂参事に子供たちのことを訊ねた。

「ああ、みんな元気ですよ」

「ルーシーには新しい恋人ができた？」

「らしいですね。まだ会ってませんが。事務弁護士だとか。とても幸せそうな口振りでした。よかった」聖堂参事は告白した。「ルーシーのことが本当に心配なんですよ。そろそろ身をかためてくれないと」

「音楽祭には、その彼氏も来るのかしら？」パットは知りたがった。

「さあ、どうでしょうか」

「なんでまた、あのしょうもない音楽祭のことを持ち出さなきゃならんのだ？」主教が呻くように言った。「音楽祭という言葉を聞くだけでも気分が悪い」

夫人は笑った。「まあ、ごめんなさい」お茶をそそぎながら、ジョン・キングズリーに向き直って説明した。「ジョージは電話攻めにあってるのよ。ほとんどがアーサーからだけど、ルパート・グリーンウッドと、アイヴァ・ジョーンズからも。みんな自分の意見を通したくて、それぞれがジョージに支持してほしがってるのよ」

「私には関係のないことだと、何度も言っとるのに」主教はぶつくさ言いながら、お茶を飲み、ビスケットをかじった。

「アーサーは……なんとか落ち着いたようだね」聖堂参事は遠慮がちに、音楽祭の争いから話題をそらそうとした。「そう思わないかい、ジョージ？」

主教は首をふった。「首席司祭職の一件だろう？　はっきりしたことは言えない。アーサーは思っていることを顔に出さないからね――何を考えているか読めない」

「もっと深刻なことになるんだろうか……この先」

「新しい首席司祭が来た時か？　さあね、時がたたないと、なんともいえないな。実は、きみに会いたかったのは、そのことでなんだ」

「スチュワート・ラティマーの？　でも、私だって、一度しか会ったことがないよ」

「いや、特に彼のことというわけじゃないんだ」主教は答えた。「聖堂参事会のことなんだよ。新しい首席司祭が来た後で聖堂参事会がどうなるかが心配でね」

「というと？」

「少々デリケートな問題なんだ」ウィロビー神学博士は肘掛けを指でとんとん叩いた。「これは本来、私には関係のないことだ。だいたい、自分の大聖堂にはいるのにも、ノックしなければ入れてもらえないんだからな！　私の仕事は、教区の監督であって、大聖堂の運営そのものではない。だから私は聖堂参事会には一切の口出しをしないことにしてきた。しかし、今度ばかりは深刻な事態になりそうな気がしてならないんだよ」

「ジョージは権力のバランスが変わるのを心配してるのよ。ロンドンから来る首席司祭と、マルベリーの聖堂参事たちの歩調が合わないんじゃないかって」パットはずばりと説明した。彼女は自らを、夫の聖職者職における対等のパートナーと考えており、いつも自分の考えを歯に衣着せずに述べる。「だって、ここの運営はもう長年、すべてアーサーの裁量ひとつでやってきたでしょう」

「どこの大聖堂でも、聖堂参事会の権力のバランスはデリケートな問題だ」主教が補足した。

「ここでは何年もの間、たいした変化がなかった。パットが言うように、運営はすべてアーサーの自由な裁量で行なわれてきた——前首席司祭は役たたずで、アーサーに言われたことを何でもそのまま実行していたから、彼の死は実質的にマルベリーに何の変化ももたらさなかった。その後、きみが新しく加わったけれども、うまくとけこんでくれたから参事会に波風がたつことはなかった。しかし今度は、おそらく現代的な考えの人物が乗りこんでくるとなると——何が起こるか、見当がつかない。もしかすると、私はオーバーに考えすぎているのかもしれないが……」

パットが力強くさえぎった。「オーバーじゃないわ、ジョージ。わたしは絶対に一悶着あると思う。でも、あなたは足をつっこんじゃだめよ！　そんな権限も力もないのに、下手にかかわったら、ますます事がややこしくなるだけですからね！」

「だから、ジョンにわざわざ来てもらったんじゃないか」主教が思い出させた。

キングズリー聖堂参事は面食らったように、主教夫妻の顔を見くらべた。「だけど、私に何ができる？　もちろん、きみのためなら何でもしたいと思うよ。だけど、今きみが言った通り、私は聖堂参事会でいちばんの新参者だ。誰も私なんか気にもとめていないよ。私はそれで満足しているが。聖堂参事会での権力なんて、ちっとも欲しくないからね」

ウィロビー神学博士は笑った。「あいかわらず無欲だなあ、ジョン。別に、クーデターを起こせと頼んでるわけじゃないよ。ただ、私のために常に状況を見て、まずいことが起きる気配があれば知らせてほしいんだ。聖堂参事会の中に信頼できる眼と耳があるというだけでも、ずっと気が楽になる」

「もちろん、いいよ。きみがそう言うのなら」ジョン・キングズリーは承諾した。「どれだけ助けになれるか、わからないが」

パットはティーポットの蓋を持ち上げ、開ききった茶葉が揺らめく中身を覗きこんだ。「もう一杯分くらいありそうね。いかが、ジョン？」

5

私は自分の誓いを主に果たそう。
ああ、御民《みたみ》すべてのいる所で。
主の聖徒たちの死は主の目に尊《たっと》い。

詩篇百十六篇十四―十五

八月も終わりに近い金曜の夕べ。マルベリー音楽祭最初の催しは、マルベリー・アマチュア演劇クラブによるT・S・エリオットの〈大聖堂の殺人〉だった。それはふさわしくも、大聖堂の南袖廊はベケットの窓の真下にて上演された。

観客の数はおそまつなものだった。駆けこみの客で混雑するだろう、という期待ははずれ、前売りの淋しい売り上げはふえなかった。その夜、集まった人々は南袖廊にぽつぽつとまばらに坐っていた。

「なんというか、ちょっと情けないね」幕間に、ジェレミー・バートレットはルーシーと彼女の父に話しかけた。大聖堂の北の草地には、サーカスで見るような縞の大テントが張られていたが、飲み物を買う人の列は見当たらなかった。ひとにぎりの人々がげんなりした様子で、安物の白ワインやピムズの水割りをちびちびやっていた。

「飲み物を持って、外に出ましょう」ルーシーが提案した。「気持ちのいい夕方だもの——蒸し暑いテントにこもってることないわ」

同じことを考えた人はいたようで、野外にはテーブルが六脚、用意されていた。ジェレミーは空いたテーブルに父娘をつれていった。今夜は誰ともルーシーを共有したくなかった。父親だけはしかたないから我慢するにしても。「乾杯」彼はグラスを持ちあげた。

ルーシーは微笑みかけた。「乾杯。ジェレミー。ごちそうになるわ」

「本当に。ありがとう」キングズリー聖堂参事も言った。「ごちそうになるよ」

ジェレミーはいちばん気になっていたことを質問した。「ところで、今度の週末は一緒に来なかったのかい？　きみの恋人は？」

「デイヴィッド？　ええ、そうよ」ルーシーは言葉少なに答えた。ジェレミーはより多くの情報を期待して、問いかけるような眼で見つめたが、その期待は空振りに終わった。

キングズリー聖堂参事は、具合の悪い空気を感じて、助け船を出した。「ルーシーの話では、彼はもうすぐ引っ越すので忙しいそうだよ」

「それは残念」ジェレミーは大げさに遺憾の意を表すと、片眉を皮肉っぽくつりあげた。ルーシーは無表情な眼差しを返した。

「おや、アーサー・ブリジズフレンチだ」ジョン・キングズリーは言った。「今夜の観客の数にショックを受けなければいいが」

「声をかけてあげたら」ジェレミーが提案した。

「そうしたいんだが、かまわないかな」

「ええ、ちっとも」

ルーシーは、父がのっぽの副首席に歩み寄るのを見送った。「どういうつもり？」

「ちょっとの間、きみとふたりきりになりたかったからさ。訊きたいことがあるんだ」

彼女は用心深く、ジェレミーに向き直った。「なあに？」

「そのデイヴィッドってのは何者だい？　きみに優先権を持っているという彼は？」

プライバシーに踏みこまれて苛立ったルーシーは、指で巻き毛をくるくるといじり、だいぶたってから答えた。「彼はデイヴィッド・ミドルトンブラウンというの。事務弁護士よ。彼とは……」そこでためらった。「あなたに言えるのはそれだけ。とにかく……」

「事務弁護士？　そんな奴じゃ、つまらないだろ、ルーシー。きみは芸術的で……」

「……あなたには関係のないことよ」語気鋭くしめくくった。「それじゃ、失礼して、ブリジズフレンチ参事にご挨拶してくるわ」ジェレミーから遠ざかりつつ、怒っているのは彼にではなく、自分自身にであることを自覚していた。ジェレミーと出会った時にすべてを明らかにしておかなかったことや、彼が示した興味を単なる友人としての気持ちだと誤解した自分のうかつさに腹を立てていた。しかしいくら悪いのは自分だと悔やんでも、もはや後の祭りだった。

アーサー・ブリジズフレンチはルーシーの父と話しこんでいたが、彼女が近づくとすぐに破顔した。ただし、眼に快い笑顔とは言えなかった。骨の浮いた顔の中で、不揃いな黄ばんだ乱食い歯が剝き出しになっている。「よく来てくれましたね。あなたの描いてくださった絵は本当にすばらしい――感嘆の言葉のほかはありませんよ。実に美しいプログラムだと思いませんか？」彼は手に持っているマルベリー音楽祭のプログラムをかかげた。表紙はルーシーによる抽象画だった。ぱっと見ただけではそうとわからないが、ベケットの窓がモチーフになっている。

「印刷が美しいからでしょう」ルーシーは謙虚に答えた。「そんな風にフルカラー印刷になさったのなら、とてもお金がかかったんじゃありません？」

ブリジズフレンチ聖堂参事は急に難しい顔になった。「そうなんですよ」一瞬、彼はためらって、低い声でつけくわえた。「予想よりもはるかに。それは地元の印刷会社に発注したんです、ここの大聖堂でいつも頼んでいる。大聖堂の注文はいつも、特別料金でやってくれるところです。今回は、そこがスポンサーになってもいいという話も出て――裏表紙に全ページ広告をうたせてくれれば印刷代をとらないと言ってきたんですよ。しかしご覧の通り、広告は載っていないでしょう。印刷会社は正規の料金を請求してきましたよ。一切、割引はなしで」

「でも、どうしてそんなことに？」ルーシーは訊ねた。

聖堂参事は体をかがめ、顔を寄せてきた。「新しい首席司祭ですよ」彼は囁いた。「就任式が行なわれることになって――もう一ヵ月ぐらい前の話ですが――地元の印刷会社は当然、自分のところに招待状や式次第の発注があるものと期待していました。もう長年の付き合いですからね」彼はまた難しい顔になり、偉大に張り出した額に深い溝を刻んだ。話すにつれて、声は苦々しさを増した。「しかし、新しい首席司祭は満足できなかったんですよ、ロンドンの、それもボンド・ストリートの一流でなければ。できてきた招待状は非常に凝った立派なものでした——まだ請求書は来ていませんが。だけど、目の玉が飛び出すような額に決まっている」

「きっと、そうするだけの理由があったんだよ」人のよいジョン・キングズリーは、なだめるように言った。

友人は嘲りの色を浮かべた。「そうするだけの理由！」そして、こわい顔でルーシーに向き直った。「それだけではないんです。首席司祭のせいで、私はスポンサーをあと二社も失った！ 音楽祭の料理も、地元の料理業者が、プログラムに広告を載せるのと引き換えに、特別料金でやってくれるはずだったのに、首席司祭は、自分の就任式のガーデンパーティーにはロンドンから一流の料理業者を呼ぶと言いわたしたんです！ 彼らが気を悪くするのも当たり前だ！」

「もう一社は？」

「ワトキンズ醸造——地元の大企業です。何十年も昔から、うちの大聖堂とは深いつながりがある。れっきとした歴史があるんです。お嬢さんはご存じないかもしれないが、お父さんの聖堂参事会員禄基金はそこから出てるんですよ」

「まあ、知らなかった」

「行事があると、あの会社はいつも率先して助けてくれます——形のあるもので。資金はもちろんですが――ビールで」

「ビール？」

ブリジズフレンチ聖堂参事は憤りもあらわに、勢いよく頷いた。「大テントで売るビールをただで提供してくれるはずでした。何樽でも好きなだけ。いつも大聖堂の行事でそうしてくれたように。ところが……」

「わかった。ロンドンのビールですね？」

彼は滑稽なほど大げさにかぶりを振り、悲しげに言った。「いいえ。ビールは一切なしです。われらが新首席司祭は自分のガーデンパーティーにビールはふさわしくない飲み物だと考えたのですよ。ワインだけにすると。ワトキンズ醸造が……自分たちへの侮辱ととるのも無理はないでしょう？　音楽祭のビール提供や資金援助を取り止めても？」また彼女に顔を寄せた。「あの男には」と、大真面目にいかめしく言った。「山ほどの責任がある」重苦しく嘆息し、「故意にやっているとしか思えない――私の音楽祭をつぶすために！」


幕間の休憩時間が終わるころ、若いカップルが近寄ってきて話の仲間に加わった――アーサー・ブリジズフレンチをわざわざ話相手に選ぶタイプには見えないわ、とルーシーは思った。娘は二十歳前後で、溌剌として、とびきりきれいだった。豊かにうねる栗色の巻き毛、澄み切った青い眼。話をする間、お喋りな手はじっとしていない。傍らに立つ青年は背が高く、がっしりとして肩幅も広かった。人好きのするあけっぴろげな顔をして、笑うと美しく揃った真っ白い歯が光り、ブリジズフレンチ聖堂参事とは、まったく対照的だった。ふたりともカジュアルな服装で、娘は白いパンツに、鮮やかな花柄のだぶっとしたコットンシャツ。青年は胸の真ん中に〈オハイオ大学〉の校章をプリントしたTシャツに、お決まりのジーンズだった。

娘はルーシーに笑いかけて会釈をし、ジョン・キングズリーに挨拶を返した。そして、ルーシーが驚いたことに、娘はブリジズフレンチ聖堂参事に抱きついて、ふたりの飲み物をこぼしそうになった。「アーサーおじさん！」彼女は勢いよく言った。「ねえ、すっごくすてき。〈大聖堂の殺人〉って見たことがなかったけど、最高ね！」

副首席は平静を取り戻すと、やさしく微笑んだ。「愉しんでいるかい？」

「ええ、とっても。大主教が実は殉教を望んでいたってとこなんか――大胆な解釈よね！あんなに生きがいを持ってた人が死にたがってたなんて信じらんない。ね、おじさんはどう思う？」

「死にたがったわけではない。彼が望んだのは殉教だ。全然、別のものだよ」副首席は説教を始めそうになったが、すぐに礼儀を思い出した。「キングズリーさん、カスティ・ハントとは、初対面ではありませんか。トッド・ランドールとも。トッドはアメリカの神学生ですが、マルベリーに一年間滞在しているんです。私の文書目録作りを手伝ってくれているんですよ」

ルーシーもまた自己紹介をして言った。「姪御さんがマルベリーにいらっしゃるとは存じませんでした。それとも、遊びにいらしたのかしら？」

副首席は面食らった顔をした。カスティは生き生きとした魅力的な笑い声をあげた。「いいえ、本当の伯父ではないんです、キングズリーさん。物心ついた時からずっと、アーサーおじさんと呼んでるだけ。ね、おじさん？」愛情深く、彼の腕に自分の腕をからませて、付け加えた。「母は〈大聖堂友の会〉の代表をしてます」

気がついて、ルーシーは一瞬まじまじと見つめた。「まあ、ロウィナ・ハントさんのお嬢さん！　ごめんなさい、気がつかなくて。なんとなく、彼女の娘さんというのはもっと……お若いと思っていたものだから」

カスティは全然気にしていないように、また笑った。「いいんです。ママはほかの人にそう思わせたいの」愛情のこもった、少しからかうような口調で、「大学生の娘がいるほど、自分が老けていると思われたくないんですよ。ママはきっと、マルベリーにいる間はわたしをおさげにさせて、小学生の服を着せたいと思ってるわ」

母娘ともども恥をかかせてしまった気がして、ルーシーは話題を変えようとした。「それじゃ、今は大学に？」

「ええ、ケンブリッジです。一年目が終わったとこ。法律の勉強をしてます、弁護士になりたくて。あ、こんな話、どうでもいいですね……」

ブリジズフレンチ聖堂参事がすばやく言葉をはさんだ。「キングズリーさんは画家なんだよ。プログラムの表紙絵を描いていただいたんだ」

「へえっ！」アメリカ人が初めて口をきいた。「かっこいいなあ！」のびのびとした母音の発音はアメリカ中西部の芳香を運んできた。ルーシーは心に描いた彼の絵を修正し、絵の中のサーフボードをおっとりしたかわいい雌牛に変更した。「才能があるんですねえ、いいなあ」

ルーシーはこれほど率直な感嘆の声に対する、唯一のふさわしい返事をした――慎み深い微笑と軽い会釈。「ランドールさん」ルーシーは呼びかけた。「あなたは、お芝居を愉しんでらっしゃる？」

青年はぞっとしたような顔つきになった。「トッドと呼んでください。ランドールさんってのは親父です！」そして、ぱっと笑顔になり、言葉を継いだ。「すごく愉しんでますよ。ただ、残念なのは……そのう、もっと人がいればってことです。ずいぶんがっかりでしたね、参事」

ブリジズフレンチ聖堂参事はかぶりを振った。「いやいや、私は最初から今夜はさほど大勢来るとは思っていなかった。なんといっても、三聖歌隊祭の最終日とぶつかっているからね」自嘲気味に小さく笑って、「それに、われわれは彼らほど有名ではない……今はまだ。いやいや、明日はもっと人が来るよ、ヘレフォードから客が帰り始めるだろうから、その人たちがまっすぐここに寄ってくれるさ。午後から〈大聖堂友の会〉の百花祭もある、祝祭の晩禱もある、夜には大コンサートもある……だから、明日はもっと、よくなるはずだ」

ルーシーは、根拠のない楽観に感心した。その時、休憩時間の終わりを告げるベルが鳴った。キングズリー聖堂参事はそれまでおとなしくしていたが、腕時計を見て言った。「もう行ったほうがいいんじゃないかね、ルーシーや」

「お会いできてよかったです、ルーシー」トッドは彼女のファーストネームを聞いてすぐ、そう言った。「音楽祭の間にきっと、また会えますよね」

「ええ、きっと」

一同が向きを変えて大聖堂の方向に歩き始めた時、ルーシーはさっきまでジェレミーと坐っていたテーブルに眼を向けた。彼はまだそこにいた。ひとりぼっちでひどくしょげて見える。その途端、ルーシーの中にさっきの仕打ちに対する罪悪感がわきおこった。「先に行ってて、お父さん」思わずそう言った。「わたし、ちょっとジェレミーに謝ってくる。さっき彼に……悪いことを言ったから」

6

彼らは主の家に植えられ、
私たちの神の大庭で栄えます。

詩篇第九十二篇十三

土曜日の朝、マルベリー大聖堂は——正確には、聖マロウ＝聖トマス・ベケット大寺院およびマルベリー主教座聖堂は——空前の修羅場と化していた。〈大聖堂友の会〉の面々が、おのおの生け花の才を駆使し、死に物狂いで仕事をすすめている。百花祭はいつも前の晩には準備が整うのだが、今回は金曜の夜に、南袖廊が劇に使われたことでそれがかなわず、土曜の早朝から大わらわで始められることになった。百花祭は正午開始なので、それまでに準備を完了しなければならない。

〈友の会〉代表として、ロウィナ・ハントは真っ先に到着し、戦闘配置の準備にかかった。ほかのメンバーが到着した時には、それぞれの持ち場に名札が貼られ、（花材以外の）入り用な道具はすべて用意されていた。ふさわしいコンテナから、あらかじめ水に浸したオアシスにいたるまで。

八時にジョン・キングズリーが朝の礼拝を行ないに来たころには、準備はかなりはかどっていた。礼拝は、大聖堂の最東端にある奥内陣中央の聖母礼拝堂で行なわれるので、ほとんどのメンバーは仕事を妨げられないはずだった。聖母礼拝堂を担当するイヴリン・マーズデン以外は。

その朝、ルーシーは父と一緒に大聖堂に行った。このことはキングズリー聖堂参事を喜ばせたが、少々驚かせもした。彼は遠慮がちに、無理をしないでゆっくり朝寝をしていればと提案したが、娘は行きたいと主張した。

ルーシーは自分でも少し驚いていた。教会育ちの彼女は、これまで幼少期の教育に強烈に反発してきた。十八で、下劣なろくでなしと結婚し、即離婚。その後、ロンドンのひとり暮らしでは、教会との関わりは最小限で、礼拝に出るのも気が向いた時だけだった。しかし、一年前にデイヴィッドと知り合い、五ヵ月前に恋人になってからは特に、そのような態度も習慣も少しずつ変化してきた。デイヴィッドにとって教会がとても大切なものであるように、ルーシーにとってデイヴィッドは何より大切なものだった。それで彼と過ごす週末は、一緒に教会に通うようになっていた。デイヴィッドが礼拝の美を――そして礼拝が行なわれる建造物の美を――称賛する気持ちは、いつしかルーシーにも伝染していた。聖母礼拝堂で祈禱が始まるのを坐って待ちながら、ルーシーはしみじみ思い返した。一年前の自分なら、父とここに来ていなかっただろう。一年前の自分なら、金箔を張った英国風祭壇や堂内のほかの装飾が、ジョン・ニニアン・カンパー卿の――一九二〇年代の偉大な教会建築家で装飾家の――典型的な作品であることに気づかないだろう。でも、今の自分にはそれがわかる。それは小さな嬉しい驚きだった。ルーシーはひとり頷いた。ちゃんと覚えといてデイヴィッドにも教えてあげなくちゃ。

この週末、デイヴィッドは本当に一緒に来たがっていた。音楽に対する愛をルーシーと共有する彼は、マルベリー音楽祭で演奏される曲目があまりに無名で変わっているという彼女の意見に同意したものの、ぜひ行きたいと言った。そしてまた、デイヴィッドがルーシーの父に会ってもいいころだということでも同意していた。もうそろそろルーシーの人生における彼の地位を、より確実なものにしてもいいころではないか。しかし今は、彼の差し迫った引っ越しが、すべてに影をおとしていた。ウィモンダムの家に買い手がついたことで、デイヴィッドはそこを出る準備で大忙しだった。将来がはっきりするまで、家財は全部、貸し倉庫に放りこむことになったが、それら三人分の――デイヴィッドと母親と父親の――人生の堆積物は、そのうち行き場を考えてやらなければならない。ロンドンのルーシーの小さな家には、彼の衣服以外、何も入れる余地がなさそうだった。さらに彼は、引っ越しという個人的な問題に加え、仕事にも追われていた。書類をすべて処理し、一ヵ月後に迫った辞職までに仕事を全部片付けなければならない。デイヴィッドにもルーシーにも残念なことだが、彼女はまたひとりでマルベリーに来なければならなかった。

ジョン・キングズリーが礼拝堂に入場してきた。上祭服の銀を含んだ緑色が、銀髪を引き立てている。ささやかな数の列席者に向かい、上品に両手をあげて挨拶をする彼は、ますます中世の聖人を思わせた。「主、汝らと共にいますことを」荘厳に、なおかつ、柔らかに、彼は言った。礼拝が始まった。

しばらく堂内の飾りつけを中断させられたイヴリン・マーズデンは、数人の旅行者に交じって礼拝に出ていた。ルーシーの近くにはもうひとり、別の女性がいたが、その自信ありげな態度を見るに、大聖堂の関係者らしかった。祝禱、オルガン後奏、黙禱の後、その女性はルーシーに向き直った。「はじめまして」いかにも上流階級らしい、きびきびした発音だった。「キングズリー参事のお嬢さんでいらっしゃいますね」ルーシーは頷いた。「オリヴィア・アシュレイと申します。主教秘書をつとめております」

ルーシーは驚きの色を隠そうとした。「まあ、はじめまして、アシュレイさん。ジョージ主教からお話はよくうかがってます」それは本当だった。主教はいつも秘書のことを、〈恐るべきお局様〉と畏怖をこめて語っていた。だからルーシーは、眼は錐《きり》のようで、白髪をひっつめにした、中年かもっと老けた恐ろしいがみがみ女を思い描いていた。けれども、眼の前にいるのは若く――三十にも届かない――しかも、とびきり魅力的な女だった。彫像のようにすっきりと背が高く、ギリシャ彫刻のような稀に見る美貌で、大理石像を思わせる。それでもなお、ミス・アシュレイは恐そうな雰囲気を漂わせていた。冗談を許さない実際的な能率主義のオーラを感じる。そのうえ、肉体的な魅力をできるかぎり隠そうとし、わざと不器量に見せようとしているのだろうか、金髪を短く刈りこみ、似合わない大きな黒縁眼鏡をかけ、体の線を隠すスーツは、倍も年上の婦人にこそ似合いそうなものだった。「あなたもお花を飾りに？」ルーシーは訊ねた。

眼鏡の奥で、ミス・アシュレイの青い眼が知的にきらめいた。「とんでもない」短く笑うと、

「そうできたら、いいですけど。というより、そうする暇が欲しいですね」

「音楽祭でお忙しいの？」

「音楽祭じゃありません」笑ったが、おかしがっている様子はなかった。「新首席司祭の就任式で。九月末の。今週中に招待状を発送してしまわなければならなくて。もう悪夢のようだわ」

「まあ、どうして？」

ミス・アシュレイは大仰に天を仰いだ。「お客がみんな親子三代で招かれてるんです。猫も杓子も。州知事に、州長官に、市長に、社交界のその他大勢。新首席司祭の政治的な友人も──お舅さんが下院議員で。招待客リストは、まるで保守党議員名簿です。もう、どこに全員を押しこめばいいのかしら。ここの大聖堂はそれほど大きくないのに。その後には、ガーデンパーティーが控えてるし……」彼女は身震いした。

今度はルーシーが笑う番だった。「ものすごい大パーティーになりそうね。わたしも行きたいくらい」

「あら、いらっしゃるはずですよ。招待されてらっしゃいますから」ミス・アシュレイは口をつぐみ、そのたぐいまれなる記憶の糸をたぐった。「あなたと……ミドルトンなんとかさん？主教のご希望です」

「まあ、すてき。愉しみだわ」

すでに上祭服を脱いだジョン・キングズリーが、ルーシーに近寄ってきた。「アシュレイさんと会えたんだね。われわれが大聖堂でつつがなく仕事をできるようにしてくれているんだ。彼女がいなくなったら、みんな立往生してしまう」

若い女はくすりと微笑した。「お喋りはもう十分。また招待状の仕事に戻らないと。新首席司祭は宛名を全部、手書きにするように主張しているんです。当然、ですって」そう言って、自分の指を悲しげに見やり、目的に向かって大股に立ち去った。

「朝ごはんにしない?」ルーシーは父親に言った。

「いや、まだだよ。花を飾っているご婦人たちと少し話をしていきたいんだ。彼女たちの仕事に感謝している気持ちを伝えたいから」


イヴリン・マーズデンはすでに仕事に戻っていた。祭壇の脇にたつカンパー作の聖母子像の前で、〈母の会〉旗の近くに、アイリスやローズマリーの青でまとめた尖塔のような生け花は、完成の一歩手前にきているようだった。彼女はあまりに没頭していて、観客に眼もくれようとしなかった。「すばらしいです、マーズデンさん」キングズリー聖堂参事がそっと言った。彼女はうわの空で頷いた。

大聖堂最東端、垂直式の奥内陣は、その精巧な扇型天井といい、黒白の大理石の床といい、この建築において断然魅力的な箇所だった。ここには三つの礼拝堂があり、一九二〇年代にすべて、カンパーによって装飾しなおされている。聖母礼拝堂の北に小さな聖典礼拝堂、南に連隊礼拝堂があった。ジョン・キングズリーが次に足をとめたのは、擦り切れ色褪せたたくさんの州連隊旗の下で、年配の連隊長未亡人が連隊旗の色の花で美しい花輪を作っている場所だった。それから南側の側廊を通り、続いてルーシーも〈クワイア〉にはいった――ブリジズフレンチ聖堂参事は聖歌隊席を古風に〈クワイア〉と呼ぶよう主張していた。（原文ではｃｈｏｉｒをｑｕｉｒｅと古風に綴る、となっている）

現在〈クワイア〉は、完全にヴィクトリア調に装飾しなおされ、聖歌隊が坐る木製の椅子は、念入りに凝った彫刻をほどこされていた。聖歌隊席を担当するのは、音楽監督夫人がふさわしいということで、気乗りしない様子のジュディス・グリーンウッドが、長椅子にそって花の鎖をかけていた。ランプの笠そっくりの、上はぴちぴち、下はだぶだぶというみっともない緑の洗い晒しのサンドレスと、ここ数日洗っていないらしい薄茶色の髪から、一目でジュディスだとわかる。

彼女は顔をあげた。「まあ、おはようございます」

「とてもきれいですよ」キングズリー聖堂参事は言った。

「いいえ、だめです」首をふって、顔をくもらせた。「だめなのはわかってるんです。でも、わたしにはこれが精一杯で。お花を活けるセンスがないから。でも、やらないわけにいかなくて――ルパートがわたしの受け持ちはやりなさいって……」

ルーシーは芸術家の眼で、問題点を探してみた。「端をそんな風にするよりは、きっと……」

適切な意見と共に手本を見せた。「こうしたほうが、ちょっとは引き締まって見えないかしら?」

「まあ、ほんと」ジュディス・グリーンウッドは顔をあげて、救い主に微笑みかけた。血色の悪い冴えない顔が、微笑の温かさで、みるみるうちに美しいものに変わる。その時初めて、ルーシーはこの女性が驚くほど美しい眼を持っていることに気づいた。深い純粋な菫色《すみれいろ》の中央にベルベットの黒の瞳。けれども、それは幸せそうな眼ではなく、奥に隠された痛みにふちどられていた。ジュディス・グリーンウッドが見た目よりもずっと魅力を秘めているというジェレミーの意見は正しいのかもしれない、とルーシーは思った。「センスがおありなのね。それだけで全然違って見えるんですもの。本当にありがとうございました」

主教夫人は主祭壇の柵の内側にいたが、話し声を聞きつけて顔をあげた。「あら、いらっしゃい!」彼女は大声に呼ばわった。「ずいぶん早いのねえ。覗きにきたの?」

「八時の礼拝ですよ」キングズリー聖堂参事は説明した。「ルーシーは一緒に来たがったんです」

「それじゃあなたたちは、ここにいる全員をひっくるめたより信心深いわ」パット・ウィロビーは笑った。「朝のうちに全部すませなきゃならないなんて、本当にたいへん。今日はとてもいい天気だから中にいるのはもったいないのに——うちの庭に帰りたいわ」彼女は聖域の両端にひとつずつ立てた大きな花輪の片方を、ほぼ完成させていた。それはすべて白い花でできていた。

「すごくすてき」ルーシーは心から言った。「このお花は全部、お庭の?」

パットは一時、手を休めて、白い後れ毛を髪の束に押しこみ、自分の生け花に批評家としての眼を向けた。「そうよ。今年はお花の出来がよくてね、こんな夏まで白薔薇を咲かせておけたの。ありがたいことに」

「それじゃ、皆さんの花は自宅で育てたものなんですか?」ジョン・キングズリーが訊いた。

「まさか」パットは皮肉っぽく眉をあげた。「批判するつもりはさらさらないけど……まあ、好みは人それぞれだから。そうそう、もし、あなたたちが徹底的にユニークかつ自家製のものを見たければ、南袖廊でやってるクレア・フェアブラザーのを見にいってごらんなさい」

ふたりは彼女のアドバイスに従った。昨夜の舞台であった南袖廊は、大聖堂のほかの部分とは建築的には似ても似つかぬもので、まるで、全然別の建造物のようだった。十二世紀に火事で焼けた後、初期イギリス式で建てなおされ、シャフトを用いた束ね柱が大げさなスティッフ・リーフ柱頭に飾られている。南の高い尖塔窓は、精緻を極めた美しさだった。これこそが有名な〈ベケットの窓〉である。まさに奇跡的に、この窓は十七世紀の宗教改革と内戦による破壊を免れ、完全な無傷のまま残っていた。そのほかのガラスは皆、破壊され、十九世紀に教会が大聖堂に昇格した際に入れなおされた。色も鈍く形も平凡な、それらのガラスの凡庸さは――ジェレミーは軽蔑したように、〈ひとやまいくらの安ガラス〉とルーシーに表現したものだが――〈ベケットの窓〉のたぐいまれなる美しさを強調するだけだった。豊かな宝石にも似た色と、カンタベリーの聖トマスの一生を描いた細密な図を。

さて、〈ベケットの窓〉の下ではクレア・フェアブラザーが、この朝キングズリー父娘が見た、どの生け花とも似ていないオリジナルの創造にいそしんでいた。彼女の作品は雑草と、小枝と、ひからびた野菜のみで構成されているらしく、花は一本も見当たらなかった。立ち上がり、ゆったりした紗のハーレムパンツとエスニック柄のコットンのトップを着た全身を現すと、近付いてくるふたりに、自分の創造物を誇らしげに示した。「どう、すばらしいでしょう?」

ジョン・キングズリーは如才無く頷いた。「とても独創的ですね」

「ほかのとは全然違うわ」彼女の声には軽蔑の響きがあった。「ただ切るためだけに花を育てるなんて、本当に無駄! そう思うでしょう! そんなことがどうして正当化できるのかしらね? それに、連中が花屋に使ったお金――ああ、もったいない。その人たちが今日、花に無駄にしたお金で、アフリカの村ひとつを一年も養えるのに。特に内陣仕切りの前のふたりときたら……」ほのめかすように言うと、身震いしてみせた。

「おっしゃる通りですね」キングズリー聖堂参事は認めた。「ですが、この百花祭はそれだけ」かけても、もとがとれるほどの収益が……」

「そんなことは問題じゃありません」クレアは言下に切り捨てた。「問題なのは、浪費です。花なんかにあんなお金を使ったって、明日か明後日にはみんな枯れてしまうわ。聖書に書かれてるでしょう。〈草は枯れ、花はしぼむ〉」

「はあ……」

一同が気づかない間に、男がひとり、水のはいったバケツをぶらさげてそばに来ていた。「おたくの草は枯れるだけ枯れちまったようだな」彼は笑った。「この水は必要ないんじゃないか」

クレアは彼を睨みつけると、黙殺し、くるりと背を向けて自分の仕事に戻った。

「おや、おはようございます、ドルーイット警部」ジョン・キングズリーは新たに現れた男に挨拶した。「娘のルーシーとはお会いになりましたか？」

「いや、まだその光栄に浴していません」男はルーシーに値踏みするような眼を向け、自分の見たものに好感を持ち、バケツをおろした。「マイク・ドルーイットです」彼は手を差し出した。

ルーシーは微笑み返した。四十代後半だろうか。開襟シャツから力強い胸が覗いている。がっしりした――というより、逞しい――体格のうえ、日ごろの鍛練で鍛えているらしい筋骨隆々の体をしていた。やや白の混じる褐色の髪は短く刈られ、灰色がかった口髭はよく手入れされていた。ルーシーの好みとは正反対の肉体美タイプだったが、それでもマイク・ドルーイットの微笑はなかなか魅力的だった。

「ドルーイット警部は大聖堂の鳴鐘者のひとりなんだ」彼女の父が説明した。「そして、地元警察の一員でもある」

「そのお水は？」ルーシーが訊いた。「余暇は消防士も兼ねてらっしゃるの？」

ドルーイットは嬉しそうに歯を見せた。「手伝ってるだけですよ。ハントさんに、何か手伝えることがあるかと訊いたら、生け花の水がきれないように気を配ってくれと言われたんでね。今日は、しがない水汲み係です」

「まあ、ご謙遜」
ドルーイットはバケツを取り上げると、ルーシーにむかっておどけたウィンクをして頭をさげ、彼女の父に会釈をした。「では、また」

ヴィクトリア時代の人々は、その激情のおもむくままに、十字交差部の床から天井までがっちりした石造りの内陣仕切りを作り、〈クワイア〉を身廊から完全に遮断した。ペヴスナー卿著〈英国建築・シュロップシャー〉によれば、それは無分別な行為だった。〈クワイア〉には、ガラスはほかの窓と同じく凡庸だけれども、豪華な石の狭間飾りに彩られた、均整のとれた縦長の東窓があり、内陣仕切りがなければ身廊にも光がはいったはずだった。けれども実際は、もっとも明るい夏の日でも、マルベリー大聖堂の身廊は船底と同じくらい暗かった。

しかしながら、石の内陣仕切りの前で花を活けるふたりの男たちは、薄暗い身廊の古い石からたちのぼる冷気を忘れているようだった。ふたりとも超がつくような短パンをはいている。二組の毛深い脚がほとんど付け根まで剝き出しにされており、大事な部分がかろうじて隠れていた。若いほうの、脚がブロンドの毛だらけの男は、髪もウェーブがかったブロンドで、同色の口髭を申しわけ程度にはやしていた。ぽっちゃりした体を隠すTシャツは、その体型までは隠せずにいた。相棒は彼よりやや年上で、背は少し低く、精悍な顔立ちをしており、色黒で屈強だった。シャツのボタンをはずしているので、何本もの金鎖がごわごわの黒い胸毛に居心地よさそうに寄り添うのがはっきり見えた。そんなふたりの作品は、非の打ちどころのない美しさて、実に見栄えのするものだった。すばらしく巧みに組み合わされたそれは、自然界では絶対にありえない色ばかりの極彩色の作品だった。

ルーシーの父はヴィクターとバートを娘に紹介し、彼らがギフトショップを経営していると説明した。「はじめまして」ブロンドのヴィクターが言った。

「あなたが来て、パパさんの孤独な暮らしが明るくなるのは、本当にすてきなことだよ」バートが付け加えた。「短い間でも」

「それに、こんな有名人が来てくれるなんて、ぼくらも本当に嬉しいよ。あなたが音楽祭のパンフレットに〈ベケットの窓〉を描いたんでしょ？」ヴィクターが確かめるように訊いた。ルーシーは頷いた。「あれ、すっごくいいよ。もう、最高。スエットにあなたの絵をプリントしたんだ――千枚。ギフトショップ用にね。著作権料とか、取らないでくれると嬉しいけど」ヴィクターは喉を鳴らして笑った。「今週末はうんと稼ぐつもりさ」

ルーシーは腕時計を見た。「お店は何時から？　間に合うの？」

「心配ないよ。時間はたっぷりあるから」バートが請け合った。「それに今日はバイトも雇ったし。お客が殺到するだろうから」

「バイト？」ヴィクターが鋭く訊いた。

「うん、ほら言っただろ、ヴィク。ロウィナのさ、カスティって娘《こ》に頼んだよ。しっかりしてそうだろ」

「ああ、それならいい」ヴィクターはほっとしたように息を吐いた。「あのアメリカ野郎を雇うんじゃなけりゃ」

「何か問題があるの？」ルーシーは思わず訊いた。

照れたように笑って、ヴィクターは言った。「なんにも。それが問題なんだ。もうたまんなく魅力的で、セクシーすぎる」

「その魅力がロウィナの娘なんかに浪費されてるけど」バートが悲しげに首を振った。

突然、ヴィクターが笑顔になった。「ロウィナと言えば……」

「言ってないだろ」とバート。

「言ったろ、きみが。娘の名前を。もう、いいじゃない。あのね、今朝、ロウィナに会いましたか、参事さん？」

「いや、まだ。なぜですか？」

「もう、かんかんですよ！」ヴィクターがおもしろそうに言った。

聖堂参事はぎくっとしたように、「私が会わなかったから？」

「いえいえ、もちろん違う」ヴィクターは秘密めいた雰囲気を出して、声をひそめた。「新しい首席司祭、です」

「まあ、今度は何をやらかしたのかしら？」ルーシーは知りたがった。

「それがね！」ヴィクターは、誰にも聞かれないのを確かめるように、もっともらしくあたりを見回すと、小さいがよくとおる声で続けた。「彼が就任式にロンドンから一流の花屋を呼ぶのを、ロウィナは今知ったんだよ。重要な場所を飾る花は全部、ロンドンの花屋さ――〈大聖堂友の会〉は、身廊と袖廊をやらせてもらえるらしいけど。もちろん、その後のガーデンパーティーにも、〈友の会〉は参加を認められてない。招待されたのはロンドンの連中だけ。おかげでロウィナはすっかり動転してる。もちろん、平静を装ってはいるけどさ……」彼はげらげら笑って話せなくなった。

「無理ないよ、ロウィナはドロシーというお荷物をかかえてるだろ？　司祭だってまさか、ドロシーに花を活けさせられないよ」バートが口をはさんだ。

「今日、ロウィナはうまくドロシーをあしらったじゃない！　洗礼盤の後に押しこんで、あまり邪魔にならないようにしてさ。まったく賢いよ、ロウィナは」

「ドロシーって？」ふたりの掛け合いをおもしろがりつつ、ルーシーが訊いた。

「ドロシー・アンワース」とヴィクター。

「食堂をやってるんだ」とバート。

「彼女の生け花ときたら……ううっ」ヴィクターは大げさに眼を白黒させてみせた。「真っ赤なグラジオラスを三本、マニュアル通りに活けてるんだ」

「見にいってごらん」バートがすすめた。「洗礼盤の後だよ。見ればわかるから」

「ドロシーの花を見て、ひどいと思ったら……」ヴィクターが続ける。「彼女の料理もためしてみなよ！　あのソーセージロールは最終兵器に登録するべきだ！」

「それとあの吐きそうなジャムタルト。上に毒々しいチェリーが光ってて……」バートが身震いした。

「別に先入観を与えようとしてるわけじゃないよ」ヴィクターは胸をそらしてしめくくった。

「自分の眼で見て、確かめてきたら」

大聖堂の後部に向かって歩きだしつつ、ジョン・キングズリーはルーシーに耳打ちした。

「あんなことを言ってるが、本当はそんなに悪くないんだよ」

「あら、とても感じのいい人たちだと思ったわ」

彼は一瞬きょとんとした。そして、「ああ、いやいや、彼らじゃない。ヴィクターとバートのことじゃない」間があって、「ソーセージロールが」


ふたりが洗礼盤のうしろにたどりついたのは、キングズリー聖堂参事が、身廊の柱ごとの持ち場で作業をする婦人ひとりひとりに、几帳面に声をかけてからのことだった。これら六本の柱には、教区内の六大《ろくだい》小教区が、それぞれ割り当てられている。選ばれて来た婦人たちは、競争心に燃え、周囲の技量に嫉妬し、自分の前の展示品より大きく、見栄えがするようにと、躍起になっていた。聖堂参事はなんとか、すべての婦人に誰よりもすぐれていると思わせることができた。

薄暗い大聖堂の南西の角にはいりこむと、大きなまるい浴槽のような、豪華にぎざぎざの犬歯飾りがついたネオ・ノルマン様式の洗礼盤があった。それはどっしりした大きな木製の蓋と共に、真っ赤なグラジオラスのトリオを巧みに視野からさえぎっていた（洗礼盤には聖水が盗まれないよう、簡単には動かせない大型の蓋がある）。ルーシーが父と、どっかりした洗礼盤の裏にまわってみると、いまだにドロシー・アンワースが、熟慮の末に三本の主役をよりよく引き立てる脇役を加えようとしているのを発見した。額に細かな皺を寄せて集中し、自分の世界にはいっているので、父娘は声をかけるのがはばかられた。あらかじめそうではないと知っていなければ、ルーシーはドロシー・アンワースのことを主教秘書と思ったかもしれなかった。まさに誰からも、主教からさえも、冗談を受けつけないタイプに見える。五十代半ばから後半といったところで、ぽっちゃりというより、ずっしりした体型。一筋の乱れもないウェーブパーマにおさめられた鉄灰色の髪と同様、言うことをきかない脂肪の塊も、強力なコルセットにきっちりおさめられているに違いない。集中して顔をしかめる彼女の口は今、小さくすぼめられていたが、おざなりにでも微笑する様は想像がつかなかった。逞しい脚と太い足首は、強力なサポートストッキングに締めつけられ、唯一の装飾品——と言えるかどうかわからないが——それはポリエステルのドレスの襟につけられたエナメルの青と白の母の会バッジだった。ルーシーは、ドロシー・アンワースの体型が洗礼盤そっくりで、本物の巨大な盤を囲むぎざぎざ模様がドロシーのドレスのジグザグ模様と似ていなくもないことに気づき、慌てて笑いをかみ殺した。

ミス・ドロシー・アンワースは、うかうかと幻想を抱かないタイプだった。しかしどうしたことか——もしかすると彼がソーセージロールを評価しているからかもしれないが、キングズリー聖堂参事にはたいへん好意を持っていた。彼がそばに立っていることに気づいて、ドロシーは緋色のグラジオラスから視線をあげ、歯を剥き出した。これで一応、彼女流の笑顔なのである。

「おはようございます、アンワースさん」彼は言った。「ここは奥まっていて、静かないい場所ですね」

それは間違った台詞だった。ただちに、彼女の顔から微笑らしきものは消え、凄まじい表情にとってかわった。「あの女！」ドロシーはわめいた――彼女はロウィナを絶対に名前で呼ばない。「何様だと思ってるんだろう？　あたしをこんな狭苦しいすみっこに追いやって……」

慌てて、聖堂参事は傷口をふさごうとした。「ですが、洗礼盤はとても重要な場所ですよ。われわれがこの世に出でて、まず神の家の一員として認められる場所なのですから。洗礼盤をまかされたということは、すばらしく名誉な……」

「ふん、なにが！」馬鹿にしたように言い捨て、彼を怯《ひる》ませた。「そう言いましたよ。あの女も。そうやって言いくるめようとして。だけど、そう簡単に騙されやしないよ。洗礼盤の中なら、もちろん名誉ですよ。洗礼盤の前でもね。だけど洗礼盤の後？　あの女、どういうつもりだろう！　これが、この大聖堂に一生を捧げてきた者に対する報いですか？」

「きっと彼女はそんなつもりでは……」

「そういうつもりに決まってますよ！　だけど彼は、あの女の正体をちゃんと見抜いたんです！」満足の色が顔をおおった。「新しい首席司祭はね。聞きました？　就任式の花のこと？あの女にはいい面恥《つらはじ》でしょうよ！」耳が遠い人のご多分にもれず、彼女は自分で思うよりずっと大声で喋っていた。

当の女は、ちょうど自分の生け花を完成させたところだった。大聖堂の正面入口である西扉の両脇に、グリーンだけを使った二フィート半の塔。だから、ドロシー・アンワースの中傷が聞こえる範囲内だった。聞いてさえいれば。しかし、ロウィナは聞いていなかった。彼女は〈大聖堂友の会〉のために骨折るマイケル・ドルーイット警部に礼を言っていた。

「警部さん、貴重な朝の時間を犠牲にしていただいて、お礼の申し上げようもありませんわ」

「礼を言うには及びませんよ、奥さん」音をたてて踵をあわせ、警部はにやりとした。「マイクと呼んでください。友達はみんなそうしてるんでね」

「奥さまはお気になさらないの、今朝はご一緒でなくても？」美しく整えた眉をもの問いたげに上げた。「マイク？」

「家内は」警部はその単語をこころもち強調して、「家内で好きにやってますから。そしてあれも、私が自分の好きにやることになれてるんです」彼の眼は少し長すぎる間、彼女を見つめていた。

「それでは……」ロウィナはわずかにためらった。「それでは、来週あたり、うちにお茶でも飲みにいらっしゃいません？　今日のあなたの重労働にきちんとお礼を申し上げたいの。いつか、非番の時にでも……」

マイク・ドルーイットは微笑した。「ええ、奥さん。喜んで」

7

あなたのみことばは、
私の口に、なんと甘いことでしょう。
蜜よりも私の口に甘いのです。

詩篇第百十九篇百三

ルーシーが父と遅い朝食をとっていると、地元の花屋が配達にきた。〈大聖堂友の会〉がごっそりさらっていった残りの花から選りすぐって作られた花束は、ジェレミーからの和解の贈り物だった。この追加の重荷がなくても、感情を爆発させたことに十二分に罪悪感を感じていたルーシーは、その日の午後、ジェレミーが玄関に現れて百花祭見物に誘いに来た時に、とても断わることができなかった。

「お父さんも一緒にこない？」ルーシーはすばやく誘った。

ジェレミーはうまく失望を隠し、「そうですよ、参事。一緒にどうですか？」と、微笑んでみせた。

「ああ、いや。もう十分見た」聖堂参事は首を振った。

「それじゃ、わたしも家に……」ルーシーは言いかけた。

「いやいや、気にしないで行っておいで。私は説教の原稿を準備するから」一瞬ためらって、

「出かけるついでに、ちょっとおつかいをしてもらえるかな?」

「もちろんよ、お父さん。何でも言って」

「そんなに遠回りじゃない。ただギフトショップに寄って、クレーム・ド・マント・ターキッシュ・ディライト（ターキッシュ・ディライトは砂糖をまぶしたゼリー菓子）を買ってき……」

「は?」彼女は眼を見張った。

「クレーム・ド・マント・ターキッシュ・ディライト」キングズリー聖堂参事は繰り返した。

「アーサー・ブリジズフレンチにあげるんだよ。慰めてやりたくてね。彼の大好物なんだ。これに眼がないんだよ」

ルーシーは首を振った。「お父さんがそう言うなら。でも、げてものっぽくない?」


その日のマルベリーは、燃えるような暑さとなった。太陽は境内を照りつけ、その中央で、大聖堂は熱気に揺らめいて見えた。この時ばかりは、大聖堂内部のぞっとするような冷気も、ありがたい救いだった。足を踏み入れた途端、ルーシーは思わず息をのんだ。まるで、冷たく暗い水の底に沈んだような気がする。寸詰まりの身廊の端で、ふたりはいっとき、巨大なノルマン様式の円柱や、どっしりしたアーチを前に立ち止まり、暗がりに眼が慣れるのを待った。ほかの人々がふたりよりも先に、午後を過ごす涼しい場所を探求していたことがすぐに明ら

かになった。大聖堂の中は人だらけだった。「うわ！」ジェレミーは少し驚いて言った。「アーサー・ブリジズフレンチは正しかったみたいだな！　本当に昨日よりも客が来ている」

「ええ」ふたりの背後で声がした。ロウィナだった。自らの手腕に満足げで——そして、とても美しく見えた。炎色のサンドレスが黒髪によくうつり、申し分なく焼けた両肩を引き立たせている。ルーシーが嫉妬深い女であれば、日焼けしたその肌を羨んだことだろう。ルーシーの肌はクリームのように白く、金の髪によく映えたが、ほんのちょっと陽射しにさらされただけで痛々しく真っ赤になる。このような日には特に気をつけて、肩や腕を守らなければならない。サンドレスなど絶対に着ることはできなかった。

ロウィナは腕いっぱいにプログラムをかかえていた。「とても順調よ。このお天気だって、わたしたちの損にならなかったし——みんな暑さをしのごうとして、かえって大勢来たみたい。それと、〈三聖歌隊祭〉帰りの人がずいぶんいるらしいから、ヘレフォードから帰る人たちがここに寄るという、ブリジズフレンチ参事の予想は正解だったようね」

「実を言うと、ぼくはその予想に懐疑的だったんだが」ジェレミーは言った。「でも、ぼくが間違っていてよかった」

ジェレミーにプログラムを一冊つきつけ、ロウィナはにっこりした。「入場する？」

「まさか、ぼくらにまで入場料を払えってんじゃないだろうね？」ジェレミーはおののいたふりをして、眼をむいてみせた。

「お気の毒だけど払っていただくわ。一ポンド——ひとりにつきよ——これは入場料。それからプログラムがもう一ポンド」

「割引なし?」

「割引なし」

「商売上手だよ、ハントさんは」ジェレミーの口調は軽かったが、ポケットに手をのばすと真面目なものになった。「だけど、そうするだけの立派な理由があるんだろうね」

「今、ギフトショップに寄れば」百花祭を丹念に見てまわった後で、ジェレミーが提案した。「祝祭の晩禱の前に、食堂でお茶を飲む時間がある」

「食堂、大丈夫なの?」ルーシーは訊いた。「注意されたわ。ギフトショップのふたりに。ヴィクターとバートから」

「ああ、ヴィクトリアとアルバート?(ヴィクトリア女王とアルバート公夫妻のこと)」彼はおどけて眉をあげた。

ルーシーは笑い転げた。「やめてよ。おもしろすぎるから。あのふたり、あなたがそう呼んでるのを知ってる?」

「どうかな」彼はにやにやして、「境内のほかの人間はみんな知ってると思うけど。それはともかく、食堂に関しちゃ、あのふたりは正しい。あそこで食事をするのはすすめられないな——料理が凄まじいから。でも、お茶を飲むくらいなら大丈夫だ」

「そう、じゃ、行きましょ」

ギフトショップは、客が殺到しているようには見えなかった。バートは旅行者につかまっていた――首にぶらさげているカメラの数から察するに、おそらくアメリカ人。熱心にカウンターに寄りかかる男の太鼓腹の上では、たくさんのカメラがはずんでいる。「じゃ、あんたの説明だと」大西洋のむこう側出身であることを裏づける発音で、「トマス修道士ってのは、トマス・ベケットとは別人なのかい」

「そうです」バートは辛抱強く言った。

「ああ、それでわかった」男は満足気に頷いた。「わしらはここの町の〈修道士の首〉亭に泊まっとるんだが、そこの支配人がトマス修道士はヘンリー八世に首を切られたって言うからさ。昨夜の芝居を見たら、わけがわからなくなった」

「トマスはふたりいるんです」と繰り返し、バートは澄ました顔で頷いた。「殉教もふたつあったんですよ」

「謎が解けてよかったよ。聞いたか、おまえ?」彼は店の反対側にいる細君に声をかけた。細君はヴィクターにスエットを見せられていた。男は妻の答えを待たずに続けて言った。「〈ベケットの窓〉の絵葉書を少しもらっていこう。ずいぶん古いものなんだろ?」

「十三世紀初期のです」バートが保証した。

男は感心して、口笛を吹いた。「そりゃあ、古い! わしの国にはそんなに古い窓はないよ。まあ、窓にかぎらんが。あの窓はものすごい値打ち物に違いない! あれを保存するのに、何か特別なことをしとるのかい?」

「ああ、あれはよく管理されていますよ。ね、バートレット先生？」バートは、ジェレミーに敬意を払い、専門家としての意見を求めた。

「その通り」ジェレミーはアメリカ人に笑顔で保証した。「なんといっても、あれはマルベリー大聖堂の至宝ですから。保存には特に気を使っています。窓枠の鉛をすべて完全に補強してから十年たっていませんし、石細工はすべて作りなおしました」

バートが口を挟んだ。「バートレット先生は大聖堂建築家なんですよ」

アメリカ人はいたく感銘を受けたようだった。「それじゃ、あそこのでかくてぶっとい円柱のことで教えてもらえるかな。あれを取ったら、大聖堂の天井は落ちるかい？」

「ええ、その通りですよ」ジェレミーはおごそかに言った。が、ルーシーに向かっては、おもしろそうに片眉をぴくりと動かした。

ルーシーは、マルベリー音楽祭のスエットシャツの売れ行きに、関係者としての興味を持っていた——金銭的な利益はないが、自分の絵がいろいろな人の胸を飾るのを見ることは、芸術家としての満足感を得られるものだ——彼女はヴィクターとアメリカ婦人の会話に耳をそばだてた。婦人のよく日焼けした素足は、少なくともヴィクターのブロンドの毛にまみれた脚よりは魅力的だった。彼女はここの衣料品の品揃えに不満そうだった。「だけど、あたしはスエットなんか欲しくないのよ」ヴィクターにがみがみと言った。「この暑いのに誰がスエットなんか。あたしはTシャツが欲しいの」

ヴィクターは空咳をした。「この天気には、ぼくらも驚いているんですよ。つまり、その、イギリスの八月が暑くなるなんて、誰も期待しないから」

「それとね」婦人は鼻にかかった発音でなおもがみがみと、「孫のお土産にできるようなTシャツはおいてないの？　ほら、〈おじいちゃんとおばあちゃんはマルベリー音楽祭に行ったのに、ぼくがもらったのはこんなTシャツ一枚だけ〉とかジョークの書いてあるあれよ。それとユニオン・ジャックの旗がプリントしてあるような。そんなのは？」

「い、いいえ、おいてないんです。そういうのは」

しかめっ面で、婦人は振り向くと、ルーシーに訴えた。「大聖堂公認のギフトショップなら、そういうのをおいとくべきよ。ねえ？」

ルーシーは曖昧に微笑しただけで、店の角に避難した。カスティ・ハントが、レジの後に立っていた。カスティは気づいて嬉しそうに笑った。「こんにちは」

「こんにちは。アルバイトしてるんですってね——お客の殺到に備えて」

「殺到、ねえ」娘は笑って、大げさな身振りで、「さっぱり、って感じだけど」

「あら、まあ。でも、晩禱の前になれば、たぶん」

「たぶん、ね」カスティは肩をすくめた。「何かお探しですか？」

「クレーム・ド・マント・ターキッシュ・ディライトを」ルーシーは口をへの字に曲げた。

「ここで買えるって、父に言われたのよ」

「アーサーおじさんにあげるんでしょ。おじさん、本当にあれが好きなの」娘は栗色の巻き毛をかきあげた。「でも、バートたちがそれをどこに置いてるか、知らないんです。きっと陳列してないわ。あんなもの、誰も買いそうにないもん。アーサーおじさん以外」

「いいのよ、どっちかの手がすくまで待つわ。急いでないから」ルーシーは安心させるように言った。

アメリカ人夫妻はそれぞれの会話を完結させ、カスティのいるレジに近寄ってきた。ルーシーが脇にどくと、亭主のほうが苦労して、一枚一枚、小銭を数えだした。ほどなく夫婦は店を出ていった。去りぎわに、亭主が細君にこっそり耳打ちする言葉が、ルーシーに聞こえた。

「なあ、おまえ、あのふたりの男は……ほれ、ホモだと思うか？」彼は手首をひらひら動かした。細君の返答は、ばたんというドアの音にかきけされた。

ルーシーは笑いをかみ殺し、用をききに来たヴィクターを振り返った。「父に、クレーム・ド・マント・ターキッシュ・ディライトを一箱、頼まれたの」彼女は説明した。「カスティは、どこにしまってあるかわからないんですって」

「ブリジズフレンチ参事にあげるんだね」ヴィクターはかがんで、カウンターの下に手をつっこんだ。「わざわざ陳列しとく意味がなくてさ――これを食べるのは、マルベリーで彼だけだから」

「じゃあ、どうして仕入れるの？」

「参事の注文。町のどこにも、これを売ってないから」

バートが会話に加わった。「参事も、前は本通りの気取った菓子屋で買ってたんだ。けど、去年か一昨年にその店がつぶれてね。それで、ぼくらにこれを仕入れるように頼んできたってわけ」

「そんなにたくさん買うの？」

ヴィクターは天を仰いだ。「あのねえ、彼の歯を見たことがないの？　もう、すっごいぼろぼろだよ、ほんとに」

「そんなにひどくないよ、アーサーは」バートが異議を申し立てた。

「そう、彼はとってもキュートだよ、ダーリン」ヴィクターが言い返した。「アーサーちゃんはね。だけど、自分に正直になってみな――彼を見て、胸がときめくかい？」

バートの返事は、安香水と煙草の煙が入り混じる濃厚な雲と共に出現した新たな客にさえぎられた。「バースデイカードちょうだい」客はシュロップシャーなまりのコックニーで言った。声は長年の喫煙で荒れている。「うちのばばあにやんの。でも、年寄りくさいのは嫌がるのよね」

バートは不快げに煙草を見た。「すみません、店内は禁煙です」

「あーら、ごめんなさい」女は陽気に笑い、ジェレミーにウィンクすると、煙草を床に投げ捨て、ピンヒールの靴の爪先で踏み消した。

女の服は若干短すぎ、むちむちとした身体にはきつすぎると言ってよかった。真っ昼間の大聖堂境内よりも、夜のディスコにふさわしい装いで、歳が半分の女性のほうが似合いそうな服だった。四十代に見えるが、もう少しいっているかもしれない。ひっきりなしの喫煙が早くも顔中に皺の網をはりめぐらし、口のまわりなどは蜘蛛の巣のようだった。老化による皺を化粧でごまかそうという試みは完全に失敗していた。その服装にふさわしい厚化粧——真っ青なアイシャドウは、ヴィクターとバートが大聖堂の生け花に使った着色カーネーションと同じくらい不自然で、アイラインは太く黒々と眼のふちを大きくはみ出している。プラチナブロンドに染めた髪は、何度となく脱色されて痛みきっていた。

女はグリーティングカードの棚の前に行くと、モーヴのマニキュアがところどころ剝げた爪で、ぱらぱらとめくりはじめた。「今、大聖堂で花を見てきたとこ」なれなれしく話し始めた。「まったく、なにをあんなに大騒ぎしてるのかしらね」女の言葉はもっぱらジェレミーに向けられていた。彼女にとって、ここにいる人間のうち、唯一の恋人候補である彼だけが注目に値するのだ。「あのハントばばあがえばっててさ——中にはいるのに一ポンドとられたわ！　信じられる？　うちのひとを大聖堂のために、あんなに働かせといて！　あの女、プログラム代までとろうとしたわ——だから、言ってやったわよ、そんなもん捨てろって！」指を休めて、満足気に笑った。「度肝抜かれてた！　あのばばあ——何様だと思ってるのかしら。自分じゃうぬぼれてるなんて気づいてないのよ、あの女」女は派手な花綵模様にふちどられた、とらじまのかわいい子猫のカードを棚から抜き取った。「うん、これでいいわ。いくら？」

「一ポンドです」ヴィクターは言った。

「高いわねえ」女は眉をしかめた。「スーパーならもっと安いのに。まあ、母さんにだし、奮発してもいいか。年に一度のことだもんね」女はハンドバッグをかきまわし、カウンターに一ポンド硬貨をたたきつけた。

「ありがとうございます、ドルーイットさん」ヴィクターは言った。「またのお越しをお待ちしています」

「こんな値段じゃ、そうそうお越しを期待しないことね」もったいぶって言いわたすと、肩越しにジェレミーに微笑みかけ、煙草をひっぱり出しながら出ていった。

「ドルーイットさんですって？」ルーシーがまさかというように、「それじゃ、ご主人って……」

「マイケル・ドルーイット警部だよ」バートが頷いた。

「超下品だろ」ヴィクターが芝居がかった口調で囁く。

「商売女みたいで」バートが不快そうに顔をしかめる。

「だけど、彼は本当にセクシーだよ。警察官にしちゃ。物静かなマッチョが好みなら」ヴィクターはげらげら笑った。「それはぼくの好みなんだけどさ。ねえ、バート？」彼はため息をついた。「ああ、もったいない……」

祝祭の晩禱は五時に始まるので、ルーシーとジェレミーが四時過ぎにギフトショップを出てからも、お茶を飲む時間は十分あった。食堂はギフトショップのすぐ東に歩いて一分のところにあった。勝手を知っているジェレミーはトレイを取ると、食べ物の並ぶカウンターにルーシーをつれていった。

カウンターのうしろではドロシー・アンワースが、今朝、グラジオラスにそそいだのと同じくらい激しい熱意をこめて、アーモンド風味のジャムタルトを売っていた。「ひとつどう？」そう言いながら、毒々しい真っ赤なチェリーがのった不気味に白いタルトの上で、プラスチックのトングを振り回した。

ルーシーは首をふった。「ダイエット中なんです」彼女はうまく言い訳をしようとした。「お茶だけくださいな」ずんぐりした女はものすごい眼で睨んできた。ルーシーはまずいことを言ったと気がついた。

「ぼくはふたつ、いただこうかな」ジェレミーはすばやく、非常に礼儀正しく言った。ミス・アンワースは笑顔になった。

ルーシーは食堂の中を見回した。「どこに坐る？」

「あっちの角にテーブルが空いてる」しかし、その空いたテーブルにいく途中で、ひとりぽつんと坐っているジュディス・グリーンウッドの側を通りかかった。ルーシーと眼があって、一瞬、彼女は微笑んだが、気後れしたように、すぐトレイに視線をおとした。

「まあ、こんにちは」ジェレミーとふたりきりにならずにすむ口実を見つけたルーシーは、ほっとして立ち止まった。「ご一緒してもいいかしら？」

「ええ、どうぞ」ジュディスは恥ずかしそうに、また微笑んだ。向かいに腰をおろす時に、一瞬、その菫色の眼がちらりと見えただけで、あとは気まずい沈黙が漂った。明らかに、彼女の心はここにないようだった。

「ドロシーはジャムタルトを買えって脅迫しなかった？」ジェレミーは、理想的とは言いがたいこの状況を変えるべく、大聖堂音楽監督夫人に向かっておどけた表情で眉をあげ、口を曲げて笑ってみせた。

「え？　いいえ」ジュディスは彼に向き直った。「ロックケーキ。石《ロック》でできてるの」

ジュディスの皿に残ったぼろぼろのかけらを見て、ルーシーはふきだした。「本当ね」また沈黙が落ちた。今度は前よりも長い沈黙だった。好奇心から、ルーシーは彼女の視線をたどり、部屋の反対側のテーブルを見た。それはひとつのテーブルではなく、いくつかを寄せ集めて作った長テーブルで、一方の端にはルパート・グリーンウッドが、もう一方の端には小柄で寡黙なオルガン奏者のアイヴァ・ジョーンズが坐り、お茶を飲んでいた。ふたりの間には赤い聖歌隊服を着た少年たちがずらりと並び、サンドウィッチや、ソーセージロールや、ビスケットや、あのジャムタルトまで、夢中でがつがつと詰めこんでいた。少年たちは食べることに没頭して、驚くほど寡黙だった。ルーシーは今まで、少年たちがいることにも気がつかなかった。「聖歌隊の子たち？」沈黙を破って訊ねた。

ジュディスの頭がまた振り返った。「ええ。晩禱のリハーサルが終わって、今はおやつの時間」

「ご主人の監督がよく行き届いているみたい」

「ええ。ルパートは彼の子供たちの扱いがとても上手なんです」その声には、まぎれもなくかすかな苦みがあったが、ジュディスはなんとか微笑で包んだ。「彼の子供たちの」独り言のように繰り返した。

「お茶は、ジェレミー？」ルーシーは明るく言うと、真っ赤なプラスチックの小さなポットから、どろっとした黒い液体を注いだ。ジェレミーは音楽祭のことで軽いお喋りをはじめ、ようやく表面的にかもしれないがジュディスの関心をとらえた。しかし、聖歌隊の子供たちが、短いおやつの時間を終わって、笑いさざめきながら椅子をがたつかせて席を立つと、彼女の眼は飢《かつ》えたように少年たちを追った。ジェレミーは再度努力して、〈ヴィクトリアとアルバート〉のものまねを、失礼なほど完璧な身振り手振りと共に披露し始めた。ジュディスはおもしろがって笑い転げ、ルーシーもまた笑いながら、彼のものまねのうまさに、そして人の気をひきつける力に感心した。

が、いくらもたたないうちに、ジュディスはまた物思いに沈んでしまった。彼女が今度、こっそり見ているのは隣のテーブルだった。こしのない金髪の、疲れた顔をした痩せた若い女が、テーブルにトレイをおろしながら、よちよち歩きの幼児をおとなしくさせようとしていた。女はハーネスをつけた子供のつなぎひもを握っていた。子供は高い椅子に押しこまれることに全力で逆らい、ルーシーたちのテーブルに向かって頑固に歩きだした。「ああっ、もう」赤いプラスチックのポットがトレイの上でひっくり返ると、女は小声で悪態をついた。そのはずみで女がつなぎひもを落とすと、幼児はよちよちと一同のほうに寄ってきた。

ジュディスの顔は、太陽に照らされたようにぱっと明るくなった。「あら、いい子《ハーム》ちゃん」彼女がやさしく言うと、幼児はしかつめらしくじっと見つめ返した。なんだか地の精みたいな子ね、とルーシーは思った。大きな丸い頭は小さな細い身体とはアンバランスなうえに髪がまったくない。男女兼用の半ズボンをはいているがたぶん男の子だろう。

その推測が間違っているのはすぐに明らかになった。「見なさい、キャロライン。めっ！」母親はこぼれたお茶をナプキンで拭きながら苛立って叱り、「ごめんなさい、奥さん」と、ジュディスに詫びた。「この子、あなたが好きみたいで。ご迷惑じゃないといいんですけど」

「まあ、いいえ」ジュディスは幼児から眼をはなさなかった。その顔には、ルーシーが見たことのない表情が浮かんでいた。熱烈な歓喜の色が。

ジュディスが紹介してくれるのを期待できないのは明らかで、幼児の母親にルーシーを紹介するのはジェレミーのつとめとなった。その際、このリズ・クラブツリーが夫のバリーと共に大聖堂鳴鐘者であることが判明した。

「今夜の晩禱で鐘を鳴らすんですよ」リズは説明した。「音楽祭やら百花祭やらで、今日は特別だから。だけどその前にまず、お茶を飲んでいこうと思って。キャロラインと」情けなさそうにトレイの上の残骸を見た。「バリーはニールと一緒にビールのほうがいいって。わたしも、もう鐘楼に行かなくちゃならないのに」

「どうぞ」ジェレミーがすばやく言った。「ぼくのジャムタルトをひとつ。いや、両方食べてください。今、お茶を持ってきましょう」

「いいんですか？」彼がカウンターの方に歩きだすと、リズは感謝の笑みを浮かべた。「どうもすみません」

この時、初めてジュディスが会話に加わった。「キャロラインは、鐘楼につれていくわけじゃないんでしょう？」

「ううん、連れてくつもり」リズは言い訳するように、「安全じゃないのはわかってるけど、でも預かってくれる人がいなくて。それに、ちゃんとつなぎひもをつけてるから、梯子にくくりつけとけば、鐘を鳴らしている間、邪魔しないだろうし」

「あら、お願い！」ジュディスは言った。「わたしに預からせて」その顔は熱意で輝いていた。

「ちゃんと面倒を見るわ。お願い！」

ルーシーは瞠目した。そして、この悩める女性のことをもっとよく知るために、父に訊いてみようと心に決めた。

8

彼らが、あなたに対して悪を企て、
たくらみを設けたとしても、
彼らには、できません。

詩篇第二十一篇十一

恐慌をきたしたアーサー・ブリジズフレンチが、〈クワイア〉でたったひとり晩禱の音楽の準備をしているルパート・グリーンウッドを捕まえたのは、週が明けてすぐのことだった。

「話がある」副首席は切羽詰まった様子で、ふたりきりであることを確かめるように見回した。

「なんです？」グリーンウッド聖堂参事は作業を中断した。

「音楽祭のことだ」

「あとにしてくれませんか？　もう晩禱が……」

「大事なことだ」ブリジズフレンチ聖堂参事は譲らなかった。神経質にくちびるをなめ、「なによりも大事だ」

「いいですよ、それじゃ」〈音楽監督〉とゴシック体で銘うたれ、精巧な彫刻がほどこされた椅子に、ルパート・グリーンウッドは腰をおろした。

副首席司祭はどう切り出そうかと迷っている様子だった。「音楽祭のことだ」彼は繰り返した。

「ええ。音楽祭が、なにか？」

ブリジズフレンチ聖堂参事はまたくちびるをなめた。「きみも知っているだろう――知っているはずだ――音楽祭が大赤字だったことは」ルパート・グリーンウッドは何も言わなかったが、先をうながすように頷いた。しばらく間があったが、ブリジズフレンチは弁解がましく続けた。「誰も私のせいにできないだろう？ 私はできるかぎりのことをした。〈三聖歌隊祭〉の客がここに寄らなかったのは、私の落ち度じゃない。天気も私のせいじゃない。それにあの新顔が」――ここで苦渋に満ちた吐息をついた――「スポンサー協力をすっかりたたきつぶした。しかし……なあ、ルパート、事態が非常にまずいことには変わりない。わかるだろう？」

「そりゃ、わかりますよ。だけど、ぼくにどうしろって言うんですか？」音楽監督は楽譜を取り上げ、仲間の苦悩をよそに眼を通し始めた。

「ルパート！」老人は悲痛な声をだした。グリーンウッド聖堂参事は思わず顔をあげた。「助けてくれないのか。すべての計画をたてたのは、きみだ。選曲もすべて、きみがした。成功と勝利を得て、マルベリーは名所になると保証したのも、きみだ。だが、誰も来なかった、ルパート！ それもこれも……」

「まあ、まあ」音楽監督は考えながら、机を指でリズミカルに叩いていた。「〈大聖堂友の会〉

は？」ようやく彼は言った。「土曜の百花祭で、かなり儲けてたでしょう。きっと、ロウィナなら……」

「言われなくてもわかってるさ！」ブリジズフレンチ聖堂参事はしかめ面になった。「何千ポンドも！　私がそのことを考えなかったと思うか」彼は言葉をきり、声をおとした。「いや、ロウィナとはもう話をした。びた一ペニーも金を分けるつもりはないとさ。彼女の金だそうだ」彼は苦々しくつけくわえた。「まるで全部、自分ひとりが稼いだような顔で。音楽祭がなくても、それくらい稼げたとでもいうように。私の音楽祭——いや、われわれの音楽祭なしで」ルパート・グリーンウッドをうかがうように見ながら訂正した。

「だけどロウィナは、最近ぼくらにやけに親切だったじゃありませんか」グリーンウッド聖堂参事はいつになく洞察力を見せて言った。「というより、聖堂参事会の全員に。どうせ腹に一物あって、ぼくらを味方につけようとしてたんでしょうが」

「その通り」副首席は意地悪い微笑で同意した。「まさにそれが彼女のやり口だ。私の前に持ち札を並べたよ。あの女は……少なくとも、正直だと認めよう。彼女はたしかにわれわれの……その……不足額を喜んで援助しようと言った。しかし、出してきた条件は……受け入れかねるものだった」

ルパート・グリーンウッドも、ようやく興味をそそられたようだった。「何を要求してきたんです？」

アーサー・ブリジズフレンチは、長身をぐっとかがめて囁いた。「われわれの支持を要求してきた。端的に言えば、脅迫だ」

「脅迫? 何を支持しろと?」

「彼女は……」強調するように一呼吸おくと、「食堂とギフトショップを経営したいと言っている。ドロシー・アンワースも、ヴィクターとバートも馘《くび》にすると。〈大聖堂友の会〉なら、もっとうまく商売をやれると。このうらぶれた大聖堂が、ぜひ必要としている高級さを与えることができるとね! うらぶれた! ふざけたことを!」憤然とした副首席の声はどんどん高くなった。

ルパート・グリーンウッドは考えこんだ。「で、なんと答えたんです?」

「もちろん、そんなことは論外だと言ってやった。ヴィクターもバートも私の友人だ。ドロシー・アンワースも、この大聖堂に長年、誠実に仕えてくれている。そんな要求は……筋が通らない! 私は彼女の要求が不当だと、そんな提案をするだけでも恥じるべきだと言いわたした」

「で、むこうはなんと?」

「ロウィナは」ブリジズフレンチ聖堂参事は顔を歪めた。「欲しいものは必ず手に入れると言った。いつまでかかっても。それに……新しい首席司祭ならきっと私よりも、彼女の計画に乗り気になるだろうと」ハンカチを出し、輝く張り出した額をごしごしこすった。「だがな、ルパート。最悪なのは、彼女の言い分が正しそうだということだ!」

音楽監督が眼顔で声が高いと注意した。南袖廊から誰かが〈クワイア〉にはいってくる。

まるでエデンの園で禁断の樹の陰から現れた蛇のように柱の後から姿を見せたのは、ジェレミー・バートレットだった。彼は一瞬、躊躇した後、大きく微笑してふたりに近づいてきた。

「すみません。南袖廊にいたもので聞こえてしまった」

アーサー・ブリジズフレンチは肝をつぶして、口をおおった。「あっ！」

「心配しないでいい」ジェレミーは急いで言った。「あなたがたの問題には、心から同情してるんだ。ぼくなら助けてあげられると思う。そのかわりといっちゃなんだが……」一度、言葉を切った。「ぼくの条件は……もっと妥当だと思いますが」

そして、彼はふたりの経済的ジレンマを巧みに解決する策をかいつまんで説明した。その見返りとしてジェレミーが要求したのは、回廊をティールームに改造する彼の計画を支持し、多額の大聖堂補修費を年内に申請することだった。アーサー・ブリジズフレンチとルパート・グリーンウッドは、一も二もなく承知した。普段のアーサー・ブリジズフレンチなら、回廊の改造など承知するはずはないが、背に腹は代えられない。しかもロウィナ・ハントの脅迫よりは好ましい申し出である。それに、と副首席は自分に言い聞かせた——事態が変わって、回廊改造が中止にならないともかぎらないではないか。

ジェレミーは結んだ取引に大満足だった。〈クワイア〉を後にしつつ、彼はほくそ笑んだ——回廊の改造に、多額の補修費！　うまい駆け引きで得たボーナスだ。今しがた耳にはさんだふたりの密談を、彼は心の中で満足気に反芻《はんすう》した。なるほど、それがロウィナ・ハントの望みなわけか。こいつはいつか、うまく利用できそうだぞ。

9

あなたは彼の心の願いをかなえ、
彼のくちびるの願いを、退けられません。

詩篇第二十一篇二

デイヴィッド・ミドルトンブラウンは、スーツの上着をかけるハンガーを探して、ルーシーのほぼ満杯のクロゼットを覗きこんでいた。四十代前半の彼は、とびきりのハンサムというわけではないが、感じがよく、爽やかで、笑うとはしばみ色の眼のまわりに魅力的な皺ができた。そして彼は今まさにそうしているところだった。「ぼくの服がはいる余地があると思う?」わざとあまのじゃくに言った。「これじゃ同居はやめるべきかな」

今はまだ厳密に言えば昼間で、ほんの数分前にデイヴィッドと帰宅したばかりのルーシーはすでにベッドで待っていた。彼女は大げさにため息をつき、じれったそうに言った。「なあに、今さら。ずいぶんな言い訳じゃない?――もう、てっきりあなたはわたしと暮らしたいんだとばかり思ってたのに」ルーシーは笑った。「あの情熱的なデイヴィッドはどこにいっちゃったのかしら? ベッドにはいる前に上着をかけたことなんてなかったじゃない。まだ半年もたってないのに——もう、わたしに飽きたの！」

「飽きた？」上着は忘れられて床に落ちた。デイヴィッドは勢いよくベッドに飛びこんだ。

「ようし、見てろ！」


やがて満ち足りたルーシーが腕の中でまどろむ間、デイヴィッドは横たわったまま考えていた。考えることが山ほどあり、眠るにしても夕方になったばかりでもある。波瀾万丈の一日だった。この朝に——九月もなかばをすぎたこの朝に——彼は最後の家具が倉庫に収まるのを見届け、手回り品を車に積みこみ、最終契約書にサインをして、家の鍵を——彼が人生のほとんどを過ごしてきた家の鍵を——新しい持ち主に渡した。

ロンドンに住み、有名なやりがいのある職場に移り、愛する女性と——たとえ結婚してもらえないにしろ——共に暮らす。それはたしかに、現在、デイヴィッドが望んでいることだった。しかし、自らの歴史がきざみこまれたウィモンダムを離れるのを後悔しないと言えば嘘になる。たとえ、多くの思い出が不幸なものでも——亡き母親が暴君で無理な要求ばかりする、同居には難しい相手であり、おかげで彼のプライベートな生活がひどく孤独なものであったとしても——それらは彼の思い出であり、人生であった。彼はまた、自分の通う教会、ウィモンダム大寺院を愛していた。それは様々な面において、彼の教会に対する興味をはぐくんだ場所でもあった。

ウィモンダムを去るにあたり、彼はほとんど手ぶらで出た。法律書や書類は箱に詰めて送られ、二週間後には新しい職場で彼を待っているはずだった。また、サウスケンジントンのルーシーの小さなテラスハウスに住むのは一時的なことだった。ややこしい相続手続きがすみ、ケンジントン・ガーデンに近いジョージ王朝風の大邸宅が正式に彼の持ち物となれば、すぐに引っ越す約束だった。というわけで彼はその朝、車のトランクに、衣服と、身の回り品と、愛読書の箱をふたつと、気に入りのCD——ルーシーのコレクションにないもの——だけを積みこんだ。

一方、ルーシーも、作品を何点か展示したいというギャラリーのオーナーに会うために、その日の朝早くからボンド・ストリートに出かけたので、ノーフォークから来るデイヴィッドと、お茶の時間にフォートナム&メイソンで待ちあわせることにした。その日のお茶は、彼がロンドンに移ってきたことを祝うお茶会になった。実は、それがデイヴィッドが現在あまり空腹でない理由でもあった。帰るまでに、ふたりはサンドウィッチやスコーンやクリームケーキを、ポットに何杯ものお茶でたっぷり詰めこんだのだ。デイヴィッドは、そのお茶会での妙な出来事を思い出した。その時ルーシーはギャラリーでのことを話していたが、突然、口をつぐんだのだ。そして、「まあ!」と、小さな声をたて、「振り向いちゃだめよ、デイヴィッド。あなたのうしろの角に坐ってる人たちね、わたし、知ってるの。むこうは気がついてないみたいだけど」

「誰だい?」もちろん彼は訊ねた。「ぼくは別に、きみと一緒にいるところを見られてもかまわな……」

「ええ、わたしもよ。だけど、むこうは見られたくないと思うわ」ルーシーは首を振って、にっこりした。「あとで教えてあげるわね」彼女は約束した。

今、デイヴィッドはそのことを考えていた。ルーシーと店を出る前にちらりと見えた、濡れ羽色の髪の蠱惑《こわく》的な美女と、口髭をたくわえた筋肉質の逞しい男。どちらも若くはなかった。誰なのだろう？　なぜ、見られたくないのだろう？　そもそも、誰にも見られたくないのなら、なぜ、フォートナムのような人目の多い場所でお茶を飲むのだろう？

「ルーシー？」デイヴィッドはそっと囁いた。

「んー？」

「起きてる？」

片眼を開け、すがめるように見て、微笑んだ。「一応ね」

「フォートナムにいたのは誰？」

「ああ、あの人たち」ルーシーは笑って伸びをすると、床に腕をのばしてガウンを探った。「女の人はロウィナ・ハント、〈マルベリー大聖堂友の会〉代表よ。男のひとは……」急に、彼を振り返った。「ねえ、すごくおなかがすいちゃった。起きてなにか作りましょうよ——卵とか。台所で話してあげる」

「ぼくはそんなに腹がへってない」彼は抗議して、彼女のほうに手をのばした。「そんなことより、ここにいようよ。もう——夜だし」

ルーシーは巧みに身をかわした。「デイヴィッドったら！　一日じゅう、ベッドにはいってられないでしょ！」

「おや。試してみようよ」デイヴィッドは懲りた様子もなく、にやりと笑った。

簡単な夕食を作りながら、ふたりは話を続けた。「男は誰だったの？」デイヴィッドが言った。「ほら、フォートナムにいた」

「背中を向けてたから、はっきり見えたわけじゃないけど、でもマルベリー署のマイケル・ドルーイット警部だと思う。ロウィナ・ハントは間違いないわ――こっちを向いてたし、あの人ならどこで会っても間違えっこないもの」

「でも、どうして人目を避けてるってわかるんだ？　そもそもフォートナムは人目の多い場所じゃないか」

ルーシーは考えこむような顔になった。「もしかすると、何でもなかったのかもしれないわね。だけど、彼は結婚してるの――奥さんは恐そうな人よ」彼女は躊躇した。「それに、こんな言い方はなんだけど、彼は全然、ロウィナとは階級が違うの。普通なら、彼女が相手にするような人じゃない。ロウィナを知っていれば、あなたもわたしの言う意味がわかるわ。彼女は、絵に描いたようなレディよ」

「それじゃ、きみの考えでは……」

「別に考えっていうほどじゃないのよ」ルーシーは急いで言った。「ただ、変だなって思っただけ。それに、フォートナムが人目につく場所って言うけど、マルベリーの人にとっては、そうでもないはずよ。あそこのほうが、顔見知りに会う心配がないわ。わたしたちが居たのは本当に偶然」

「むこうはきみを見なかったの？」

「と思うわ」ルーシーは微笑した。「ふたりとも、〈あなたしか見えない！〉って様子だったもの。でも、わたしの勘違いかもしれないし……だけど、来週末はあなただってあのふたりに会う機会があるじゃない。自分の眼で確かめれば？」

一瞬、彼はぽかんとしたが、やがてそういえば、という表情になった。「あ、ああ、そうか――新首席司祭就任の大パーティーだね？　引っ越しだのなんだので、来週、マルベリーに行くのを、すっかり忘れてた」

「ちょっとお。本当に行きたいんでしょうね？」

「もちろん、行きたいさ。きみのお父さんに会いたいもの」デイヴィッドは少し照れ臭そうに笑った。「もうそろそろ、きみの人生で主要な役をつとめるふたりの男が、顔をあわせてもいい時機だと思わないか？　それに何ヵ月も前からきみが話してくれている、マルベリーのおもしろい人たちにも会ってみたいよ」

「聞いたかぎりじゃ、すごい大イベントになるみたい。あの招待状を見た？　居間の炉棚の上よ」

ルーシーがテーブルに並べる間に、居間にぶらっとはいっていったデイヴィッドが、招待状を手に戻ってきた。「なんだこりゃ。ものすごく金がかかってるぞ――見ろよ、この分厚い紙」

「ボンド・ストリートの一流ですって。そのことも新首席司祭に対する苦情のひとつよ」

「贅沢すぎるってこと？」

「それもそうだけど、ロンドンの会社ばかり使うってことよ――お料理も、お花も、印刷も。彼はマルベリーの地元企業を全部、怒らせちゃったわ。たぶん聖堂参事のほとんども」

「それは興味深いな」招待状を指にはさんだまま、デイヴィッドは食卓についた。「まだ就任してもいないのに、敵を作っちまうなんて――地元との平凡な蜜月は、とても期待できそうにないな」

「ほんと。ねえ、彼のことで何か知ってる？」ルーシーは訊ねた。

デイヴィッドはまた招待状に視線を落とした。「スチュワート・ラティマー。聞いたことはあるよ、そりゃ。ロンドン教区じゃ、ちょっとした有名人だ。だけど、学者として名をはせてるわけじゃない。高潔だからってわけでもない。どちらかといえば、単に上昇中の人物として知られている――わかるだろ？　舅どのが下院議員なんだ」皮肉っぽく言い添えた。「政治的な結婚なのは見え見えさ。結婚することで欲しかったのは、困った時に何でも握り潰してくれる頼もしいパパだったってわけだ」彼は胡椒に手をのばした。「それじゃ今度は、マルベリーの話を聞かせてほしいな――大聖堂や人々のことを。来週に行くための予備知識を、まだ十分聞いてないぞ」

ルーシーは髪をひとふさ、指にくるくるとからませながら考えた。デイヴィッドが大聖堂の建築そのものについて話しているのはわかっていたが、わざと取り違えたふりをした。「大聖堂境内は……独立した小世界ね。すごく閉鎖的。ずっといたら閉所恐怖症になりそうよ。なんていうか――金魚鉢の中に住んでいる感じ。よそ者としてただ訪問するだけならおもしろいところだけど、とても住めないわ、わたしには」

「もっと最初から話してごらん」デイヴィッドはうながした。「まず聖堂参事会は――どんな人がいる？」

「わたしの父がいるわ、もちろん」ルーシーは微笑した。「だけど、わたしは公正な情報源とは言えないから、あなたがじかに会って判断してちょうだい。それから、アーサー・ブリジズフレンチ。副首席で、宝物係でもあるわ。マルベリー大聖堂が人生そのものだった人よ――三〇年代に聖歌隊にはいってからずっと。次期首席司祭には自分が任命されると思いこんでたのに、あてがはずれてすっかり気落ちしてる。とても変わった人でね」彼女は副首席の外見や癖を描写し、続けて、音楽監督や、教区宣教師や、その他諸々の境内の住人について語った。

食べ終わって後片付けをする間も、ルーシーはデイヴィッドからの質問や疑問に答え続けていたが、そこで電話が鳴った。

「出てくれない？」ルーシーは頼んだ。「肘までびしょびしょ」

嘘をつけないデイヴィッドの口元は、への字になった。「ぼくの電話嫌いは知ってるだろう――だいたい、ぼくの電話でもないのに」

「ここは今、あなたの家でもあるのよ」ルーシーは指摘した。「あなたにかかってきたのかもしれないじゃない」

「まさか」しかし、彼はホールに出ていって受話器をとると、電話番号を告げた。

わずかな躊躇があった。「ああ、はじめまして」快活な男の声が言った。「あなたがデイヴィッドですね」

「そうですが……」

「ルーシーはいますか？」

「今はちょっと出られないんです。伝えときましょうか？　かけなおさせますか？」

「ジェレミーからだと言っといてください。たいした用じゃないから――ちょっと話したかっただけで。また、電話をすると伝えてくれますか。二、三日中に。週末までには」

「わかりました」

一分後、ルーシーが振り向くと、不審そうに眉間に皺を寄せたデイヴィッドが戻ってくるところだった。「またセールス？」

「違う」デイヴィッドは自分のふきんを取った。「だけど、誰なんだ？」彼は訊ねた。「ジェレミーってのは。なんでぼくを知ってるんだ？」

10

だれが、主の山に登りえようか。
だれが、その聖なる所に立ちえようか。
詩篇第二十四篇三

「お父さん」ルーシーは神経質になっているのを隠すように明るい声を出した。「デイヴィッドよ。デイヴィッド・ミドルトンブラウン」

ジョン・キングズリーは年下の男が差し出す手を取り、自分の見たものに満足して微笑んだ。堅実な男だ、と好もしく思った。堅実で信頼できる、上げ底は一切ない、まさにルーシーが必要とする男ではないか。「会えて本当に嬉しいよ、デイヴィッド。マルベリーによく来てくれたね」

「ありがとうございます、参事。お会いできるのを、長い間、楽しみにしていました」

「お茶を飲まないかい?」聖堂参事がすすめた。「ちょうど、やかんをかけたところなんだよ。長い間、運転をして疲れただろう」

「ありがと、お父さん。わたしがいれましょうか?」ルーシーが申し出た。

「いや、大丈夫だよ。全部、用意しておいたからね。居間にお茶を持っていく前に、デイヴィッドを二階に案内してあげなさい。通いのお手伝いさんに、デイヴィッドの部屋をおまえの部屋の隣に用意させたんだが――それでいいのかな？」

「ええ、もちろん」彼女はデイヴィッドから眼をそらして、すばやく答えた。

啞然として黙りこくったまま、デイヴィッドは彼女に続いて階段を上っていった。「別々の部屋？」ルーシーが気弱な身振りで示したドアの前で、ようやく声を出した。「お父さんに言わなかったのか……？」

「そんな、だって、だって」ルーシーは小声で答えると、後について部屋にはいった。「だって、わかってもらえないわ」

「わかってもらえない？　だけど、もちろん……」

ルーシーは首を振った。「父はとても純真な人なの、いろんな意味で。結婚前の男女が一緒に寝るなんて、想像すらできない人よ」

「だろ？　だから結婚するべきじゃないか」デイヴィッドは芝居気たっぷりに、胸に手をあてた。「ぼくを正式な夫にしたほうがいいという、お父さんの意見には賛成だ。今のところ、この罪深い生活は順調だけれど……」

ルーシーは天井を仰いだ。「また、そういうことを言う。やめましょ。それにね」笑ってつけくわえた。「あなたは父をよく知らないの。父は、結婚後の男女が一緒に寝ることすら、きっと理解できないわ！」

「だけど、ルーシー！　お父さんには子供が四人もいるんだろ！　ということは、必ず……」

「それが七不思議なのよね」ルーシーは笑った。「たぶん、父にとっても。ねえお願い、機嫌を直して、デイヴィッド。階下《した》に行って、お茶を飲みましょ。ね、たった一週間のことじゃない」なだめるようにそう言うと、元気づける短いキスをして手をとった。とうとう、彼も笑顔を返した。


「すごいお花じゃない？」大聖堂の〈クワイア〉に用意された招待席で、就任式が始まるのを待つ短い間、ルーシーはデイヴィッドに耳打ちした。

「たしか、ロンドンの花屋って言ってたね？」

「マルベリーでこんなお花を見ることはなかったんじゃない」ルーシーは顎で指した。「純白とライムグリーンだけで――ものすごくお金がかかったはずよ」

「まだ請求書はきてませんけど、おっしゃる通りでしょうね」うんざりしたように同意したのは、デイヴィッドの隣に坐るオリヴィア・アシュレイだった。今日のこの場にふさわしく正装しているが、びしっとしたテイラードスーツに、太い黒縁眼鏡をかけているので、あいかわらず二十も老けて見える。

ルーシーは主教秘書にデイヴィッドを紹介した。「アシュレイさんは、これの準備で余計な仕事を山ほどしょいこまされたんですって」ルーシーは説明した。「やっと本番を迎えられて、喜んでらっしゃるでしょ、アシュレイさん」

「オリヴィアと呼んでください」生真面目な若い女は主張した。「ええ、そうです、ここまでこぎつけて喜んでます。でも、まだ終わってませんからね」微苦笑を浮かべ、あたりを見回した。「大騒ぎの種がそこらじゅうにひそんでますから」

「どういうことです？」デイヴィッドは興味をそそられて訊いた。「ぼくには、すべて整然として、よく仕切られているように見えますが」

「ああ、儀式そのものが失敗することはありません——計画は全部秒刻みで、死ぬほどリハーサルをやりましたから。ただ、とげが——踏みつけにされた感情とか、プライドとか、尊厳とか、好きなように呼んでくれてかまいませんけど——今日はそれが問題になるでしょう」オリヴィアは声をひそめた。「内陣のあちら側にいる人たちが見えます？　大聖堂の最上座です。全員、新首席司祭の政界の知り合いですよ。もっと正確に言えば、彼の義父の知り合いですね。下院の同志に大臣が何人か、それから保守党の地元有力者たち。もちろん社交界の大物も。あの辺の空席には、州知事と州長官と市長の一行が来る予定です」

「いけないの？」ルーシーは訊いた。「そういうのは普通じゃないの？」

「こんな大規模にやる馬鹿はいません。わたしたちのいる側は、大聖堂関係者と家族の席で——これだって、主教が主張なさったおかげで、席を確保できたんですよ——ほかの招待客は身廊に押しこまれてます。地元の全保守党員と、ラティマー新首席司祭がつとめていたロンドン教区の信者と友人と縁者と篤志家。マルベリー教区民のほとんどは、のけ者扱いです。具体的に言えば、南北の袖廊にぎゅうぎゅうに詰めこまれています。あそこからでは儀式は何も見えません。それどころか何も聞こえないかも。あそこに空席があるのが見えます？」オリヴィアは小声で言うと指差した。大聖堂関係者側の最前列、ジュディス・グリーンウッドとクレア・フェアブラザーの隣にぽっかりと席が空いている。「主教夫人の席ですよ」

「あら、パットは？」ルーシーはあたりを見回した。「まさか、欠席なんて……」

「南袖廊で、小教区の牧師夫人たちと一緒にいらっしゃいます。彼女たちが就任式を見ることのできない場所に追いやられて、たいへんにご立腹です。自分の牧師夫人たちがこんな扱いをされているのに、ひとりだけ特別扱いを受けるつもりはないと、きっぱりおっしゃって」オリヴィアは苦笑を浮かべた。「わたしもまた困った立場なんですよ。わたしがお仕えするのは主教ですが、今日の就任式に関しては新首席司祭の命令が絶対です。これは彼の晴舞台ですし、要求のはっきりした人ですからね。わたしの言うことなんて——ジョージ主教のお言葉にさえ——耳を貸そうとしません。誰の意見もきかないでしょう」

「あの人たちは誰？」気品あふれる優雅な女性と、人品賤しからぬ年配の男性が、向かい側の最前列の席に坐ると、ルーシーは小声で訊ねた。

「ラティマー夫人と、彼女の父親です。準備が整ったんじゃないかしら」オリヴィアは腕時計を確かめた。「ええ、時間です」

入場する聖堂参事たちを出迎えて、会衆が立ち上がると同時に、お喋りが引き潮のように消えていった。この機会にルーシーはこっそり、ラティマー夫人を上から下まで観察した。女の年齢を見定めるのは、ただでさえ難しいものだが、首席司祭夫人の場合は一段と磨きがかかっていた。よく保存された優雅な外見は、彼女のもつ富と特権を声高に叫んでいる。肌はぬけるように白く、肩すれすれの金髪はいつの時代も流行の内巻きで、透けるように青い眼はつつましやかに伏せられていた。貴族的な細い鼻、淡いピンクの薄いくちびる。手袋をはめた手はブルー（保守党のカラー）のスーツの前で組まれ、襟元でダイヤのリボンブローチがきらめいている。その横に立つ父親は、小粋にめかしこんだいかにも裕福な紳士で、豊かな白髪をオールバックに撫でつけ、肉づきのよい赤ら顔の少し膨らんだ眼の上で、眉が斜め四十五度に上がっている。

市長、州長官、州知事が席につくと、聖職者たちがしずしずと内陣にはいってきた。ルーシーは父と眼があって、にっこりした。音楽監督の金色に輝く髪の魅力を別にすれば、ジョン・キングズリーは行進する聖職者たちの中でも、ひときわ目立っている。高雅な物腰と銀の髪。羽織っている大外衣は、この大聖堂にヴィクトリア時代から伝わる、古びてはいるが美しいものだ。主教は威風堂々として、主教冠《ミトラ》の下でにこやかに微笑み、印象的な口髭をたくわえていたが、それでも父にかなうべくもない。

ついに、スチュワート・ラティマー牧師、次期聖堂参事会長たる新首席司祭が、高らかに響く鐘の音とトランペットのファンファーレと共に入場してきた。ルーシーは、自分が新首席司祭の外見をどう思い描いていたのか定かではなかったが、たった今、会衆の前に姿を現したスチュワート・ラティマーのような人物でないことは確かだった。アーサー・ブリジズフレンチの、突き出た背の高さとは対照的に、首席司祭は身長が低く、やたらと貧相だった。真新しい大外衣は、この日のために彼が特注であつらえた品だった。現代的なデザインの刺繍とアップリケがどっさりついていたが、そのくらいでは彼の身長をごまかすのに十分ではなかった。彼は若かった。ルーシーが予想していたよりもはるかに——見た感じは、四十そこそこ。しかし、首席司祭はマルベリー大聖堂の身廊に、絶対的な自信に満ちてはいってきた。彼の新たなる統治を宣言するために。

ガーデンパーティーの客を出迎える列で間近に見るスチュワート・ラティマーは、ルーシーをいっそう落ち着かない気分にさせた。ジョン・キングズリーが新首席司祭に娘を正式に紹介する間、突然、ルーシーの頭に「エサウは毛深かった」という言葉が浮かんだ。まさに、首席司祭は毛深かった。褐色の髪は眉のすぐ上まで厚ぼったくかかり、まだ午後も早いというのに、もう顎は青く、手の甲は指までびっしり真っ黒な毛でおおわれている。が、外見がエサウならば、態度は正反対にヤコブそのものだった。人当たりよく、そつなく、ずる賢い利己的な本性を巧みに隠している。一目見ただけで、ルーシーは彼が欲しいものは手段を選ばず必ず手に入れる人間だと見抜いた。これまでに彼について聞かされた様々な噂がすべてひとつの絵にはまったが、それはひどく心を騒がせた。

「そして、これが家内のアンです、キングズリーさん、ミドルトンブラウンさん」首席司祭が話しかけてきていた。アン・ラティマーは頭ひとつ分、夫より背が高かった。彼女は落ち着き払った、さめた微笑でルーシーとデイヴィッドを迎えた。

ガーデンパーティーは、司祭館の広々とした庭で催された。前任の首席司祭の在位期間も、その後の空位期間も無視されていた庭だが、数週間にわたる徹底的な処置を園芸業者に――言わずもがなではあるがロンドンの園芸業者に――ほどこされ、生まれ変わっていた。青と白の縞模様の大テントが張られている。九月下旬にしては暖かいとはいえ、野外の催しを行なうには、一年の中でも天候が当てにならない時期であるからだ。大テントは、本来ならマルベリー教区の懇親会であるはずの行事に祭りの雰囲気を添えた。明らかに、どこにも出費を惜しんだ様子はなかった。大テントの中は外と同じく花が咲き誇り、入念な生け花技術により、人工が自然を凌駕していた。料理はどれだけ金をかけたか知らないが、絶品だった。スモークサーモンを筆頭に、あらゆる美味珍味が並べられ、ワインは安物とは比べるのもおそれおおい上等なもの。ビデオカメラをかついだ一団があちこちを巡回し、後世に伝えるべく、このイベントを撮影していた。

出迎えの列の前を過ぎた招待客たちは、はっきりとふたつのグループにわかれた。ロンドンっ子たちと保守党員たちは、無言のうちに大聖堂関係者とマルベリー教区民を避け、かたくなに引きこもっていた。それで、大テントの片側には、日常法衣とドッグカラーがやたらと目立ち、反対側には高価なシルクのドレスやサヴィル・ロウのスーツばかりが目立った。

デイヴィッドはルーシーから簡単に事情を聞いてはいたが、何もかもが興味深かった。大聖堂では、自分たちと同じく〈クワイア〉の南に坐った招待客を観察し、顔と名前を一致させようとこころみた。ロウィナ・ハントは、フォートナムで見かけたことがあったのですぐにわかったが、彼女が一緒にいるのはその時の男ではなかった――今度の男は、より背が高く、より細身で、髭をはやしていた。

ワインを一杯あけて、髭の男が誰なのか、ルーシーに訊こうとした矢先に、男のほうからルーシーの眼をとらえ、ふたりに近寄ってきた。その後からロウィナがついてきた。彼女はそれまでクリームを見つけた猫のように嬉々としていたが、男がルーシーの頰にキスすると、むっとした顔になった。「ルーシー、また会えて嬉しいよ」男は親しげに声をかけた。「今日のルーシーはまた、特別きれいじゃないか、ロウィナ?」当惑するロウィナに、にやりと笑いかける。「で、こちらが、かの有名なデイヴィッドだね」

「ええ。デイヴィッド、こちらはジェレミー・バートレットさん。大聖堂建築家よ」すばやくそう言うと、ジェレミーから一歩離れた。「ロウィナ、こちらはデイヴィッド・ミドルトンブラウン。ロンドンの友人です」

まばたきひとつする間に、ロウィナは熟練したすばやさでデイヴィッドを値踏みした。彼のルーシーを見る眼差しから、ふたりの関係を瞬時に理解し、心の中で安堵のため息をつくと、ジェレミーの愛を争うライバルのリストから、ルーシーの名を消した。少なくとも、今のところは。

「就任式はどうでした?」ジェレミーがデイヴィッドに話しかけた。

「ええ……とても、おもしろく拝見しました」デイヴィッドは用心深い態度を崩さなかった。職業柄、彼はしばしば、一瞬で人間を判断する必要がある――その判断は、たいていの場合、正確であると判明した――ジェレミー・バートレットには、どこか胡散臭さを感じた。「新首席司祭はもうご自分をかなり印象づけたようで」

ジェレミーはおもしろそうに片眉をあげた。「まあね。あちこちで、いろんな人のとげを刺激してたし。そうだろう、ロウィナ？」ジェレミーはロウィナを見ながら言った。百花祭が大成功した直後に、首席司祭がロンドンの花屋を呼んだことを、彼女が個人的な侮辱ととっているのは、マルベリーの誰もが知っていた。

けれども、ロウィナは誘いにのらなかった。愛想のよい微笑を浮かべ、クリームのようになめらかな声で答えた。「なんのこと？　ラティマーさんは、新しい職を首尾よくまっとうするだけの資質を、すべて備えてらっしゃるように思えたけど」

ジェレミーの眉はよりいっそうつりあがった。「まあ、そうだね、きみの立場じゃそう言うしかないか。〈大聖堂友の会〉は彼に協力するんだろうから――きみが望むものを手に入れさえすれば」ジェレミーは挑発するように言った。ロウィナは一瞬、彼を鋭く見たが、優美な笑顔はそのままだった。ジェレミーはなおも何か言おうとしたが、気を変えると、ルーシーに向き直った。「きみのお父さんは、あの古い大外衣がとてもよく似合っていたね」

「やっぱりそう思う？」彼女はにっこりした。

デイヴィッドはルーシーとジェレミーの会話に加わる気がなかったので、ロウィナの方を向いた。「ハントさん。ルーシーから、あなたが〈大聖堂友の会〉を運営なさっているとうかがいましたが」

喜色を浮かべて、ロウィナは頭をさげた。「ええ、そうです。あなたは何をなさってるんですの？」

「事務弁護士をやってます」このどうということのない情報にロウィナが見せた反応に、彼は驚いた。彼女はいきなり頭をそびやかし、満面に笑みを浮かべて、デイヴィッドの腕をつかんだ。

「まあ、本当に？　それじゃ、あなたこそわたしの探していた人ですわ、ミドルトンブラウンさん！」

「法律の相談ですか？」彼は面食らって言った。「すみませんが、今、この場ではちょっと……」

「あら、いいえ、全然そうじゃありませんの。娘のカスティのことで」ロウィナはあたりを見回し、群衆の中を抜けて、ゆっくり歩いてくる娘を見つけると、声をひそめた。「あれがカスティですわ、今、こちらに来るのが。カスティはケンブリッジで弁護士になるために法律の勉強をしているんですの。弁護士になるのが、あの子の長年の夢だったんです――わたしの覚えているかぎり。ちょうど一年目を終わったところで、今……あの子は、気が変わったらしいんです」ロウィナは眉根を寄せた。「まったく馬鹿げた考えにとりつかれてしまって――聖職につきたいなんて言い出したんですのよ！　もう、神様のために（「呆れた」の意味あり）！」

「はあ、まあ普通、聖職につくってことは、神様のために働くって意味ですからね」デイヴィッドは冗談を言った。ロウィナはきょとんとしたが、そのまま続けた。

「聖職なんて女の職業じゃないとあの子に言い聞かせたんです。そんなことを考えるのすら馬鹿げてます！　そんなにドッグカラーが欲しいのなら、聖職者と結婚すればいいんです、わたしのように！」

「でも、ぼくがどうお役にたてるのか、わかりませんが」デイヴィッドが口籠った。

「あなたなら、あの子に言って聞かせることができますわ！　弁護士がどんなにすばらしい職業か言い聞かせてください。ためになるご経験やアドバイスを話してやってくださいな。道理のわかった、相談にのってくれる人がいなくて困るんですの。あの子はケンブリッジでおかしな人たちとつきあって、聖職につくなんて馬鹿馬鹿しい考えをふきこまれたんです。そしてこの夏、あの子はマルベリーでも、アーサー・ブリジズフレンチにそそのかされて……もう、何を考えてるんでしょう。〈神の御召し〉と、あの子は言ってるんです。わたくしに言わせればナンセンスですわ！」ロウィナは激情と共にしめくくった。「才能ある若い人生の無駄です！」

デイヴィッドは曖昧に頷きつつ、褐色の巻き毛の陽気な娘を迎えた。娘の母親には、彼がカスティに同情しているとは言えなかった。彼自身もカスティと同じ年ごろに、教会関係の仕事をしたいとほのめかしただけで、さんざん母に馬鹿にされたものだ。必ずしも聖職につきたいわけではなく――そうなってもいいという気もしなくはなかったが、そこまで神に奉仕したいという情熱があったわけでもない。デイヴィッドがなりたかったのは教会建築家だった。彼は悔いを胸に、ジェレミーを見やった。あのころ、母の命令に屈せずにほんの少しでも抵抗していれば……

「実に興味深かった」ようやくロウィナとジェレミーから逃れるとデイヴィッドは言った。

「なにが?」

「うん? まあ、いろいろとね。ずいぶんいけ好かない奴じゃないか?」

ルーシーは頷いた。「首席司祭でしょ? ほんとよね」

「実を言うと、ぼくはきみの友達のジェレミーについて言ってるんだが」

ルーシーは不思議そうに彼に向き直った。「ジェレミーが? どういう意味?」

「言った通りの意味だよ。彼はあまりいい人間じゃない。ロウィナをしつこくけしかけていたのを見ただろう? あれは意図的な嫌がらせだ」

ルーシーは笑いながら、首をふった。「まあ、それは誤解よ。あれはただの悪意のない冷やかしだわ」心配した通りだった。デイヴィッドはジェレミーに嫉妬している。しかし、嫉妬していることを指摘すれば、ますます彼を意固地にさせるだけだ。

「実際のところ、あのふたりはどういう関係なんだ?」

その質問について、ルーシーは慎重に考えた。「公認のカップルじゃないわね。あのふたりが一緒にいるところは初めて見たわ」ややあって、つけ加えた。「正直言うと、ジェレミーが本当にロウィナのことを好きだとは思えないの」

デイヴィッドは不安と嫉妬が——それらが、ジェレミーに対する否定的な気持ちに影響を与えていることを十分に自覚していたが——おもてに表れないように、できるかぎり感情のこもらない声を保った。「ぼくには、彼が興味を持っているのはきみだというように見えたけどね、ルーシー。きみから全然、眼を離そうとしなかった」

ルーシーは否定しなかった。否定しても、どうせ彼は信じない。「あら、それがどうしたの？　わたしは彼に興味ないわ」ルーシーはきっぱり言うと、安心させるように彼の手に触れた。「あなたの言うような意味ではね。彼は友達。それだけよ――あの人はおもしろいお友達だわ」

「ロウィナは気に入らないみたいだったよ――彼がきみばかり見てるから」

「彼女がジェレミーのことを好きらしいとは思ってたわ」ルーシーは認めた。「確証はないけど――ただの勘」

「なら、ロウィナとあの警部のことじゃ、きみは間違ってたんだ」デイヴィッドが結論を出した。「警部が彼女の脇を通り過ぎるのを見たかい？　ロウィナは挨拶もしなかった。もし、あのふたりがそういう仲なら、当然……」

「まあ、デイヴィッドったら」ルーシーは笑った。「あなたって、本当にかわいい！　わたしに言わせれば、それこそ疑惑を裏づける証拠よ！　マルベリーから何マイルも離れたフォートナムでは差し向かいで話してたくせに、ここでは話しかけもしないなんて。わからない？　彼女はそのことを誰にも知られたくないのよ！」

「誰が何を誰にも知られたくないって？」突然、熱烈に抱きすくめられたルーシーの耳を、吐息のような声がくすぐった。「ねえ、ルーシーちゃん――教えてよ！　バートとぼくが、ぴちぴちのゴシップをどんなに好きか知ってるじゃない。ママのおっぱいみたいにさ！」ルーシーの左側には、カナリヤ色のディナージャケットで派手にめかしこんだヴィクターが、右側にはもう少しおとなしめに正装したバートがいた。「でね、話をそらすわけじゃないけどさ、ルーシーちゃん」喉を鳴らして笑いながら、「こちらのとびきりすてきな殿方はだあれ？ 独り占めなんてずるいよ——それは身勝手すぎるってもんじゃない、ねえ、バート？」

11

まぬけ者は知らず、
愚か者にはこれがわかりません。
詩篇第九十二篇六

ヴィクターとバートから離れるのは、ロウィナとジェレミーから離れるよりもさらに困難だった。ふたりは招待客の辛口な批評をさえずり続け、就任式からパーティーまで、その流儀を褒めそやした。ふたりはまた、保守党議員のハンサムな青年たちをいたく気に入ったようだった。ようやくオリヴィア・アシュレイが救出に現れた。「なにか、召し上がりませんか？　お父さまと主教ご夫妻がむこうにいらっしゃいますよ――あなたがたにも来てほしいと」ヴィクターの執拗な文句を黙殺し、オリヴィアはルーシーとデイヴィッドをビュッフェのテーブルに引っ張っていった。

「ありがとう」ルーシーは言った。「今日の午後はずっとあのふたりと一緒に過ごさなきゃならないのかと思っちゃった」

「どういたしまして。ヴィクターとバートのお喋りは、少しならおもしろいですが、あなたたちはもう食傷しているようでしたから」

オリヴィアはふたりに皿を一枚ずつ渡したが、赤毛のセットフォード聖堂参事とその妻に前をさえぎられた。夫妻はずらりと並んだ料理を睨みながら、小声で何か言いかわしている。デイヴィッドは、ルーシーに聞かされていた描写から、それが誰かすぐにわかった。聖堂参事はアフリカの部族衣装を模した色彩華やかなゆったりした上着《ダシーキ》を聖職衣の上にかけていた。

クレア・フェアブラザーは初めて見た時と同じ、小さなスパンコールを散らしたインディアチンツのドレスを着ていた。彼女は露骨に嫌悪を示し、ルーシーを振り返った。「あなたも菜食主義だったわね？」と、強く言うと、「見てごらんなさい！ こんなに料理はあるけど、わたしたちに食べられるものは全然ないわよ！ 肉ばっかり！ どの皿も、どの皿も――ああ、汚《けが》らわしい！」

「あら、食べられるものはたくさんあるんじゃないかしら」ルーシーはなだめようと、こころみた。「ほら、あそこのきのこのパテは？ それにチーズだって、何種類も……」

「この催しそのものが何から何まで汚らわしい」フィリップ・セットフォードの、色の薄い眼には狂信的な光があった。「金と資源の汚らわしい浪費だ。まったく言い訳の余地もない。スーダンの飢饉や、ルーマニアで死んでいく子供たちを思えば……」

「それに森林もよ！」彼の妻がつけ加えて、ポケットから頑丈な招待状を取り出した。「この招待状をご覧なさいな！ こんなもののために、何本の木が命を失ったことか！」

「大聖堂は基金をもっと有効に使えないのか？」教区宣教師はたたきつけるように言った。

「ジョージ主教がこんな恥知らずな浪費を許すとはな」

オリヴィアは、それほど不愉快なら来なければいいのにと言ってやりたいのを、くちびるを嚙んでこらえ、ただこう言った。「大聖堂基金がご心配ならその必要はありません。これはすべて私的に支払われています」

「私的に？　誰が？」彼はがなりたてた。「あの司祭が自腹を切るとは信じられない」

「お知りになりたければ申し上げますが、費用は保守党に賄われています。地元に対する〈接待〉として。彼らはまた、首席司祭の主張で大聖堂基金にとても気前のよい寄付をしてくれました。ですから、参事、わたしたちはこの催しのおかげで、かえって儲けているとさえ言えるんです！」辛辣な笑みを投げつけると、オリヴィアはルーシーとデイヴィッドをどんどん遠くに引っ張っていった。

「ふん！」セットフォード聖堂参事は、遠ざかる三人の背中に向かって、怒声をあびせた。「どうしてその話が聖堂参事会にまったく伝わっていないのかわからんな！」

主教のテーブルに向かう彼らの歩みは、よれたクリンプリンの黒い服にすっぽりおおわれたドロシー・アンワースの呼びかけに妨げられた。「アシュレイさん！」彼女は横柄に呼ばわった。「新しい首席司祭のふるまいにはもう我慢できないって、主教に言ってちょうだい！」

オリヴィアは用心深く彼女を見た。「どういうことですか、アンワースさん？」

「大聖堂の忠実なしもべを無視して、ロンドンからよそ者をぞろぞろ連れてきたやりかたよ――恥を知るべきだわ！」ずんぐりした女は怒ったヒキガエルのように、憤りに膨らんで見えた。「あたしはもう四十年もこの大聖堂に花を供えてきたのよ、それに料理だって――！」彼女は鼻を鳴らした。「あたしのソーセージロールは、あんな見かけ倒しの生ゴミよりずっとおいしいんだから！」わめきだしそうになるのを抑えて彼女は続けた。「ほかの人は騙せたかもしれないけど、このあたしは騙されないからね。あの男はインチキだよ！　本物の聖職者なら――本物のキリスト教徒なら――人をあんな風にあしらったりするはずがないんだから。あいつにはたっぷりと謝ってもらいたいじゃないの、ねえ」

面と向かっての憤激にオリヴィアは言葉を失い、なだめる言葉を探そうとした。すると、その弾劾を耳にしたイヴリン・マーズデンに先を越された。元校長はドロシー・アンワースの腕を強く握った。まるで悪いことをした生徒を叱るように、「それは公平ではありませんよ、ドロシー」イヴリンは厳しく言った。「機会をあげなければ。なんといっても、彼はここに来たばかりです。まだ年若いし、これからいろいろと学んでいくんです、社交術などをね。でも、わたしは彼が多くのすぐれた資質を持っていると信じていますよ、そうでなければ、任命されなかったでしょうからね」

ミス・アンワースはぎろりと睨み、懐柔を拒絶した。「なら、あの司祭のすぐれた資質がどんなもんか、あんた、ブリジズフレンチ参事に訊いてみりゃいいわ」歯をむいて嘲《せせ》ら笑った。「そのことに関しちゃ、参事が一家言あるでしょうよ」そしてぐるっと見回し、わざとつけ加えた。「ところで、参事はどこ？　姿が見えないようだけど」

イヴリン・マーズデンはつかんでいた腕をはなして、わずかに赤面し、居心地悪そうな顔になった。「えっ、ええ、実はいらしていないの。彼は……お具合が悪くて。いつもの頭痛だと思うけど——ほら、お式が長引いたでしょう。皆さんに、謝ってほしいとおっしゃって」

「へへえ」頑固にも、ミス・アンワースはまったく納得していなかった。自分の〈母の会〉バッジを指差して喧嘩腰に言った。「あたしはやっぱり、あの男はインチキだと思うね。あの女房も女房よ——〈母の会〉のメンバーでもないんだから！　あたしが訊いたら、あの女は〈母の会〉に参加する気なんか全然ないってさ！　あれで教区の婦人に、どんなお手本を示すつもりなんだろうね？」

「ああ、やっと来たね。一緒に坐りなさい、さあさあ」ジョン・キングズリーがしきりにすすめた。「パット、ジョージ、こちらがルーシーの友達のデイヴィッド・ミドルトンブラウンさんだ。やっとマルベリーに来てくれたよ」

皿が置かれ、握手とおきまりの挨拶がかわされた。

ルーシーをとてもかわいがっているパットは、今度の男が、何年も前にルーシーが結婚したろくでなしと同じだったら、と、ひやひやしていた。だから、デイヴィッドを見たときには、心から安堵した。いい顔をしているわ。額にかかった白いものが少し交じる栗毛が気品を添え、親切そうな微笑がその顔をますます魅力的にしている。そしてなんといっても、ルーシーを敬愛してるのが明白だった。一目見て、パットはデイヴィッドをとても気に入った。彼女は隣の空いた席に彼をさし招いた。

「お飲み物をおもちしましょうか、奥さま？」デイヴィッドが訊ねた。「ワインでも？」

「あら、いいえ、気をつかわないでいいのよ――あなた、来たばかりじゃないの。それに、わたしのことはパットと呼んでちょうだいな――みんなそう呼ぶの」

一同は気のおけないお喋りをはじめた。デイヴィッドは何分とたたないうちに、会話にうまくとけこんだので、皆、彼がマルベリーや大聖堂を初めて訪れたということを忘れるほどだった。会話は当然、その日に行なわれた行事に集中した。

「今日のお説教はとてもすばらしかったわ、主教」ルーシーは言った。「寛容も愛も、ちょうど今、マルベリーに必要なものだもの――でも、ロンドンから来た人たちには、あなたが何のことを言っているか、ちんぷんかんぷんだったんじゃないかしら！」

主教は苦笑いをした。「〈コロサイの信徒への手紙〉第三章十二節から十四節は、ふつう就任式の説教に使うテキストではないだろうからね。〈あなたがたは神に選ばれ、聖なる者とされ、愛されているのですから、憐れみの心、慈愛、謙遜、柔和、寛容を身につけなさい。互いに忍びあい、責めるべきことがあっても、赦しあいなさい。主があなたがたを赦してくださったように、あなたがたも同じようにしなさい。そして、これらすべての上に、愛を身につけなさい。愛は結びの帯として完全なものです〉。しかし、この言葉があまりにもこの状況にぴったりに思えたのでね」

「寛容は結構ですけどね、あなた。だけど、今のこの状況は――」パットの辛辣な批判を、オリヴィアが巧みにさえぎった。

「〈憐れみの心〉というのは、要するに何ですか？　これひとつだけが、曖昧な言い回しじゃありません？」

主教は長い間、腹の底から笑った。「欽定訳聖書（一六一一年に英国で発行）の気紛れな言葉遣いだ。改訂標準訳聖書（一九四六年から一九五七年にかけて米国で発行）では単に〈同情心〉となっている。私は、この言葉で十分に言いつくされていると思うね」

「いい説教だった」ジョン・キングズリーが同意した。「実にふさわしい言葉だったよ」

だが、パットはおとなしく黙りはしなかった。「だけどね、愛も寛容も、一方通行じゃだめだってことくらいわかるでしょう？　わたしたちが、なるたけ〈証拠不十分は無罪〉と見なす判決を出そうとこころがけるのはもちろんだけど、あっちがあんな風じゃ、こっちだってそんな気になれませんよ」

「どういう意味ですか？」デイヴィッドが訊ねた。

「そりゃ、みんなアーサー・ブリジズフレンチに対する扱いをひどいと思っていますからね。だけど、それをまったく別にしたって、たとえば……たとえば、このパーティーよ。ロンドンでこんなことをするのは結構ですよ、でもマルベリーはロンドンじゃありません。ここにはふさわしくないのよ。まったく悪い印象を与えるの」彼女は眉をひそめ、躊躇した。「それにもちろん、わたしの牧師夫人たちのこともあるわ。彼女たちが南袖廊に追いやられたのを知ってるでしょう？　足場の下になってなにも見えないところよ。侮辱するにもほどがあるわ」

デイヴィッドは話題を変えるきっかけを拾いあげた。「ぼくはまだ大聖堂の中をじっくり見る機会がなかったんですが、足場が組まれているのは気がつきました。あれは何をしているんですか？」

「ほんとね」ルーシーも加わった。「この前、来たときはなかったわ」

「〈ベケットの窓〉を緊急修理することになったんだよ」主教が説明した。「何週間か前に、ジェレミー・バートレットが問題を見つけたと——石造部分に欠陥があるらしい。あの窓はわれわれの宝だから、ぐずぐずと修理を遅らせることはできない。〈大聖堂友の会〉が、資金を援助してくれているそうだよ」

「初めてマルベリーに来たのに、〈ベケットの窓〉が見られなくて残念でした」デイヴィッドは言った。「さんざん評判を聞いていましたから」

「でも、これで最後じゃないでしょう？」パットはにっこりと笑いかけた。

「ええ、もちろん」

「実を言うと」パットがつけ加えた。「早く戻ってきてくれるように、お願いするつもりだったの——実は、来週末にもね。内輪だけで晩餐会を開こうと思ってるんだけど、あなたとルーシーも来てくれたら、とても嬉しいわ」

デイヴィッドは狭いベッドで別々の部屋に寝ることを考えて、一瞬ためらった。「ええ、喜んで」やっと言った。「ありがとうございます。ルーシーのお父さんと、もっとお近づきになりたいですし。もちろん」彼は言い添えた。「ルーシーがいいと言えばですが」振り返ると、彼女はしっかりと頷き、彼の手を握ってきた。

午後も遅くなるにつれ、集団のわかれ方はますます露骨になった。人々は仲間同士でかたまりはじめ、小さく分裂していった。カスティ・ハントは母から若い人たちと一緒にいなさいと言われて――ロウィナはジェレミーを独占したかったので――アメリカ青年のトッド・ランドールと、大聖堂の鳴鐘者たちが坐っている角のテーブルに向かった。鳴鐘者たちはだいたいが若者で、〈ワトキンズのブラウマンズ・ビター〉を缶からがぶ飲みしてますます陽気になり、さかんに気勢をあげていた。

鳴鐘者連中は、もともと仲間うちでかたまり大聖堂社会にあまり溶けこもうとしなかったが、この日は普段にも増して周囲から浮いていた。カジュアルなジーンズが、ほかの招待客たちの改まった服装と派手な対比をなしている。しかし、彼らは排他的なわけではなく、午後遅くに新首席司祭がテーブルに近づいてくると陽気に迎えた。

マイケル・ドルーイット警部がいないので――彼はほんの少し顔を出しただけで、帰っていた。おまえは招待されていないと妻を説得して家においてきていたのだ――鳴鐘者のリーダーであるバリー・クラブツリーが、自然とこの場の代表におさまっていた。痩せぎすで背が高く、肩ほどもあるタフィー色の髪をした青年の傍らでは、細君のリズが赤ん坊のキャロラインを抱いていた。この日のために、赤ん坊はフリルのピンクのワンピースを着て、対になったボンネットを丸い禿げ頭にかぶり、おめかしをしていた。反対側の脇には、彼の無二の親友とも言えるニール・ベドウズがいた。彼はバリーと共に〈ワトキンズ醸造〉で働いていた。笑うと歯の間が広くすいているのが見え、鼻がやたらと目立つ、外向的でお喋りな青年である。バリーは普段は無口だが、一度口を開けば、誰もが耳をかたむけた。

スチュワート・ラティマーがテーブルに近づいて、まず口を開いたのはバリーだった。「どうも」彼は言った。「すごいパーティーに呼んでもらって。礼を言いますよ」

皆、坐ったままなので、首席司祭は彼らを見下ろすことができた。「そうですか」司祭の眼は、一同のカジュアルな服装を鋭く射抜いた。この連中にここにいる権利があるのかどうか、司祭にはわからなかった。鳴鐘者たちは面倒を省略して歓迎の列に並ばなかったので、司祭にはいったいこの一団が何者なのか見当がつかなかったのである。「ほかの客人は、あなたたちよりも正装しているようですが」そう言ってしまったあとで、今の言葉はあまりに批判的に聞こえると気がつき、司祭は曖昧な笑いをつけくわえて冗談めかそうとした。

「でもあなたが就任式で鐘を鳴らせって言ったんだよ」ニールはさらりとかわして、にっと笑った。「鐘楼に上ったことがありゃ、いい服は着ない方がいいってわかるよ」

「ああ、鳴鐘者の方々でしたか」司祭の声に暖かみがさした。

「そうです」バリーは自己紹介をすると、ほかの面々を紹介した。「坐ってください、司祭」空いた椅子を示して、招いた。

「いや、結構」

「ビール飲みますか？」ニールが缶をひとつ差し出した。

司祭は凍りついた。「ビール？」氷のような声で言った。「このパーティーでは、ビールは出していないはずだが」

「うん、だから持ちこんだんです」ニールが説明した。「〈ワトキンズのプラウマンズ・ビター〉。最高のやつだよ、なっ、バリー？　どうぞ、司祭――ぐっとやってください」

司祭が、まずビールを、次に鳴鐘者たちの無邪気で親しげな顔を見つめる間、長い沈黙があった。彼は両手を組み合わせ、手の甲が白くなるほど握り締めた。「あなたたちは今日、この場にビールを持ちこんで、私を侮辱した」憤怒を自制し、彼はようやく言った。「なんと汚らわしい、なんと破廉恥《はれんち》な。大聖堂の恥だ。あなたたちは大聖堂の恥だ！　あなたたち全員！」

立ち去ろうと、肩をそびやかして回れ右をした彼を、バリーが呼び止めた。「ちょっと待ってください、ラティマーさん」その声は穏やかだったが、歩きかけた司祭を立ち止まらせるほどの威厳に満ちていた。

「なんです？」

バリーは注意深く、言葉を選んだ。「あなたがぼくらを恥だと思うなら、大聖堂の中で何が起こっているか、気をつけるんですね。この先、醜聞だの破廉恥な事件だのが起こるとすれば大聖堂の中だ。鐘楼の上のぼくらじゃない」

「どういう意味だ？」司祭は詰め寄った。青年は威厳たっぷりに薄い胸板の前で腕を組んだ。

「これ以上は言わない。だけど、自分の身がかわいければ、今、言ったことを、あなたが自分で見つけることだ」

スチュワート・ラティマーは怯《ひる》んだように彼を見つめた。

12

彼らが、あなたに対して悪を企て、
たくらみを設けたとしても、
彼らには、できません。

詩篇第二十一篇十一

翌日の日曜日、スチュワート・ラティマー首席司祭は、マルベリー大聖堂における初の礼拝をとり行なった。朝の聖餐式の出席者数は、前日の午後に集まった人数には及ばぬものの、この日は聖ミカエルおよび諸天使日で、堂内は立てこんでいた。

ミサにはもちろん招待席は用意されていなかったが、デイヴィッドとルーシーははやばやと出かけ、儀式がよく見える〈クワイア〉に席を確保した。なんといっても祝日のことで、聖堂参事は全員出席してスツールに腰かけ、主教も主教座についていた。

聖歌隊も勢揃いしていた。オルガン奏者は祭日を讃えつつ、新たな首席司祭に自分たちの技量と成果を印象づけようと、野心的すぎる聖歌を選択した。ウィリアム・ハリスによる〈天こそうつくし〉。この曲は二声《にせい》を必要とし、さらに完全なる同調を必要とする。聖歌隊は必須条件の前者はどうやら満たしたものの、後者を満たす能力には欠けていた。だが、いずれにしても貴い努力であるとデイヴィッドは評価した。それは大好きな曲でもあったので、彼はじっくりと耳をかたむけた。

オルガン奏者としてのアイヴァ・ジョーンズの技術はかぎられていたが、聖歌隊指導者の役を重責と受けとめ、自らを連綿と続く偉大なる英国国教会聖歌隊の伝統をになう一環であると――たとえちっぽけなものにせよ――自負していた。今朝は演奏をオルガン奨学生(大聖堂オルガン奏者の卵)にまかせ、オルガン奏者は指揮に全霊をかたむけていた。少年たちの持てるかぎりの力を引き出そうとりきむあまり、小柄な体は情熱で膨れあがって見えた。呼吸を荒らげ、顔を歪め、身を震わせ、拳を振り、歌詞にあわせて口を動かす。それに答えるように、少年たちは理想的な英国国教会聖歌隊にそこそこ近い声を――よく通る、絞め殺されるような声を――出した。演奏が最高潮に達したころ、突然、首席司祭の椅子で動きがあったのをデイヴィッドは視界の端でとらえた。司祭は身をのりだし、オルガン奏者を凝視していた。濃い眉を寄せ、くちびるをかたく結んでいる。デイヴィッドは訝った。あんな反応をするほどの、いったい何を見たというのだろう?

その晩、ロンドンに戻る車中、話題はつきなかった。うねうねと起伏し、羊たちが点々とするなだらかな稜線に太陽が近づき、薄闇が神秘的に丘陵の襞に集まる南シュロップシャーの景色が、窓の外を飛び去っていく。しかし、そんな美景も、ロンドンのサウスケンジントンに至る何マイルもの間、ルーシーとデイヴィッドの眼にはとまらなかった。ふたりは週末の出来事を振り返り、検討や考察に忙しかった。なんといっても、これがゆっくり話す最初の機会だった。金曜日にマルベリーに着いて以来、初めてふたりきりになれたのだ。

不安の種を蒔かれたデイヴィッドの心が、ほとんどジェレミーのことで占められていても無理はなかった。前の晩も、彼は真夜中までジェレミーのことで悶々としていた。あの男がどことなく気に入らなかった原因が、ルーシーに対する露骨な態度以外にあると納得しようとした。結局、これと言える決め手は見つからなかったが、彼は自分の直感を信じようと決めた。「彼は優秀な建築家なんだろうな」なかば羨むようにデイヴィッドは言った。

「ええ、そうね」ルーシーが同意した。「大聖堂のことを、とにかくたくさん知ってるの。歴史や建築について、いろいろ教えてもらったわ」

「そんな優秀な建築家先生が、どうしてマルベリーのような田舎で満足してるんだ?」もしかすると、過去に何かあるのかもしれない――仕事で後ろ暗いことでもして、身を隠すためにあの境内にいついたのか。

ルーシーは初めてジェレミーと会った晩を振り返ってみた。「奥さんが亡くなって――癌だったんですって、まだ若かったでしょうに――ロンドンであくせくと商売競争するのが嫌になったそうよ」

「ふうん」残念ながら、筋の通った説明だった。道路を見つめたまま、デイヴィッドはぽつりと言った。「彼を魅力的だと思う?」

ルーシーは笑った。「そうねえ。髭はちょっとすてきね――なんとなく粋《いき》じゃない？」

デイヴィッドは眼に見えてしょげてしまった。「それじゃ、ぼくも髭をはやしたほうがいいと思う？」おずおずと訊ねた。

ルーシーは振り向いて、燃えるような夕日の赤い輝きに眼をすがめ、彼をとっくりと見つめた。「いいえ」彼女は結論をだした。「あなたに髭は似合わないわ、デイヴィッド」ぎゅっと腕を握って、つけくわえた。「わたしはそのままのあなたが好き」

安堵のため息をもらし、デイヴィッドは彼女ににっこりと笑いかけた。

「あなたこそ、ロウィナとはどうなの？」自信喪失から意識をそらそうと、わざとからかった。「ずいぶん楽しそうにしてたじゃない。あなたに気があるように見えたけど」

「まさか、違うよ」この示唆は、彼を喜ばせるどころかぎょっとさせた。「でも、彼女とあの警部とのことはまだ納得できないな。ぼくにはすごく感じのいい女性に見えたよ、とてもそんな……」

ルーシーは微笑みかけた。その笑顔と声のやさしさとが、ひとつ間違えば相手を傷つけかねない言葉のとげをきれいに取り去った。「まあ、デイヴィッドったら。あなたって本当に、女ってものを知らないのねえ」

もう一度、デイヴィッドはため息をもらした。「うん、ぼくもそう思うよ」反抗的ではなく、謙虚に答えた。

自然と会話は大聖堂境内の面々のことに移っていった。「ブリジズフレンチ参事をどう思った？」ルーシーは言った。

「どうもこうも、観察する機会なんてほとんどなかったよ。ガーデンパーティーに全然出てこなかったし、今朝の礼拝の後に、ほんのちょっと会っただけで。だけど……なんていうのかな。悲劇の主人公のようだった。人生の基盤をすべて砕かれたように絶望して見えた。とても気の毒だったな」

「首席司祭は？　どう思った？」

「あれは正真正銘の馬鹿だ」デイヴィッドは簡単明瞭に答えた。「混じり気のない本物の大馬鹿。一から十まで、前評判の期待を裏切らない馬鹿ぶりだった」

ルーシーは無意識のうちに、巻き毛を指にくるくるからませながら、しばらく黙りこくっていた。「彼の就任でいいことはひとつもないわ」ようやく静かに言った。「そんな気がするの。彼の就任は不吉だわ。結局、みんなが悲しむだけ」

デイヴィッドの答えも同じくらい陰気だった。「そんなものですむかな。あんな敵の作り方をしていたら、よほど運がよくないと不幸な最期をとげることになるぞ、遅かれ早かれ！」

「冗談ごとじゃないわ」彼女は眉を寄せた。

「ああ、冗談じゃないよ」冷酷に言われたこの言葉に、また会話は途切れた。

「パット・ウィロビーでさえ」ややあって、ルーシーは思い出して言った。「パットはわたしの知るかぎり、いちばん忍耐強い人なのに、それでも腹を立ててた。たいへんな間違いだって」

思いがけなくデイヴィッドが微笑して明るく言った。「パットはすばらしい人だね。ぼくは本当に好きになった。もちろん、主教も」

「ジョージ主教はいい人よ。それにパットは偉大だわ。みんなが慕ってる。前に話したかもしれないけど、彼女は本当に大恩人なの、わたしの母が……母が、亡くなった時。あの人がそばにいて、何もかも取り仕切ってくれなかったら、わたしたちはどうなってたか。パットと母は親友だったのよ」

「それは知らなかった」亡き母のことを、ルーシーはほとんど彼に話していなかった。実際、彼女は自分のことも、それまでの人生のことも、ほとんど話そうとしなかった。だが、デイヴィッドは今、彼女の幼いころの日々を、より鮮明に心に描けるような気がした。彼は身も世もなくルーシーに恋い焦がれていた。彼女のことならどんなことでも知っておきたかった——知れるかぎりのことを。幼い彼女が実はお転婆で、シュロップシャーの丘陵をふたりの兄と共にかけまわっていたのか。それとも、家に閉じこもって、部屋の隅でまるくなって本を読んだり、人形遊びをしていたのか。ペットを飼っていたのか。いたとすれば、どんな名前だったのか。日記をつけていたのか。どんな友達がいたのか。ニックネームがあったのか。子供のころから、美人と評判だったのか。「また来週、戻ることになって嬉しいよ」ふと、デイヴィッドはそう言った。「きみのお父さんやパットともっと一緒に過ごすのは愉しいだろうな——きみが小さいころはどんな子供で、どんないたずらをしたのか、全部、教えてもらえる」

「たいしておもしろい話じゃないわよ」彼女は微笑んだ。「でもよかった、行くのを嫌がらないでくれて。こんな週末を過ごした後じゃ、もう当分マルベリーには行きたくないって言われるかと思った」

デイヴィッドは首を振った。「そりゃ、部屋が別々なのは、あまり愉しいことじゃないよ」彼は認めた。彼女は息を詰めて、デイヴィッドがまた結婚のことを持ち出さないでくれればいいと願った。今回は——この時は——そうしなかった。かわりに、彼は自嘲して言った。「それにジェレミー・バートレットが世界の果てに仕事を見つけて、突然、蒸発してくれないかな、と思うけどね。しかし、あの場所にはなにか、おどろおどろしい魅力がある。正直にいうよ、ルーシー——ぼくはあの場所をあまり好きじゃない。それでも惹きつけられる」

「なんで好きじゃないの？」ルーシーは追及した。「大聖堂の境内なんて、きっとあなたの気にいると思ったのに」

デイヴィッドは少し考えた。「きみはあの境内を金魚鉢のようだと言っただろう」彼はゆっくりと言った。「でも、あそこはもっとたちが悪いよ——金魚鉢なら、少なくとも中で何が起きているか見通すことができる。まあ、プライバシーはないだろうけどね。しかし、マルベリーは、どっちかといえば、澱《よど》んだ池だ。不透明な水面下であらゆる邪悪がはびこってるとでもいうのかな。あそこはよい場所じゃないよ、ルーシー、何もかもが見かけとは違う。でも、そのくらいじゃ、ぼくをマルベリーから追い払えないけどね……」

13

私が彼らを打ち砕いたため、
彼らは立つことができず、私の足元に倒れました。
あなたは、戦いのために、私に力を帯《お》びさせ、
私に立ち向かうものを私のもとにひれ伏させました。

詩篇第十八篇三十八—三十九

土曜日の午後に新しい地位につき、日曜日の朝に聖餐式まで行なったにもかかわらず、スチュワート・ラティマーが昇進を実感したのは、月曜日の朝に開かれた、初の聖堂参事会で会長席についた時だった。テーブルの四人の男たちを見渡しつつ、彼は生まれて初めてともいえる絶対権力を握った快感を堪能していた。これまでの年月やってきたことは、ロンドンのちゃちな牧師職も含め、すべてこの瞬間のための捨て石だったのだ——司祭の想像はどこまでも広がった——もちろん、ここで終わりではない。これはほんの始まりで、最初の足がかりにすぎない。五十までに、いや、四十五より前に、主教冠《ミトラ》をいただいてみせる。それも、ちっぽけな属教区ではない、教区の——いや、大教区の主教だ。そして貴族院に議席をもつ。その先は——

どうなるともわからないではないか？　現カンタベリー大主教は彼よりも年長だ。引退も彼よりずっと早い。九月も末の月曜の朝、スチュワート・ラティマーは、未来は思いのままだという実感に包まれていた。

今日からすべてが始まる、と彼は期待と満足に胸を轟かせてひとりごちた。マルベリー大聖堂側との最初の衝突は――就任式やガーデンパーティーのやり方に介入したことなど――ほんの前座で、これからの戦闘の警告にすぎない。束の間、彼は静かに坐ってこのひとときを楽しんだ。そしてテーブルの上で組んだ手を――見かけによらず小さな手は爪がきれいに手入れされ、日常法衣の袖口からは、黒い毛がもじゃもじゃとはみ出ている――見下ろした。やがて顔をあげ、自分を見つめる四人の男を正面から見据えた。それぞれ程度こそ違うが、狼狽や、憂慮や、あるいは恐怖さえ顔に浮かべていた。

副首席のブリジズフレンチ聖堂参事はもちろん最悪だ。この男がなぜ、首席司祭になれると思ったのか、まるで理解できない。広い視野も、新しい考えも、指導力もなく、ただ現状を維持し、過去を後生大事にかかえることで、未来を確保しようというだけの老人だ。ひどく気弱な顔つきで、すでに起きたことと、これから起きることに対する恐怖で現に震えている。スチュワート・ラティマーは弱さを嫌悪した。だから彼はアーサー・ブリジズフレンチを嫌悪した。

フィリップ・セットフォード教区宣教師を、司祭はつまらない小人物であると判断した。薄くて見えない眉と髪の薄い赤毛のこの男は、第三世界における欠乏や苦難について、ひっきりなしにぐちをこぼしていた――ここ大聖堂で何が起きているかも気づかずに。任命前にマルベリーを初めて訪れた際、すでに彼の人物は見極めていた。だから内閣人事院の役人がスチュワート・ラティマーに対する聖堂参事会の感情を調査する前に、セットフォード聖堂参事を味方に抱きこむのは難しくなかった。必要としたのは、未来の計画を二、三ちらつかせることだけだった。大聖堂に新しい給食業者をいれれば、現在、大食堂として使っている建物を空けることができ、空いた建物を慈善宿泊施設に改造できるかもしれない、とほのめかしたのだ。セットフォード聖堂参事は一も二もなく餌に食いついてきた——地元シュロップシャーにおけるホームレス問題を訴える説教のおまけつきで。さらに鼻薬がその協定を決定的にした。大聖堂の収入の一割を国外の伝道区に寄付する、という約束だ。——黒い赤ん坊か。軽蔑的に鼻を鳴らし、首席司祭はセットフォード聖堂参事を権力を脅かす名簿から消し去った。

ルパート・グリーンウッド音楽監督については、同じくらい取るに足らない存在であるとみた。聖歌隊の少年と間違われてもおかしくない金髪の若造で、頭の中には音楽しか詰まっていない。自分のまわりで大聖堂が焼け落ちても気がつかなさそうだ——火のはぜる音がオルガンの音を上回れば気がつくかもしれない。彼を御するのも簡単だった。新しいオルガンを入れて、聖歌隊学校を再建するかもしれない、という漠然とした約束をほのめかしたのだ。「スチュワート・ラティマー？　ああ、進歩的な人ですよ。まさに大聖堂が必要としていた人物です」グリーンウッド聖堂参事は間違いなく人事官にそう言ってくれたはずだった。

もっとも新しい聖堂参事、ジョン・キングズリーの人物をはかるのは難しかった。スチュワート・ラティマーが初めてマルベリーを訪問した時、くだんの聖堂参事は就任したばかりで、大聖堂の運営に目立った執心を持っていなかった。あのぱっとしない書庫以外には。それで彼には何の約束も提供することができず、ただ大聖堂の未来が安泰であると保証するにとどまった。キングズリー聖堂参事が感銘を受けていないのはわかったが、どうせ境内において力もなく、重要な人物でもないと、彼については黙殺することにした。無論、聖堂参事は主教の友人ではある。しかし、主教は大聖堂の運営に実権を持たない。主教の仕事は教区の運営にある。大聖堂境内という世界における至高の存在は首席司祭なのだ。ジョン・キングズリーなど対抗者として数える価値もない。あの歳では、耄碌《もうろく》しかけているかもしれないではないか。スチュワート・ラティマーは、ジョン・キングズリーの穏やかさの奥にひそむ強靭な心と精神に気づかなかった。それどころか、その穏やかさを弱さの証拠であると誤解していた。

場の緊張が十分に高まったと判断し、彼は微笑した。が、眼は笑っていなかった。「諸君」彼は言った。「十時を過ぎた。では始めよう」そして、胸のうちでつけ加えた。これまでは続けようと言っていたのだろう？　これからは始めるのだ。

「私が任命されて以来、数ヵ月たった」スチュワート・ラティマーは言った。「その間、大聖堂の事情に通じようと努力してきた。多くの資料が手元に集まった。にもかかわらず、まだすべての書類、帳簿、口座記録を見ることができずにいる――それは当然だが」テーブルを見回すと、ブリジズフレンチ聖堂参事の頭がぴょこんと上がり、否応なく眼があった。「近い将来、私は諸君ら全員から絶大なる助けを必要とすることになる。事情をすべて把握するうえで」彼がテーブルを平手で叩くと、ブリジズフレンチ聖堂参事は飛び上がった。「諸君の協力を期待する！」

最初に言葉を発したのはジョン・キングズリーだった。「もちろんです。どうすれば手助けできるのか言ってください。首席司祭を補佐することが、聖堂参事会の仕事ですから」

彼らが「スチュワートと呼んでくれ——仲間なのだから」という親しげな、うちとけた言葉を期待していたとすれば、それは見事に裏切られた。首席司祭はただ頷いただけで、ただちに会議事項を述べ始めた。

「私の見たところ、マルベリー大聖堂は数年単位どころか、お話にならないほど時代遅れだ。大聖堂運営に関するかぎり、十九世紀とまでは言わないが、三〇年代に逆行していると言っても過言ではない！」これは前任者のみならず、このテーブルのある人物に対する直接攻撃といってよかった。皆、それがわかっていたので、アーサー・ブリジズフレンチが日常法衣の袖をまさぐってハンカチを出し、高い額をごしごしこするのを見ないふりをした。

首席司祭の次の発言を待つ間に、思いがけなく副首席の声がした。「それのどこが悪いんですか？」彼は反抗的に訊き返した。「ちゃんとうまい具合にやってきたんですよ、今まで……」

スチュワート・ラティマーは、眉を寄せて向き直った。「どこが悪い？」彼の声は軽蔑に満ちていた。「われわれは三〇年代ではなく、九〇年代に住んでいるのだ。私の就任で、マルベリー大聖堂が二十一世紀のものになると期待されてしかるべきなのに——十九世紀に留まりたいと抵抗されるとは！ブリジズフレンチ参事、あなたの態度はまったく遺憾極まる！扱いづらい人だと予想してはいたが、こうも頑迷で愚かしいとは思わなかった！」

副首席の眼は涙でいっぱいになった。思わずハンカチを握り締めたが、何も言えなかった。ルパート・グリーンウッドは横を向き、フィリップ・セットフォードはテーブルを凝視した。しかし、ジョン・キングズリーは首席司祭の眼を見つめた。「今の言葉は必要ないでしょう」

首席司祭は黙殺し、きびきびと事務的に言った。「では、続けようか？　処理すべき問題は山のようにあるが、昼食までに片付けたい。ひとつ——大聖堂食堂について」昼食と食堂がかさなったが洒落《しゃれ》ではなかった。「諸君も同意してくれると思うが、現在の食堂で出される料理の質は悲惨なものだ。明らかに、今日《こんにち》の主な大聖堂の水準に達していない。ソーセージロールにひからびたサンドウィッチ——話にならない」一度言葉をきり、メモを見た。「この件では、〈大聖堂友の会〉代表のハント夫人から内々に申し出があり、サービスの改善に関する提案を二、三、受けた。詳細はまだ申し上げられないが、とりあえず、実現可能になり次第、大きな変革がなされるはずだと、理解しておいていただきたい。ハント夫人は」とつけ加えて、彼は顔をあげた。「実によく協力してくれた。共に仕事をするのが楽しみだ——彼女はまさにこの大聖堂の財産ともいえる実に有能で聡明な婦人だ」

「それはつまり……食堂は別の場所に移されるということですか？」フィリップ・セットフォードは声にあまり意気ごんだ調子が出ないように注意して訊ねた。ブリジズフレンチ聖堂参事は訝しげな——傷ついたような——眼を向けた。首席司祭は平然としていた。

「ゆくゆくはそうするつもりでいるが、新しい建物の計画についてはまだ話せない」曖昧に答えたのち、わざと意地悪く言い添えた。「しかしながら、新しい建物が使えるようになれば、現在の食堂を修繕して貸しオフィスにする方針だと伝えておこう」

「貸しオフィス？」セットフォードの毛のない眉が赤毛に届くほどはねあがった。「しかし、私はそんな風には……たしか……」彼らしくなく口籠った。

「私があなたに申し出た慈善宿泊施設に関する提案かね？」首席司祭はあっさりと暴露して、聖堂参事が困惑する様子を愉しんだ。「残念ながら、それは財政的に不可能だ。調べたのだが、われわれが――大聖堂が――改造費を出すとなると、現状ではとても支払い不能だ。その点、貸しオフィスにしてしまえば改造費はテナントが持つことになる。どこから見ても、より満足な解決策であることはあなたも認めるだろう」セットフォード聖堂参事は激昂と羞恥に言葉をなくし、答えることができなかった。しばらくすると司祭は続けた。「ひとつ――ギフトショップについて。これもまた、存続を許さない状況にある」

アーサー・ブリジズフレンチは一度口を開けて、また閉じた。質問はジョン・キングズリーの役目になった。「それはどのような状況ですか？」

「まず、何もかも趣味が悪すぎる。あの……紳士たちだが……」皮肉っぽく片眉を上げた。「この大聖堂のイメージにふさわしい商品を開発するにあたってほとんど何もしていない」

「ですが、もちろん……」キングズリー聖堂参事が異議を唱えかけたが、彼は無視した。

「さらに、私の見た記録によればあの店はまったく利益をあげていない。それどころか、ここ数年というもの、大聖堂基金を減らし続けている！　ギフトショップというものは慈善事業ではないと思っていたのだが！」ぴしりと言った。「まだ賃貸の契約書を見つけていないが、私は現在のテナントを、まともに店を経営できる人物とすげ替えるつもりだ」

「しかし、ヴィクターとバートは……」ブリジズフレンチ聖堂参事が動揺した声で言い始めた。首席司祭はそれも黙殺した。「賃貸契約の話が出たついでに申し上げておくが、境内の賃貸物件すべての契約条件や入居期限などを報告書にまとめてもらいたい。以後、名目家賃は認められない。妥当な額を支払ってもらう。あなたが処理してくれるね、ブリジズフレンチ参事？」

副首席は頷き、もう一度ハンカチを探した。首席司祭はメモに眼をやった。「ひとつ——大聖堂書庫について」ジョン・キングズリーはもの問いたげな眼を向けた。司祭は続けた。「キングズリー参事、あなたには、大聖堂書庫が所蔵するもっとも価値ある本の目録を作ってもらいたい。私は特に五千ポンドを上回る価値のものに興味がある」

「理由をおききしてもよろしいですか？」

「よろしい」首席司祭は口元だけで微笑した。「最近は、骨董書がよい値で取引されている。ここにある本のほとんどは大聖堂にとってたいして重要なものではないだろう。売れば多額の収入を得ることができる」

「そんなことはさせない！」アーサー・ブリジズフレンチが怒鳴った。「私は大聖堂の蔵書が盗まれるのを黙って見ていることはできない！」

「できるとも。そして、そうしてもらう」首席司祭は冷酷に言いわたした。「このことは次の項目にも関連するのだよ、ブリジズフレンチ参事。あなたにも、大聖堂の銀器やそのほか宝庫の値打ちもののリストを、同様に作ってもらう。あなたは宝物係だったね？　われわれが必要とする以上の、余分なものがあるはずだ。今は教会用銀器の売り時ではないが、しかたがない」

ブリジズフレンチ聖堂参事はぱくぱくと口を動かし、張り裂けそうな眼で彼を凝視していた。

会議は同じ調子で続けられた。次に議題にのぼったのは音楽だった。「グリーンウッド参事」首席司祭は言った。「あなたの都合がつき次第、大聖堂の音楽に関係する事柄で二、三、個人的に話したいことがある。これはほかの参事諸君には関係のないことだ。今のところ」

「新しいオルガンのことですか？」ルパート・グリーンウッドが訊ねた。「それならもう、パイプオルガン制作家をあたって見積もりを出してもらいました」

「新しいオルガンは購入しない」首席司祭の言葉が鉛の塊のように落ちた。音楽監督はあんぐりと口を開けた。

「でも、あなたは……」

「新しいオルガンは購入しない」首席司祭は声を荒らげて繰り返した。「オルガンは金にならない。金を食うだけだ」

「でも、あのオルガンはもう寿命なんですよ！」グリーンウッド聖堂参事が申し立てた。「もう、あちこちがたが来てる。パイプオルガン制作家は修理にはものすごい費用がかかると言ってました！　長い眼でみれば、新しいのを買ったほうがずっと経済的です」

「修理もしない。あのオルガンにかける金はない」

音楽監督は言われたことが理解できなかった。「では、いったい……？」

「あのオルガンは今のところ、あれで大丈夫だ」首席司祭はきっぱりと言った。「そのうち、完全に弾けなくなったら、電子オルガンに替える。いいものなら似たような音を出せるそうだ。ほとんどの人間は違いに気がつかないだろう」

「電子オルガン⁉」ルパート・グリーンウッドは憤激した。「違いに気がつかないって……！」

「さて、次に」首席司祭はリストを見ながら言った。「補修予算について。すまないが、来年度の補修予算は司祭館の客間の改装にあてさせてもらう。あれはまったく恐ろしい状態だ――私の前任者があんなところにどうやって住むことができたのか、想像できない！　家内と私はこの先、客を大勢もてなすことになるが、あんな粗末な内装で私の妻に恥をかかせるなど言語道断だ。それでもホールと階段については再来年の予算が出るまで家内に我慢してもらおう」

このころには、アーサー・ブリジズフレンチも口がきけるまでに立ち直っていた。「しかし、大聖堂を補修する……」

「大聖堂は」司祭は言った。「私の見るかぎり、どこも直す必要はない」

会議が終わる直前、首席司祭はまたリストを見た。「もうひとつ。小さなことだ。ブリジズフレンチ参事、あなたの都合がつき次第、マルベリー音楽祭の収支報告を見せてほしい」

「音楽祭の収支報告?」副首席は弱々しく繰り返した。彼はルパート・グリーンウッドをちらりと見て、くちびるを舌で湿した。

「そうだ。音楽祭があったのは覚えているね? この夏に? それくらい最近のことなら、いくらあなたでも覚えているだろう」スチュワート・ラティマーは立ち上がりながら、皮肉な笑みを浮かべた。「では、失礼する——妻が昼食の用意をしているのでね。ご苦労だった。これから先、長くあなたたちと働くのを楽しみにしている」

首席司祭が部屋を出ていった後、四人の聖堂参事は凍りついたまま、信じられないといった面持ちで、眼を見かわしていた。

「どうする?」やっと、ルパート・グリーンウッドが小さな声で言った。

「どうもできないよ」ジョン・キングズリーが答えた。

「恐ろしいことだ!」フィリップ・セットフォードが、やや大きな声を出した。

アーサー・ブリジズフレンチがしめくくった。「彼はわれわれ全員を裏切った」絶望に重々しく言い切ると、張り出した額をぐっしょりと濡れたハンカチでぬぐった。「しかし多数決となれば、こちらが勝つ。四対一なんだ。それを忘れないでくれ!」

「〈団結すれば立ち〉」ルパート・グリーンウッドが呟いた。「〈分裂すれば……〉——考えるだけでぞっとする!(倒れる、と続く)」

散会後、アーサー・ブリジズフレンチは境内を横切り、家に帰った。同僚と顔をあわせていることに耐えられなかったからだが、ひとりとはどうしても話をしなければならなかった――ジェレミー・バートレットとだけは。それには電話がいちばんいい。

しかし、玄関に着く前に、司祭館のほうからジェレミーがやってくるのが眼にはいった。イヴリン・マーズデンの庭に続く門の前でふたりは出会った。「マーズデンさんの庭の花は、この時期にしてはずいぶん見事じゃないですか？」通りすがりの挨拶といった調子でジェレミーは言った。「前から思ってたんですがね。彼女、なにか特別な肥料でもやってるのかな？」

ブリジズフレンチ聖堂参事は支えを求めて門につかまり、神経質にかけがねをかちゃかちゃやっていた。「さあ」

ジェレミーは遅咲きの薔薇を丹念に眺めているようだった。「ぜひ訊かなくちゃ」

「くだらん」轢《きし》るような音は、門のかけがねではなく聖堂参事の声だった。ジェレミーは少し驚いて、彼を見た。

「なにかまずいことでも？」

聖堂参事はしゃっくりのような声を出した。「ああ、とんでもなくまずい」見上げるばかりに高い背をかがめて小声で言った。「たった今、聖堂参事会議があった。……地獄だったよ。もう、そうとしか言いようがない」

ジェレミーは眉を上げた。「そんなに？」

「あの男。狂っている！」この言葉は芝居がかった高音で言い捨てられた。ジェレミーは身をひいて、飛んでくる唾《つばき》をよけた。

「まあ、いくら地獄でも、死にゃしないだろうし」

この言葉が慰めのつもりで言われたのならば、その効果はまるでなかった。「違う！　きみはわかっていない！」副首席は呻いて、袖のハンカチを探った。「彼は音楽祭の収支報告書を見たいと言ってきた！」

「ああ」突然、ジェレミーが興味を持ったようだった。「で、なんと言った？」

「何も言わなかった。何も言う機会をくれなかった！　ただひとこと見たいと言われた！」アーサー・ブリジズフレンチは、てらてらと光る額をぬぐった。「何といえばいい？　どうすればいい？　もし見つかったら……」

「もし見つかったら、ぼくたちはたいへんな面倒に巻きこまれる」ジェレミーは静かに言った。

「見つけさせちゃいけない」

「それじゃ、どうしよう？」

ジェレミーは束の間、薔薇を眺めていた。「時間稼ぎをするんだ。まだ収支報告書ができていないとでも言って。運がよければ司祭は忘れてくれるかもしれない。もしそうでなければ……その時、また考えればいい。だけど、あの帳簿は絶対に見せちゃだめだ。マルベリー大聖堂から追い出されたくなけりゃ！」

14

私を、私の仇《あだ》の意のままに、させないでください。
偽りの証人どもが私に立ち向かい、
暴言を吐いているのです。

詩篇第二十七篇十二

後に振り返ってみれば、それからの数日こそが悪夢だった。しかしこの時は、境内の毎日は、少なくとも表面的には普段と変わらなく見えた。あいかわらず、ドロシー・アンワースはソーセージロールとジャムタルトをこさえて食堂に出し、ヴィクターとバートは絵葉書やティータオルを売っていた。パット・ウィロビーは秋の庭の世話と犬の散歩に精を出し、夫の主教はアルビ派キリスト教異端分派に関する論文を、数ページ分増やした。毎日、クレア・フェアブラザーはマルベリー家族計画クリニックに、不妊を嘆くジュディス・グリーンウッドの家の前を通って通勤した。毎夜、ジェレミー・バートレットはだだっ広い家にぽつねんと坐って一杯やりながら、建築史に名を残す夢を見ていた。もうすぐ休暇が終わるカスティ・ハントは、荷造りをしながら、ケンブリッジに戻るのを楽しみにしていた。一方で、その母親は誰にも胸のうちを明かさずに策謀を練り続けていた。司祭館には、ロンドンから超大型の引っ越しトラックが来て、また去った。近所には、引っ越しの手伝いを依頼する声がまったくかからなかった。まるで、前からラティマー家がそこに住んでいたようだった。イヴリン・マーズデンは貪欲に、かつ超然と、すべてを見続けていた。

大聖堂の内では、境内よりもさらに生活のリズムが保たれていた。朝の早禱、聖餐式、晩禱という日課は、変わることなく繰り返された。毎日、正午になると、フィリップ・セットフォードが説教壇で大音声を張り上げ、世界じゅうのより不幸な人のために祈れ、と熱弁をふるった。鳴鐘者たちは定期的に、あの螺旋階段を勇敢にも上っていき、南袖廊を横切って鐘楼にあがり、ミサのため、もしくは、彼ら自身の楽しみのために鐘を鳴らした。聖歌隊は毎日リハーサルと晩禱のために集まって、アイヴァ・ジョーンズの唸り声やしかめ面を耐えるか無視するかしていた。スチュワート・ラティマーの姿はほとんど見られなかった。彼は自分の用事が忙しくて、大聖堂で時間を過ごす暇がなかったのだ。けれども、姿が見えようが見えなかろうが、誰の心からもこの数日の間、首席司祭の存在感が薄れたとはとても言えなかった。

しかし木曜日の午後、首席司祭はまったく不意に大聖堂に現れて晩禱の自分の席についた。同僚が全員出席していたにもかかわらず、首席司祭は誰にも話しかけなかった。当然ながらルパート・グリーンウッドが賛美歌を唄い、アーサー・ブリジズフレンチが旧約聖書から第一日課を、ジョン・キングズリーが新約聖書から第二日課を読み、フィリップ・セットフォードが代禱を行なった。晩禱に全員が出席する必要はないのだが、一同は無意識のうちに普段よりもいっそう仲間同士でかたまろうとしていた。団結するために。安心するために。もしくは共同で身を守るために。

雨の降るうっとうしい午後だった。五時にもならないのに、空はもう季節はずれの暗さだった。十月初めはマルベリーに旅行者の多い季節ではないが――そもそもマルベリーに旅行者の多い季節があるかはさておいて――シュロップシャー丘陵の散歩愛好者にとっては、人気の高い季節だった。そのうちの何人かが雨を避けるために大聖堂にはいってきていた。濡れねずみの一団は〈クワイア〉に坐り、アノラックから雫をしたたらせていた。境内の女性陣もまた何人か出席していた。イヴリン・マーズデンはいつもの日課として。オリヴィア・アシュレイは主教の仕事を終えて。ロウィナ・ハントは午後いっぱいを南袖廊にある〈大聖堂友の会〉案内カウンターで過ごした後で。もうひとりの日参者、ジェレミー・バートレットもいつも通りに出席し、アメリカ人青年のトッド・ランドールも姿を見せていた。連禱の行進が入場してくる直前にパット・ウィロビーがそっと座席につき、髪をおおっていたスカーフを振って雨滴をはらった。

ミサの間じゅう、首席司祭は座席でぴくりとも動かなかった。彼は〈クワイア〉の南側聖歌隊《デイケイナイ》の横で精緻を極めた彫像のようだった。誰も彼を見ようとしなかったが、(よそから来た散歩愛好者以外は)誰もが存在をずっと意識していた。彼の沈黙はずっしりと重たかった――凝縮され、さらに凝縮しつつ――まるで、なにかを待ち受けるように。

ミサは普段と変わらない長さだったが、北側聖歌隊《カントーラス》の脇に坐って首席司祭と真正面から向き合うことになったジェレミーには、永劫に続くように感じられた。この日、入祭の賛美歌に選ばれた詩篇第十八篇は長い詩だった。その〈雹《ひょう》と火の雨〉に、オルガン奏者は顔をとことん歪ませ、手を思い切り振り回した。ジェレミーの眼の前で、首席司祭は不気味に静寂を保ち、凝視していた。拳の白さのみが激情をあらわしていた。

それとは対照的に、アーサー・ブリジズフレンチは明らかに感銘を受けていた。聖歌隊が〈敵は力があり　わたしを憎む者は勝ち誇っているが　なお、主はわたしを救い出される〉と唄うと、彼はちらりと首席司祭の方を見てくちびるをひき結んだ。副首席は、その長身を聖書台の上にかがめて旧約聖書の日課を朗読しはじめ、ヨブ記第十篇の陰気な文句は、いっそう湿っぽさを増した。

「〈わたしの魂は生きることを厭う　ゆえにわたしは嘆きに身をゆだね、悩み嘆いてあなたに語ろう〉」副首席は朗読した。読み進むうちに声は震え、涙が時折、頬をつたった。「〈神にこう言おう　わたしに罪があると言わないでください　なぜわたしと争われるのかを教えてください　手ずから創られたこのわたしを虐《しいた》げ退けて　あなたに背くもののたくらみには光をあてられる　それでいいのでしょうか〉」先に進むごとに彼の情熱は増したが、最後の節は吐息のごとく、消えるように語り終えた。「〈わたしの命など何ほどのこともないのでしょう　ならばわたしから離れ去り、残された日をわたしの好きにさせてください　二度と帰ってこられない暗黒の死の闇の国に　わたしが行ってしまう前に……〉」

それでも首席司祭は身動きひとつしなかった。

聖歌隊による聖歌《アンセム》は短いものだった。ヴォーン・ウィリアムズによる〈おお、味わい見よ〉。出だしのソロを唄ったソプラノの少年は、すばらしい仕事をした。少年の声はかつてなく軽やかに震え、終わるとアイヴァ・ジョーンズは満面に笑みを浮かべた。座席に戻る通りすがりに、少年の金髪を愛情深く撫でてやりさえした。

ジェレミーには、眼の前でスチュワート・ラティマーが一瞬びくりとし、なんとか自制するのが見えた。残りの儀式の——祈禱式と終祭の賛美歌の——間じゅう首席司祭は両眼を激情にくすぶらせ、オルガン奏者を睨み続けていた。聖歌隊の行列が退場すると、彼は立ち上がり、そのままの姿勢でいた。信者がそれぞれの祈禱を終えて、荷物をまとめだしても、なぜか誰からも離れた場所で立ちつくしたまま、微動だにしなかった。

アイヴァ・ジョーンズが譜面台の楽譜をとりに〈クワイア〉に引き返してくると、ようやく首席司祭は動いた。その動きは不意で唐突だった。譜面台に大股に近づき、楽譜を手で押さえつけた。「待ちたまえ」荒々しい大声は円天井にこだました。

全員の動きがぴたりと止まった。一同は凍りついて、〈クワイア〉の中央に突如現れた舞台の一場面を凝視した。

「どうしたんですか?」アイヴァ・ジョーンズは慌てた様子もなく訊いた。

「私はあなたの行ないを見た。あなたの正体はわかっている」彼の声は抑制され、さして大きくなかったが、〈クワイア〉の驚嘆すべき音響効果は完璧だった。「私の大聖堂において、かかる行為を許すことはできない。あなたを罷免する、ジョーンズ君。今すぐにだ。すぐにここを去り、二度と戻らないように」

オルガン奏者の顔には当惑した表情のみがあらわれた。やましい色はまったくなかった。

「何のことですか?」

「私が言っているのは、あなたがあの……少年を……愛撫したことだ。公衆の面前で、しかも主の神聖な場所で! あなたが少年たちを見る目つきも、あやしげな身振り手振りもすべて見た。あなたのことで警告を受けて以来、私はずっと見張っていたのだ。よく聞きなさい、ジョーンズ君、私はこの大聖堂で、子供にいたずらをするような性的倒錯者を働かせはしない! この種の事柄は、過去には見逃されてきたのかもしれないが——もしかすると、奨励されてきたのかもしれないが! ——私は我慢するつもりはない!」

どちらの男も身長は低かったので、視線は真っ向からぶつかりあった。が、突然、アイヴァ・ジョーンズの背丈が縮み、萎んだように見えた。顔は青ざめ、口は恐怖に声も出せぬまま「O」の形になった。永遠にも思えるその一瞬、誰ひとりとして——舞台の出演者も観客も——動かなかった。そして締めつけられるような叫びをあげ、オルガン奏者が走り去った。

無論、後になって、誰もが自分を責めた。なにか言うべきだった、弁護してやるべきだった、と。しかし、皆の受けたショックと当惑はあまりに激しく、翌日になるまで、誰ひとり、噂にもしなかったのだ。そもそも、アイヴァ・ジョーンズがそんなにも深刻に受けとめると、いったい誰に知ることができただろう？　彼が、ひとりで暮らしていた境内の自宅という聖域に閉じこもり、潔白を訴える激しい手紙をしたためた後――いったい誰に知ることができただろう？――睡眠薬を一壜、飲んでしまうなどと。

第二幕

15

まことに、私たちのすべての日は
あなたの激しい怒りの中に沈みゆき、
私たちは自分の齢《よわい》をひと息のように終わらせます。

詩篇第九十篇九

翌日の午後、大聖堂境内に着いたルーシーとデイヴィッドは不測の事態に迎えられた。境内には誰の姿もなく、現実離れした完全な静寂は、まるで住人のすべてが、疫病か核によって一掃されたかのようだった。ジョン・キングズリーは、沈痛な面持ちでドアを開けてふたりを招じ入れ、娘にキスをしたが、心ここにあらずといった体《てい》だった。

「お父さん、どうかしたの？」ルーシーは身を離すと、父の顔を心配そうに見つめた。

「ああルーシーや、恐ろしいことが起きたんだよ」

「首席司祭ね」思わずそう言った。やっぱり、彼の身に何か起こったんだわ。デイヴィッドの言う通りだった。

ジョン・キングズリーは驚いたようだった。「え？　いや、いや。違う」彼はふたりを居間につれていった。「お茶はどうかね？」習慣で訊ねた。

「ええ、いただくけど。でも何があったの、お父さん？　教えて」

お茶は忘れられた。聖堂参事は椅子に沈みこんだ。「オルガン奏者のアイヴァ・ジョーンズだ。亡くなった。通いのお手伝いが今朝見つけた」

「なんですって」デイヴィッドが身をのりだし、初めて口を開いた。「でも……なぜ？　どんな風に？」

苦しげにごくりと喉を鳴らし、ジョン・キングズリーは彼の方に顔を向けた。「彼は……自殺したんだよ。睡眠薬を一壜、飲んで」

「えっ」その言葉がふたりの頭にしみわたるまで、短い間があった。

次にジョン・キングズリーが喋り始めた時、あまりに静かな声だったので、一瞬、ふたりは聞き違えたかと思った。「私のせいだ」

「なんて言ったの、お父さん？」

「私のせいだ」そう繰り返すと眼鏡をはずし、鼻梁をこすった。「ああ、私は何かするべきだった。弁護するべきだった。そうすれば、彼も生きていたかもしれないのに……」

「ねえ、なにを言ってるの？」気遣うあまりに、意図したよりも口調が鋭くなった。父親はたじろいだ。

　そして彼はそもそもの始まりから、昨日の午後に起きた痛ましい出来事まで、逐一語った。

「だから、わかるだろう、私たちのせいなのだよ――あの場にいたのに、何も言わなかった全員の罪だ。私たちのせいで――彼を……追い詰めて、死なせてしまった！」

「馬鹿な！」デイヴィッドは興奮して、もっと何か言おうとしたが、ルーシーが先を越した。

「そうよ、自分を責めちゃだめよ」彼女は断言した。「責められるべきなのはひとりしかいないわ。首席司祭よ。こんなことになるなんて、お父さんにわかるわけないじゃないの」

　父親はため息をついて、首を振った。「わからなければいけなかった。そんな言い訳は通らない――どちらにしろ、私は何かするべきだった。あの後、彼を見舞うとか……」

「しかし、これからどうなるんです？」デイヴィッドが訊いた。「首席司祭はどうするつもりだろう？」

　もう一度、眼鏡をはずして、聖堂参事はぽつりと言った。「こんなことを言うのは、キリスト教精神に反すると思うが……スチュワート・ラティマーはいい人ではないね」

「いい人ではない？」デイヴィッドは大声を出した。「いい人ではないって！　なにを上品なこと言ってるんですか、参事！　あの男はまったくの……」

「彼はいい人ではない」ジョン・キングズリーは、こころもち語気を強めて繰り返した。「弱いものを虐待する暴君だよ」そして、彼は聖堂参事会議の模様を話しはじめた。首席司祭が残酷にも、故意に追い詰めて、ブリジズフレンチ聖堂参事を泣かせたことを。「彼がこの大聖堂をどうするつもりなのか、私にはわからない」ジョン・キングズリーはしめくくった。「しかし、誰も気に入らないだろうということだけは、はっきりわかるよ」

玄関で呼び鈴が鳴った。ルーシーが出ると、パット・ウィロビーが戸口の上がり段に立っていた。「ルーシー！　来てたのね、よかったわ」パットが言った。「あなたのお父さんに話があって来たの。みんな、お茶を飲んでるところ？　それとも、これから？」

「飲もうとしてたんだけど、ちょっとごたごたしてて。デイヴィッドもわたしも、まだ来たばかりなの」年かさの婦人がきびきびと有能な主婦の座を引き継ぎ、台所に直行してやかんに水を入れ始めるのを、ルーシーはありがたく見守っていた。

パットが居間にトレイを運んでくると、ジョン・キングズリーは慌てて立ち上がった。「パット！　そんなことは、私が」

「馬鹿言わないの、ジョン。黙って坐ってなさい、わたしがいれるから」

彼はおとなしく従った。パットはデイヴィッドと挨拶をかわしてから、全員のお茶をいれた。彼女は精一杯、普段通りにふるまっているが、ルーシーの眼には、たった一週間の間に顔の皺がわずかに増え、白いまとめ髪もいつもよりほつれぎみに見えた。パットは訪問の目的に触れる前に、うわの空で後れ毛を髪の束に詰めこんだ。「ひどいわね、今度のことは」

「私は気が咎めてならないんだ、パット」ジョン・キングズリーは懺悔《ざんげ》した。「何かするべきだったのに」

「馬鹿言わないの」彼女は乱暴に繰り返した。「わたしたちは全員、あそこにいて、あれを聞いていたのよ。あなたに罪があるんなら、みんな同罪だわ」そう言う彼女の眼は濡れているようだった。「どっちにしろ、救うことができたかわからないわね。アイヴァ・ジョーンズは変わり者で、秘密主義なところがあったから。わたしたちの誰も彼のことをよく知らないもの。あの人はいつもひとりでいて、境内の誰とも付き合おうとしなかったから」

「もしかすると、それもまた私たちの罪かもしれない。誰も彼に手をさしのべようとしなかったのだから」聖堂参事は述懐した。

「自分を責めるのはやめなさい」パットは強く言った。「責められるべき人間が誰だか、全員知ってる――名前を言う必要もない」司祭のことを思い浮かべただけで、パットの顔はいっそう険しくなった。「あの男にはどんなに償わせても足りないわ。何もかも事実無根だったんだから」

「その……彼の証拠不十分な陳述がですか？」デイヴィッドはいかにも弁護士らしく言った。

「つまり、首席司祭の言葉の内容が？」

「その通りよ」パットは一瞬ためらって、そして打ち明けた。「ドルーイット警部がジョージに会いにきたのよ。警部は内密だと断わったうえで、主人に見せてくれたの。遺書を」

ジョン・キングズリーの顔は苦痛に歪んだ。「内容を教えてもらえますか」

「本当は言っちゃいけないんでしょうけど、でも言うわ」思い切ったように言った。「アイヴァ・ジョーンズは、首席司祭の告発をすべて完全に否定していたの。ええ、わたしは彼の言葉

を信じてるわ」彼女はつけ加えた。「〈あの男〉のいる大聖堂ではお葬式をやらないでほしいと
もね。あの屈辱——あんな不名誉。とても耐えられなかったんでしょう」

「かわいそうに」ルーシーは泣きそうになって、かすれた声をもらした。「どんなにか辛かったでしょう」

「マイク・ドルーイットは、ジョージにほかのことも教えてくれたわ」ジョン・キングズリーが今にもわっと泣きだしそうなのに気づいて、パットはてきぱきと続けた。「警部はわたしたちの誰よりも、アイヴァ・ジョーンズをよく知っていたみたいね」

デイヴィッドは、この興味をそそる言葉に片眉をあげた。「なぜです？」

「あのふたりは〈修道士の首〉亭で、時々一緒にビールを飲んでたんですって。警部が鳴鐘者の当番にあたると、晩禱の後でたまにね。悩みを共有する友達だったらしいわ——奥さんのことで」

「アイヴァ・ジョーンズに奥さんがいるの？」ルーシーは息をのんだ。「パットは知ってた？」

「奥さんはね、いたのよ。そのことは、いいえ、誰も知らなかったわ。マイク・ドルーイット以外は誰も。たぶんアイヴァ・ジョーンズは、恥ずかしかったんじゃないかしら。奥さんは、彼がここに来る前に、家を出ていってしまったのよ。アイヴァ・ジョーンズは奥さんのことを警部にいろいろと……ほら、わかるでしょ。ほかの男性とよく出歩いたりとか。それと、お酒の問題もあったらしくて。あなたたちが、マイク・ドルーイットの奥さんのヴァルに会ったかどうか知らないけど……」

「ああ」ルーシーは思い出した。「一回だけ会った、というか、少なくとも、見かけたわ。彼女は……想像とはちょっと違ってたけど」

「でしょうね」パットはあっさり同意した。「たぶん警部は、アイヴァ・ジョーンズにヴァルのことを言ったんじゃないかしらね。それでむこうもお酒で口が軽くなって、自分の奥さんのことを喋ったのよ」

「かわいそうに」ルーシーは繰り返した。「首席司祭のしたことは……不当だわ……事実を確かめもしないで、あんなことを言うなんて。ねえ、どうにかできないの？」

「そうね。それは、結果を待たなければ」パットはデイヴィッドのカップにお茶をつぎたした。「今、ジョージを駅に送ってきたところよ。三時三十二分のロンドン行きに乗ったわ――ランベス宮殿に行くの」

デイヴィッドは身をのりだした。「では、大主教に謁見を？（ランベス宮殿はカンタベリー大主教のロンドン宮殿）」

「ええ、朝一番にね――ちゃんとアポイントもとったわ。月曜日には内閣人事院の役人にも会うつもり。都合がつけば、首相にもね。どうなるかはわからないけど、指をくわえてるよりましでしょう。こんなことになったのは、全部、彼らのせいなんだから」

「ジョージは週末中、ずっといないんですか？」キングズリー聖堂参事が訊いた。「でも、やることがあるんじゃないですか……いろいろと？」

「実はね、ジョン、わたしはそのことでも、ここに来たのよ」パットは認めた。「ジョージから、あなたに会うように頼まれたの。そりゃ、あの人は自分で来たかったんだけど、列車を捕まえるのに、慌てて出ていったから」

聖堂参事はため息をついた。「私に何をしろと？」

「ええと、まず、ジョージが出ていく前に首席司祭と話したことを言っとかなくちゃね。向こうから電話をかけてきたわ。首席司祭は、このことで大聖堂内に波風が立つのを望まないそうよ」

「なんだって？」デイヴィッドはすっかり腹をたてていた。「たいした神経だな」

パットは冷酷な笑みを浮かべた。「ええ、まったくね。とにかく、ジョージは思ったのよ……何かをすることが……適切だと。大聖堂でお葬式を出せないとなると、ことにね」

「首席司祭にはそのことを伝えたんですか？」ジョン・キングズリーは訊ねた。

「主人は首席司祭に追悼をするように言ったの――弔辞かなにか――明日の朝八時の礼拝で。首席司祭は、完全にシンプルにやらなければならないと答えたわ。聖歌隊もなし、鐘もなし、誰の注意もひかないようにですって。わたしたち全員が知っている通り」彼女は苦々しさを隠しきれずに言った。「首席司祭の命令は絶対なのよ」

「ジョージは私に何をさせたいんです？」キングズリー聖堂参事は繰り返した。

パットは彼をひたと見つめた。「普段通りにミサをやってくれるわね？　ジョージは、あなたなら何をすればいいかわかると言っていたわ。主人はあなたを信頼しているのよ、ジョン――きっと、正しいことをやってくれるって」

パットが帰った後、ジョン・キングズリーは、ソファのデイヴィッドの隣に坐っている娘に、困惑した顔を向けた。「ルーシーや、どうすればいいかわからないよ」

「まあ、どうして?」

「もちろん、首席司祭の脅しに負けたりはしないでしょう?」デイヴィッドは憤然として言った。「いくら首席司祭だって、そんな横暴をふるう権利はない!」

「ああ、いやいや、そんなことじゃない」聖堂参事は微笑した。それはまさに彼の静かな力強さだった。「司祭が何を言ってこようと、私は気にしないよ。しかし、わからないかね? アイヴァ・ジョーンズは自殺したんだ」そう言って、眼鏡をとった彼の眼は、涙に濡れていた。「明日どうしていいやら、何を言えばいいのか、わからないんだよ。私は、自殺は罪であると――許されざる罪であると教えられてきた」彼は眼をこすった。ルーシーは思わず手をのばし、慰めるようにそっと膝に触れた。「だけど今は……わからない。私は……」彼はためらった。「本当に罪といえるのは……不信心の罪だけだと思うよ」

16

私は、望みとさばきを歌いましょう。
主よ。あなたに、ほめ歌《うた》を歌いましょう。

詩篇第百一篇一

眠ってもいないのに、後で振り返ると、切れ切れの奇妙な夢に満たされていたような夜だった。ルーシーは、アイヴァ・ジョーンズをよく知っていたわけではない。一、二度、顔をあわせたことはあるけれども、あまり印象に残っていない。ただ物静かな男だと——小柄な黒髪の寡黙なウェールズ人としか覚えていない。パットが教えてくれた、その奔放な妻の情報にしろ、彼の人物像に、生前よりは少々生彩を加えたという程度にすぎない。しかし、不当に無為な死を強いられた事実には、境内の皆が感じたのと同じくらい強い衝撃を受けていた。そしてまた、父が罪悪感に苦しめられていることにも心を乱されていた。輾転として眠れない夜の間、何度となく、デイヴィッドに逢いにいってその腕の中で安らぎたいと思った。が、寝つかれずにいるであろう父に聞かれてしまうと思うと、それもできなかった。

しかし夜明け前、部屋のドアが音もなく開き、ガウン姿のデイヴィッドがいた。

「しーっ！」シングルベッドの傍らにもぐりこんでくる彼に囁いた。「お父さんに聞こえるわ」

「お父さんならとっくに起きて、階下《した》に行ったよ。もう一時間も、書斎で行ったり来たりしている。ぼくの部屋の真下だからよく聞こえるんだ」

「えっ！」ルーシーは跳ね起きた。「それじゃ、行ってあげなくちゃ。お父さんはわたしが必要なのよ。なにかあげてくるわ、お茶か、朝食でも」

「待ってくれよ」彼も起き上がり、彼女の体に両腕をまわした。「一分だけ、こうしていて。ぼくもきみが必要なんだ」

ため息をついて、ルーシーは彼の肩に頭をもたせかけた。「お互いよ」彼女は訂正して言った。

「そうだよ、いつもそう言っているだろう」彼女の乱れ髪を愛撫した。薔薇色の顔が後光のような髪にふちどられ、アイレット刺繡をほどこしたハイネックで長袖の純白の夜着をまとう彼女は、はっとするほど幼くあどけなく見える。「結婚してくれないか、ルーシー？」要求半分、質問半分のその言葉には、肯定の返事を期待していないあきらめの響きがあった。

肯定の返事はなかった。しかし、まったくの拒絶も返ってこなかった。ルーシーはゆるゆると首を振り、ただこう言った。「このまま抱いていて、デイヴィッド」

それからしばらく後、きちんと身仕度を整えたふたりは、台所でお茶を飲んでいた。ジョン・キングズリーは七時前に大聖堂に行ってしまった。取り乱すあまり、ふたりに話しかけることも忘れ、ただ説教で何を言うべきかを〈クワイア〉の中で黙考することしか頭にない様子だった。ふたりの間のトースト立てには、まったく手はつけられていなかった。ルーシーはじっとしていられなくて朝食の準備をしただけで、デイヴィッドは、聖餐式の前はいつも何も口にしないのだ。しかし、たとえそうでなくても、ふたりとも食欲がなかった。

「予想はしてたけど……なにか不愉快なことが……起こるだろうって」ルーシーは言った。「でも、こんなに早く起きると思った？　一週間もたたないうちに？」

「いや」デイヴィッドは陰気に眼をこすり、お茶をひとくち飲んだ。

彼女は無理に微笑もうとした。「でも、少なくともこれで終わったんだもの。きっと、これからは落ち着くんじゃない」

「ならいいが」デイヴィッドはため息をついた。「いや、終わってないよ。これは終わりじゃない——ほんの始まりだ。首席司祭がどこにも行かずに、ここにいるかぎりは……」

「それじゃ……カンタベリー大主教は何もしてくれないって思うの？」

デイヴィッドは頷き、穏やかならぬ動作でマグをおろした。「大主教は干渉できない。手遅れなんだよ」立ち上がりながら言った。「行こう、ルーシー。七時半だ……大聖堂にはいってよう。これ以上、じっとこうしているのはたまらないよ」

皮肉にも美しい朝になった。ジョン・キングズリー宅の向かいでは、大聖堂の東端が朝日を浴び、灰色の壁が黄金色にきらめいている。それは、境内の建物の間をうめる草地からたちのぼるかすかな秋霧の海にそそりたつ、巨大な船のようだった。どこかで小鳥が喉をいっぱいに震わせて陽気にさえずっている。その突き抜けるように透き通る声はマルベリー聖歌隊の誰もかなわない。デイヴィッドとルーシーは、無言で大聖堂の北側をまわり、西の正面入口からはいった。

礼拝は奥内陣の聖母礼拝堂で行なわれる。ふたりは北の側廊をすすみ、〈クワイア〉後部にはいった。東窓から射しこむ太陽の光は、石壁を七色に染め、カンパーの英国風祭壇の金箔を明るく燃え立たせ、その天使たちを輝く黄金の光彩に包んでいた。

礼拝堂にいたのは、カンパーの天使たちだけではなかった。すでに、ふたりの婦人が祭壇の両脇に花を活けていた。ひとりはパット・ウィロビー。香りのよいローズマリーの小枝を台座に加えると、彼女は顔をあげてふたりに短く頷いてみせた。その生け花は庭の季節のもので作られたシンプルで高貴なものだった。

祭壇のもう一方の端にいるのは、驚いたことにロウィナ・ハントだった。まずデイヴィッドに、そしてルーシーに、控えめにではあるが微笑みかけてきた。「来ないではいられなかったんです」彼女は説明した。高価な切り花のアレンジメントを示しながら、「わたくし……わたくしも木曜日にあそこにいたんです、あの晩禱の後に。ドルーイット警部が何があったか教えてくれた時、何かしなければならないと思って。この花はうちの客間にあったのを――わたくしには、こんなことくらいしかできなくて」

この人が罪悪感を？　ルーシーは驚いた。ロウィナからは簡単に連想できない感情だが、明らかに、誰も彼もが程度の差はあれ影響を受けたのだろう。ひとりの人間が自尊心を、名誉を――ついには命までをも――公然と壊されるのを黙って見ていた者、全員に。

その時、ドルーイット警部が物陰から現れた。彼はルーシーとデイヴィッドに会釈し、ロウィナに言った。「鐘楼に上ってくるよ。誰かが弔いの鐘を鳴らさなければ。どうやら、私の役割らしい」

ロウィナは眉をひそめ、他人の眼もはばからずに彼の腕に手をかけた。「そんなことをしていいの、マイク？　司祭が絶対に鐘を鳴らさないようにと言ったのを知らないの？」

彼は皮肉に短く笑って、両眉をあげた。「聞いたさ。だけど、私はもう大人だからね。自分で自分の面倒は見る」そう言うと鮮やかに踵を返し、彼女が答える前に立ち去った。ロウィナはくちびるを噛んで、後ろ姿を見送った。

ルーシーとデイヴィッドは気をきかせてその場を離れ、礼拝の席を確保しに行こうとした。が、南の側廊を大急ぎでやってくる人物に前を阻まれた。一瞬、ルーシーはそれがジュディス・グリーンウッドだとわからなかった。彼女が――かつてエレガントだったが何年か流行が遅れ、少々きつい――黒いドレスを着ていたからだけではない。一番の違いは、いつものおどおどした控えめで自信のない様子が微塵もなく、自分の行き先を知る女性として、突き進んできたことだった。「あなたのお父さまが今朝の礼拝を？」

「ええ」

「お父さまに会わなければならないの。今すぐ、ミサの前に」いつもは伏し目がちな菫色《すみれいろ》の瞳が、ルーシーの眼を真正面から見た。

「たぶん聖具室よ」ルーシーは言った。「一緒に行ってみましょ。デイヴィッド、席をとっておいて。すぐに戻るから」彼は頷いた。ルーシーはジュディス・グリーンウッドをつれて側廊を通り、聖具室に続く目立たない扉の前に行った。彼女はノックをした。「お父さん？」

「ああ。おはいり」ジョン・キングズリーの穏やかな声が答えた。ふたりがはいると、彼は壁の小さな十字架を見つめていたが、振り返った。すでに礼拝の準備を整え、めったに着ることのない、古風な自分の白い上祭服を着ていた。それは彼がかつて聖職按手式で、敬愛していた教区司祭に授けられた品でかなり古びていた。

「お父さん、グリーンウッドさんの奥さまが会いたいそうよ」

聖堂参事はルーシーに微笑みかけると、ジュディス・グリーンウッドの両手をとり、菫色の眼を覗きこんだ。「どうしましたか、ジュディス？」

「今日の礼拝で、聖歌隊の歌を禁じられたと聞きました」彼女はぐっと顎をあげた。「わたし、献金式で歌を唄いたいんです」

「唄いたい？」彼はおうむ返しに繰り返した。

「首席司祭が何か言ってきたら、わたしが全責任をとります」

「ああ、首席司祭のことは気にしないでよろしいですよ。ただ……」

ジュディスはゆったりと微笑した。「わたしに唄えるかどうかが心配なのでしょう？　音楽の才能があるのはルパートだけだと、参事さんも、皆さんと同じようにお思いでしょうけど」

一息いれ、きゅうくつな黒いドレスの中で肩をそびやかし、胸をはった。「わたしはプロの歌手です……でした」彼女は説明した。「しばらく練習していませんけど、でも、参事さんに恥をかかせるようなことはしません。オルガン奨学生の方も、パイプオルガンで伴奏をしてくれるとおっしゃいましたし」

「ええ、唄ってください」キングズリー聖堂参事は即座に賛成した。「あなたがそうしてくれるなら、こんなに嬉しいことはない。ルパートも喜んでいるでしょう」

聖具室を出ていきかけて、彼女は振り向いた。「いいえ、ルパートは知りません」ジュディスはにっこりした。「内緒なんです」

続いて出ていこうとして、ルーシーはためらった。「お父さん、大丈夫?」彼の眼の下をふちどる黒い隈を見て、気遣わずにいられなかった。

「何を言えばいいか、まだわからない」彼は言葉少なに答えた。「しかし、きっと聖霊のお導きがあると信じているよ。私は主に裏切られたと思ったことは一度もない……おまえのお母さんが亡くなった時でさえ。主は、必ず言葉を与えてくださるだろう」彼はしばらくの間、頭を垂れた。小さな格子窓から射しこむ光が、その髪に銀の煌めきをふりかけた。

ルーシーは愛する父のために励ましの言葉を探したが、ただ、頬にキスをした。その時、もっとも低い音色の鐘が鳴り始めた。重々しく鳴り響く、あまりにも短く断たれた命を悼み、侘しくも人の死を告げる、弔いの鐘が。

礼拝堂が人であふれているのを見て、ルーシーは驚いた。ほんの数分、離れていた間に、人々は音もなく流れこんで、小さな礼拝堂の席という席を満たしていた。パット・ウィロビーはもちろん最前列で、イヴリン・マーズデン、ジュディス・グリーンウッド、オリヴィア・アシュレイと共に坐っていた。ロウィナはジェレミーの隣におり、セットフォード聖堂参事夫妻の姿もそこにあった。ヴィクターとバートは見たこともないほど地味な服を着てそのすぐ後に坐り、トッド・ランドールと鳴鐘者たちはいつものカジュアルな服をやめ、ドロシー・アンワースと同じくらい堅苦しい形《なり》をしていた。噂は明らかに、境内や町の隅々をかけめぐったようだった。聖歌隊の少年たちも数名、両親につきそわれて来ており、大人の聖歌団員は全員、列席していた。デイヴィッドにしっかりと守られて、ようやく座席につくことのできたルーシーは、副首席と音楽監督だけがいないことに気づいた。へんね。誰もが一致団結して首席司祭に抵抗しようとしているのに、あのふたりだけが屈するなんて。

しかし、ルーシーは間違っていた。副首席と音楽監督は出席していた。最後の最後に、皆と顔をあわせていることに耐えられなくなったアーサー・ブリジズフレンチは、ひとりで〈クワイア〉の自分の席で祈りつつ礼拝を聴こうと、内陣仕切りのむこうによろめき出たのだった。ひとりきりで頰を濡らす副首席を見たルパート・グリーンウッドは、そばにある自分の椅子に坐り、年かさの男を見守った。

弔いの鐘は虚ろで陰気な音を響かせ続けた。ほかは何の音もしなかった。ジョン・キングズリーが祭壇の後に現れて両手をあげた。「主、汝らと共にいますことを」

キングズリー聖堂参事は、説教をしようと立ち上がり、たくさんの眼が自分に注がれていることを痛いほど感じた。夜明け前から、彼はおびただしい数の草稿を書いたのだが、すべて捨ててしまった。今はただ胸の前で手を組み、心の中で短く祈りを捧げて、語り始めた。

「今しがた、日課として〈コリントの信徒への第一の手紙〉から第十三章を朗読しました。これは結婚式やその他諸々の喜ばしい行事でよく引用されるもので、皆さんにも馴染みの深いものでしょう。この悲しみの時に、なぜそれを日課として選んだのか、なぜこのささやかな追悼の言葉のために引用しようとするのか、不思議にお思いかもしれません。

〈たとえ私が人の異言《いげん》や御使いの異言で話しても、愛がないなら、やかましいどらや、うるさいシンバルと同じです〉

この始まりの節と同じく馴染み深い最後の節こそ、私が皆さんに注目してもらいたいものなのです。〈いつまでも残るものは信仰と希望と愛です。その中でいちばんすぐれているのは愛です〉

信仰。それはすべての始まりです。信仰がなければ何も生まれません。私の考える信仰とは神を信じることです。どんな逆境においても主を信じることです。信じることにおいてもっとも難しいのは、神の赦しを信じることでしょう。時に私たちは、主が赦してくださるわけがないと、勝手に思いこんでしまう——自分のしたことは、あまりにも恐ろしく罪深いのだから、主が赦してくださるわけがないと信じてしまいがちです。けれども皆さん、これこそが重大な罪、おそらくはもっとも重い罪なのです。なぜならそれは、すべてを包みこんでくださる主の愛を信じる気持ちが欠けていると――すなわち信仰が欠けているということだからです」彼は言葉を切り、ひとわたり見回した。

「今日、われわれは失われた命のために祈っています。その死にかたは、主の赦しの範囲を越えているという人もいるでしょう。自らの命を断つことは、信仰さえも捨てたという深い絶望をあらわしているのですから。けれども、私はあなたがたに言いたいのです。主の赦しを阻むものは、何一つないと。赦しがたい、赦されないことをしたと思いこんでも、そのようなことは決してありません。納得できようとできまいと、主の愛に清められないほど重い罪は、ひとつたりともこの世にないのです。

私たちの一部は――多くは――アイヴァ・ジョーンズの身に起こったことに対して責任があると、少なからぬ罪悪感をもっていることでしょう。彼が私たちと共にいた時に、もっと理解しようとしなかったことや、自分たちの沈黙により、結果的に彼の死に関わってしまったことに対する罪悪感を。けれども、われわれはこの罪悪感を通し、赦されることでさらに神を身近に感じられるという希望を持つことができるのです。

希望。それは先に述べた三つのうちふたつ目の徳です。皆さんは、今日ここに集まる理由となった出来事のどこに希望を見いだせるのかと、お思いかもしれません。ですが重ねて申し上げたい。主は、私たちの想像など及ばぬほど偉大であり、常に、邪悪の中からさえ善なるものをもたらすことがおできになるのです。私たちが、過去は過去のものとして、互いに手を取り合い、希望を持って未来に進むことができれば、アイヴァ・ジョーンズの死からさえ、善き結果を生み出すことが、きっとできます。希望があれば、最近この大聖堂を包む疑惑と恐怖の雲も、神の愛により、払われることでしょう。いや、払われるはずです。

愛。このもっともすぐれた徳がすべてを救います。愛すること、と言い換えてもよろしいでしょう。今、われわれに求められているのは愛することです。お互いを、われわれの兄弟アイヴァ・ジョーンズを、そして誰より、多くの人々がこの一件に責任があると考えている人物を愛することです」大勢が息をのんだ。ジョン・キングズリーは一時、口をつぐみ、ひとりひとりの眼を見つめた。ふたたび話しはじめた声は、静かだがりんとしていた。「私がスチュワート・ラティマーのことを言っているのは、おわかりでしょう。彼の行為が、アイヴァ・ジョーンズの死の結末をもたらす引き金になりました。私は、首席司祭が皆さんと同じくらい後悔していると信じています――いや、それ以上かもしれません。首席司祭は良心の呵責に苛まれているでしょう。皆さん、われわれはキリスト教徒として愛を抱き、彼を赦さなければならないのです。主が彼を赦したように。そして、マルベリーで同じあやまちが繰り返されぬように、彼と共に働きましょう。個人的な感情は克服し、まず大聖堂のためになることをいちばんに考えましょう。大聖堂ではなく、神と言い換えるべきかもしれません。主のために、われわれはここにいるのですから。主のためであれば、失敗《しくじ》るはずがありません。主は常に私たちを見守ってくださいます。〈今、私たちは鏡にぼんやり映るものを見ていますが、その時には顔と顔とを合わせて見ることになります。今、私は一部分しか知りませんが、その時には、私が完全に知られているのと同じように、私も完全に知ることになります。こういうわけで、いつまでも残るものは信仰と希望と愛です。その中でいちばんすぐれているのは愛です〉」

〈クワイア〉の中では、アーサー・ブリジズフレンチが声を殺して、泣いていた。その傍らにルパート・グリーンウッドがひざまずき、やさしく腕をさすっていた。内陣仕切りを通してはつきりと聞こえてきた説教の言葉に副首席は、クレドが始まるとついに泣き崩れたのだった。

献金式の時間になった。パイプオルガンの短い前奏に続き、「〈主イエスは死に勝ち　よみがえりて〉」突然、ソプラノの声が唄いだした。その透き通る豊かな声は、希望と信仰に満ちあふれ、堂内を燦然ときらめく金《きん》の音色で満たしつつ、円天井の高みに舞い上がり、四方の壁を駆けおりて、円柱のまわりを幾重にも巡り、こだまし、響きわたった。一瞬、大聖堂の誰もが、その妙なる美声に呆然とした。「〈死にたるわれをも　生きかえらす　すくいのみちから　げにとうとし……〉」

「ジュディス?」驚きもさめやらぬまま、ルパートは吐息のような声をもらした。「なんという――ジュディス……」

17

主よ。なんと私の敵がふえてきたことでしょう。
私に立ち向かうものが多くいます。

詩篇第三篇一

最後の祝禱をすませて聖具室に戻っていくジョン・キングズリーの後を、ルーシーはすぐに追いかけた。「お父さん、すばらしかったわ」彼女は感激のあまり抱きついた。「本当にふさわしい言葉だった」

「そうかね？　自分でも何を言ったか、よく覚えていないよ――ふさわしい言葉が勝手に出てきたような気分だ」

「どういうこと？」

「うーん」彼は考え考え、言葉を選びながら答えた。「まるで、中心に主のおわしますレコードに乗っているようだったと言えば、いちばんいいかな。レコードの中心はその場を動かない。中心から離れれば離れるほど激しく回転するだろう。今朝までの私がそうだった。自分の言葉でなんとかまとめようとして、レコードの端をかけずりまわっていた。だけど、いざ話をしようと立つと、主のおわします中心に引き寄せられていった。そして近寄るほどに、主が導いてくださると確信したんだ。そうやって主にすべてをゆだねてしまった後は、すっと楽になったんだよ」

キングズリー聖堂参事はルーシーとできるかぎり早く聖母礼拝堂に引き返し、帰っていく会衆を見送りにいった。大半がすでに引き上げていた。礼拝の直後、聖歌団員は抜け出し、聖歌隊の少年たちとその両親もまた去っていた。ヴィクターとバートはギフトショップに、そしてドロシー・アンワースは食堂に大急ぎで戻っていた。パット・ウィロビーは、招待に応じた人々と共に残っていた。「ぜひ、うちに朝食を食べにきてちょうだい。そのままでね、改まったものじゃないから……」

ほとんどがすぐに招待を受けた中で、イヴリン・マーズデンだけが躊躇していた。彼女はミサの時からこっそり首をのばして、ブリジズフレンチ聖堂参事を探し続けていた。「アーサーが心配なんですよ」彼女は打ち明けた。「来ると思ったのに――家を出るのは見かけたけれど、ここには来なかったようで」

「たぶん」パットは言った。「〈クワイア〉にいますよ。あちらから、そんなような物音が聞こえましたからね」

「ああ」イヴリンはほっと息をついた。「それなら、せっかくのお誘いですけれど、ご辞退申し上げます。アーサーにはきっとわたしが必要ですもの――家に送って、朝食をあげなければ」

「もちろん、彼も招待しますよ」

「ええ、ご親切に」イヴリンは答えた。「でも、きっと彼は、今は大勢に囲まれたくないでしょう。わたしがお世話します」

「そうね、それがいちばんいいかもしれないわね」パットは同意した。

イヴリンが大急ぎで〈クワイア〉に向かうと、ロウィナがパットに話しかけた。「マイク……ドルーイット警部が……弔いの鐘を鳴らして、鐘楼に上っているんです。彼も招待していただけるんでしょうか？」

「もちろんよ」さすがに訓練のたまもので、パットはロウィナの質問とうっかり警部を洗礼名で呼んだことに対する好奇心を、ちらとも顔にあらわさなかった。「あなたから伝えていただける？　それだと助かるわ」

「ええ、お伝えします」ロウィナが後を向くと、パットの両眉がわずかに上がった。ロウィナとマイク・ドルーイット？　自問し、後々の参考として心にとめた。

鐘楼に続く螺旋階段のドアに向かう途中、南袖廊で同じ方向に決然と大股に歩いていく小柄な首席司祭の姿を見て、ロウィナはすばやく身を隠した。彼がドアの前に着くと同時に、マイク・ドルーイットが階段から現れた。

「今、鐘を鳴らしたのはあなたか？」首席司祭は顔をしかめて居丈高に詰問した。

マイク・ドルーイットはゆうゆうとしたものだった。「そうですよ」

「私が鐘を鳴らすのを禁じたことを知っていてやったのか、警部？」

首席司祭がますます激怒するのを計算して、彼はわざと答える前に時間をとった。「そりゃあ」ようやく、ゆっくりと言った。「今日は聖フェイスの祝日ですからね。鐘を鳴らさないわけには」

「馬鹿な！　これまでに聖フェイスのために鐘を鳴らしたことがあるのか？　ほかの年に？」

「いやあ」ドルーイット警部はのろのろと言った。「だけどご安心を。この先は、絶対、忘れずに鳴らしますから。毎年必ず、今日の追悼を記念して」

首席司祭の顔が紫色になった。ロウィナの眼に、ふたりは滑稽なほど不釣り合いだった。階段の最下段に立つドルーイット警部の逞しい体が司祭の前にそびえたち、小さな司祭がますます小さく見えていた。そして、ドルーイットの余裕しゃくしゃくな態度は、司祭をわがままな駄々っ子のように見せていた。「あなたの無礼な態度はもうたくさんだ！」スチュワート・ラティマーの鋭い声も、脅しというよりは、すねた子供の台詞のようにしか聞こえなかった。

マイク・ドルーイットは、にやりと歯を見せた。「おや、こんな態度にさせているのは誰ですかね。あんたはほかの連中はびびらせたかもしれんが、私はそんな脅し文句なんか屁でもないよ。じゃ、失礼……」そして、彼を押し退け、ロウィナのいる方に大股で歩み去った。

日は照っていても肌寒い朝で、パットの台所にあるオーヴンの暖かさは実に喜ばしかった。

かんかんと火照るオーヴンのおかげで、広々とした部屋が、こぢんまりとくつろいだ雰囲気になっていた。真っ赤な四角いタイルの床には、カラフルな小絨毯が何枚も敷かれ、部屋の隅々には、緑色のゴム長や犬用の皿が陽気に散らかっている。犬のカインとアベルは、女主人と共に客を歓迎した。パットが客のコートやジャケットを受け取り、かわりにあつあつのコーヒーのマグを渡す間、二匹は水っぽいキスの雨を見境なく降らせていた。オーヴンの中ではベーコンをのせたトレイが客を待っていた。汁気たっぷりの分厚いベーコンは、すぐに焼きたてほかのロールパンにはさまれ、一同にふるまわれた。皿を洗う手間をはぶくために、ベーコンロールは紙ナプキンにくるんであった。一時間前には、とてもものを食べる気分ではないと——この日はもう何も口にできないと——言ったであろう人々も、パットのベーコンロールを前にした途端に、突然、飢えを覚えた。

「あなたが菜食主義なのを忘れてませんよ」パットはルーシーにそう言うと、温かいロールパンにとろりと溶けたチーズをはさんで渡した。「果物もたくさんあるわ」

「きみは本当に損してるんだよ」ベーコンロールにかぶりつき、デイヴィッドはおもしろそうに言った。「これはすごくうまい」

ルーシーはじっくりとそれを見た。「ええ、すごくおいしそうね——誘惑されて、肉食に戻っちゃいそうだわ。道徳的な援護が必要かも——セットフォードさんたちはどこ?」彼女は菜食主義の聖堂参事夫妻を探して見回した。「もしかすると、ミスター・セットフォードとミズ・フェアブラザーと呼ぶほうがいいのかしら?」

「あのふたりは来ないわ」パットは答えて、集まった人々をひとわたり見た。よくみがかれた松材のテーブルの片隅には、顔映りの悪い黒い服を着たジュディス・グリーンウッドが、ひとりきりでひっそりと坐っていた。彼女の夫はオーヴンの側でジョン・キングズリーを捕まえて、オルガン奏者の後任の手続きについて話し合っている。「ちょっとごめんなさい」パットはつけくわえた。「ジュディスと話がしたいの」

ジュディスは顔をあげると、にこりとした。「とてもおいしいです。ありがとうございます」

「あら、いいえ」パットは椅子を引き寄せると、ジュディスの側に坐った。「わたしはね、あなたの唄が本当にすばらしかったと言いたかっただけなのよ。唄ってくれて、ありがとう」

ジュディスは頬を染めてうつむいた。「わたし……わたしが唄いたかったんです。というよりも、唄わなければならなかったんです」

パットは少しの間、彼女をしげしげと見つめた。「いったいどうして」やさしく言った。「あなたが唄うのを、誰も聴いたことがなかったのかしら？　こんなにすばらしい才能をずっと隠していたなんてねえ！」

答えるジュディスの声には、驚くほど苦々しい響きがあった。「どうして？　それはここの大聖堂の聖歌隊に女がいないからです。マルベリーのような場所では、女の歌手に機会なんかありませんもの」彼女は一度、口をつぐみ、テーブルの上の両手を見下ろしていたが、やがていくらか穏やかな声で続けた。「ロンドンにいたころは、ええ、結婚したばかりのころは、よく唄いました。たいていはプロの音楽家のたまごたちと――アンサンブルや、ソロで――一、二回、レコーディングしたこともありました。わたし……わたし、楽しくてしかたなかった。人生に本当の目的があったんですもの。でも、マルベリーじゃ……何もありません。ここでは、わたしはただの……ルパートの妻でしかないんです。いいえ、それ以下だわ。音楽監督の妻でしか」

思わず、パットは若い女の両手を自分の両手で包み、ぎゅっと握った。ジュディスの今は口に出されなかった悩みを——子供がないことを思いやって。それは、かつてパット自身が苦しんだ痛みでもあった。パットは自分なりのやりかたで解決したけれども、もちろんいまだに笑って口に出せることではない。だから彼女はこの若い女に心から共感できた。次に話しはじめた時、真摯で実際的な口調になった。「わかりますよ、ジュディス。それはどの聖職者夫人も必ず解決しなければならない問題なの。わたしには割合、簡単だった——庭もあるし、犬もいるし、マルベリーの暮らしに満足しているし。世代のせいもあるでしょう——あなたのような若い人にはそう簡単にはいかないわね。あなたたちはわたしたちより、ずっと教育を受けているし、いろいろな才能をみがいているから。いいことを教えましょう」そしてきびきびとつけ加えた。「ルーシー・キングズリーと話してごらんなさい。あの子は聖職者夫人ではないけれども、あなたと歳が近いし、人生に成功した女性よ。ちょっとした……紆余曲折も克服してね」

「でも、彼女はロンドンに住んでいるんでしょう、マルベリーじゃなく。どうやって助けてくれるんですか。無理です。そんなこと、誰にも」ジュディスは突然、顔をあげた。「でも、ええ、お話はしてみます。損にはなりませんもの。親切な人ですし。それに……お友達ができるだけでも嬉しいから」

同情と、この孤独な若い女性がマルベリーの境内で、もっと幸せに暮らせるように力を貸さなかった罪悪感に、パットは胸が締めつけられる思いだった。自分は何年もの間、教区の端から端まで見てまわり、あらゆる牧師夫人をかわいがってきた。なのにほんの眼と鼻の先に、絶望的なほど傷ついた小羊がいたというのに気づかなかった。ジュディスが唄えることとさえ知らなかったのだ……黒犬カインが大きな湿った鼻を手に押しつけてきて、パットを物思いから引き戻した。「よしよし」ぼんやりとそう言って耳の後をかいてやると、彼女は一刻も無駄にせず、立ち上がってジュディスをルーシーとデイヴィッドのいる場所につれていった。「ジュディスにね、本当にすばらしい歌だったと言ってたのよ」

すぐにルーシーとジュディスはお喋りに夢中になり、パットは食べ物をどしどしふるまう作業に戻った。ジュディスと一緒にいる間は、有能なオリヴィアが即座に仕事を引き継いでいたが、なんといってもここはパットの台所なのだ。しかしデイヴィッドはがっかりしていた。週末にわざわざマルベリーに来た目的である晩餐会はもちろん取り止めになったので、ここでパットとたくさん喋れると期待していたのだ。デイヴィッドは忿懣《ふんまん》やるかたない思いで、ガーデンパーティーで見たカスティ・ハントの連れのトッド・ランドールの方に、ぶらぶらと歩いていった。のっぽのアメリカ人青年の足元には金色のラブラドルがぬくぬくと腹ばいになっていた。天井から吊された木の物干しの真下に立つ青年の姿は少々滑稽だった。青年の頭すれすれに、主教の水玉模様の特大ズボン下がぶらさがっているのを見て、デイヴィッドは話しかけた。「主教は下まですっかり紫衣を着るわけじゃないんだね」

トッドはぽかんとしたが、頭上を見て合点し、にやにやした。「緑の水玉かあ。主教さまっぽくなくてかっこいいや。ところで、主教はどこなの?」

その言葉が、ここに一同が集まる原因となった厳粛な出来事をデイヴィッドに思い出させた。「ロンドンじゃないかな、きっと」彼は慎重に答えた。それからふたりは、ここ数日の出来事について話を始めた。パットの台所に集まったほとんどの人々は、なるべくその話題を避けて、過去二十四時間以内の出来事以外は口に出そうとしていなかった。

「あのオルガン奏者のことは本当に気の毒だよね」青年は率直に言った。「いい人っぽかったのに。あまり愛想よくなかったけど、きっと彼はただ内気だったんだ」

デイヴィッドは前日ジョン・キングズリーに事の顚末を語られた時から、弁護士としての彼の脳をつつき回している、ある事がずっと気になっていた。彼は疑問を口にした。「ひとつわからないのは、アイヴァ・ジョーンズが聖歌隊の少年たちに……過度に接していたと、首席司祭が考えた理由なんだ。ぼくの聞いたところじゃ、彼は公然と非難したらしいね。だけど、事実でないのなら、手がかりをつかんだということはありえない。どうしてまた、そんな考えを持ったんだろう?」

トッドは考えこみ、すべすべの額に皺を寄せた。「もしかすると、ぼくはその答えを知ってるかもしれない。こないだの土曜日、カスティとぼくはガーデンパーティーで、鳴鐘者たちと一緒に坐ってビールをごちそうになってたんだ。首席司祭が近づいてきて、ビールのこととかで、さんざんひどいことを言って。おまえらは教会の恥だなんて言ったんだよ、信じられる？缶ビールを二、三本飲んでただけなのに！　それで、鳴鐘者のひとりのバリーが、すごく腹をたてて、本当の醜聞は起こるとすれば大聖堂の中だって言ったんだ。たぶん、それを勘違いしたんじゃないかな。あのあと、大聖堂で粗捜しばかりやってたんだよ、きっと」

「なんてこった。バリーはどういう意味で言ったんだろう？」デイヴィッドは、その話をじっくりと考えていたが、やがてすっぱりと、話題をもっと明るいものに転じることにした。「今日はカスティは来ていないのかい？」

「うん、ケンブリッジに戻ったんだ。昨日の朝に」

「ああ、そういえば。新学期前にマルベリーで過ごす最後の週末だと言ってたっけ。彼女は……」言いづらそうにためらった。「法学を続けると言ってたかい、それとも、まだ進路を変える気でいるかい？」

「神学をやるって言ってたよ」トッドは言った。「岩のような決意で」

「やっぱり。ぼくも話した時、そう思ったんだ。カスティのお母さんが、どうしてぼくと話すことが役に立つと思ったのかわからない」デイヴィッドは面目なさげに言った。「ぼくもそんな役目はやりたくなかったんだが、彼女のお母さんが言い張るものだから」

「ああ、ロウィナはそういう人だから」トッドは屈託なく笑った。「かわいそうなカスティにとって、世界一扱いやすい母親とは言えないもの」

「いなくなって淋しくなるね」

「そう、本当に。この夏の間じゅう、ずっと一緒だったから。ただの友達だよ。変な関係とかそんなんじゃなくて――ぼくはスプリングフィールドに帰れば、ちゃんと恋人がいるんだ。でもカスティはいい子だから」

「きみはマルベリーで何をしているのかな? ちゃんと聞いたことがなかったね」

「神学研究のために一年間、留学で来てるんだ。ブリジズフレンチ参事の書類の目録を作ったり、研究プロジェクトを二、三、手伝ったりして。教授のひとりがブリジズフレンチ参事の古い知り合いで口をきいてくれて。研究はすごくおもしろいよ。ぼくはずっとイギリスに来てみたかったんだ」

「境内に住んでいるのかい?」

「そう、イヴリンのとこ――マーズデンさんの家に下宿してる。すごく親切なレディでね、料理も抜群にうまいんだよ」

「イギリスはだいぶ観光できたのかな?」デイヴィッドは訊ねた。

「あまり。ほとんどマルベリーから出られなくて」青年は顔をしかめた。「週末に時々、時間を見つけては、列車に乗って、その辺をちょこっと見てまわるくらいかな」

「もしロンドンに来ることがあれば」デイヴィッドはつい、いつもなら絶対にしない発言をしていた――しかし、彼はこの率直な若いアメリカ人を好きになっていたのだ――「サウスケンジントンのぼくらの家にぜひおいで。いろいろ案内してあげるよ。穴場の教会をいくつか知っているし……」

トッドは大喜びでにこにこ顔になった。「わあ、本当に！　じゃあ、今度きっと行くよ」

そのころ、ルーシーは余分のペーパーナプキンに住所を書いて、ジュディス・グリーンウッドに渡していた。「絶対に会いにきてちょうだいね。いつでもよ」

「その招待はぼくにも有効かな？」ジェレミーがいつのまにか寄ってきて、眉をあげてみせた。

ジュディスが決まり悪そうにそそくさと逃げ、ルーシーは彼とふたりきりになった。「いいえ、悪いけど」

「きみは冷酷な女《ひと》だよ、ルーシー・キングズリー」彼の声には軽く揶揄するような響きがあった。

「みんなそう言うわ」彼女は笑った。

「それは全部、きみにふられた求愛者かい？　みんなぼくほどルックスがよかった？　ぼくほどしつこかった？」

「いいえ。あなたはとてもすてきよ、ジェレミー・バートレット」

「よかった」彼の表情は真面目なものになった。「本気だよ、ルーシー、いつかきみとふたりきりで会いたいんだ」

「それはできないわ」彼女は静かに言った。

「デイヴィッドがいるから？」

「デイヴィッドがいるから」おそらく今が、彼には辛い現実を正直に打ち明ける潮時であると決意し、ルーシーはまっすぐジェレミーを見た。「あのね、ジェレミー、デイヴィッドとわたしは……」

「デイヴィッドと〈わたし〉はもう行かなきゃならないんだ」話題の男が割りこんできて、彼女の背後から腕をとった。「ルーシー」デイヴィッドは言った。「今、パットにあのワン公たちを散歩に連れ出して、みんなの足の下からどけてやるって約束させられた。コーヒーカップを洗うか、犬の散歩か選べって言われたんだが、ぼくが皿洗いを大嫌いなのは知ってるだろう」

「じゃあね、ジェレミー」ルーシーは告白がのばされたことを喜んだ。「またね」そして、ジェレミーとの会話についてデイヴィッドから質問される前に、彼女は先手をうった。「ねえ、あそこの角にいるロウィナとマイク・ドルーイットを見た？」なかなか言うことを聞かない犬たちに首輪をつけながら言った。「フォートナムで見た時とおんなじ――ね、わたしの言った通りだったでしょ？」

その朝の司祭館における朝食は静かなものだった。ふたりそろって家にいる時の習慣で、スチュワート・ラティマーと夫人は食堂で、磨きぬかれたマホガニーのダイニングテーブルの端と端で向かい合い、食事をしていた。まだセントラルヒーティングがはいっておらず、部屋の中に射しこんでくる日光をさえぎるために――家具が傷むうえ、絨毯が褪せるので――ブラインドはおろされたままで、室内には冷気が張り詰めていた。

いつも通り、ふたりはロンドンから取り寄せた上等のミューズリー（フルーツやナッツや蜂蜜入りのシリアル）から食べ始め、その間にアン・ラティマーが朝の郵便物を読み上げた。「二通、請求書が来てるわ。それで思い出したけれど――マルベリーにはちゃんとしたお肉屋さんはないの？ ほかのものはなんとかなるけれど、お肉を全部ロンドンから送らせるのはね」

「主教に聞いてみよう」彼は約束した。

「夫人のほうがいいかもね」そう言うと、また郵便物に眼を向けた。

「子供たちからかい？」スチュワート・ラティマーは訊ねた。息子たちふたりはモールバラのパブリックスクールから義務として毎週手紙をよこしていたが、それらはたいてい土曜日に着いた。

「クリストファーから。スティーヴンがおなかを痛くしたんですって。たいしたことないと思うけど。たいしたことがあれば、学校から連絡が来るわ」

「ああ、きっと大丈夫だよ」彼は心から安心させるような声音を出そうとつとめた。

アン・ラティマーは、皿の横にある銀のトースト立てから、耳を落とした三角形のトーストをとった。彼女の指輪の大きな石が、巨大な死んだ魚の目玉のようにぎらりと光り、テーブルの端の夫を射抜くように睨んだ。一瞬、部屋の中の音は、炉棚の上にある携帯用時計の針が時を刻む音と、フローラ・マーガリンを薄く塗るナイフがトーストにこすれる乾いた音だけになった。

彼は空咳をした。「オルガン奏者のことは災難だった」

夫人はナイフを置いた。「そっちから言い出してくれたから、言わせてもらうけど」彼女は冷たく言った。「そのことでは、わたしも言いたいことがあるの」

「何かな？」内心の不安を隠そうとして、両手を組んだ。

「わたしはそのことを昨日、聞かされたのよ、スチュワート。あなたが彼の自殺を引き起こしたことをね。うちの掃除婦から！　掃除婦からよ！」彼女は強調するために繰り返した。その声は上品な冷ややかさを保っていた。「どれだけわたしが恥ずかしかったかわかる？　自分の夫がとんでもないことをしでかして、境内じゅうが自分の夫の噂でもちきりだと、うちの掃除婦から聞かされたのよ？　みんなが自分の夫を憎んでいて、もといた場所に戻ることを望んでるって。そんなことを、掃除婦からね！　スチュワート、どういうことなの！」

「すまない、アン。私からきみに話しておくべきだった」

「謝ればいいってものじゃないのよ、スチュワート」ぐっと顎をあげ、挑むように彼を見据えた。「せっかくお父さまが、あちこち頭を下げて危ない橋を渡って、あなたをこの職につけるようにしてくださったのに――あなたがさんざん欲しがった、こんな僻地《へきち》のぼろ聖堂のね！――それなのにあなたっていう人は、一週間もたたないうちに全部おじゃんにしてしまうなんて！」夫人はマニキュアをした爪先でみがきたてたテーブルを叩きながら答えを待ったが、彼女らしくない不敬な言葉にショックを受けた首席司祭は絶句したままだった。やがて夫人は続けた。「お父さまがお聞きになったら、お喜びにならないわよ、スチュワート。全然、お喜びにならなくてよ。わたしは午後からロンドンに行くわ。そして、このひどい状況をなんとかできないか、お父さまにお願いしなくちゃ」
スチュワート・ラティマーは頭を下げた。黙って、従順に。

18

あなたの手は、あなたのすべての敵を見つけだし、
あなたの右の手は、あなたを憎む者どもを
見つけだします。

詩篇第二十一篇八

翌週のある晩遅く、ロンドンから主教が戻ってきた日のこと。呼び鈴にこたえて、ジョン・キングズリーがドアを開けると、親友が上がり段に立っていた。にこやかな顔のまわりには、香《こう》でもたいたように白い息の雲が浮かんでいる。「さあ、はいって、ジョージ」聖堂参事は友人を中に招いた。「ずいぶん冷えるね」

「ひどいもんだ、今時分にしては」主教は頷いた。「遅くに悪かったかな?」

「いやいや。ちょうどココアを飲もうと思ったところで――飲むかい?」

「ああ、何よりだ」主教は頷いた。古ぼけ、擦り切れたシープスキンの上着と、もっと擦り切れた学生時代から使っている襟巻を脱ぎ、両方とも階段の手摺にかけると、主教はジョン・キングズリーに続いて台所にはいっていった。

ミルクが温まる間に、聖堂参事はなんとか、不ぞろいながらもマグをふたつ見つけた。「こんなに寒い夜にどうしてわざわざ？　もちろん、来てくれたのは嬉しいが」

「見当はつくだろう」主教は冷えきった指先に息をふきかけた。「パットがよこしたのさ——ロンドンでのことをきみに報告するべきだってね。もちろん、言われなくても来るつもりだったが、私なら明日まで待ったんだがな」

「愉しい旅行だったかい？」

「ふん、まあ、あんなもんかね。ロンドンはあまり好きじゃないんだ。私の好みよりはるかにごみごみして人が多すぎる。マルベリーのほうがずっと性にあっとるよ」そして、つけ加えた。「それにパットと離れたくないのさ、ほんの二、三日でも。めったにそうしなくてもいいのは幸いだがね」

「列車は快適だったかい？」

「実は、もっとひどいことになったかもしれないんだ」主教はにやにやした。「同じ列車で誰が帰ってきたか、きみにはわからないだろうな」

「誰だい」

「ラティマー首席司祭の奥方さまだよ」

ジョン・キングズリーは眼を白黒させた。「まさか、一緒に帰るはめに？」

「やめてくれ！」主教は腹の底から笑い声を轟かせた。「あっちは一等車に乗ってたよ。ラティマー家じゃあ、ああいうくだらんことに金をかけてもなんでもないかもしれんが、私がそんな見栄をはろうものならパットにお尻ぺんぺんされてしまう。生きたまんま、はらわたを抜かれるかもしれん。まあ、そんなわけだから、列車を降りる時まで、彼女がいたことに気がつかなかった。境内までは一緒のタクシーで帰ってきた。私はもちろん歩こうとしたが、彼女がどうしてもと言うんだ。歩くなんて、主教としての威厳にかかわると言うんだよ！」彼はまた笑った。「信じられるかい？」

ふたりはそれぞれマグを持ち、居間に行ってくつろいだ。「それで」ジョン・キングズリーが口を切った。「ランベス宮殿での首尾は？」

ジョージ主教は首を振った。「まあ、予想した通りだったよ。ひとことで言えば、われわれはスチュワート・ラティマーと別れられないってことだ。彼が彼の意志でここに留まるかぎり」

主教の友人はため息をついた。「ああ、やっぱり」

「大主教が全然、同情していないというわけじゃない」主教はつけくわえた。「ただ、大主教にはどうすることもできないんだ。〈このまま状況を静観するように〉と言われた。どういう意味かは知らんが」彼はしかめ面になった。「きみも知っている、私も知っている――大主教も知っている――スチュワート・ラティマーがひとりの男の死に直接の責任があることを。しかし、司祭が実際に手を汚して殺したのでないかぎり、誰も彼に干渉できない。大主教が内密で教えてくれたんだが、今回の首席司祭の任命は、まったくの政治的取引だそうだ。きみも知っているだろうが、首席司祭というものは政府から――つまり首相から任命される。ラティマー夫人の父親は、こないだの総選挙の後、大臣の座を狙っていたんだが、結局なれなかった。だから首相からの、言わば残念賞ということで――義理の息子に首席司祭職が与えられることになったんだ。ラティマー牧師がマルベリーに来たいと言った時点で、任命は決定的だったのさ。この件に関して、首相は誰からの質問も受けつけないということだ――議会でも取り上げられない。後にも先にも」

「それじゃ、私たちはこれからどうすればいいんだ？」

主教は彼をじっと見つめた。「そこだ、ジョン、私たちの立場は少し違う。私は何もできないかわりに、離れていることができる。だから、私のほうが気楽といえば気楽だ。しかし、きみは聖堂参事会の一員だ。大聖堂の運営であの男と協力していかねばならん。それができるか？」

カップを覗きこみながら、ジョン・キングズリーは注意深く答えを練った。「そうしなければならないだろうね。私はあの男が好きではない――考え方も、仕事のやり方も、しでかしたことも。そしてきみも知っているだろう、ジョージ――私が我慢できない人間というのはめったにいないことを！　だけど大聖堂のためとあれば、協力しないわけにいかないだろう」

「ほかの聖堂参事たちはどうかな？」

聖堂参事は首を振った。「わからない。とても楽観はできないね。私の見たところでは、首席司祭は任命前にした約束を反古にすることで、すでに、フィリップとルパートを裏切っている。ふたりとも彼をひどく憎んでいるから、協力なんてとてもとても。それに、気の毒なアーサーはもちろん許さないだろう」

「アーサーの様子はどうだ？」

「全然だね。彼は個人的な侮辱ととっている。首席司祭職を横取りされたことを絶対に許さないだろう」ジョン・キングズリーは声を落とした。「正直に言うとね、ジョージ、こんなことは言いたくないんだが、このところのアーサーの様子を見ていると、任命されなくて、かえってよかったんじゃないかと思えるんだよ。よき首席司祭になるには、アーサーは少し情緒が不安定すぎるんじゃないだろうか」

「そうかもしれん。だが……」主教はかすかに躊躇した。「アーサーのことはどうしたもんかな？　あんな状態では誰のためにもならん。彼自身も含めて」

聖堂参事は眼鏡をはずして眼をこすった。「最近は毎日、そのことで神に祈りを捧げているよ。思うんだが、もしかすると誰のためにも――特にアーサー自身にとっても、いちばんいいことは――アーサーが……引退することじゃないかな。辞職して。もう六十過ぎだ。引退しても体裁は悪くない。誰も悪いようにとらないだろう。もしこのまま留まれば――この状況はしばらく続くようだから――ますます神経が参って倒れてしまうかもしれない。アーサー自身のためにも自由意志で引退するべきだ。すっかり参ってしまってから引退させられたり、罷免されたりする前に。私は、首席司祭がそうするつもりでいるのは間違いないと見ている。それも早い時機に」

ジョージ主教はほっとしたように頷いた。「そう、きみの言うとおりだな。それがいちばんいいだろう。もし、よければきみから……アーサーに話してみてくれるかい？　よく考えてみるように。きみの言葉なら彼も耳をかすだろう――きみが心から彼のためを思っていることは信じてくれるだろうから」

キングズリーはうなだれ、祈るように眼を閉じた。やがて絞りだすように言った。「難しいつとめだがやってみよう」無理に笑顔をつくりながら、冗談を言おうとした。「だけど気をつけるんだよ、ジョージ。今では、私の実質的な身内に弁護士がいるから、そのうちきみを詐欺で訴えるかもしれないからね！　この職に誘った時にきみが言った言葉を覚えてるかい？　有終の美を飾るにふさわしい場所だと言ったんだよ」一拍おいて、彼はしめくくった。「いいかい、ジョージ――野心的な教区委員や、誇大妄想の平信徒読師や、神経質なオルガン奏者は私の小教区にもいたけれど、こんな状況になったことは一度もなかったからね！」

予言されたかのように、同じ晩、境内の角の司祭館でもう一組の会話があった。

ココアを元気回復の素とは信じていないスチュワート・ラティマーは、この晩を乗り切るために強い飲み物を注いだ。夫人は食後のためと、司祭館の居間の冷気に負けないために、ほんの少しドライシェリーを嗜むにとどまった。

「お義父《とう》さまはお元気だったかい？」首席司祭はいかにも心がこもっているような言葉をかけた。戦略として、彼は部屋の中でもっともどっしりした椅子を選んでいた。

「お父さまはとてもお元気よ」夫人は正面から攻撃した。「少なくとも、お元気だったわ。マルベリーの不始末をお聞きになるまではね」

首席司祭は内心で呻いた。もう始まったか――しかも、この様子ではまったく情け容赦なさそうだ。最悪の時がくるのを遅らせたくて、彼は冗談めかそうとこころみた。「おや――お義父さまはアイヴァ・ジョーンズの知り合いだったのかな？」

痛烈な答えが当然の報いとして返ってきた。「あなた馬鹿じゃないの、スチュワート。笑いごとじゃないわよ。こんな時によくも、そんなことが言えたものね」

「反省するよ」本当はしていなかった――冗談が失敗したこと以外。

「あなたが真面目に考えるつもりがないなら、もっと長くロンドンにいればよかった――こんな、神も見捨てた田舎にわたしがいたいと思う？　必要以上に、わたしがこんなところにいるつもりだと思うの？」そう問い詰めると、氷のような威厳をもって続けた。「あなたが自分からはまりこんだこの泥沼のことを聞いて、お父さまがなんとおっしゃったか聞きたいの、聞きたくないの？」

もはやおとなしく言いなりになるしかないと彼は観念した。身から出たさびとして罰を甘受するほかない。景気づけにすばやく酒を飲むと、おそるおそる切り出した。「お義父さまはなんと？」

アン・ラティマーは形よく整えた眉をつりあげ、意味ありげにウィスキーグラスを見た。

「まず、これだけは言っておかないとね。どうしてたった一週間で、あなたがこんなへまをやることができたのか想像もつかないって。これはお父さまの言葉よ、わたしのじゃないわ」彼女はつんとして付け加えた。「せっかくお父さまが、この大聖堂をわざわざ銀の皿にのせてあなたにくださったのに、あなたときたら……」

「それはもう聞いたよ」彼はうんざりしたすねるような声で、さえぎった。「いい加減にしてくれ。お義父さまはどうしろとおっしゃったんだ？」

「お父さまはね」夫人は刃《やいば》を返した。「いい加減にしてくれ、とおっしゃったわ。政治家のように考えて行動しろって。まぬけな牧師じゃなく」

彼は渋い顔になった。「それはどういう意味だい？」

「自分をもっとセールスしなきゃだめよ、スチュワート！　イメージってものを考えなさい」

彼の頭の中を、淡青色の日常法衣や、シークレットシューズや、レーザーのしみ取り治療や、美容整形などが、艦隊をなして悪夢のように通り過ぎた。「イメージ？　つまり私自身を売り出すということかい、洗剤かなにかのように？」

「馬鹿なことを言うんじゃないわよ。わたしの言う意味はわかってるんでしょう」ウィスキーをもうひとくち飲み、彼は託宣を待った。「まず手始めに、敵をつくるかわりに、味方をつくることに心をくだきなさい」

「媚を売れというのか？」彼は尊大に訊いた。「それは私の流儀ではない」

「ええ、あなたの流儀ではないわね——お父さまや、お父さまのお友達のような人以外には」氷のような声で言い返した。「あなたは彼らには、いくらでも尻尾を振れるけど、それは媚じゃないんでしょうよ」夫人の言ったことは当たっていたが、それを聞いた司祭はまたグラスに逃げようとした。しかし、すでにグラスはからだった。彼は立ち上がり、壜を探しにいった。

彼が戻ってくると、夫人は違うアプローチをこころみた。「お父さまはね」穏やかな口調で言った。「聖堂参事会の中に味方を作るようにおっしゃったわ。ねえ、彼らを敵にまわして戦うよりも、味方につけてしまう方が利口だと思わない？」

「きみは聖堂参事たちをよく知らないからそんなことを言うんだ」自分を憐れむように、ぶつぶつと言った。「ここに来る前から、私に偏見を持っている。みんな、あの役たたずのブリジズフレンチが首席司祭になるのを望んでいたから」

「わたしはそんな風には聞かなかったわよ」彼女は言った。「わたしは掃除婦から聞いて、うちの掃除婦はグリーンウッドの掃除婦から聞いたんだけど。あなたが首席司祭になる前に、彼らに約束をしたって――最初から実行する気もない約束をね」

「ああ、それか」彼はむくれて、グラスの酒を見つめた。

「ええ、それよ」夫人の声はまだ静かだったものの、鋭い刃があった。「じゃあ、本当なのね？」

首席司祭は顔をしかめた。「グリーンウッドとセットフォードの馬鹿ふたりだけだ。あれが選挙活動の口約束と気づかなかったとしたら、それは……」

「じゃあ、あなたはやっぱり政治家だったのね」彼女は突然、おめでとうとでも言うように、満足気に笑みこぼれた。「お父さまもきっと褒《ほ》めてくださるわ」

「だけど、彼らはもう私の言うことには絶対に賛成しないだろう。あのふたりは――」

「じゃ、切り捨てなさいな」アン・ラティマーは残酷な女王のごとく宣言した。夫はショックを受けた。

「切り捨てる？」

「そうよ。あなたの役にたたないなら、追い出してしまわないとね。あなたなら、そのくらいできるでしょう。簡単なことよ。ちょっとした圧力をうまくかけて……」これで決まりというように力強く頷いた。「その後釜にあなたの味方になる人物を任命すれば、あとは思いのままよ。副首席はどうなの？」

「ブリジズフレンチはうっとうしい老いぼれだよ」彼は口元を歪めて言った。「泣き言ばかり言うばあさんのようで。まったくの役たたずだ」

「味方にひきこむことはできないと思うのね？」

「天地がひっくり返っても無理だね。彼は自分が首席司祭になりたくてしょうがなかったんだ——仮に私がキリストの再来だとしても反抗するだろう」

「なら、彼はさよならね」政治家の娘はぴしりと言った。「追い出すのは簡単だわ——もう引退してもいい歳なんでしょう？」

「おとなしく出ていくとは思えないがね」

彼女はマクベス夫人のような一瞥をくれた。「たかがめそめそした年寄りひとり、あなたの相手じゃないでしょう？」

心の中で、彼は短剣に手をのばした。「もちろんだとも」

「じゃあ、いいわね。もうひとりの聖堂参事は？　キングズリー、じゃなかった？」

首席司祭はいっとき、ジョン・キングズリーについて考えてみた。「キングズリーはまた全然違う」彼はようやく言った。「買収される人間ではないが、分別のある男だと思う」さらに考えてから言葉を継いだ。「こちらの役にたつかもしれない。ここの人間をよく知っているうえに、彼らもまたキングズリーを尊敬している。だからもしジョン・キングズリーを味方につけることができれば……」

「なら、キングズリーは残しなさい」夫人は命令した。「協力するようなら。それじゃ、境内の中で、ほかにあなたの役に立ちそうな人間は誰？」

首席司祭はようやく緊張を解いた。これこそ、本来の形だ。私とアンがチームとして共同でやっていく。ずっとそうできればと願っていたのだが、今まで実現しなかった。彼は椅子の背にもたれ、グラスの酒を回すように揺すりながら考えこんだ。心の中で名簿を繰り、そのほとんどを切り捨てていく。

「ロウィナ・ハントだ」ついに彼は言った。「彼女には野心がある。私と協力することで得るものも多いはずだ」

「〈大聖堂友の会〉の代表の？　黒髪の美人？」

「そうだ。彼女は任命式の直後に――まったく時間を無駄にしないで――私のところに来た。大聖堂で出す料理の一切を仕切りたいと言ってきた。〈友の会〉で食堂を運営したいと。私の計画に合ってもいる――どっちみち、今、食堂をやっているあのおぞましい女を、馘《くび》にするつもりでいたからね。ロウィナ・ハントにはギフトショップもまかせようかと思っている」

「あのホモたちも追い出すのね」それは質問というよりも宣言だった。

「無論だ。来年末までに、彼らの賃貸契約は切れる」

「その後をロウィナ・ハントが引き継ぐと、あなたは確信してるのね？」

「ああ、間違いない」首席司祭は微笑した。「必ず引き継ぐよ。彼女は帝国を作るつもりでいるからね、〈友の会〉を柱に――彼女を頂点にして」

「そう。できるだけすぐに彼女と接触することね」

彼は頷いた。「ああ。そうする」

「ほかには？　味方はひとりじゃ足りないわ」

スチュワート・ラティマーは酒をふくんだ。「ジェレミー・バートレットがいる。大聖堂建築家だ」

「ああ」夫人は思い出した。「ガーデンパーティーでロウィナ・ハントと一緒にいた男？　ハンサムで髭の？」

「そう、その男だよ。彼はやもめらしい。ここには一年ほど前に移ってきたそうだ」

「ということは、ここの社会にまだ組みこまれていないっていうことね？」

「その通りだよ。それに私は彼の鼻先にぶらさげるうまそうな人参を持ってるんだ――職業上の」首席司祭はご満悦の体で両手をこすりあわせる。「私はマルベリーの未来への前進は――前進する唯一の方法は――大聖堂西端の空き地を活用することと考えているんだ。あそこに新しい食堂、聖歌隊学校、参事会会議場、事務所などを建てる。大聖堂建築家にとって、後世に名を残す機会を与えるという約束ほど大きな誘惑があると思うかい？」

アン・ラティマーは金髪に指を通して満足気に頷いた。「じゃあ、実行なさい」彼女は命じた。「お父さまに電話をしてあげるわ。あなたは――わたしたちは――うまくやれますって」

司祭は微笑した。

19

しかしまた彼らは、その口で神を欺き、
その舌で神に偽りを言った。

詩篇第七十八篇三十六

それから一、二日後の午後のこと。スチュワート・ラティマーは、大聖堂に向かって大股に境内を歩いていた。黒く長い聖職者用マントが十月の薄寒い風にはためいている。首席司祭は、自分でも驚いたことに鼻歌を歌っていた——めったにない上機嫌のしるしだった。その朝のジョン・キングズリー・キングズリーとの会談がすこぶるうまくいったのである。それも願ってもないほどに。キングズリーとならうまくやっていける、と上機嫌でひとりごちた。キングズリー聖堂参事は媚もへつらいもしなかった。むしろ他人行儀だった。けれども彼は、首席司祭がブリジズフレンチについて言う言葉に耳をかたむけ、ついには、議論の余地のない道理に納得した。ブリジズフレンチは辞職すべきである——そのことを、キングズリーに納得させることができた。ブリジズフレンチは今、自分を褒《ほ》めてやりたい気分だった。そのうえキングズリーは、仲介役を引き受けることまで同意した。ブリジズフレンチにむかって、彼がその地位を保つことはとうていできがたく、彼自身のためにも辞職することがどれほど賢明で、必要なことであるかを、納得させる役を引き受けると言うのである。あの反抗的な副首席は、首席司祭の言うことは絶対に聞かないだろうが、キングズリーの言葉になら耳を貸すに違いない。大聖堂にはいりつつ、スチュワート・ラティマーは寒さと満足に毛深い小さな手をごしごしこすった。次は味方を増やす作戦その二を遂行する番だ。すなわちロウィナ・ハントと話をする時である。南袖廊にある〈大聖堂友の会〉カウンターに、いつも通り彼女が坐っているようにと願った。

彼はついていた。ロウィナはひとりの観光客とお喋りをしていた。彼女は愛想よく笑みをふりまき、大聖堂を運営し、毎日公開するのにかかる費用をよどみなく並べ、そのコストを一時間単位のみならず、観光客ひとりあたまで算出した数字さえも披露してみせた。観光客はいたく感銘を受けたらしく、紙入れを開くと、扉近くの寄付金箱に気前よく喜捨をしに歩いていった。首席司祭もまた、いたく感銘を受けていた。この女は実に有能だ。価値のある友人になる。

彼が近づくと、ロウィナは笑顔を向けてきた。「まあ、首席司祭さま」

「ご機嫌いかがですか、奥さん？」

「ええ、おかげさまで。ここがこんなに寒いのを考えないようにすれば」軽く身震いし、彼女はカーディガンを胸元でかきあわせた。

「本当に寒いですね」彼は同情するように言った。

ロウィナは微笑した。「大聖堂の暖房はもう取り替える時期なんでしょうね……百年も前から。でも、そういうちょっとしたことに使える余分なお金があったためしがないんですわ、暖房とか」

首席司祭は気遣わしげに言った。「ここの寒さがつらいですか?」

「ええ、まあ、いちばん影響を受けるのはわたくしですから――大聖堂に一日じゅう坐っていなければならないのは、わたくしだけですもの」ロウィナは肩をすくめた。「でも、大丈夫です――寒い時には二、三枚、敷物を重ねればいいと学びましたから。言い換えれば、年に十ヵ月の間ですわ!」

「では、あなたはここに一日じゅういるのですか?」

「晩禱の時間まではカウンターにいるようにしています」カウンターの上を指し示した。パンフレットがきっちりと積み重ねられ、ラックには種々の絵葉書がおさめられている。本も何冊か並べられていた。「絵葉書がたいへんいい収入になるのがわかりましたの――みんながみんなギフトショップまで行くとはかぎりませんし、ここでカードを買っていけるとお客さまに好評ですの。それにヴィクターとバートの本の選び方は軽薄なところがありますから、ここにふさわしいものを二、三、用意しました。それに、お客さまの質問に答えたり目配りできる場所にいたいんです。聖堂番たちときたら」ロウィナは軽蔑するように言った。「自分たちの役目にふさわしいほど、大聖堂のことをよく知りもしなければ用心深くもないんですから」

ますます感銘を深くして彼は訊ねた。「休憩時間はないのですか?」

ロウィナは頷いた。「でも、友の会からボランティアが当番制で、お昼の一時間は交替に来てくれますから。その間、ちょっと家に戻れますの、お昼を食べに」でなければ、ほかのことのためにね、とこれは心の中で呟いて、微笑みながらつけ加えた。「時々、わたくしをかわいそうに思ってくれる人が、午後のお茶を持ってきてくれたりもします。それに、たまには一日、お休みをとることもありますし」

首席司祭は眉根を寄せて、ほとんど人気《ひとけ》のない大聖堂を見回した。「今、しばらく交替してくれそうな人はいませんか？　あなたをお茶に誘いに来たのだが」

「ぜひ、御一緒させていただきますわ」即座に答え、腕時計を見た。「もう四時過ぎですし、今日はあまり忙しくありませんでしたから――観光客が来るには寒すぎるんでしょう。よろしければ、今日はちょっと早めに閉めさせていただきますわ」彼が頷いて許可を与えたので、ロウィナは引き出しの現金箱に鍵をかけ、ポケットに鍵をしまうと、カウンターに〈閉館〉の札を立てた。

首席司祭とロウィナは、ドロシー・アンワースのジャムタルトを避けることには成功したものの、〈ご立派な〉婦人の敵意がこもったものすごい視線を逃れることはできずに、それぞれ赤いプラスチックのティーポットを持つと、彼女から離れたテーブルに坐った。食堂は大聖堂並みに人気がなく、ほかの客に盗み聞かれることを気にせずに密談ができた。彼は最初、自分がロウィナの家を訪問するか、彼女に司祭館の執務室を訪ねてもらおうかと迷ったのだが、結局は、公の場で会うのがいちばんいいという結論に達した。ロウィナは非常に魅力的な女性なので、プライベートな訪問はこの大聖堂境内という狭い世界に、よくてどうしようもないゴシップ、悪くて悪意に満ちた噂を産むに違いなかった。

「前にお話をした時に」首席司祭は前口上なしに切り出した。「あなたは〈友の会〉代表として、大聖堂で出す料理を引き受ける意志があるとほのめかされた」

「ええ、その通りですわ」ロウィナはドロシー・アンワースの耳が遠いことを知ってはいたが、そちらを見ずにいられなかった。貪るような眼でふたりを見つめている女が、眼の前で自分の将来を冷静に話し合われているのに何ひとつ聞くことができないという事実に、ロウィナは意地の悪い歓びを覚えた。万一、ミス・アンワースが読唇術に長けていた場合の用心に、ロウィナは口の前に手をかざした。「ここであの人が見ている前で、このことを話し合うのは、なんだか〈私の敵の前で、あなたは私のために食事をととのえ〉てくださってるようですわね。アンワースさんはあまり乗り気な話ではないと思いますけど」

聖書を引用されて、ロウィナが聖職者夫人であったことを思い出させられ、彼は称賛の笑い声をたてた。「そう、彼女は今、〈私の杯は幸福にあふれています〉とは言えないでしょうな」

「どうなさるおつもり?」ロウィナは大胆に訊ねた。「あの人が一悶着なしにここを明けわたすことはないでしょう」

「ああ、心配なさることはありません」首席司祭は保証した。「簡単にけりがつきます。彼女が食堂を営業する権利金を一年ごとに聖堂参事会に支払う契約を結んでいることはご存じでしょう。その契約は年の初めごとに毎年、更新されなければならない——今までは自動的に更新されてきました。しかし今回は、一月一日からの契約更新を拒否すればよい。これほど簡単なことはありませんよ。その後を、奥さんが引き継げばよろしい。あなたならおわかりでしょう」と彼はつけくわえた。「同じ条件で境内の家に住んでいらっしゃるのだから」たとえこの言葉に、脅しが含まれていたとしても入念な微笑で隠されていた。

「でも……」ロウィナは、なるべく繊細な言葉で疑念を表現しようと躊躇した。「結局は、聖堂参事会で票決されなければならないのでしょう?」

「もちろんですよ」

「それで……司祭さまが望まれるほうに票が集まるとお考えですか? つまり……」彼女らしくなく言いよどんだ。「司祭さまは参事会のほかの人々と、今は、あまりうまく行っていないんじゃありません?」

「参事会のほうは私にまかせておきなさい」首席司祭は自信満々に断言した。「一月一日付で、食堂はあなたのものです」

ロウィナは体から力を抜き、椅子の背に寄りかかった。「わかりましたわ。では、しかるべく計画を立て始めましょう」

「あなたとなら気持ちよく仕事ができると考えているのですよ。ですから、今の話とは別にもうひとつ……打診しようと思っていたのですが」

「まあ? なんですの?」興味をひかれ、ロウィナは期待をこめて身をのりだした。

「ギフトショップの契約更新も来年に迫っています」司祭は慎重に言った。

彼女は眼に理解と満足の色を浮かべたが、司祭にはっきりと言葉にさせるつもりだった。

「でもたぶん、〈ヴィクトリアとアルバート〉は継続したがるんじゃありません？」

司祭はそのすばらしい命名を初めて耳にして愉快がった。「間違いないでしょうね」微笑を浮かべて言った。「ですが、私は彼らの契約更新を望みません。今の店は品揃えも悪ければ、彼らの品行も……不適当なものだ。意味はおわかりだと思いますが」

ロウィナはとてもよく理解していた。「司祭さまは、〈友の会〉がギフトショップも引き継ぐ意志があるかどうか、お知りになりたいと？」

「そんなようなものです」

彼女はその提案をじっくり考えているかのように間をとったが、ふたりともすでに返答の内容を承知していた。「そうですわね」ロウィナはついに言った。「〈友の会〉にとって、それを引き継ぐのはとてもいいことだと思いますわ」

「決まりですな」司祭は言った。

協定が結ばれ、その条件を互いに理解したことを確認して、ふたりはにんまりとした。ロウィナは協定が諸刃の剣であるのを理解していた。首席司祭の言いなりになっているかぎりはすべて安泰だ。しかし、能力において彼を失望させたり、忠誠を怠ったりすれば、ドロシー・アンワース同様に見捨てられる。ロウィナは境内の今の家をこよなく愛しており、失うつもりは毛頭なかった。安泰がスチュワート・ラティマーと運命を共にすることを意味するのなら、進む道は決まっていた。

ロウィナ・ハント宅を訪問するのはためらった首席司祭も、ジェレミー・バートレットには遠慮せず、その晩、直接彼の家を訪ねることにした。そこは司祭館のすぐ隣であるにもかかわらず、庭を取り囲む塀のおかげで、直接行くことができないようになっていた。隣家だというのにそこを訪ねるには、大聖堂の西端部をまわって境内をほとんど一周するか、鍵を使って南の側廊にある関係者専用の――司祭館に隣接しているために、伝統的に〈司祭の扉〉と呼ばれている――小さな扉からはいり、さらに南袖廊を抜けて回廊の残骸に出るか、ふたつにひとつしかないと気づいて、彼はむっとした。結局、彼は後者のコースを採ることに決めた。ずっと距離が短いうえに、そこからだと、文字通りジェレミーの家の正面玄関に出ることができる。

首席司祭はジェレミーに、前もってこの訪問を知らせることをしなかった。今回の件に関しては、不意打ちという要素も有利に働くと計算したのである。建築家が家にいるかどうかは運次第だったが、どうやら司祭はついていた。おもての部屋のカーテンの隙間から一条の光がもれ、音楽のかすかな調べが夜の中に漂い出ている。首席司祭は音楽にそう詳しいわけではなかったが、呼び鈴を鳴らし、体重を前に後に移して待つ間、その物悲しい音色がエルガー作曲のチェロ協奏曲であるのを聞き取っていた。

こんな時間の訪問者を予期していなかったジェレミーは用心深くドアを開けた。「首席司祭!」不意をつかれて、一瞬、呆然とした。「おはいりになりませんか?」彼は、やっとそう言った。

「ありがとう。お邪魔でなければよろしいのだが」

「いえ、全然」

しばらくふたりは入口の廊下で、気まずく立っていた。首席司祭は訪問の理由をまったく説明しようとしなかった。「何か飲みませんか?」ついにジェレミーが言った。

「ありがとう。いただきましょう」

首席司祭を居間に案内しつつ、ジェレミーは肩越しに訊ねた。「ブランデー? ウィスキー? ほかのものにしますか?」

「では、ウィスキーを」スチュワート・ラティマーはすばやく部屋を見回すと、いちばん大きい椅子を選んだ。ふたり分の飲み物を用意したジェレミーが、ソファに腰を落ち着け、訝しげな眼で見つめると、彼はまた最初の口上を繰り返した。「お邪魔でなければよろしいのだが」

「ぼくはただ……音楽を聴いてただけですから」ジェレミーはステレオを示した。「夜はたいていそうしてます」

首席司祭はゆったりと背もたれに寄りかかり、シングルのモルトをうまそうに味わった。

「なぜ私が来たのか、不思議に思っておられるでしょうな」ジェレミーは頷いたが、無言だった。首席司祭はまたしばらくして言葉を継いだ。「話があったのです、内密の。公の知るところになる前に」

「はい?」建築家は礼儀正しく興味を示したが、それ以上は何も面に出さなかった。

「私はマルベリー大聖堂が基本的な施設をいくつか欠いているとわかった――参事会会議場しかり、聖歌隊学校もしかり、そのほかのサービスもしかり。たとえば食堂だが、新しく最初から食堂として建築された建物でなら、もっと能率があがると考えているのですよ」首席司祭は大聖堂西端の空き地に、それらを建築する計画の概要を話した。「われわれが前進するには、そうするしかないと思っています」彼はしめくくった。「そうすればマルベリー大聖堂は二十一世紀にふさわしいものとなる――ヘレフォードやウスターなどより、はるかに進歩的なものになるのですよ」

話の途中で、ジェレミーはソファから飛び上がり、部屋の中を行ったり来たりして、その真意をのみこもうとしていた。やがてほとんど興奮を隠そうともせずに、彼に向き直った。「つまり、その計画にぼくも入れていただけると？」

「もちろん。あなたは大聖堂建築家だ。しかもここに住んでおられる。ロンドンの関係者とも繋がりがあるようだし」

「これは大きな仕事だ……」

「非常に大きな仕事になるでしょうな。しかし、もちろんあなたが望むだけの援助を頼めば」

「ものすごく金がかかりますよ。資金は……」

「あなたはそんなことを心配しなくてよろしい」首席司祭は横柄に言った。「あなたに建築家兼基金調達係になれとは言っていない。資金は大丈夫。私の義父は法人寄付金でもなんでもとりつけられる地位にいる。金の問題はまったくない」彼は頭をぐっとそらし、立っているジェレミーと眼をあわせた。「やる気はありますか？」

「もちろん、ありますよ！」

「では、できるかぎりすみやかに見積もりを出していただきたい。今、話してきた条件に沿う形で。ある程度の青写真が作れるようなら、ぜひそれも拝見したい。今月末に開かれる次の聖堂参事会に提出できる具体案があれば好都合だ。十一月半ばには守護聖人祭がある。この計画を発表するのにいい時でしょう」

ジェレミーは渋い顔になった。「それだとあまり時間がありませんね」

「あなたならきっとやり遂げてくれると信じています」

彼は無意識に呟いた。「来週すぐにロンドンに行かなきゃな」

「あなたにまかせましょう」スチュワート・ラティマーは立ち上がった。「よい酒をごちそうさま。礼を言いますよ、あなたの……ご協力に。近いうちにまた話しましょう。そして……今の話は当面外に出さないでほしいと、改めて申し上げる必要はないでしょうな?」

「もちろん」

「それと」首席司祭は言い添えた。「この話のかわりに、あなたの完全なる忠節を期待してもよろしいでしょうな? 聖堂参事会というよりは、私個人に」

一瞬の躊躇もなかった。「おっしゃるまでもありませんよ」ジェレミーは首席司祭を玄関まで見送ると居間に引き返し、無意識のうちにもう一杯、酒を注いだ。チェロ協奏曲が終わっていることにも気づかずに。

信じられないような話だ。これほど大きな建築計画はもはやどこの大聖堂でもやりはしない——どこも財源がないのだ。それは建築家の夢だった——建築家であれば誰もが夢見て、思い描くことだった。その一方で、現実的である者は皆知っている——自分たちはただ、これらの巨大な中世の遺物が灰燼《かいじん》に帰すのを防ぎ、次世代の観光客や信者のために、その時代錯誤《アナクロ》の美を保つためだけに存在するのだと。ジェレミーはほくそ笑んだ。願ってもない話だ。建築家であれば誰もがよだれを垂らす。キャリアに箔をつけ、己れの才能を後世に伝える記念碑を建てる完璧な方法。建築史に名を残せるのだ。

ただ、ひとつ小さな問題があった。ブリジズフレンチと音楽祭収支。あのとんまな老いぼれに救いの手を差し出さなければよかった。まったく浅はかだった。早まって負け馬に賭けてしまった。褒賞として副首席からもぎ取ったのは——回廊のティールーム改造と補修費だけ——首席司祭の約束に比べれば雀の涙だ。もしも首席司祭に知られたら……。ジェレミーはその想像を勢いよく心から振り払った。この状況を巧みに処理し、ばれないようにするだけの才覚が、おれにはある。彼は見つけない、いや、見つけはしない。そんなことになったら、おれは破滅だ。

熟考のさなかに、ふと、別の考えが頭にはいりこみ、頬がひとりでにゆるんだ。ロンドン。来週。

ルーシー。彼女にすっかり夢中になっている自分に、ジェレミーは改めて気づいた。これまで、彼女をものにしようとしてきた努力は、すべて実を結ばなかったが、そのこともますます妄執をかきたてた。来週、ロンドンで。なんとしてもルーシー・キングズリーと会う。

20

主よ。私は、あなたのおられる家と、
あなたの栄光の住まう所を愛します。

詩篇第二十六篇八

幕間――日曜の午後、マルベリー大聖堂境内にて。日曜の朝に行なわれる聖餐式と、晩禱の間の中休みは、日曜の正餐と、日曜版の新聞と、お茶のための静かなひとときである。たいていの者にとってそれは一家団欒の時間であるが、ロウィナ・ハントや、ジェレミー・バートレットや、ジョン・キングズリーや、イヴリン・マーズデンのような、ひとり暮らしの者にとっては、しばしば孤独で長すぎる時間になる。しかし、この日、ジョン・キングズリーはひとりではなかった。彼はウィロビー主教宅で贅沢な昼食を愉しみ、たらふく――いや、それどころか、大ごちそうを詰めこんでいた――ローストビーフと、ヨークシャプディングと、焙《あぶ》りポテトと、新鮮な野菜サラダと、カスタードをたっぷりかけた、有名なパットお手製のアップルクランブル。

イヴリン・マーズデンもひとりきりではなかった。トッド・ランドールが下宿するようになって数ヵ月、彼女は彼のための料理を愉しんでいた――この子を立派に肥らせてやろう、と決意していたのである――日曜の正餐は、料理の腕前を披露するのに特によい機会だったが、この日はまた、いつにも増して特別だった。アーサー・ブリジズフレンチが、昼食会の招待を受けて来ていたのだ。トッドときたら、いつも食欲旺盛なのに体重は一オンスも増えないようだ。イヴリンはお茶のためにやかんを火にかけながらため息をついた。わたしなんて、食べ物を見るだけで太いウェストをもっと太くしてしまうのに。もちろん、トッドはお茶のために焼いたケーキをどっさり食べるだろう――何層にもジャムをはさんだスポンジにこってりとクリームを塗り、旬のうちに冷凍庫で保存しておいた貴重なラズベリーをのせた、特製のレイヤーケーキ。アーサーがこのケーキを気に入ってくれればいいのだけれど。彼は昼食はあまり食べなかった。豚肉は割合に減っていたが、野菜は少々つついたきりで、せっかく多めにとりわけてやった香ばしい皮は手つかずのまま残されていた。アーサーったらかわいそうに、あんなに痩せて――トッドよりもがりがりなんて。イヴリンはしきりに気をもんだ。母親が亡くなって以来、彼が小鳥の餌ほども満足な食事をしていないのは明らかだった。

それでも今日は少し元気がいいみたいだわ、とイヴリンは思った。先週、アイヴァ・ジョーンズの追悼式の後、副首席はひどく取り乱し、ほとんど口をきくこともできない有様で、ほんの少し食べさせるのにもたいへんな苦労をしたのだ。でも今日は――たしかに以前に比べれば元気はないが、アーサーは食事をしながら、自分たちの研究についてトッドと話し、さらに首席司祭の身長について軽い冗談を言いさえしたのだ。「首席司祭は子供服売場で服を買うのかな? それともロンドンにならこびとの聖職者用に特別な店があるのかもしれないね」彼はげらげらと笑った。よい兆候だ。

「お茶はいかが?」イヴリンは明るく言って、重いトレイを居間に運んだ。トッドがさっと立ち上がって、トレイを奪い取る。アーサー・ブリジズフレンチは坐ったまま、前日からなるべく時間をかけて愉しむために半分とっておいた、タイムズのクロスワードを膝の上に広げ、軽く眉を寄せつつ沈思黙考にはいった。

境内の別の場所では、フィリップ・セットフォードが皿洗いをしていた。その間、彼の妻は〈地方都市婦人の生活向上委員会〉で発表する、十代の妊娠に関するスピーチの草稿を練っていた。その隣の家ではロウィナがお茶のトレイに並べたごちそうに最後の化粧をほどこしつつ、客を待っていた。そして、音楽監督の家ではグリーンウッド夫妻が、やはり自分たちのお茶の時間を始めるところだった。

昼食の間も、残りの午後の時間も、音楽監督は妻に向かって、新しいオルガン奏者を雇うどころか見つけることすら困難で、当面の間、大聖堂の音楽をどうやって間に合わせるか、頭が痛いと喋り続けていた。

「お茶一杯飲む時間しかないよ」ルパートが注意した。「早く戻って、晩禱が始まる前に音楽をなんとかしないと」そう言って居間のテーブルから楽譜を持ってきて、じっと睨んだ。「サムシャンのト長調。今日のプログラムはこれだ。なんとしてもやらなけりゃならないが、あの子たちはいつも出だしでつまずくんだよな。まったく、なんでだろう」

ジュディスは彼のお茶をいれた。「ルパート」彼女の声は静かだが、深刻な空気をはらんでいた。「ルパート、話があるの」

「ん？」彼は顔をあげた。「や、ありがとう」カップを持つと、ふたたび音楽の予習に没頭した。「問題は、新しいオルガン奏者が来るまで、ぼくが聖歌隊を指揮しなきゃならないもんだから、賛美歌を唄えないってことなんだよ。ジョン・キングズリーなんかいいかもしれないな――とてもいい声をしている」彼は妬むように認めた。「だけど、いつまでもまかせるわけにもいかないだろう。彼の役割じゃないから」

「聖歌隊の指揮も、あなたの役割じゃないでしょう」ジュディスが鋭く指摘した。「ルパート……」

「でも、アーサー翁《おう》が賛美歌を唄うのを想像できるかい？」ルパートはおもしろそうに笑った。「錆びた蝶番みたいな声だ。フィリップも似たり寄ったりだし。首席司祭が唄うところは聞いたことがないけど、あんな気取ったちびすけがたいした声を出せるわけがないじゃないか？だから、新しいオルガン奏者が来るまでは、やっぱりジョンにがんばってもらうしかないな。とりあえず、うちのオルガン奨学生も、ミサの伴奏くらいなら、できるからね、そううまくはないけど。だけど、アイヴァだって名オルガン奏者ってわけでもなかったし」お茶をひとくち飲んだ。「ビスケットある？」

無言で彼女はチョコレートのダイジェスティヴ・ビスケットの皿を押しやった。

「ん」またサムシャンの楽譜をぱらぱらめくった。「いい曲だよ。ただあの子たちが唄うと、イメージが狂うんだよな。でも、イ長調のほうがいいともいえないしな」

ジュディスはもう一度、会話をこころみた。「ルパート、本当に大事な話なのよ」

彼は顔をあげた。「なにか言ったかい、きみ？」妻の肩越しに、時計が眼にはいった。「もうこんな時間か？　たいへんだ！」飛び上がって、がぶりとお茶を飲み干すと、もう彼は消えていた。

急ぐあまり、ルパートは床にクッションをはらい落としていった。ジュディス・グリーンウッドはそれを拾い、たたいて膨らませ、そしてため息をついた。

21

彼らののどは、開いた墓で、
彼らはその舌でへつらいを言うのです。

詩篇第五篇九

ロンドンまでの列車の長旅は、計略を練る時間をジェレミーにたっぷり与えてくれた。とりあえず二泊はしなければならないだろうが、着いたらまずクラブに行って、ロンドンの空気になじむとするか。夜は旧友ひとり、ふたりに電話をかけて、飲む約束をしてもいいが、セントジョンズスミススクウェアかロイヤルフェスティバルホールで、聴き逃せないコンサートがあるかもしれない——出発前に新聞で調べておくべきだった。後の祭りだがしかたがない。明日は朝からかつての仕事場に出向いて、首席司祭の計画を売りこむ。もう切れた職場だが元同僚の何人かを説得できれば、実際の見積もりまでもっていけるだろう。

その後は……ルーシーに会う。彼女がどうしても一緒に自分と過ごそうとしないことが——その隙のなさが——ますます魅力的で、自分との間に築いた障壁を崩してやりたい欲望をいっそう激しくつのらせた。もし彼女に電話をかけて、仕事で街に来ていると言ったら会ってくれるだろうか？　昼食か、お茶なら？　どうだろうか。夕食に誘うことは、夜のコンサートがあろうとなかろうと問題外だ。たとえルーシーが乗り気になったとしても、デイヴィッドがおもしろく思うはずがない。計画にデイヴィッドをはいりこませるつもりは毛頭ない。

デイヴィッドとはどういう関係なのだろう？　それはまだ、きちんと訊ねたことはなかった。結婚はしていない、婚約もしていない——それだけは知っている。ルーシーが認めたからだ。

「お付き合いをしている」と彼女は言った。しかし真面目な関係であれば、普通ならそれを恒久的なものにしようとするのではないか？　自分の若いころはそうだった——ジェレミーは年齢を感じつつも振り返って考えた。愛する女がいて、互いに自由の身であれば、結婚するのが普通だろう。あのふたりは、同棲しているのか？　ルーシーの家に電話をかけた時、一度だけデイヴィッドが出たことがあった。その後も電話をかけたけれども、彼女がひとりではないと確信を抱いたことは一度や二度ではない。

そんな一週間に一、二度の電話が、ルーシーとの絆だった。もっと頻繁にかけたいのはやまやまだが、一週間に二度までと厳格に自分を戒めていた。ルーシーが電話を嫌がっている様子はなかった——それどころか、マルベリーにおける共通の知人についてのお喋りを愉しんでいるようにさえ思えた。彼女が断固としてジェレミーと隔てをおくのは、大聖堂境内でじかに会った時だけだった。

そこだな、とジェレミーは結論づけた。列車の窓の外では、イギリス中央部のうねうねと起伏する野原が飛ぶように行き過ぎていく。電話をしている時は気軽でユーモラスに話せるからルーシーも無警戒なのに、会うとどうしても強引になってしまう。明らかにそれは正しいやり方ではない。もしロンドンで会えれば――いや、ロンドンで会えば、だ……たまたま街に来ていると電話で言えば、会うのを拒みはしないだろう――電話での人格を保って会えばいい。強引な誘惑者でなく、話上手でひょうきんなジェレミー・バートレットのままで。急がば回れ、だ。どんなに回り道をしても彼女は必ずものにしてみせる。

そこで、心にかかる暗雲を思い出し、ジェレミーは渋い顔になった。ブリジズフレンチ聖堂参事と音楽祭収支。日曜の晩禱の後で彼は、首席司祭がまた収支を報告するように言ったと、かきくどいてきた。なんとかはぐらかしたらしいが、それもいつまでもつかわからないと言う。ジェレミーは顔をしかめた。あの馬鹿！　どうしてまた、おれはあんな負け馬に関わりを持っちまったんだ？　まったく、どうかしていたに違いない。とにかく、首席司祭が疑念を抱くより先に、副首席とその仲間の薄ら馬鹿どもと縁を切らなければだめだ。たしかまだ、収支計算すらされていないからおれの足跡を消すことはできるはずだ。ブリジズフレンチには、時間を稼げるだけ稼げと言っておいた――大丈夫。きっと、やりおおせるだろう。

細工は流々――翌日、ジェレミーはひとりごちながら、ラフスケッチや計算書の束をどっさり持って、かつてのオフィスを後にした。まったく幸先よかった。明日にもマルベリーに戻って、首席司祭に見せる準備にとりかかれる。でもまず、今日の午後は……ルーシーに会えるかどうか、やってみなければ。今日は会えないと言われたら、一日くらい帰宅をのばしてもいい

——会わないまま帰ることなど耐えられない。クラブに戻って、この書類を全部おいて、そして電話をかけて……何と言う？　それとも、いきなり自宅に押しかけてしまうか。まさか、無下に追い返されることはないだろう。そしてジェレミーは想像しようとした。その時の、ドアを開けてそこに自分が立っているのを見つけた時のルーシーの反応を、表情を。

「ジェレミー？」その声はいきなり彼の耳を打った。想像のルーシーに熱中していたジェレミーは、歩道で眼の前に立つ生身のルーシーにまったく気づかず、ようやく存在を認めてからも、幻覚ではないと気づくまでに、時間がかかった。

「ジェレミー？」ルーシーは顔を寄せてきた。「ジェレミーでしょ？　なあに、幽霊にでも会ったような顔しちゃって！」

「ルーシー！　ぼくは……まさか、きみと会うなんて思わなかっただけだよ」

彼女は笑い声をあげた。「だって、わたしはロンドンに住んでるのよ！　驚くのはわたしの方だわ――あなたがここにいるなんて。マルベリーにいると思ってたのに。こっちに来るって教えてくれないんだもの！」

「一昨日くらいまで、ぼくも知らなかったんだよ」ジェレミーは自分がそう言うのを、他人の声のように聞いた。まだ信じられなかった。ルーシーが眼の前に立って、両手をトレンチコートのポケットにつっこみ、自分を見上げて笑っている。魔法は、怒った顔の婦人が買物袋をもてあましつつ彼女を押し退けていくと同時に解けた。「ぼくたちは交通渋滞を引き起こしているね」彼は笑って、ユーモアあふれる陽気な人格を意識して面に出した。「これからどこに？」

「ピカデリーサーカスから地下鉄に乗って家に帰るの」

「だめだめ。きみはぼくとランチを食べるんだ。昔、高級な接待に使ったとてもいいレストランがすぐそこにある。まだつぶれてなければね――今は本当に先のわからない時代だろ？　一、二年で、すぐに様変わりする」

「ええ、いいわ」ルーシーはほんの一瞬ためらったが、誘いに乗った。

「それにまだこんなところで何をしているのか教えてくれてないよ。ここはきみの家から離れてるだろ？」

「わたしの絵を二、三枚おいてくれたギャラリーに行ってきたの。どんな風に見えるか、自分の眼で確かめたかったのよ」

「どこのギャラリー？　このあたりのギャラリーには、結構詳しかったんだ」歩きながら、振り返って言い添えた。「いや、いいよ。食事が終わったら、きみに連れていってもらう、ぼくも見たい」その後でギャラリーに戻って一枚買うんだ。

レストランに着いた。まだ、つぶれていなかった。少数の客を相手にする、こぢんまりとした、とても高級そうな穴場だった。実にさりげないたたずまいで、そこにあると知らなければ、通り過ぎてしまいそうな店。ありがたいことに、オーナーはジェレミーを覚えており、奥の馴染みの席に通してくれた。かつてそのテーブルでは何年にもわたって、たくさんの顧客が、眼の玉が飛び出るほどの額の契約をしてくれたものだ。彼は腕いっぱいの書類を椅子におろすと、ルーシーがコートを脱ぐのを手伝い、そばに控えていたオーナーに渡して、彼女のために椅子をひいた。「シャンパンを」テーブル脇に音もなく現れたウェイターに言った。「いちばん上等なやつを頼む。菜食料理《ヴェジタリアン》もあるだろうね？」

「ロンドン一でございます」ウェイターは保証した。

ジェレミーはルーシーに向き直り、片眉をあげてみせた。「どうだい、ルーシー。今のを聞いたろ。最高のものばかりだよ」

「大満足よ」彼女はにっこりして、ナプキンを取り上げた。ナプキンは氷河のように白く、厚紙のように硬く糊がきいていた。「わたしはすっかり告白したわよ、ジェレミー、今朝の行動をすっかりね。でもあなたはまだ話してくれてないわ、どうしてロンドンにいるのか。それに、その謎めいた紙の束はなあに？　好奇心がとっても刺激されてるんだけど」

ユーモラスに気さくにふるまうんだ、とジェレミーは自分に言い聞かせた。「ある御方につかわされたのさ」謎めいた微笑を浮かべて言った。「だけど、天からの——大天使ガブリエルとか、ほかの大天使とかの——ご命令だときみが思うといけないから、ちゃんと言っておかなくちゃね。ぼくをおつかわしになったのは、われらがあっぱれな首席司祭さまだよ」

「首席司祭？」

「そう、あのやんごとなきスチュワート・ラティマーさまだ。彼の近しい友達は愛情こめて、ちびっこ陛下と呼んでいる御方さ。友達がいればの話だけどね。首席司祭を覚えてる？　就任式で見ただろ？　あのおぞましい新品の大外衣を着ていたちびすけさ——ミシンの刺繍とプラスチックビーズの」

「まあ、ジェレミーったら！」ルーシーはふきだしそうになり、ナプキンで口をおおった。

ジェレミーはもったいをつけてシャンパンのコルクを抜くと、黄金色に泡立つ液体を彼女のグラスに注いだ。「ぼくをここにつかわした理由だけど——われらが愛すべき首席司祭、たとえキリスト教世界における〈もっともどでかいクソ〉のタイトルは無理でも、〈もっともちっこいクソ〉のタイトルならとれそうなあのちびに、巨大建築志向《エディフィス・コンプレックス》があると聞いたら、きみも驚くよ！」そして彼は秘密にするようにという首席司祭の命令を無視し、野菜を何層にも重ねたテリーヌ、森のきのこソースのタリアテッレ、ラム風味のチョコレートムース、最後にコーヒーが供されるまでの間、新しく巨大な建物がそびえたつ想像のマルベリーの話で、ルーシーを存分に愉しませた。

その晩、ラッシュアワーに、ホルボーンからサウスケンジントンまでピカデリー線に乗ったデイヴィッド・ミドルトンブラウンは、残念ながら坐れなかった。一度は席を確保したものの、コヴェントガーデンで、かなりおなかの大きい若い女性のために権利を放棄したのだ。髪を何百もの小さな編み下げにして、それぞれの先端をきらめく銀のビーズで飾った女性は、礼儀正しく感謝の微笑を向けてきた。残りの距離を、デイヴィッドはゆれる灰色の吊り革にぶらさがり、とても愉しい気分で立っていた。新しい職場に通い始めて二週間目の彼は、地下鉄通勤がまだ物珍しく、煩わしさはまるで感じなかった。

リンカンズインの由緒正しき法律事務所での仕事は、非常におもしろいものであることがわかってきた。当然のことながら、デイヴィッドは自分の人生を大きく変えることに、不安を抱いていた。慣れた日常を愛する彼にとって、変化はそう簡単なものではない。しかし、新しい同僚はとても歓迎してくれ、仕事もノリッジくんだりで扱っていたようなありふれた田舎仕事の数々――遺言書作成、離婚手続き、微罪裁判――とは全然違い、変化に富み、やりがいがあり、そして彼の能力をフルに発揮できるものばかりだった。さらに、言うまでもなく、実入りもよかった――料金の相場はノーフォークよりもずっと高かった。

けれども、いちばんいいことはルーシーと一緒に住めるようになったことだ。サウスケンジントンの駅を出た彼の足取りは知らず知らず早くなった。家庭に帰るんだ。

結婚しているのとほとんど同じくらいすばらしかった。そう、ほとんど。ルーシーが結婚してくれさえしたら。それだけが幸せに翳りを落とす、ほんの一点の染みだった。どれほど理解しようとつとめても――恋人になってから、半年以上も努力してきたが――ルーシーの持つ、ふたりの関係を神の御前で合法的なものにすることに対するためらいは、彼には理解できなかった。結婚すればすべてが簡単になるのに。保守的な彼は、いつも他人の眼を気にしていた――新しい職場の同僚もそうだが、会ってすぐに非常な尊敬と愛を感じているルーシーの父親はどう思うだろう。結婚は彼が切望してやまない安心感と永続を与えてくれる。今の状態では、彼女が明日にも気が変わったらどうなってしまうのだろう?

また、彼の心の奥には常に、もうすぐ家を相続することに――複雑な不動産手続きにけりがつき次第――そこに住めるようになることに対する不安が潜んでいた。それはまだルーシーと話しあったことのない事柄だった。ルーシーが一緒に住むように誘ってくれたのは、同居が一時的なものだという前提にもとづいてのことで、彼女は今もそのつもりに違いない。現状の問題すら考えたくない彼は、相続する家のことはすべて心の奥底に無理矢理押しこんでいた。

デイヴィッドは路地にはいった。ルーシーのこぢんまりとしたきれいな家を見るたびに思わず微笑が浮かんだ。自分の鍵を鍵穴にさしこむと、いまだ衰えぬ、ぞくぞくする喜びがわいてきた。ここは今、自分の家でもあるのだ。

驚いたことに、ルーシーが玄関口で待っていた。普段、彼が家に着くころには、アトリエか台所にいるのだ。思いがけなく彼女は情熱をこめてキスをしてきた。「んーっ。帰ってきてくれて嬉しいわ、ダーリン」ルーシーは言った。「今日はどうだった?」

「順調、順調。後で話すよ。きみは?」

ためらいはあまりに一瞬のことで、デイヴィッドは気づかなかった。「特別なことはなにも。今朝、ギャラリーに行って、わたしの絵をどう飾っているか見てきたわ」

奥から漂ってくる料理の湯気に、デイヴィッドは鼻をひくひくさせた。「ものすごくいい匂いがするね。もう食べるのかい?」

「おなかとってもすいてる?」ルーシーはネクタイをもてあそび、ワイシャツのボタンをひとつ、ひねってはずした。「オーヴンにキャセロールがはいってるけど、今すぐ食べなくても大丈夫よ。わたし、思ってたんだけど……ねえ、デイヴィッド」おかしなほど小さな声で言った。「わたしとベッドに行きたいと思わない?」

「ぼくも思ってたんだけど」デイヴィッドは答えた。「いつ、訊いてくれるんだろうって」

22

彼らは襲い、彼らは待ち伏せ、
私のあとをつけています。
私のいのちを狙っているように。

詩篇第五十六篇六

翌週のある夕方。晩禱の直前にブリジズフレンチ聖堂参事はふたりの同僚を捕まえた。彼は音楽監督と教区宣教師にすばやく囁いた。「家に来てくれないか？　晩禱の後に。大事な話がある」ルパート・グリーンウッドは無頓着に頷いたが、フィリップ・セットフォードは反抗的な顔つきだった。「大事な話だ」副首席が切羽詰まった口調で繰り返し、ふさふさと盛大に茂った眉をあげて強調したので、セットフォードもようやく承諾した。

その一時間ほど後、副首席はふたりを書斎にせきたてた。天井の高い古風な部屋は薄暗く、本に埋もれていた。本は、床から天井までの書棚すべてにびっしり詰まり、擦り切れたペルシャ絨毯の上に散乱し、机の上にうずたかく積み上がり、古色蒼然たる革張りのソファの上まで占領していた。副首席はそれらを床におろし、ふたりに坐るようにすすめた。彼らは腰をおろすのをためらった――ソファの埃の中にいくつも見える黒っぽい長方形が、本のあった場所と、どれだけ長い間放置されていたかを示していた。フィリップ・セットフォードはこれみよがしにハンカチを出し、クッションの埃を払ってから腰かけた。

副首席は机からクレーム・ド・マント・ターキッシュ・ディライトの箱を取り上げ、ふたりにすすめた。両聖堂参事は嫌悪の表情と共に、手を振った。副首席は決まり悪そうに、緑色の甘いねとねとをひとつ口に放りこんでから申し出た。「シェリーはいかがかな？」

「平日の夜は飲まん」教区宣教師は独善的に薄いくちびるをきゅっと引き締めた。

「ぼくはいただきましょう」音楽監督は言った。「ほんの少しだけ。ドライを」

カットグラスのデカンタはソファと同じくらい埃をかぶっていた。が、中のシェリーは実に上物だった。アーサー・ブリジズフレンチはよい酒をたくさん貯えていることで知られていた。母の死以来、めったに飲まなくなっていたが。彼はルパート・グリーンウッドに一杯、自分に一杯、酒を注ぐと、かなりくたびれた革張りの居心地のよい自分の椅子におさまった。その椅子は彼が一日のほとんどの時間を過ごす場所で、そこだけは本の侵略から逃れていた。

「何の話だね、アーサー？」セットフォード聖堂参事はきつい口調で言った。「後にできないのか？　今は都合が悪いんだがね――今夜、クレアが相談所から帰るまでに夕食の支度をしておかないと。まだレンズ豆を水に浸けとらん」

副首席はぴりぴりした様子で身をのりだした。「後まわしにできないことだ」彼は一呼吸おいた。「首席司祭が音楽祭の収支報告を見せろと言ってきた」

フィリップ・セットフォードは苛立って鼻を鳴らした。「ああ、聖堂参事会でそう言ってたな。それがどうしたんだ？　見せてやればいい」

ルパート・グリーンウッドがはっと息をのむ音がした。「また言ってきたのか、アーサー？」

「そうなんだ。日曜日にも、そして今朝、聖餐式の後にもだ。すぐにも見たいと言うんだ、来週の聖堂参事会の前に。もし、収支報告書ができ上がっていないのなら、帳簿でもいいから出せと」

「ああ」音楽監督はがっくりと背もたれに寄りかかり、シェリーをひとくち含んで、副首席の眼を避けた。

「それで、何が問題なのかね？」教区宣教師は居丈高に言った。「だから言ってるじゃないか、さっさと見せてやれって。そんなことで、私たちをこんなところに引っ張ってきた理由がわからんね！　きみがストレスに苦しんでいるのは知っているよ、アーサー。だけどそのくらい自分でなんとかしたまえ、子供じゃないんだから」嘲笑と共に皮肉に、つけ加えた。

「きみにはわかっていないんだ、フィリップ」副首席の眉には汗が鈴なりになっていた。

「ああ、わからんね！　さっきからきみの説明をずっと待ってるんだ！」辛辣に言い放った。

「〈最後の審判〉より前に始めてくれるとありがたいんだがね！」

ブリジズフレンチ聖堂参事はハンカチを見つけだし、額をぬぐった。「フィリップ」彼は小声で言った。「帳簿を見せることはできないんだ。帳簿には、ちょっとした……その……不都合があって、首席司祭はたぶんあまり……ええ……好意的に見てくれないと思う」

「不都合？　どういうことだ？」

「われわれはあまりにも多くの金を失った」年かさの男は蚊の鳴くような声を出した。「なにかしないわけにはいかなかった……」

「つまりだね」ルパート・グリーンウッドが助け船を出した。「ちょっとした……独創的な数字が……使われているんだが、綿密な調査がはいれば一発でばれてしまう。これがもし公になったら……」

「えらいことになるだろう」副首席はうめき声を出した。「ああ、われわれはどうすればいいんだろう？」

「われわれ？」セットフォード聖堂参事は問い返すと、あからさまにルパート・グリーンウッドから身を引き離した。「私は全然関係のないことだ！　きみたちは首まで浸かってるかもしれんが、私は知らんぞ！　きみたちの碌でもない音楽祭にも帳簿にも全然関係ないからな！」彼は立ち上がって、今にも出ていこうとした。

グリーンウッド聖堂参事が笑いだした。ユーモアのかけらもない乾いた笑いだった。「間違っているよ、わが友。気の毒だけどね、フィリップ、あなたも首までどっぷり浸かってるんだ」

教区宣教師の色の薄い眼が普段よりさらに剝き出しになり、見えないほど薄い眉が、急に真っ赤に染まった顔に浮きだした。彼は乱暴に坐りなおした。「そんな馬鹿な！　何を言ってるんだ！」

「小切手だよ」音楽監督は簡潔に説明した。「あなたも音楽祭帳簿の署名者のひとりだ。三人の署名が必要だったのを覚えてるだろう？　アーサーのと、ぼくのと……そしてあなたのだ、フィリップ」強調するように間をおいた。「あなたは白紙の小切手にサインしたね。ぼくがサインするように頼んだ時、それが何のためのものか訊きもしないで」ルパート・グリーンウッドは皮肉な笑いを浮かべた。「だからわかるだろう、フィリップ。あなたもぼくらと同じくらい深みにはまってるんだよ。ぼくらが溺れる時はあなたも一緒だ」

グリーンウッド聖堂参事は境内を大股に突っ切って家に戻る途中、故オルガン奏者の空き家の前を通り過ぎながら、晩禱に唄われた詩篇百九の一節を口ずさんでいた。それはいかにも首席司祭にふさわしく思われた。「彼の日はわずかとなり、彼の仕事は他人が取りますように」鍵をさしこむ時には、思考はすでに夕食のことに移っていた。火曜日はカレーの日だ。火曜は日曜日に使った肉の残りを始末する日だから、今夜はチキンカレーだな。ルパートはチキンカレーが大好きだった。想像しただけで、彼の口は潤ってきた。

しかし、ガラムマサラやクミンやコリアンダーのぴりっとした芳香は迎えてくれなかった。それどころか何の匂いもしなかった。家全体が寒々としていた。長い間、暖房が入れられなかったかのように。「ジュディス？」彼はためらいがちに呼んでみた。返事はなかった。

書き置きが残されていた。ジュディスの流麗な筆で書かれたそれは、台所の流し台にきちんと置かれていた。ルパートは信じがたい思いで、それを取り上げた。ジュディスは彼が帰宅する時には、一度も留守にしたことがなかった。クラブツリーの夫婦が鐘を鳴らしたり、パブで飲んだくれたりと好き勝手をしている間、あのうるさい子供のお守りを押しつけられる時でさえ。そう、ジュディスはいつもあの子供をここに連れてきていた。そして、家中をはい回り、彼の私物をいたずらし、ピアノを叩き、楽譜をよだれまみれにするがままにさせていたのだ。

「ルパートへ」書き置きはそう始まっていた。「何日も前から話を切り出そうとしていたのに、あなたはちっとも聞いてくれませんでした。わたしがそばにいることさえ気づいていないようでした。ここにしばらくいなければ、あなたもわたしの存在に気づいてくれますか」そして、署名。「愛をこめて、ジュディス」

ルパートは呆然と、書き置きを見つめた。

23

私の心の苦しみが大きくなりました。
どうか、苦悩のうちから私を引き出してください。

詩篇第二十五篇十七

ルパートが書き置きを見つけたころにはすでに、ジュディス・グリーンウッドはマルベリーから何マイルも離れた地点にいた。彼女は午後早いうちに荷物をまとめて駅に行き、三時三十二分の列車に乗りこんだ。だからルパートが書き置きを阿呆のように見つめて立ちつくしている時、ジュディスはパディントン駅にどんどん近づいていたのである。手にはルーシーの住所が書かれたペーパーナプキンを護符のように握り締めて。

秋の日はつるべ落としで、外はもう暗かった。それでもジュディスは虚ろな空間を凝視したまま、点在する村や家々のありかを示すあちこち針でついたような光の粒や、二車線に沿って等間隔に浮かぶトパーズ色の光の球や、大都会に近づいたしるしの空にぼうっと広がる赤みがかった黄色い光を見ていた。スウィンドン、レディング、その次がロンドン・パディントン。

列車がロンドンに近づいて初めて、ジュディス・グリーンウッドは、自分がどれほどこの首都を恋しく思っていたかに気づき、胸がきゅっと締めつけられる思いがした。ここで暮らしていたのは、文字通り、もう何年も前——そんな長い年月を、マルベリーで無駄にしたんだわ。

路地の入口で、ジュディスはタクシー料金を払った——ロンドンのこのあたりは不案内でもあり、暗くなってからひとりで歩くのは不安でもあったので、タクシーを奮発したのだ。めざす家を見つけて、彼女はおそるおそる呼び鈴を鳴らした。上がり段に立って、遅蒔きながら、この冒険がはたして賢明であったかどうか心配になりだした。わたしに会うことを、ルーシーは喜んでくれるかしら？　そもそも、家にいてくれるかしら？

しばらくしてドアが開き、現れたルーシーの驚いた顔は、書き置きを見たルパートのそれといい勝負だった。「あら！　ジュディス！」

「今晩は、ルーシー」おずおずと言った。「あの、前に、ご招待してくれたので……」

「さ、はいって！」ルーシーは中に招いた。鞄を受け取り、すばやく外を見て、「ルパートは一緒じゃないの？」

「ええ、そうなの」ジュディスは突然、決まり悪くなった。「わたし、離れなければならなかったの、主人から——マルベリーから——二、三日。本当に、ごめんなさい——でも、ほかにどこに行けばいいかわからなくて。いつでも来ていいと言ってくれたのを思い出して、それで、わたし——」

「そりゃ、もちろん大歓迎よ。何か食べた？」ルーシーはしどろもどろの説明をさえぎり、実際的な質問をした。

ジュディスは思い返してみた。脱出の慌ただしさと、冒険の興奮とで、食事のことはすっかり頭の中から飛んでいた。「いいえ。朝に食べただけ」

「じゃ、すごくおなかすいてるでしょ。このまま食堂にいらっしゃいよ——わたしたち、ちょうど食べていたところなの。ううん、心配しないで、たくさんあるから」

ジュディスはますます決まり悪そうに、ルーシーの後についていった。「じゃあ、お客さまが？ お邪魔だったのね。本当にごめんなさい——お電話をすればよかった。来ちゃいけなかったんだわ、本当に、ただ——」振り向いたデイヴィッドを見て、彼女は食堂の入口で立ち止まった。「まあ！」気づいて言った。「まあ、今晩は、あのう……」

「デイヴィッドですよ」彼はにこやかに言った。

「ジュディスは二、三日、泊まりにきてくれたの」ルーシーが説明した。

「お邪魔して本当にごめんなさい、ルーシー。お客さまが来てるかもしれないってことくらい、考えておくべきだったのに」今にも踵を返して、脱兎のごとく逃げ出しかねない様子だった。

「あら、いいえ、そんなんじゃないの」ルーシーは告白した。「デイヴィッドは今、ここに住んでるのよ」

デイヴィッドは思わず渋い顔つきになった。一部は気恥ずかしさ、一部はルーシーの言葉の選び方のせいである。「今、ここに住んでる」というのは、「ここに住んでる」よりも、ずっと一時的なものに聞こえるような気がしたのだ。彼の渋面を見て、ジュディスはますます決まり悪そうになった。「わたし……わたし、知らなくて」彼女は真っ赤になって口籠った。ルーシーも慎み深く、ちょっと赤くなった。「ええ、そうなの、知らなくて当然よ。マルベリーではこのことをおおっぴらにしてないもの」半分、やけくそのように、「父はこのことを知らないの。そりゃ、いつかは……」

「大丈夫、お父さまには言わないから」ジュディスはきっぱり保証した。「もしも、マルベリーに戻ったらの話だけど」懐かしそうな声だったが、苦々しさも混じっていた。

ジュディスが貪るように食事を取った後、彼女の状況について、女たちは遠回しな表現で話し合いだした。デイヴィッドはすぐ、自分の存在が必要とされていないばかりか、邪魔かもしれないと察して、実にうまい言い訳を提供した。「ルーシー、申しわけないが、きみたちふたりに皿洗いをまかせて、失礼させてもらってもかまわないかな？　明日の仕事の書類をどうしても二、三、見ておかなければならないんだよ」ルーシーは微笑んで頷き、ジュディスは感謝の眼差しを向けた。

デイヴィッドはブリーフケースを持って居間に引っこんだ。実際、見ておかなければならない書類はあったのだ。が、心はつい、常に悩まされている別のことに引き寄せられた。ジェレミー・バートレットが世間に対して——特にルーシーに対して——見せる、ウィットに富む愛想のよい顔は外面《そとづら》だけではないか、という淡い疑惑が、彼の警戒心を刺激し続けていた。そしてついにデイヴィッドはある行動を取ったのである。その日の午後、彼はジェレミーのことを知っていそうな数名に電話をかけてみたのだが、質問に対する回答はどれもこれも曖昧で安心できるものではなかった。ある意味で、やはり自分は正しかったという安堵は得られた。いつか、あの男に対する不信を裏づける根拠が実際に出てくるかもしれない。しかし、それはそれで心配だ。次にどういう手を打てばいいかわからないのだから。ジェレミーがロンドンで開業していた時代に、まったくの違法行為か、少なくとも倫理にもとる行為に関係していたという、具体的な証拠は何も見つかっていない。しかし、臭うことはいくつもあった。そのあたりをもっと追及するか？ルーシーに相談できないのはわかっていた。ジェレミーの悪口は全部、嫉妬ととられるのが落ちだ。無論、ある意味ではその通りだ。ジェレミーは明らかにルーシーに関心を持っており、デイヴィッドはまだ、自分たちの関係の不確実さに対する不安を克服できていなかった。しかし、すべての個人的感情を抜きにしても、彼をすぐれた弁護士たらしめた、すぐれた直感が、ジェレミー・バートレットはよい人間ではないと主張していた。

心の中で考えを転がしたが何の解決も得られないまま、いつしか耳には台所の話し声が――そして皿を洗う音が――はいらなくなっていた。ママレード色の縞猫ソフィーは夕方の習慣で、膝の上でくつろいでいる。頭がいっぱいの彼は、膝の上の柔らかなぬくみに心を奪われて、時がたつのに気がつかなかった。炉棚の置時計が真夜中を告げると、はっと顔をあげ、時間の経過に驚いた。ルーシーとジュディスはまだ台所で喋っている。デイヴィッドはしぶしぶ――この家に来てから、こんなことは一度もなかったので――上階に行くと、ひとり淋しくベッドにはいった。

しばらくとぎれとぎれに眠っていたが、ようやく傍らにルーシーがもぐりこんできて眼が覚めた。「今、何時だい？」彼はもそもそと言った。

「三時過ぎ。ごめんなさい――起こさないように気をつけたんだけど」

「きみがいないと眠れないよ」寝返りを打ち、手をのばした。「おいで」

「んー、あなた、あったかくて気持ちいい。わたしの足、冷たいわよ」警告してから擦り寄ってきた。

彼はほんの少しぴくりと動いた。「手も冷たいじゃないか。ジュディスはちゃんと寝かせた？」

「ええ、階下のソファベッドで。ぐっすり眠れるといいんだけど――疲れきってるの、かわいそうに」

「悩みを解決してやれた？」

「わたしのアドバイスだけじゃ――それに一晩だけじゃ――無理よ」

「話してごらん」デイヴィッドは熱心に言った。「ルパートと別れてきたって？」

「別に、ルパートと別れたってわけじゃないのよ。マルベリーと別れてきたというのが本当だと思う。たまたまルパートがそこにいるというだけで」ルーシーはため息をついた。「長い話を――これが本当にとっても長いんだけど――かいつまんで言うと、ジュディスはとても欲求不満がたまってるのよ。彼女はルパートとは王立音楽学校で出会ったの。彼がまだ聖職を受けることなんて、全然考えてもいなかったころに。ふたりは結婚して、ジュディスは才能ある歌手として順調にキャリアをつんでいったんだけど、彼の方はそのまま聖職者になったの。ロンドンで副牧師をつとめた後で、マルベリーに参事職を授かったのよ。引っ越して六年になるんだけど、その間、彼女は本当に惨めだったの。マルベリーには、ジュディスがプロとしての実力を発揮できる場がないのよ――聖歌隊には女性歌手はいないし、かといって、まともなアマチュア合唱団はひとつもないし。友達とか、仲間とか、相談に乗ってくれるような人が誰もいないうえに、ルパートがまた、ジュディスのことをまるっきりかまってくれないのよ。自分の音楽と、〈自分の子供たち〉――聖歌隊のことよ――のために生きているようなもので、結婚生活に費やすエネルギーを全然、残してないらしいわ」

「なら、彼にそう言えば――」

「それなのよ。彼女は何度も言おうとしたの、自分がどんなに不幸かって。なのに彼は聞こうとしないのよ。ジュディスが自分に自信を持てなくなったとか、この生活環境のおかげで自尊心をすべて奪われたこととか。それじゃ解決できるわけないわ。それと……」ルーシーは言いよどんだ。「何時間も話した後で、とうとう、わっと泣きだして打ち明けてくれたの。子供が欲しくて欲しくてたまらなかったのにできなかったって。それもそのはずだわ――もう何ヵ月も夫婦生活がなかったって言うの、新婚当時もそう頻繁ではなかったらしいのよ。ルパートはあまり興味がないみたいだって」

「ルパートは単に、もともと性衝動に乏しいのかもしれないよ」デイヴィッドは言った。そういう人間はいるものだ。実際、以前は自分もそのひとりであると考えていた。もしも一年前に質問されたとすれば、自分にとってセックスは重要ではなく、なくても不自由しないと答えただろうし、事実、数年間はそのように暮らしてきたのだ。ルーシーの助けで、非常に喜び、かつ驚いたことに、自分がそのようなタイプではないことを発見したのは、つい半年前のことだった。

「そうかもしれないわ。それでもよ、彼女とルパートは、そのことで話し合ったことがないの。ジュディスは心の底で恐れているのよ、ひょっとして彼は子供なんて欲しくないんじゃないかって――結局、ルパートはもう〈彼の子供たち〉を持ってるわけだから、って。子供がいないということが、ジュディスのコンプレックスになってるの。女性としての自分の価値に自信がもてないのよ。そしてもちろんいちばん恐れているのは、ルパートが本当は彼女を全然愛していないんじゃないかってことなのよ。ルパートは自分を家政婦がわりにそばに置いてるだけかもしれないって」

「でも、彼女はルパートを愛してるんだろう？」

「あら、そうよ、心から愛してるわ。だからややこしいのよ――もし彼女がルパートをそんなに愛してなければ、とっとと見捨てて、ロンドンで人生をやりなおすことができるもの」

「それじゃ、今日、うちに来たのは……」

「助けを求めるサインだと思うわ、どうしようもなく絶望的な状況だって、ルパートに知らせるサインなのよ。彼の眼を向けさせるにはこうするしかなかったって、彼女は言うの。何度も話し合おうとしたのに、全然聞こうとしないんですって。だから、強行手段に出るしかなかったのよ、彼女の存在に眼を向けさせて、問題があることに嫌でも気づかせるために」

夜中までコーヒーを飲み続けていたルーシーは頭が冴えているようだったが、デイヴィッドはしだいに眠たくなってきた。だが、がんばって眠気を払った。「ルパートは、ここにいることを知っているのかな？」

「行き先は書かないで、ただ出ていくとだけ手紙を残して来たそうよ。でもね、わたし、お父さんに電話をしたの。お父さんの話じゃ、ルパートは半狂乱だって——境内じゅうを走り回って、誰彼かまわず居所を訊ねてたそうよ。だからわたし、彼女がここにいて無事なことをルパートに伝えてって頼んだの。安心させてあげるべきだと思って」

「で、どうする？　ジュディスは何日くらいいるって？」

「とりあえず」ルーシーは言った。「明日か明後日には帰るように説得したわ。ジュディスも問題から永久に逃げていられるわけじゃないと、気づいてはいるのよ。ルパートと話しあわなきゃならないって、ちゃんと知ってる——話し合うべきことが山ほどあるんだもの。今じゃ彼も話を聞く用意ができたでしょう」

「きみの何が、たいして親しくもない人々にまで、いちばん隠しておきたい秘密を語らせてしまうんだろうね？」眠りに落ちる直前、デイヴィッドは修辞的な質問をした。「ぼくは経験から言ってるんだよ——同じことをやったから。ぼくがきみに初めてお茶に呼ばれた時に、なぜか自分の人生を、しかも、誰にも喋ったことがないことまで洗いざらい話しちまったのを覚えてるかい？」眠そうに笑った。「きみがすぐれた芸術家じゃないというつもりはないけどさ、でも、その非凡な才能が芸術に生かせないのは実に惜しいね。きみは精神分析医になるべきだよ——でなけりゃ探偵にね、ルーシー」

24

主は私の切なる願いを聞かれた。
主は私の祈りを受け入れられる。

詩篇第六篇九

その二日後、ルーシーはデイヴィッドの車で、ジュディスをマルベリーに送っていった。というのも、ジュディスが帰りの列車の長いひとり旅に耐えられないと訴え、デイヴィッドもまたロンドンを離れることがかなわず、結局、それがいちばんの妥協案であったからである。しかし、デイヴィッドは不安だった。特にルーシーがひとりで運転して帰らなければならないことを心配したが、ルーシーは自分の名ドライバーぶりを強調し、よく気をつけると約束した。

マルベリーに帰る前の自由な一日の大半は買物に費やされた。ルーシーは、ジュディスのかかえる問題の多くが彼女自身の低い自己評価に起因すると見抜き、一日でそれを改善すべく、獅子奮迅の働きをした。まず、新しい服を選び、単に流行のものではなく、普段の不恰好な衣類に隠れたジュディスの並み以上のプロポーションを引き立たせる型を見立ててやり、色もまた入念に、いつものくすんだ茶色や冴えない緑ではなく、美しい菫色《すみれいろ》の瞳を強調する鮮やかなモーヴやブルーを選んだ。さらに、シルクのロマンティックな下着と、ちらちら輝くアメジスト色のおもいきり挑発的なサテンのナイトドレスまで新調した。ジュディスはこれらすべてに――とりわけ最後の品に――懐疑的だったが、ルーシーは頑固だった。「絶対に後悔させないから」彼女は保証した。

最後にルーシーが贔屓《ひいき》にしている美容院に行った。あいかわらず弱々しく抗議していたジュディスだが、その結果を見たあとでは、一言の抗議もなかった。普段はただ伸ばしっぱなしにして、自分で適当に毛先を切っていたのだが、美容師はその全然似合わない髪型を、長さはほとんど変えず、薄茶色の髪に、明るいワインレッドのハイライトを品よく散らし、軽やかにレイヤーを入れ、顔まわりが華やぐようにととのえた。それはジュディスによく似合い、彼女自身、鏡を見ても自分とわからないほどだった。「ルパートもわたしだと気づかないわ」喜びにぼうっとして、小声で言った。

マルベリーに向かう車中では、ジュディスのイメージチェンジとその効果について、話し合う時間が十分すぎるほどあった。が、マルベリーが近づくにつれ、ジュディスはしだいに不安をつのらせていった。「ルパートになんて言えばいいの?」声が震えていた。「教えて、ルーシー」

「わたしには教えることはできないわ。でも、何を話さなければならないのか、あなたにはわかってるはずよ、ジュディス。彼に正直になりなさい。マルベリーをどう思っているのか、あなたがマルベリーでどんな思いをしているのか、本当のことを伝えるの。そして、ベッドに誘うのよ」ずばりとつけ加えた。

ジュディスは真っ赤になった。「そんな、そんなこと無理よ」

「あらあ、どうして？　あなた、ルパートに愛してもらいたくないの？」

「それは、もちろん、そうだけど。でも、もしも……彼のほうがいやだったら？」

「もう、なに言ってんのよ！　彼はあなたの夫なのよ！　誰もそのへんの男を誘惑しろなんて言ってないわよ、自分の夫にベッドに連れてってもらえって言ってるだけじゃない」ルーシーは、連れを見やった。

ジュディスは眼をあわせられず、膝の上で両手をこねまわし、消えいりそうな声で言った。

「でも、わたし……わたし、どうすればいいか、知らないんだもの」

ルーシーはやさしく笑った。「まあ、ジュディス――それじゃ、あなた、たくさん勉強しなきゃ。手始めに、今日わたしたちが買ったナイトガウンを着るの――それで彼も正しい方向を向くはずよ。それから、この二日間離れたことで彼をたまらなく愛してるのを実感して、死ぬほど淋しかったと言うの。聖職服のボタンをはずして、ドッグカラーも引き抜いちゃうのよ。もしこれが全部効かなかったら、その時はもう、彼の手をつかんで、さっさと二階にひきずってっちゃえばいいの」

マルベリーには午後早く着いた。ルーシーは一緒に来てほしいというジュディスの懇願を拒み、家の前で降ろしてやるとそのまま父の家に行き、楽しく昼食をとりながら何が起きたのかを――おおまかに――説明した。その後で、パット・ウィロビーを訪ねて、ジュディスに気を配るように頼もうと思い立った。

ルーシーはジュディスの信頼は尊重しつつも、グリーンウッド夫妻の問題の深刻さについて、パットに率直に語った。パットはジュディスと親しくなるのを怠ったという罪悪感をまだ持っており、できるだけのことをすると約束した。

「結婚って」ルーシーは苦々しさを隠そうともせず頭を振った。「本当に妙なものね」

「どうしてそう思うの？」パットが訝しげに、じっと見つめてきた。

このまま放免してはもらえないと気づき、ルーシーはしかたなく続けた。「だって、ジュディス・グリーンウッドのような、若くて才能ある女性があんな境遇にあるようじゃ、結婚制度なんて、あまりすぐれたものとは言えないでしょ。つまり……」

「ジュディスのことを話しているの、それともほかのこと？」鋭くパットは訊ねた。ルーシーが答えずにいると、もう一杯、お茶をいれ、話題を変えた。「デイヴィッドがあなたと一緒に来られなかったのは残念だわ。またお会いしたかったのに」

「ええ」ルーシーは曖昧な声を出した。

「わたしはあの方が大好きよ、ルーシー。彼があんなにもあなたを愛しているのが、はっきりわかるからだけではないわ」パットは間をおいた。「彼こそ、あなたが必要としている人ですよ。余計なお世話でしょうけど、わたしはあなたがとてもかわいいの。だからあなたが大切なものをふいにするのを見たくないのよ、あんな……ずっと昔の出来事のせいで。だって原因はそれでしょう、違う?」

ルーシーは眉を寄せた。「デイヴィッドと話したのね? なんて言ってたの?」

「この前、ここで朝食会を開いた時にちょっとね」主教夫人は認めた。「話してくれたのよ、どれほどあなたを愛しているか、そしてあなたが……結婚に……乗り気でないことも。うるさいお節介でしょうけど、許してちょうだい、ルーシー。でも、あなたには幸せになってほしいのよ」

顔をそむけ、ルーシーは小さな声で言った。「別に何もふいにするつもりはないわ、パット。あなたの忠告にも感謝してる。でも……どうしても忘れられないの、前の結婚がどんなに悲惨で、どんなにわたしが不幸だったかを」

「あなたは、歳を重ねて賢くなっているはずよ」

「歳をとったのは確かね。賢さについても確信が持てればいいけど」顔にかかる髪を後にはらうと、無理に話題を変えて明るい声を出した。「それじゃ、例の首席司祭の近況を教えて。今週は何かやらかした?」

主教館を後にして、ルーシーは何気なくその隣の家に眼を向けた。ジェレミーは玄関の外に牛乳の空瓶を置いているところだったが、彼女の姿を見てしゃんと体を起こした。「ルーシー! マルベリーで何をやってるんだい?」

「前にもこんな会話をしなかった?」彼女は笑った。「覚えがあるけど」

「あがって、お茶を飲んでいけよ」

ルーシーはかぶりを振った。「今、たっぷりいただいてきたの」

「それじゃほかのは？　シェリーはどう？」

彼女は躊躇した。「いいえ、遠慮しとく」

「きみにアドバイスしてほしいものがあるんだよ」必死に食い下がるうちに、口説き文句が閃いた。「絵を飾りたいんだ」

「それ、ひょっとして」ルーシーは訊いた。「先週、あなたがギャラリーで買ってくれた、わたしの絵のこと？」

「なんで知ってるの？」

ルーシーは微笑んだ。「ギャラリーはね、絵が売れると、画家に買い手の名前を知らせてくれるしきたりなの」

「隠し事ってのはできないもんだな！」ジェレミーは表情たっぷりに眉をあげてみせた。「じゃ、あがって絵を見ていってよ、ね？」

「ええ、そうね」ルーシーは彼の後に続いて家にあがり、わずかに不安を感じつつも居間にはいった。「新しい建物の設計図はだいぶ仕上がった？　どんな風になったか見てみたいわ」

ジェレミーはどう答えようかと熟慮した。ルーシーに建築計画を話した後で、司祭の信頼を裏切るという過ちを犯したことに気づいたのだが、その失敗を修正するいい方法がわからずにいたのだ。結局、正直に話すことにした。「ルーシー」彼は言った。「新しい建物のことを誰にも話してないかい？　実は、まだ秘密なんだよ」

彼女は考えてみた。「ええ。秘密だとは知らなかったけど、誰にも言ってないわ。実を言うと、もっと大事なことで頭がいっぱいだったものだから」

「それじゃ、まだ話していないのかい……デイヴィッドにも？」

「ええ」気が進まないながらも、彼女は認めた。「デイヴィッドには、あなたと会ったことも話していないの。わたし……きっと不愉快な思いをさせると思って。彼を傷つけたくなかったのよ」

ジェレミーは歓喜の色を隠そうと、シェリーのデカンタに顔を向けた。ルーシーがデイヴィッドに、自分と会ったことで嘘をついた――これは小さいけれども立派な糸口だぞ。「ねえ」彼は言った。「シェリーを飲む気は本当にないかい？」

「そうね、それじゃ、ほんのちょっとだけ」ルーシーは譲歩した。

その翌朝、スチュワート・ラティマーは司祭館の執務室で、音楽監督の来訪を待っていた。グリーンウッド聖堂参事から電話で面会の約束を求めてきたのだが、彼は詳細を一切語らなかった。いったい何だ？　興味も心当たりもない司祭はただ訝った。どうせオルガンのことだろう。でなければ、新しいオルガン奏者の任命についてか。いずれにせよ、くだらん時間つぶしに決まっている。家出した妻が戻ってきたことはもう聞いたから、その件ではないだろう。聞いたところでは、彼女はロンドンに行っていたらしい。スチュワート・ラティマーの妻はいつでもロンドンに行っていた――だから司祭には、それがなぜそんなに大騒ぎするべきことなのか理解できなかった。

ルパート・グリーンウッドを迎えた彼は、少々驚いて立ち上がった。音楽監督は見るからにひどく動揺していた。二、三日前に、妻が消えた時と同じくらい取り乱して見えた。ひどく憔悴し、彼らしくもなく、身なりが乱れていた。これで彼が年齢相応の外見であれば、不精髭をはやしてるだろうな、と司祭は内心で愉快に思った。

「坐りたまえ、グリーンウッド参事」そう言って椅子を示した。

音楽監督はほっとしたように椅子に坐ったかと思うとまた立ち上がり、司祭の机の前を行ったり来たりし始めた。「その、どこから話せばいいのか」

「落ち着きたまえ、参事、始まりから話せばいい。何の話だ? オルガンかね?」

「ああ、いえ、違います」ルパートは机の前にぴたりと立ち止まった。「妻のことです。ご存じでしょう、あれが……行方不明になっていたことは?」

それはおもしろい表現だ、と司祭は考えた。「ああ。しかし、それは境内の全員が知っている事実だと思うが」嘲笑するように続けた。「だが、奥さんは戻ってこられたのでは?」

「ええ、まあ。妻は……その、ぼくは、彼女がどう感じているのか、全然知らなかったんです」

「何をどう感じているというのかね? 言っている意味がわからないのだが」ルパートの要点を得ない説明に、司祭は苛立ち始めた。「それに、頼むから坐ってくれたまえ。こっちまで落ち着かなくなる」

音楽監督は椅子の中にまた、どさりと坐りこんだ。「マルベリーのことを。ここに住むことを、です」彼は間をおいた。司祭は待った。「妻は嫌っている。ずっと、嫌ってたんです。ここには何もない、才能を発揮する機会がないと言って――ジュディスは昔、歌手でした」彼は誇らしげにつけ加えた。「優秀な。しかしマルベリーには妻が唄える場所がどこにもないんです」

ようやく、この話の結末がどこに向かおうとしているのかが見え始めた――うまく手綱をさばくことさえできれば――高まる興奮を押さえ、慎重に何気ない口調のままで訊いた。「それで私に何ができるというのかね、あなたのその……問題に?」

ルパートは言葉をまとめようと、しばらく両手を握ったり離したりしていた。「ジュディスはマルベリーを出ていきたがっているんです」ついに、彼は言った。「妻は……どうしてもと。ぼくに、ロンドンの職についてほしいと。妻が言うには……妻の考えでは……あなたなら、助けてくれるのではないかと」

答える前に、できるかぎり長くルパートに苦痛をなめさせるべく、司祭はじっくりと間をとった。「まあ、そうだね」いかにも熟考の末とでもいうように言った。「なんとかしてさしあげられるかもしれない。もちろん、あなたを失うのは非常に残念なことだが、時によって妻がどれほど扱いづらいものか、私もよく理解できるよ!」彼は心安げに笑ってみせた。「うちの奥方もマルベリーをあまり高く評価していないのでね!」

「では……」ルパートは顔をあげて、針の筵のごときジレンマを抜け出す道を初めて見いだしたかのように、希望に満ちた眼で司祭を見つめた。

「私にまかせたまえ、ルパート」司祭は、初めて彼を名前で呼び、自信たっぷりに続けた。「ロンドンに知り合いがいる——たいして難しいことではない。しかしもちろん、あなたが本気であればの話だが……」

「ええ、本気です」音楽監督はほっと息をついた。

「では、あなたのために一肌脱ぐことにしよう。早い方がいいのかな？」

「できれば」

「そういうことなら、今日の朝にも電話をしてみよう。二、三日中にも、いい知らせを伝えられると思う」スチュワート・ラティマーは歯を見せて笑い、共感するように首を振った。「やれやれ、だな、ルパート。われわれ男が、自分の妻を喜ばせるためにどれだけ骨をおることか」

25

まことに、主が仰せられると、そのようになり、
主が命じられると、それは堅く立つ。

詩篇第三十三篇九

十月末のある日。スチュワート・ラティマーは就任以来二度目の聖堂参事会会議に、一度目の時よりも、さらに大いなる期待をもって臨まんとしていた。最初の週に二、三、つまずきはしたが、見事に立ち直り、いずれマルベリー大聖堂を事業として成功させるというゴールに向かって大きく前進したという自負に支えられて。

すでに一同は、間に合わせの会議場として使われている教区事務所の一室で、テーブルを囲んで集まっていた。理想的な環境ではないが、いずれ専用の聖堂参事会会議場が建つまでの辛抱だ、と首席司祭は自分に言い聞かせた。そう、新たに〈カテドラル・センター〉が建設されれば——首席司祭は自ら計画した建造物をそう命名することにしていた。

しかし、その話は後だ。首席司祭は最初の会議の時と同じく、テーブルを囲む四人の男を見回した。フィリップ・セットフォードは挑むように眼を見返してきた。ジョン・キングズリー

もまっすぐに眼を向けてきたが、いつも通り泰然自若としたその表情からは、何も読み取れなかった。ルパート・グリーンウッドは無頓着に宙を見つめ、われ関せずといった体だった。首席司祭の視線に怯んだのは、アーサー・ブリジズフレンチだけだった。染みの浮いた両手が、眼の前のテーブルに置かれた台帳の上でかすかに震えていた。

「ごきげんよう、諸君」司祭は言った。「前回の会議で頼んでおいたことは、できているだろうか？」

ブリジズフレンチ聖堂参事はごくりと唾をのんだ。骨張った喉をのどぼとけが激しく上下した。「これがご所望の音楽祭の収支報告です」弱々しく言うと、首席司祭に向かって台帳を押しやった。そして不安げにルパート・グリーンウッドに視線を走らせたが、彼はあいかわらず宙を見つめており、さらにフィリップ・セットフォードに眼を向けると、こちらは不可解にも、突然自分の爪に興味を抱いたようだった。

「ありがとう」首席司祭はほとんど見もせずに、そっけなく脇に押しやった。「ほかには？頼んでおいた目録はどうなった？」

「これが書庫の蔵書目録です」キングズリー聖堂参事が淡々と申し出た。

「ありがとう。それで、宝物の目録は？」首席司祭はまたアーサー・ブリジズフレンチに注目した。

「ああ。いや。つまり……」老人はぱちぱちと眼をしばたたき、もう一度、ごくりと喉を鳴らした。「つまり」激しく言い放った。「私はあなたに大聖堂の銀器を売らせはしない！　あれはわれわれに遺された遺産だ――われわれの歴史だ！」

首席司祭は歯を鳴らした。「そのことについては、ふたりで話し合うことにしよう」感情を殺した無情な声で言った。「あとでゆっくりと」そして、自身の癇癪と会議そのものを支配できなくなる前に急いで続けた。「前回、私は賃貸の件について触れた。たしか、食堂と現在のテナントについて、私の所見を少々申し上げたと思う。諸君も承知しているだろうが、アンワースさんは一年ごとに更新される契約で、食堂を経営しておられる。その契約を、私は今期で打ち切る所存だ。同様にギフトショップの契約更新も来年に迫っている。私は、われわれが前進するためには、このふたつの事業を〈大聖堂友の会〉に引き継いでもらうべきだと信じる。ハント夫人は、両方とも引き継ぐことに意欲を見せてくれている」

「そうでしょうとも」セットフォード聖堂参事は意地悪く呟いた。

首席司祭は黙殺した。「ハント夫人にはかなり多くの負担を強いることになり、私は彼女に非常に感謝している」

「私は絶対に賛成しないぞ‼」ブリジズフレンチ聖堂参事が吠えたてた。「そんな、血も涙もないことがよくできるもんだ！　ヴィクター、バート、ドロシー・アンワース――みんなこの大聖堂に長年忠実に仕えてきてくれた！　私と……私と同じくらい。そんな決定をあなたの一存で決めさせるものか。私は聖堂参事会の票決を要求する。当然、私は絶対に賛成しない！」

激しい言葉の後の静寂を破り、ジョン・キングズリーが静かに言った。「すみませんが、首席司祭、この件に関しては、私もアーサーと同意見です。大聖堂の忠実なしもべは、使い古しの蠟燭のように気軽に捨てられるものではありません。アーサーの言う通り、これには聖堂参事会の票決が必要です」

首席司祭はすばやく状況を計算し、危険を冒さないことに決めた。「よろしい。票決は次回の会議にまわそう」なに、次回までに票決の結果を変えさせる手が、何か見つかるだろう。まだ、ロウィナを失望させたと決まったわけではない。「それから」彼はさらりと続けた。「もうひとつ、来年早々に賃貸契約が満期になる物件がある。現在、イヴリン・マーズデンさんの住む家だ」ブリジズフレンチ聖堂参事が息をのむ音がしたが、かまわずに続けた。「長年にわたり、彼女はお話にならないほど小額の家賃で契約を結んでいた。こんなことは続けられない。契約料はしかるべき額に……」メモを見て、現在の家賃の数倍もの数字をあげた。「マーズデンさんが新しい条件で契約を更新する気がなければ、新たな借り手の心当たりはいくらでもある」彼は冗談めかした口調で言った。「たとえわれわれの多くが――奥方連中は無論のことだが」ルパート・グリーンウッドをちらりと見て付け加えた。「マルベリーを第二のエデンと見なさなくとも、ロンドンには田舎の暮らしに憧れる人が大勢いる。少なくとも、気が向いたときに。現に、義父のある同僚は、就任式に来てマルベリーを魅力的に感じたそうで、週末に過ごせる別荘をマルベリー境内に一軒、借りたいと申し出られた」

アーサー・ブリジズフレンチが何か喋ろうとするかのように口を開けたが、首席司祭はさえぎった。「今はこの問題に関して、これ以上、話すのは控えよう」彼はきっぱり言った。「慌てる必要はない、マーズデンさんの賃貸契約がきれるのはまだ数ヵ月も先だ。この件は来月の会議事項に加えることにする。もちろん、それまでの間、誰もこのことをマーズデンさんにもらさないでいただきたい。頃合をみて、私から話すつもりだ」彼は副首席をきつく見据えた。副首席は眼をあわそうとしなかった。

「ここで」首席司祭は効果的な間をとると、丸めて束にしたジェレミーの描いた下絵に手をのばした。「この大聖堂の、今世紀最大の発展になるであろう開発計画をお見せしたい。諸君……」劇的な腕の一閃と共に、丸めた見取り図をさっと転がして開いた。「〈ザ・マルベリー・カテドラル・センター〉を紹介しよう！」

その発表は一同にとってまったくの不意打ちだった。計画が順々に明らかにされていく間、呆然とした沈黙のみが続いた。

「これでおわかりだろう」首席司祭はしめくくった。「われわれが現在必要としている施設はすべて、遠く未来まで見越して、すべて賄われることになる」

「いいや」アーサー・ブリジズフレンチがかすれた声で言い、袖からハンカチを取り出した。「あの草地に建物を造るなんて、考えられないことだ。この大聖堂の個性が面影も残らないほど壊されてしまう！　だいたい、あそこは神聖な土地だ、かつて身廊が延びていた場所だ……」ごしごしと額をこすると、ほとんど憎しみのこもる眼で首席司祭を睨みつけた。「私は断固として、この……この冒瀆行為を阻止する！」

首席司祭は眼をすがめ、ぴしりと言った。「私を止められるという希望は、捨てたほうがいい」セットフォード聖堂参事は思わず、言い古された諺を口ずさんだ。「〈命あるかぎり希望もある〉」いやに気取った言い方だった。

しかし、しめくくりの言葉を言ったのは副首席だった。彼はぴんと背を伸ばし、首席司祭を睥睨《へいげい》し、不吉なほどおごそかに言い切った。「あるいは、かつて私が存じあげていた、ある賢明な老師の口癖通り、〈死あるかぎり……希望もある〉」

首席司祭は彼らの真ん中で破裂させる爆弾を、まだひとつ残していた。会議が終わる直前、スチュワート・ラティマーは言った。「それから、残念な知らせをしなければならない」皆、興味をひかれて彼に眼を向けた——ただひとり、いまだ一言も喋らず、眼も合わせようとしない音楽監督をのぞいて。「残念だ、いや、つまり」彼は訂正した。「私個人としては、ということだが。しかしもちろん、ここにいるうちのひとりにとっては、いい知らせとなる」効果を狙って間をとった。「ルパート・グリーンウッド参事は今年中に、われわれのもとを去ることになった」ほかの三人の聖堂参事がいっせいに息をのむのがわかった。

「詳しく説明しておくべきだろう」首席司祭は続けた。「先週、グリーンウッド参事が私に会いにきた。彼は自分がマルベリーを離れる時期がきたと感じて、私の助言を求めにきたのだ」首席司祭は非常に曖昧な微笑を浮かべた。「当然、私は彼を失うのはとても残念であるが、その輝かしい前途を妨げることは望まないと答えた。音楽監督というものは、結局、渡り鳥のようなものだ。彼らの独特の才能は、ひとつの大聖堂での任期を短くなりがちにするものだからね。グリーンウッド参事はマルベリーに六年勤め、そろそろ異動したいとのことだった」喋りつつも、勝利の喜びを隠すことは難しかった。「私はロンドンに二、三、つてがあるのでね」——ここで首席司祭は含み笑いをした——「運よくグリーンウッド参事には、その才能を発揮できる新たな職場を、実に短時間で紹介することができた。彼はロンドンの一教会において聖職禄を得、教区の義務の多くを免ぜられ、よりいっそう楽才をみがく機会をもつことになる。ついでに申し上げると」彼は臆面もなくテーブルの一同を眺め、フィリップ・セットフォードの上で視線をとめた。「私は喜んで、ほかの方々も同様に助けてさしあげる所存だ……どこかに異動したいと希望される方がおられるなら。コネがないわけではないのでね、特にロンドンには。先程も申し上げたが」彼はしめくくった。「グリーンウッド参事を失うことはまことに残念だ。しかし、新たな職場においてできるかぎりの成功を収められることを願ってやまないという諸君の気持ちを代弁し、はなむけの言葉としたい」ルパートはいまだに誰とも眼を合わせぬままに、軽く頭をさげて答礼した。

首席司祭が昼食をとりに家に帰った後も、一同はしばらくそこに残っていた。ジョン・キングズリーは、首席司祭が皆に検分させようと残していった〈カテドラル・センター〉見取り図を仔細に見ていたが、フィリップ・セットフォードはルパート・グリーンウッドに食ってかかった。

「ルパート！」彼は絞りだすような声で言った。「どうしてそんなことができるんだ？　あんなひとでなしの言いなりになって、われわれを裏切るなんて？」

音楽監督が初めて口を開いた。「ぼくは裏切ったわけじゃないよ、フィリップ。そうしなければならなかったんだ」

「どんな圧力をかけられたんだ？」ブリジズフレンチ聖堂参事が呻くように訊いた。

「違う、あなたがたはわかってない」ルパートの声は冷静だった。「ぼくは自分の結婚生活を守るために、そうしなければならなかった。マルベリーを出ていくか、ジュディスを失うか、ふたつにひとつだった。彼は……首席司祭は……ぼくを助けてくれたんだ。事情をわかってくれた。そして新しい職場を見つけてくれたんだ」

「助けてくれた？」副首席は嘲るように、皮肉と共に繰り返した。「よくもそこまで無邪気に信じられるな！　彼はきみを追い出したかったんだぞ！　〈敵は個々に撃破すべし〉、兵法の初歩じゃないか。前にも言っただろう、〈団結すれば立ち、分裂すれば倒る〉と。きみがいなくなったら、残されたわれわれはどうなる？　きみの後任に、あの男が自分の手駒を任命したら？」

「それは」ルパートはそっけなく言った。「ぼくの知ったことじゃないね」

フィリップ・セットフォードはずけずけと言った。「ルパートが出ていくなら、われわれもみんな出ていくべきじゃないかね。アーサーの言う通り、ルパートを失うことは、勢力のバランスが完全に変わるということだ。これはもうとかげのように尻尾を切って、さっさと出ていくほうがいいんじゃないかね。彼はルパートを助けてくれたんだからな。われわれも同じように助けてくれるさ。わたしたちを追い出したいだけなんだろう？　言う通りにすれば、少なくとも今のこのひどい状態から抜け出すことはできるんだ」

ブリジズフレンチ聖堂参事は、白蟻に侵された大聖堂を救うために焼き落とせ、という提案を聞いたかのように食ってかかった。「馬鹿なことを言うな！　出ていくことなんてできるか！」

教区宣教師の青白い顔が、感情の昂ぶりでまだらに赤く染まった。「できるとも、そして、そうするべきだ。私も司祭の申し出をよく検討するつもりでいる、きみも同じようにするべきだと思うね、アーサー」

大粒の涙が、副首席の口の両脇にきざみこまれた皺をつたい落ちた。自制心を失いかけ、彼はわなわなと震える声で言った。「みんな、好きにしたまえ。それが望みなら悪魔に魂を売るがいい！　私は絶対にこの大聖堂を見捨てはしないぞ。この私の」彼は断言した。「命あるかぎり！」

26

彼らは心をひとつにして悪だくみをし、
あなたに逆らって、契約を結んでいます。

詩篇第八十三篇五

十一月十五日は聖マロウの祝日にあたる。マルベリー大聖堂では、それを守護聖人祭として、十五日にもっとも近い週末に祝う習慣だった。

デイヴィッドとルーシーがマルベリーに向かう長いドライブに出発したのは、翌週金曜日の午後遅くだった。諸々の理由から、デイヴィッドはあまり気が進まなかった。仕事を早く切り上げなければならないことや、キングズリー聖堂参事宅における寝室条件などだが、いちばんの理由は、マルベリーという場所から感じるどろどろした雰囲気だった。しかし、ルーシーはジュディス・グリーンウッドにひどく会いたがっていた。ジュディスから歓喜に満ちた手紙を受け取り、一、二度電話をしたルーシーは、じかに会って本当に状況が好転していることを確かめる機会を切望していた。

どちらかというと、デイヴィッドはルパートの辞職そのものより、そこから派生する勢力分裂の方に興味があった。ふたりとも、そのことはジュディスからだけでなく、ジェレミーや、ルーシーの父親からも聞かされていた。「ルパートの辞職で聖堂参事会の力関係が崩れるな」マルベリーに近づくと、デイヴィッドは参事会の面子を振り返ってみた。「彼らが現在、一致団結して反抗しているとすればね。ここで、もしも首席司祭が残りのメンバーをひとり味方につけるか、もうひとりを追い出すかすれば……きみのお父さんはどう言っている？」

「アーサー・ブリジズフレンチは全然喜んでないって」

「だろうね」

「でも、デイヴィッド――大事なのはジュディスのことだわ。ロンドンに来れば、ずっと幸せになれるのよ。ルパートだって、この大チャンスにとても乗り気なんだし……」彼女は首を振った。「アーサー・ブリジズフレンチもほかの人も、そのうち立ち直るわよ」無邪気なほど確信に満ちた予言をした。「二ヵ月もたてば、きっと大騒ぎの理由も覚えてないわ」

しかしデイヴィッドには、それほどことが単純にすむと言える自信がなかった。

その晩は、アイヴァ・ジョーンズの通夜で取り止めになった主教館の晩餐会が催されることになっていた。当初の計画とは違い、今回、ウィロビー家の夕食に招待されたのはルーシーとデイヴィッドとキングズリー聖堂参事だけだったが、この内輪の晩餐会に先立ち、境内じゅうの人間を招いた盛大なドリンク・パーティーが開かれた。

この集まりは台所ではなく、居間で行なわれた。そこは大きいというより巨大な部屋で、堅苦しいことの嫌いなウィロビー夫妻はめったにそこを使わなかった。彼らはどちらかというと、こぢんまりとした家庭的なもてなしを好んだ。

主賓一家は約束の時間より早めに到着した。デイヴィッドはすぐに、飲み物やつまみを補充する手伝いをパットに申し出た。「まあ、嬉しいこと！」彼女は言った。「こういうことになると、ジョージはてんでだめなのよ。すぐお客さまと話に夢中になって、お酒をついで回る役目を忘れてしまうんだから。理想的なホストとは言えないの」

「なんだって？　なにも聞こえないねえ」主教はぶつぶつ言いながら、ジョン・キングズリーを伴い、大聖堂の仕事についてじっくり話し合うために書斎に行った。

デイヴィッドとルーシーはパットに続いて台所に行き、最後の仕上げを手伝うと、ほかの招待客たちが来るまでの間、お喋りをした。「うちの守護聖人祭のやり方はちょっと変わってるんだけど、たぶんご存じないわね」パットは言った。「あなたは来たことがあったかしら、ルーシー？」

「もうずっと昔に家のみんなと一緒に来たのを覚えてるけど。まだ、お母さんが生きてたころよ」

デイヴィッドは不思議そうな顔をした。「ほかの大聖堂でやる守護聖人祭とどう違うんです？」

パットは笑った。「ロンドンのお上品な教会でやるような、格調高く香の煙をふりまいて、礼服やら祭服やらを着こんだ行列を期待したら、きっとがっかりしますよ。この田舎では祝祭もずっと素朴で庶民的ですからね」

「じらさないで教えてくださいよ、パット」デイヴィッドは、トレイを埋めつくすグラスひとつひとつに、最後の磨きをかけながら言った。

「守護聖人祭という呼称は、ここのお祭りに関しては誤称じゃないかと思うのよ」パットは説明した。「たまたま聖マロウの祝日近くにやるというだけでね。どちらかというと、教区の村祭りとでも言った方がふさわしいものよ、バーバラ・ピムの小説のような。洗練されてるわけでもなく、盛大でもなく――まるっきり。主役は教区じゅうの鳴鐘者と〈母の会〉と牧師――どんなはずれの小教区からも招かれて、ここでわいわい騒ぐのよ」

デイヴィッドは苦笑した。「首席司祭の好みとは合わないような気がしますね」

「あら、そうでしょうよ」パットはまた笑った。「でも、これは首席司祭が来るよりずっと前から計画が立てられていましたからね――今さら変えることはできないのよ。いくら彼でもね。ジョージとわたしがマルベリーに来るずっと前からの習慣だし。ジョージは、ひとりひとりが教区民であると実感して、自分の存在が教区にとって大切なものだと認識することが大事だと考えてるのよ」

「お祭りでは、具体的に何をやるの?」ルーシーは訊ねた。「ぼんやりとしか覚えてない――覚えてるのは、アンドルーが――わたしのいちばん上の兄よ――」と、デイヴィッドのためにつけ加えてから、「鳴鐘者だったからとても来たがってたことだけ」

「ええ、教区の鳴鐘者にとっては晴舞台だものね」パットが頷いた。「一日のほとんどが鳴鐘の大コンテストよ。ビールがたくさんふるまわれて――ワトキンズがいつも、プラウマンズ・ビターを一樽、提供してくれるのよ。もちろんこの主教館も一日じゅう開放して、小教区から来てくれる牧師とその家族をおもてなしするの。午後からは、これも長い伝統で、少なくとも小教区委員会とそれぞれの聖堂参事会員と――できれば〈母の会〉も――招待して、お茶会を開くのが恒例なの、司祭館でね」彼女はくすくす笑った。

「司祭館で？」デイヴィッドは痛快だと言わんばかりに眼を見開いた。

「そう、司祭館よ！〈母の会〉の人たちは、集団になると、とんでもなく恐ろしい一団になるわよ。スチュワート・ラティマーが、彼女たちを敵にまわすとしたら、絶対に彼の身代わりにはなりたくないわね！」プリーツスカートに平靴のパーマをあてたおばさんの一軍が、怒濤のごとく司祭館に突撃する様子を思い描き、パットはにやにやした。が、急に真面目な声になって続けた。「でも、今年はみんな愉しめるだけうんと愉しんだほうがいいわ。もう今年で最後でしょうからね。首席司祭はきっと、こんなお祭りは今年かぎりで終わりにするでしょう」

グリーンウッド夫妻が到着すると、ルーシーはジュディスがとても幸せそうに――そしてとても魅力的になっているのを見て、心から喜んだ。ジュディスは、ロンドンでルーシーの選んだドレスを着て、化粧よりもずっと美しい自然な赤みに頬を輝かせていた。彼女は嬉しげにルーシーに挨拶し、ゆっくりとお喋りしに一緒に部屋の片隅に行った。

「まだルパートとわたしの間は完全というわけじゃないけど」ジュディスは打ち明けた。「でもこの二週間くらいで、今までにないほどたくさんのことを話し合ったわ。彼は、わたしがマルベリーをどう思っているか、今までになかったの」

「あなたが今まで話さなかったからよ」ルーシーが落ち着いて指摘した。

「ええ。彼を責めてるわけじゃないわ」ジュディスはすぐに答えた。「わたしの心を読んでくれることを期待しちゃいけなかったのね。でも、わたし……もし、ふたりが結婚して、愛し合っているのなら、言葉なんてなくても、考えてることはお互いにわかりあえるんだって思ってたのよ」

ルーシーは苦笑まじりに言った。「残念だけど、そうはいかないのよ。どれだけ深く愛し合っていても関係ないの」

ジュディスははにかんだように微笑した。「ああ、ルーシー。ロンドンはルパートとわたしの新しいスタートになるのね。待ち遠しいわ」

「ルパートはどう思っているの？」

「楽しみにしてる。今度の教会は理想的な環境らしくて――すばらしい音楽の伝統があるんですって。そりゃ、マルベリーを出ていくことをちょっとは残念がってるわ。自分が出ていった後にここがどうなるか、心配してるの」

ルーシーはデイヴィッドの不安を思い出し、わずかに眉を寄せて訊いた。「それは聖堂参事会の力関係のこと？」

ジュディスの答えは訝しげだった。「いいえ、そんなことは一言も。ただ、新しい音楽監督とオルガン奏者が任命されるまでの間、大聖堂の音楽を指導する人が誰もいなくなることを心配してるだけよ」

その聖堂参事会における力関係も、主教がジョン・キングズリーと話し合いたいことだった。

「ルパートの辞任がすべてを変えてしまった」ジョージ・ウィロビーはきっぱりと断言した。「きみも気がついているだろう、ジョン、もし参事があとひとりでも辞任すれば、首席司祭は好き放題にできると?」

「私は辞任するつもりはないよ」キングズリー聖堂参事は微笑と共に保証した。

主教は腹の底から笑い声を響かせた。「ああ、きみのことを言ったんじゃないよ！　だけどアーサーはどうだ？　辞任すると思うかい？」

ジョン・キングズリーは答える前にしばらく、じっくりと考えた。「そうするかもしれないね」ついに彼は言った。「ルパートの戦線離脱で、これ以上の抵抗がどれだけ虚しくなるか気がついたと思う。フィリップも出ていくようなことをほのめかしているしね」

主教の豊かな白い眉が上がった。「おや、そうなのか？」

「実行するかどうかはわからないよ」主教の友人は急いで安心させるように言った。「だけど、次々にそんなことを言われると、アーサーは見捨てられたような気がするんじゃないか」

「そのことで、アーサーと話をしたのか？」

「ああ、実を言うと、昨日したばかりなんだ」

「それで彼はなんと?」

「本当のところを知りたいかい? たぶん、彼はほとんど辞任する気持ちになりかけていると思う。たいして説得する必要もないだろう。アーサーは救いがたいほど不幸に見えたよ」

主教は髭をしごいて考えこんだ。「きみはどう思う? 彼を辞任させるべきだと思うか?」

ジョン・キングズリーは答える前に、また考えこんだ。「非常に複雑な気分だね」彼はため息をついた。「首席司祭がなんでも自分の思い通りにできるようになるのが、いいことだとは思えないのでね。特に〈カテドラル・センター〉の件では。施設そのものは、きっといいものなんだろうが、代価が大きすぎる」

「大きすぎる? しかし、資金を集めるのは彼の問題で、きみたちは関係ないだろう?」

「金銭的な問題じゃないよ。人間と感情の問題だよ。かわいそうなドロシー・アンワースのことを考えてごらん。ヴィクターとバートも。そしてもちろんアーサーも」また、深々とため息をついた。「だから結局、辞任することがアーサーのためにはいちばんいいと思うんだ。心の平安のためにも。今、辞職すれば、彼の沽券にかかわることもない。感情的に立ち直る機会もいつかはあるだろう。彼の辞職が首席司祭にとって好都合だとしても……それはしかたがない。なりゆきを受け入れるしかないさ。なんといっても、今、いちばん考えなければならないのはアーサーのことだ。だから私はその方向で説得を続けるつもりだよ。彼のためだけを考えて」

アーサー・ブリジズフレンチのことは客間でも話題になっていた。「今夜は気分が悪くて来られないと言ってました」トッド・ランドールがオリヴィア・アシュレイとルパート・グリーンウッドに伝えていた。「それでイヴリンが彼の面倒をみるって——ちゃんと食事をしたりするように。イヴリンに、にこにこと送り出されましたよ——お邪魔虫は夕方いっぱい消えてろってことでしょ、要するに」

オリヴィアは笑って、フライドポテトのボウルを差し出した。「トッドったら。ほら、召し上がれ」

彼は小さなボウルを悲しげに見つめた。「そんな小さいボウルじゃ、一人分もないよ。でも、それで全員分なんでしょ？　マルベリーにはマクドナルドもないし——ぼくは飢え死にする！」

ルパートは客間を見回し、部屋の角で妻がルーシーと陽気に喋っているのをしばらく見守った。「首席司祭の姿が見えないようだけど」彼は言った。「来ないのかな？　それとも招待されてないのかな？」

「あら、招待されていますよ、ちゃんと！」オリヴィアが保証した。「でも彼にはもっと重要な用事があるんじゃないかしら。耳にはさんだところでは、今夜、セットフォード参事夫妻を夕食に招くらしいわ」

「ははあ」ルパートは関心のないような顔を保った。

「夕食って言葉は言わないでよ」トッドは大げさにからっぽの腹をたたいて唸った。

ジェレミーもまた、ルーシーとジュディスが語り合っている部屋の角にちらちら眼を走らせて、割りこむ隙をうかがっていた。デイヴィッドはパットの手伝いで手いっぱいだな、と彼はにやりとした。少し前に、デイヴィッドは彼のグラスに酒を注いでいったが、反感を隠しきれないうろんな眼で、ジェレミーの視線の先を追っていた。

その時、あたかも偶然のようにロウィナが傍らに現れて、親しげにグラスを差し上げた。彼女もまたジェレミーの関心がどこに向けられているか気づいていたが、ミス・キングズリーの魅力に関する辛口なコメントは控えた。「明日は大事な日でしょう」彼女はさらりと言った。

ジェレミーは意味がわからずに怪訝な顔をした。「どうして？」

「明日は首席司祭が彼の壮大な計画を全世界に――少なくともマルベリー教区に――明らかにする日じゃなくって？」

「ああ、そのことか」彼女がどこまで知っているのかわからず、ジェレミーは慎重な答え方をした。

「壮大なカテドラル・センターですものね」ロウィナは大げさに言った。「大聖堂の世界に名を残そうという司祭の野望。そして、あなたも同じ穴のむじなね」明敏に言い添えた。「この件では、あなたもわたしも似たような立場だわ」彼女は続けた。「首席司祭の計画に自分の利益が関係している。計画の成功が、自分の利益につながるんですものね」

ジェレミーの頭はすばやく回転した。「ということは、きみも望むものを手に入れたということか？」

ロウィナの微笑はつとめて穏やかだったが、勝利に――もしかすると、それ以外の何かにも――ほんのり色づいていた。「前にも言ったでしょう――わたしは自分の欲しいものは必ず手に入れるのよ。あなたのほうは?」

建築家は曖昧に頷きながら、ロウィナがどの程度、首席司祭から話を明かされているのか、推しはかろうとした。「たぶんお互い、情報を交換した方がいいだろうな。共通の利益と――自衛のために」

ロウィナは訝しげな眼を向けた。「自衛? どういう意味?」

「なに、悪いことはないだろう……用心しても」

手の中のグラスを見つめながら、ロウィナは自分の賃貸契約に関する、首席司祭のさりげない脅迫を思い出していた。「あなたは司祭が約束を守る男だと思う?」彼女は静かに訊ねた。「信用できると思う?」

ジェレミーは答える前にワインをひとくち飲んだ。「そう思いたいね。だけどひとつ忠告しておくよ――ぼくがきみなら、きみ自身の名前で家の賃貸契約を結ぶね、〈友の会〉代表としてではなく。安全のために」

「わかったわ」彼女は考えこむ様子で答えた。

「それと、ブリジズフレンチ参事の問題もある」ジェレミーがつけ加えた。

ロウィナは頷いた。「いつか家に来てちょうだい、話し合いましょう」冷静な口調のまま、伏し目がちに言った。「知恵を出しあえば、アーサーをどうにかする方法が見つかってよ。彼はひとりで意固地になって、計画の邪魔をしてるらしいわね」

「きみの女の魅力は首席司祭を魅了できたかもしれないが、副首席には通じなさそうだからね」ジェレミーは片眉をあげ、皮肉な笑みを浮かべた。「まったくの話、副首席を味方につけるために、何を賄賂にやればいいのか、わかりゃしないよ。骨董書かい？」

「クレーム・ド・マント・ターキッシュ・ディライトよ」ロウィナは間髪入れずに答えた。「これなら絶対だわ」彼女は微笑した。「そう、ひょっとして、悪い考えじゃないかもしれないわね。どう転んでも損にはならないわ。明日、わたしも一箱買うから、あなたもそうなさいな！」

ジェレミーは笑った。「よし、それで副首席の方はひとまず片付いた！　あとは首席司祭をいつまでも味方につけておければ……」

27

そこに、多くの部族、主の部族が、上って来る。
イスラエルのあかしとして、
主の御名《みな》に感謝するために。

詩篇第百二十二篇四

土曜日の朝。司祭館では、午後のもてなしの準備がすべて整っていた。客間にはカップとソーサーとプレートがずらりと並び、ケーキとスコーンもすべて焼き上がり、そして今、アン・ラティマーが夫に向かって、激励の演説を行なうところだった。

食堂の朝食の席で、彼女はきびきびと言い始めた。「わかってるわよ」コーンフレークのミルクを渡してやりながら、「こんなことは時間の無駄だと思ってるんでしょう」

「時間と金の無駄だ」侮蔑の色を隠そうともせず、司祭は断言した。

「かもしれないわ。でもね、スチュワート、これはやらなければならないことで、しかも、うまくやらなければならないの。それが現実よ」

「しかし、〈母の会〉の鬼ばばあたちとは……」だだをこねるように言い始めた。

夫人はきっとくちびるを結んだ。「午後の間、ちょっと愛想よくするくらい、どうってことないでしょう。それに、わたしはお茶会のことだけを言ってるんじゃないわよ、スチュワート。一日じゅう、うまくやれって言ってるの。外に出て、境内を回って、握手をして、赤ちゃんを見つけたらキスしなさい。田舎者なんてみんな、そういうのを期待してるんだから。わたしもあなたのそばにいるわ、完璧な首席司祭夫人スマイルでね」彼女は立ち上がった。細身で色が白くエレガントな夫人は、すでに見事な仕立てのウールのスーツと真珠で装っている。「残念だわ」彼女は言い添えた。「うちの子供たちが来られなくて。あの子たちにお給仕させたら、おばあちゃん連中なんてころりと参ったでしょうに」

コーンフレークを食べ終えた首席司祭は、反抗的な子供のように膨れっ面になっていた。しかし、結局言う通りにすることは、彼もわかっていたし、夫人もわかっていた。

大聖堂食堂は早朝から大わらわだった。鳴鐘者にふるまうビールの樽が運びこまれ、〈母の会〉の面々が朝のコーヒーとケーキに集まってくる。朝のもてなしは、司祭館の午後のもてなしに対して、ドロシー・アンワースの手で行なわれた。彼女にはもうひとつ、〈母の会〉教区会長としての任があった。喉の乾いた鳴鐘者たちが食堂の端に詰め寄せ、プラウマンズ・ビターの樽に早すぎる猛攻を始めるころ、さらにお上品な〈母の会〉の一団がお出ましになり、小教区代表の婦人がそれぞれの旗を携えてくる。それらの旗は食堂に残され、祝祭の晩禱に用いられるまで、ドロシーが保管するのである。

首席司祭は着ている黒衣と、傍らで穏やかに微笑む夫人のおかげで、朝の間じゅう非常に目立った。紫衣をまとった主教の巨体も眼を惹いたが、パット・ウィロビーは主教館で小教区から来た牧師たちをもてなすのに忙しく、ここにはいなかった。ヴィクターとバートはカメラを持って、食堂の中を駆けずりまわっていた。ヴィクターが小教区の鳴鐘者の群れを整列させ、両端を黒衣と紫衣のふたりでかためて芸術的な構図を作ると、バートが後世に伝えるべく、順番に記録していった。「はい、チーズ」撮るごとにバートが言い、ヴィクターも満足気に喉を鳴らした。

「ううっ、バート！　鳴鐘者ってねえ、みんな、すてきな筋肉をしてるよ」思わず囁いたヴィクターは、自分の役割を非常に愉しんでいた。この作業には時々——ひょっとすると必要よりも少々頻繁に——鳴鐘者にポーズをつけるために、彼らの一様に筋肉の盛り上がった腕をつかむ必要が生じた。

「重たい鐘の綱を引くからだよ」バートが説明した。「上半身が鍛えられるんだ」

「ぼくも鳴鐘者になろうかなあ。バート、どう思う？」

午前半ばになると、撮影はひとまず休止になり、鳴鐘者たちはビールに、〈母の会〉の一団はコーヒーとケーキに、それぞれ殺到した。バートとヴィクターも、うまくジャムタルトだけは避け、ふたつばかりケーキをくすねた。司祭はそっと場をはずし、中世から回廊の上にある部屋——現在の図書室に向かった。そこには〈カテドラル・センター〉の見取り図がよく見えるように——主に小教区の牧師たちに見せつけるために——展示されていた。「ちょっと顔を出してくるよ」首席司祭は夫人に説明して食堂を出てきた。「牧師連中にこの計画を売りこまなければならない――資金調達に彼らの助けがいるかもしれないからね」アン・ラティマーはお茶会の準備の総点検をしに司祭館に引きあげ、ウィロビー神学博士は牧師たちと親しく交わるために主教館に戻った。

突然、飲食の賑やかな物音を貫いて、食堂内に耳障りな声が響いた。食堂にいた全員が、すぐに気づいたというのは誇張かもしれない。そのころには、鳴鐘者のほとんどは、自分たちがどこにいるのかさえおぼつかなくなっていたのだから。けれどもヴィクターとバートは、くすねた食べ物に熱中していなかったので、すぐさま、闖入《ちんにゅう》してきた女の方に寄っていった。女は、怪しげな足取りでビールをめざして歩いていく。「あれが鳴鐘者たちかい?」呂律の回らないヴァル・ドルーイットの台詞は、彼女が朝からビールのほかにも飲んでいたことを示していた。「うちの亭主もいるのかい、うちのろくでなしは? あいつも鳴鐘者だからね。少なくとも、あたしにはそう言ってるよ。最近は、あのすかした売女とやるのに忙しくて、鐘を鳴らしてる暇なんかないみたいだけどさ」

その声はドロシー・アンワースにさえ聞こえるほど大きかった。振り返った彼女の全身は、憤りでぶるぶると震えていた。彼女の知るかぎり、そのような言葉は、この神聖な大聖堂境内で聞かれたことなど一度もない。「あの女を追い出しなさい」金切り声でヴィクターとバートに命じた。

けれども、ふたりが捕まえる前に、ドルーイット夫人はもっとも近い鳴鐘者のテーブルに移っていた。「ちょっと、うちの人はいる?」

大聖堂鳴鐘者リーダーとして自らホスト役を買ってでたバリー・クラブツリーが礼儀正しく立ち上がった。「ここにはいませんよ、奥さん。たぶん、鐘楼にいるんでしょう。ビールはいかがですか?」

彼女は憎々しげに顔をしかめて煙草を探りだした。「はっ、なにさ、ビールなんか! ここにはまともな飲み物はないの? ジンは?」

ヴィクターとバートがぴたりと彼女の両端についた。「一緒に行きましょう、ドルーイットさん」バートがうながした。男の声を耳にして、反射的に媚笑を浮かべて振り向いた彼女だが、すぐに、自分の魅力が浪費されたことに気づいた。

「うちの店にジンがありますから」ヴィクターが説得力のある笑顔でつけ加える。

ころりと気を変えて敵意を捨て、彼女は媚びた表情になった。「いいわよ、行っても。坊やたち、あたしにもっと親切にしてくれたら、ここにいるひとりふたりの秘密を教えてやってもいいわよ!」集まっている人々をぎょろりと見回した。「みんなはあたしが何も知らないと思ってるけどね、あたしの眼は節穴じゃないんだから。ここにいる聖人ぶった奴らの何人かは、みんなが思ってるような人間じゃないんだ。ハントの売女だけじゃなくてね!」

ドロシー・アンワースは髪を逆立てて激昂した。鳴鐘者のテーブルではバリー・クラブツリーが親友ニールと眼を見かわし、やれやれという顔で頷いている。

この日、〈大聖堂友の会〉の貢献は、二ヵ所で行なわれた。〈友の会〉協力者として、マイク・ドルーイット警部は──奥方の驚くべき出現事件を知らずに──主に地方から来た牧師とその一家のために鐘楼見学ツアーを企画し、自らガイドをつとめていた。奥内陣ではロウィナが、大聖堂の宝物を並べた小さな展示会を開いていた。ヴィクトリア時代の大外衣、大聖堂図書室の貴重な書物が数点、そして、もっとも栄えある場所にはエリザベス朝の銀めっきをほどこした実に見事な聖餐鉢が飾られた。この展示会はブリジズフレンチ聖堂参事が主人役をつとめた。彼は大聖堂の宝物を誰にも託すことはできないと主張したのである。

「しかし」と、昼食にサンドウィッチを持ってきたイヴリン・マーズデンに、彼はこぼした。「なぜ、私が気をもまなければならないのかわからないがね。どうせ、もう二、三ヵ月もすれば、全部失われるのだから」彼は重いため息をついた。「書物も銀器も。私の見たところ、大外衣もだろうな」

「そんな、まさか！」

アーサー・ブリジズフレンチは聖餐鉢を愛しげに持ち上げ、眼を細めて豊かな古艶に映る歪んだ顔を見た。「これは──ここがまだ大聖堂ではなく、マルベリー教会だったころに──敬虔な教区民に贈られたものだよ。四百年も昔に」彼はそっと言った。「クロムウェル軍が、鋳溶かすことのできる金銀を根こそぎ掠奪しに来た時、誰かがこれを隠し、いつかまた日の目を見る時が来ると信じて安全に保管してくれたものだ。その昔、トマス修道士が聖マロウの首を隠したように。それを今」ふくれあがる苦々しさに、副首席の声は昂ぶった。「売ろうとしているんだ。あの罰当たりな、野蛮人が！　なのに、今度はこれを隠す人間は誰もいない――あの男を止める人間は誰もいないんだ！」

「でも」イヴリンはショックを受けて言った。「そんなことは止めなければ！」

副首席はただ痛ましげな嘆息と共に首を振るばかりだった。


午後になると、デイヴィッドとルーシーは大聖堂図書室に上がって〈カテドラル・センター〉の見取り図を見ようと思い立った。司祭はそのころには、午後のもてなしのために司祭館に戻っていたので、展示を見に来た客に説明しているのはなんとジェレミーだった。デイヴィッドはぎょっとした。

建築家への挨拶もそこそこに、デイヴィッドはいかにも興味津々といった顔つきで展示を見始めた。しかし、ルーシーはジェレミーのそばに行ってしまい、あっという間にお喋りに夢中になっていた。デイヴィッドは自分でも、ふたりの会話の内容を知りたいのかどうか定かでなく、一生懸命、下絵に集中しようとしたが、無意識に耳をそばだてるのと、意識して黙殺するのを、交互に繰り返していた。怪しげな会話を耳にしたのは、前者の状態の時だった。

「ありがとう」ジェレミーが秘密めかして囁いていた――デイヴィッドは耳を澄まさなければならなかった――「この建築のことを誰にも言わないでくれて。きみに喋ってしまったと首席司祭にばれたらたいへんだったよ」

「そんな気はないもの」ルーシーはにっこりした。「あなたと司祭を仲たがいさせようなんて」

ジェレミーが〈カテドラル・センター〉がなぜ未来への大事な一歩であるかを、巻き毛でふくよかな顔の牧師に説明し始めると、すぐにデイヴィッドは遠くからルーシーに合図して、ふたつの書架にはさまれた場所に引っ張りこんだ。そして真正面から向き合い、静かだが強い調子で詰問した。「建築のことを誰にも言わないでくれてありがとうって、どういう意味だ？」

「デイヴィッド！　盗み聞きしてたの！」

彼は赤面した。「うん、まあ。してたよ。だけど、どういう意味なんだ？　いつ、きみに話したんだ？」

ルーシーは一瞬考え、ついに正直に言う時が来たと判断した。嘘に嘘を重ねるのは、事態を悪くするだけだ。彼の腕にそっと手をかけてやさしく言った。「一ヵ月くらい前。ロンドンでばったり会った時よ、本当に偶然で――ジェレミーはこの建築のことでロンドンに来ていたの。お昼を一緒に食べたわ。黙っていたのは、あなたを苦しめたくなかったからよ。心配性なのを知っているから。話さなかったのは間違いだったわ、でもあの時は本当に、そうするのがいちばんいいと思ったのよ――あなたのために。ううん、ふたりのために」

顔からも声からも、デイヴィッドが傷ついたことは明らかだった。「きみは、ロンドンでジェレミーと食事をして、それなのに、ぼくに黙っていたのか？」デイヴィッドはくるりと背を向け、回廊に下りる急な石段に向かって、よろめくように歩きだした。ルーシーは、今はそっとしておいた方がいいかもしれないと、あえて後を追わなかった。

自分がどこに向かっているかもわからぬままに回廊を出たデイヴィッドは、主教館を過ぎ、大聖堂の西面に出た。そこに長い間、たたずんで、広々とした緑の空き地を見つめながら、ぼんやりとしていた。首席司祭が我を通せばここもすぐに、巨大な、おそらくとてつもなく見苦しい建物におおわれてしまうだろう。手厳しい考えだと、頭の奥では彼もわかっていた。あれこれ理由があるにしろ――彼の個人的な感情や、ジェレミーのプロとしての誠実さに対する疑念といった理由だが――ジェレミー・バートレットは大昔の建造物のよき理解者であり、すぐれた建築家であり、少なくとも、調和するデザインになることはあてにできるはずだ。それでも、この広々とした空き地は大聖堂にさらなる魅力を添えているものであり、それが失われるのはまったく残念なことだった。デイヴィッドは〈カテドラル・センター〉に意識を集中し、ルーシーとジェレミーの問題に思考が引き寄せられることに抵抗していた。考えるだけでも今は辛い。ルーシーが嘘をついていたなんて。まさか、まだ、なにか隠しているのか?

「きれいでしょう?」傍らで声がした。いつのまにかパットが横にいて、一緒に広場を見ていた。「夏には子供たちがそこで遊ぶのよ」デイヴィッドにはその光景を思い描くことができた。明るい色の服を着た幼児たちが、暖かな草地に集まってはしゃぐ長く明るい夏の夕べ。今は威張りくさって歩く二、三羽の大ガラスの縄張りになっているけれども。「この広場の歴史をご存じかしら」気やすい口振りで彼女は続けた。「多くの修道院教会のように、この市が敷地の一部を所有していたの。宗教改革で修道院が閉鎖されると、市の人々は自分たちの所有分を――西端のこの部分を――壊して、建築材料の石や鉛を再利用しようとしたのよ。でも人々はすぐに、自分たちが早まったことに気づいたのね。だって、教会がなくなってしまったわけでしょう。それで、市は国から残りを買いとって、自分たちの教区教会にしたの。それが十九世紀に大聖堂に昇格されたのよ」

「おもしろいですね」

パットは振り向き、彼の鬱々とした顔をじっと見つめた。「あなたがひとりでいるのは珍しいことね。ルーシーはどこ？」

「図書室です。ジェレミーと話してます」

洞察力に長けた彼女は、そのぶっきらぼうな言葉の行間を十分に読み取った。ここ数ヵ月、ジェレミーがルーシーに興味を抱いているという事実は、彼女の眼を逃れていなかった。「どうかしたの？」

心からの気遣いに触れて、あやうく感情の堰《せき》が切れかけたが、デイヴィッドはなんとか理性を保った——少なくとも、はじめのうちは。「別に。いえ、まあ少しは」惨めな顔で認めた。

「ジェレミーが……彼はルーシーに気があるんだ。ぼくにはわかるんです」さらに、ジェレミーの誠実さに関する疑惑を打ち明けて相談したい誘惑にかられたが、そのようなことを今、主教夫人に相談するのは、不適当でもあり、早計でもあると考えて、踏み止まった。

「でもルーシーはあなたを愛しているのよ、ジェレミーではなく」パットが断言した。

「ええ、わかっています。少なくとも、わかっているつもりです。ぼくは彼女を心から愛している。でも、マルベリーではなかなか……。ふたりきりになれる時間が全然——ほとんど、触れ合う時間が、なくて」彼は眼を合わせられずに、広場の方を見た。

「ああ」しっかりと言外の意味を読み取り、パットはその問題について考察した。「それではね」彼女は解決策を言った。「ふたりきりの時間をすぐに持たなければだめ。ぐずぐずしないで、今すぐ図書室に戻ってあの子を連れ出しなさい。境内を出て、町のこぎれいな喫茶店にでも行って」さらに熟考し、きびきびと続けた。「いいえ、それよりあの子のお父さんの家にお茶を飲みに戻って、しばらく一緒に……お話ししなさいな」

「でも、彼女のお父さんが……」

「ジョンならわたしの家で、昔のお友達とお喋りをしているわ。わたしが晩禱までなんとか引き止めてますからね、いざとなれば力ずくで！　だから、大丈夫。誰もいない家で晩禱まで、二時間近くふたりきりで過ごせるわ。さ、行きなさい！」

にわかに生き返ったように、デイヴィッドは顔をあげた。「ええ、そうします。ありがとう、パット」

「どういたしまして」パットがいたずらっぽい笑顔でウィンクをすると、デイヴィッドは回れ右して、決意に満ちた足取りで回廊の方に戻っていった。

やがて司祭館のお茶会がお開きになり、〈母の会〉の面々はそれぞれの小教区旗を高々とかかげて、ぞろぞろと晩禱に向かい、〈クワイア〉を満たし、身廊にまで溢れ出た。デイヴィッドとルーシーはぎりぎりの時間にすべりこんだので、ほとんど儀式が見えない身廊に坐ることを覚悟したが、パットがちゃんと気をきかしてふたりの席を隣にとっていた。反対隣にはトッドがいて陽気な笑顔で迎えてくれた。「大聖堂がすごく立派に見えない？」祭壇にかけられた金糸《きんし》織《おり》の祝祭の掛け布を指して小声で言う。

デイヴィッドは頷いた。「足場をはずすのも、守護聖人祭に間に合ったね」

「窓の修理もすごく立派な仕上がりだよ。前とまったく同じに見える」

聖堂番が入場してきた。おごそかに権標（行列などの際、高位聖職者の前に捧持し、職権を表象する）を前に捧げている。一同が起立して見守る中、すべての聖職者と聖歌隊がそれぞれの位置に向かって行進していく。

「主イエスのみいつと、みめぐみとを、ことばのかぎりに、たたえまほし」ルパート・グリーンウッドの澄んだ声。礼拝が始まった。

美しい礼拝だった。聖歌隊はルパートの監督のもとで、これまでになく上手に唄い、外の宵闇が、蠟燭の灯る〈クワイア〉に、魔法をおぼろにかけている。クライマックスは、ジョン・キングズリーが吟ずるシメオンの言葉だった。ロ短調ノーブルは賛美歌としては、そう華々しい派手な節づけではなかったが、聖堂参事はその古風な素朴さにたいそう趣をこめた。「主よ、今こそみことばのままに、しもべを安らかに、行《ゆ》かしめたもうなれ」高音の吟唱。ジョン・キングズリーは、隣の椅子に頭を垂れて坐るアーサー・ブリジズフレンチを見やり、次に主教座を見上げて、ジョージ・ウィロビーと眼を見かわした。彼は自分たちが同じことを考えているのを知っていた。主よ。今こそ、アーサーを安らかに、行かしめたもうなれ。

28

そしりが私の心を打ち砕き、
私は、ひどく病んでいます。
私は同情者を待ち望みましたが、ひとりもいません。
慰める者を待ち望みましたが、
見つけることはできませんでした。

詩篇第六十九篇二十

翌日、月曜の朝。聖餐式の後で、ジョン・キングズリーは首席司祭と手短に話をしようとして、この日のミサをとりおこなった司祭のあとを、誰にも聞かれる心配のない聖具室までついていった。

「アーサー・ブリジズフレンチのことですが」聖堂参事は言った。「昨夜、晩禱の後で彼とずいぶん話をしました」

「それで?」首席司祭は気みじかに聞こえないようにつとめたが、頭の中は早く家に帰って朝食を食べることでいっぱいだった。

「どうやらここを去ると決めたようです」

首席司祭は笑顔で振り返った。「ああ」

「心を決めたようですが」キングズリー聖堂参事は強調するために繰り返した。「無理強いしてはいけません。私からも、あなたからも。この先は、慎重に話をすすめなければなりません」

首席司祭の顔に縦皺が現れた。「では、どうしろと言うのだね?」

ジョン・キングズリーはここが肝腎と、念入りに言葉を選んだ。「私の考えでは、あなたが直々に話すことが必要です。彼と同じくらい、この大聖堂の将来を考えて——ここが生き抜くために必要だと思うことをやっているだけだと話すのです。あまり改まった状況で話すより——たとえば、食事にでも招いて世間話でもすれば、自然とその話題が出てくるでしょうから、その方が計算ずくとも恣意的ともとられますまい。でも、あまり時をおかないほうがいい——いつ気が変わるかわかりませんから」

「しかし、アンは今週、ロンドンに行ってしまっている。私ひとりでは、きちんともてなすことができない」

「その方がかえっていいと思いますよ」聖堂参事は励ました。「ちょっとした食事——パンとチーズくらいで。もしアーサーを本当に喜ばせて、あなたのまごころを伝えたいとお思いなら、クレーム・ド・マント・ターキッシュ・ディライトをご用意なさい」

司祭は唖然とした。「クレーム・ド・マント・ターキッシュ・ディライト?」

微笑みながら、聖堂参事は説明した。「アーサーの大好物ですよ——箱単位で食べます。目がないんです」

「し、しかし、そんなものをどこで手に入れられるのかね?」

「ギフトショップで。ヴィクターとバートが、アーサーのために常備しています」

首席司祭はそれをやるべきことと覚悟し、決然と頷いた。「よくわかった。今夜がいいだろう。すぐに行って、ブリジズフレンチ参事に、今晩、我が家で軽食を共にしてくれるように伝えよう」この時までに身仕度を終えていた首席司祭は、副首席が大聖堂を去る前に捕まえるべく、急いで聖具室を出ていった。

ジョン・キングズリーはしばらく聖具室に残り、十字架を見つめて、無言の静かな祈りを捧げた。そして最後に、半分は神に、半分は彼自身に語りかけた。「どうか、私が正しいことをしたのでありますように」

アーサー・ブリジズフレンチはミサの間じゅう、ほとんど不動のままで、自分の席にひざまずいていた。聖餐を受け取りにいくことさえしなかった。彼の心は惑乱していた。なにとぞ、主が御しるしをくださるように、この行き詰まった状況から抜け出す道を示してくださるように、一心不乱に祈った。膝の痛みも忘れて祈り続けるうち、いつしか礼拝は終わっていた。

「アーサー?」首席司祭が眼の前に立って、静かに語りかけている。祈りを邪魔されたブリジズフレンチは驚愕した。彼に名前で呼ばれるのは初めてのことだ。これが待ち望んだ、主の御しるしなのか？

「はい、首席司祭？」

「今晩、私の家で軽い夕食を共にしてくれるかどうか、お訊きしたかったのだが。アンが留守にしているので、たいしたものは出せないが――ふたりだけで、簡単な食事を」

一瞬、年かさの男は状況が理解できず、何度もくちびるをなめ、眼をぱちくりさせて、首席司祭を見上げた。アーサーが何も言わないので、彼は急いで先を続けた。それはまるで、自分自身も納得させたいかのようだった。「われわれも、そろそろうちとけていいころだと思うのだよ。互いのことを知って、理解しようとつとめるべきだと」

ブリジズフレンチ聖堂参事は踵に体重を移した途端、膝の痛みに気づいた。小さく呻きながら、長身を伸ばして立ち上がり、首席司祭を見下ろした。「ええ、そうですね」彼は同意した。

「そうですね」

「八時ごろで、どうだろう？」副首席の顔を見るためには、のけぞらなければならなかった。これはひどく不利に思えた。

「必ず、うかがいます」

今日こそ、とスチュワート・ラティマーは決意した。これまで延ばし延ばしにしてきたが、今日こそ、計画が実を結ぶためにはなさねばならぬ、必要悪のすべてを実行しよう。まず、朝いちばんにイヴリン・マーズデンに家賃引き上げの件を伝え、次に、ドロシー・アンワースと、ヴィクターとバートに、彼らの契約更新はあいならんと宣告する。彼の中に住む暴君はこれらの邂逅を心待ちにしていた。なぜなら、間違いなく自分が優位に立てるからである。

イヴリン・マーズデンには、家賃を上げることを伝える手紙を用意していたが、じかに手渡すことにした。そうすれば、住みかを失うことに気づいた瞬間の彼女の顔をおがむことができる。

扉を開けたミス・マーズデンは、驚きの色を巧みに隠した。首席司祭が、ひとりにしろ夫婦揃ってにしろ、境内の住人を訪問したなどという話は聞いたことがない。「コーヒーはいかがですか?」彼女はすすめた。「ちょうどいれたところなんですの」

「ええ、ありがたいですな」司祭は両手をこすりあわせて同意した。

彼女は二階の居間に案内した。そこは視界をさえぎるものがなく、大聖堂や、境内や、特に司祭館の入口が、よく見渡せた。窓際に彼女の椅子がある。明らかに彼女は、境内を常々見ていられる特等席で一日の大半をそこに坐って、首席司祭の行動をいちいち観察しているに違いなかった。そのことが、これから彼女に対してやろうとしている仕打ちを正当化してくれた――穿鑿好きなオールドミスめが。

コーヒーを小さなフィルター付きのポットから――ミス・マーズデンは断じてインスタントなど使わないのだ――首席司祭のために注ぐと、彼女は椅子に坐って、この訪問の理由が説明されるのを待った。コーヒーはすばらしく美味で、一緒にすすめられたビスケットも実においしく、彼もそのことは認めないわけにいかなかった。決意を鈍らせるわけにはいかないが、ここでちょっとした世間話をするのが順当というものだろう。

会話の種を探して室内を見回していた首席司祭は、彼女の椅子のそばにある編み物を入れた袋に眼をとめた。「何を編んでいるのですか?」

「ああ、これですか」持ち上げて、彼女ははにかんだように笑った。「チョッキなんです、アーサーの。日常法衣の下に着るのに。あの人はもう若くありませんでしょう、昔より寒さがきついだろうと思って。もうすぐ冬ですから……」

首席司祭はアーサー・ブリジズフレンチのことは、話題にしたくなかった。「編み物がお好きなのですね?」

「ええ、そうなんです。編んでいると、心が落ち着くものですから——ずっと昔から編んでいるので、もう見なくても編めるんですよ」それを証明するかのように、黒い毛糸を取り上げると、すぐに細いかねの編み針が、リズミカルに軽やかな音をたて始めたが、その間、彼女の視線は首席司祭の顔から動かなかった。

「すばらしい才能だ」首席司祭は心からの嘆声をあげた。「家内は編み物を覚えようともしないのですよ」

「でも、奥さまが編み物をなさるところは、想像できませんもの」イヴリンは親しげにユーモアをこめて言ったのだが、その言葉はまたもや、この女が彼の家庭を盗み見る習慣があることを思い出させた。彼はポケットに手を入れると、手紙を取り出した。

「ここにあなた宛の手紙があります」何の前置きもなく、ずばりと言った。「この手紙だけでもう説明はいらないと思いますが、質問をなさりたいかもしれないので、こうして直接届けることにしました」

イヴリンは編み物をおろし、手紙を受け取ると、わけがわからぬままに読み始めた。その顔から血の気がひいていくのを彼は見ていた。とうとう、彼女は恐怖に満ちた眼をあげた。「これはどういう意味でしょう?」喉を締めつけられたような、かすれた声で訊いた。

「申し上げた通り、それ以上の説明はいらないと思いますが。その数字が新しい家賃になります、来年からの」

「だって……だって、払えません、こんなに!」

首席司祭はいかにも憂慮に満ちた表情をした。「それは残念です。そうなると、新しい賃借人を探さなければなりませんな」

イヴリンははっと息をのんだ。「そんな、ひどすぎます! わたしはここに三十年以上も住んできましたけど、家賃が上がったことはありませんでした!」

「まさにそれが言いたかったのですよ。あなたの家賃は不当に安い——とんでもなく安すぎる——あなたがここに住み始めてから、ずっとです。この建物は利益をあげなければ——大聖堂は慈善事業ではない、そうしたいのはやまやまですが。ですから、もしあなたが今以上の家賃を払えないのであれば……」

「今でさえ収入ぎりぎりで、やっと暮らしているんです!」

彼は同情するように首を振った。「では、選択の余地はないようですね。現実とはつらいものですが、マーズデンさん、われわれは皆、それぞれの収入の範囲で暮らさなければならないのですよ。これほど長い年月、境内で暮らせたことを幸運とお考えになるべきですな」

我が身に起ころうとしている、ことの重大さを、なんとかのみこもうとする彼女の声は震えていた。「でも、わたしには行く場所なんてどこにも……」

「あなたにはひどいショックだったと思いますが」ぞっとするほど落ち着き払った口調で言った。「契約の更新まで、まだ二ヵ月ほど時間があります。気を落ち着けて、冷静に考えることができるようになればきっと解決できると信じていますよ、あなたのちょっとした……問題を」

それから間もなく、イヴリン・マーズデンはブリジズフレンチ聖堂参事の玄関口で、両脚の震えを抑えようと身をこわばらせて立っていた。彼女は大きく息を吸い、呼び鈴を押した。古めかしいチャイムが家のどこかでかすかに鳴ったが、イヴリンの耳にはほとんどはいらなかった。

やがて副首席が、眼をしばたたかせながら、ぼんやりした顔で出てきた。「こんにちは、イヴリン」礼儀正しく微笑を浮かべると、期待するような眼で彼女の両手を見た。彼女はしばしばこんな風に訪れては、そのたびにちょっとした友情のしるしとして、ケーキや、ママレードや、手編みの靴下などを持ってきてくれるのだ。が、彼はそんな時でさえ、イヴリンを家の中に招き入れたことはなく、贈り物は玄関口で受け取っていた。

だから、イヴリンがてぶらで彼の肩越しに薄暗い玄関ホールを覗きこんでいることに、副首席は驚いた。「お邪魔してもいいかしら、アーサー？　大事なお話があるの」彼女の声はずいぶん抑制されていたが、完全とはいえなかった。

「ああ、もちろん。どうぞ」彼女が通れるように、副首席は一歩脇にどいた。

この家にはもうずっとはいってなかったんだわ、とイヴリンは気づいた——たぶん彼のお母さんのお葬式以来だから、もう一年近くになる。偉大なブリジズフレンチ老夫人が君臨していた時代には、かのレディとその息子のお茶の時間に、時折招かれたものだった。しかし、今、アーサーをもてなすのは、もてなすことができるのは、イヴリンだけだった。最後に訪れた時からの、この家の変わり様は惨憺たるものだった。ブリジズフレンチ老夫人の塵ひとつないほど厳格な家政は、彼女と共にお空の星になり、今や部屋は埃だらけで、うらびれた感さえあった。ホールのテーブルの上に、指で名前を書けるほど埃が積もっていると知ったら、ガートルード・ブリジズフレンチは、どんなにショックを受けるだろう。

副首席はホールで突っ立って、どの部屋に案内しようか迷っていたが、結局、書斎に連れていくと、机をはさんで坐り、椅子をすすめた。が、イヴリンは立ったまま、哀願するかのように、無意識に胸の前で両手をきつく組んでいた。

「首席司祭が今朝、わたしに会いにきたの」イヴリンはつとめて声を抑えて言った。

「ええ？」彼はようやく悟りかけた。

「来年からわたしの家賃がとんでもない額にはねあがることを伝える手紙を持ってきたのよ。あなたは知っていたの？」

副首席はうなだれて、ごちゃごちゃに積み上がった書類を整理し始めた。「ああ、知っていた。だけど、私にはどうすることもできないんだ」

「なんとかしてもらえないの、アーサー？」声が震えをおびた。「こんなことは聖堂参事会で票決されるものじゃないの」

ブリジズフレンチ聖堂参事は両手で眼をおおい、情けない声で言った。「やれるだけのことはやったよ。抗議はしたけれども、彼は私の言うことなど何とも思っちゃいない。聖堂参事会で票決はされるとも。しかしルパートがいなくなって、フィリップもわれわれを見捨てるつもりなのでは、首席司祭が勝つに決まっている。彼は有利な状況になるまで、票決を延期するだろう」

「だけど、アーサー！　それじゃ、わたしは境内を出ていかなければならなくなるのよ！　でも、わたしはどこにも行き場所がないの！」

「本当にすまない、イヴリン。なんとかしてあげたいが、どうしていいやら、わからないんだ」

副首席の言葉は平凡で淡々としていたが、その裏に隠された激情は、イヴリンが必要としていたきっかけを与えてくれた。一瞬、彼女は身をかたくして、全身の勇気をかきあつめた。組み合わされた両の拳が白くなった。「ひとつだけ方法があるわ」とても静かな声で言った。「わたしがここに住めばいいのよ」

最初、彼は理解できずにぽかんとした。まるで、彼女がサーカスにはいるとか、オーストラリアに移住するとか言い出したかのように。「なんだって？」

「わたしがここに住めばいいのよ」繰り返して、イヴリンは急にはにかんだ。そして必死に勇気をふりしぼって続けた。「あなたのお母さまが生きてらっしゃる間はだめだって、わかっていたの。でも、ずっとあなたの気持ちは知っていたつもりよ、お母さまが……亡くなったら、あなたと……わたしと……だから、わたしたちは……結婚できるって」

「結婚⁉」その顔もその声音《こわね》も、まったく信じられないという驚愕に満ちていた。「なにを馬鹿な！」

その瞬間、イヴリンは床がぱっくりと開いて、自分を永久にのみこんでくれればいいと願った。蒼白になり、次に燃えるような深紅に染まり、彼女は消え入りそうな声で言った。「ごめんなさい、アーサー。わたし、てっきり……」

副首席は彼女を凝視した。やがて、穏やかな落ち着いた口調で言った。「誤解があったようだね。そんなことは、もちろん考えられない。しかし、その責任はきっと私の方にあるんだろう――きみが誤解するようなことを私がしたとすれば、イヴリン――やってしまったに違いない――心からお詫びするよ」

イヴリンが答えるより前に、ものすごい音が響いた。ソファの後で本の仕分けをしていたトッド・ランドールが、ふたりの会話が始まってからそっと部屋を抜け出そうとして、別の本の山に蹴つまずいたのだった。「ごめんなさい」青年はおどおどと言った。「本当にごめんなさい、アーサー。

恥をかかされて、イヴリン・マーズデンは逃げ出した。

失礼するわ」肩越しに弱々しく言葉を残して。

トッドは申しわけなさそうに、副首席のこわばった顔を見た。「本当にすみません。ぼくがここにいることを知らせておけばよかった。でも、気がつかなくて……」

「ああ、いいんだよ、トッド」ブリジズフレンチ聖堂参事は、ぼんやりと、無理に微笑してみせた。「私は気にしていない。ただ、マーズデンさんが……」

青年はすばやく考えをめぐらせた。「二、三日、ぼくはここを離れた方がいいんじゃないでしょうか？　さっと、部屋から必要な荷物をとってきて、そのままロンドンに行ってしまえば」

「ああ、それがいちばんいいかもしれないね」副首席は同意した。

というわけで、トッドは出ていき、アーサー・ブリジズフレンチだけがぽつねんと机に残された。彼はくよくよした面持ちで、いつも手元においてあるクレーム・ド・マント・ターキッシュ・ディライトの箱を開けると、最後に残った三つのうち、ひとつを取った。ほどなく箱は、からになった。

29

私は自分の誓いを主に果たそう。
ああ、御民《みたみ》すべてのいる所で。
主の家の大庭で。エルサレムよ。あなたの真中《まんなか》で。
ハレルヤ。

詩篇第百十六篇十八―十九

午後早く、アーサー・ブリジズフレンチはギフトショップに向かった。ターキッシュ・ディライトの補給と、外の空気を吸う必要に迫られたのである。

家を出て、立ち止まり、副首席は大聖堂をじっと見つめた――彼の大聖堂を、彼の生涯かけて愛したものを。うそ寒い十一月の、いっこうに晴れようとしない重く湿った霧の中で、大聖堂はただ、形のない巨大な塊でしかなく、その愛すべき精細な装飾は滲んだようにぼやけ、のっぺりとして何も見えなかった。それでも、境内には動きがあった――急ぎ足のジュディス・グリーンウッドがすれ違いざまに手を振っていったが、彼の方は下を向いたまま歩いていたので、彼女の姿にまるで気がつかなかった。

そのしばらく後、今度はジェレミー・バートレッドと遭遇した。ジェレミーは別の方向に向かっていたのだが、副首席を逃《のが》さなかった。

「ブリジズフレンチ参事！」

副首席はぎょっとして顔をあげ、一瞬、立ちすくんだ。「ああ、どうも」

ジェレミーは彼の前に立ちはだかった。「今、大聖堂でルパート・グリーンウッドと話してきた」

「ええ？」

「あんた、音楽祭の帳簿を首席司祭に渡しちまったんだってな？」

副首席はすぐにしゃっきりとなった。「ああ……そう。そうなんだ」詫びるように空咳をした。

「なんでだよ？」ジェレミーは激怒した。「時間を稼げと言っただろう！」

「しかし、できるかぎり時間を稼いだんだ」空気は冷え冷えとしていたが、老人はひどく火照って、手探りでハンカチを探した。「それでも、しつこくて」

「報告書はできてないんだろ！」

ブリジズフレンチ聖堂参事は内心の動揺を隠して咳払いをすると、弱々しく抗弁した。「そう言ったんだ。すると首席司祭は、報告書が渡せないのなら、帳簿をよこせと言うんだ。それ以上、私には……」

「で、渡しちまったのか？」建築家は詰問した。「おれに断わりなく？」

聖堂参事はジェレミー・バートレットのこんな一面を見たことがなく、思わず怯えた。「そう、そうなんだ。あなたに言っておくべきだったんだろうが、わざわざ心配させることもないと思ったものだから……」

「こともない？　ああ、くそっ、どこまで間が抜けているんだ、あんたは！」声は大きくなかったが激情のせいで乱暴だった。「で、首席司祭はまさか、帳簿を見たのか？」

「わからない。まだじゃないかな。とりあえず、何も言ってこないから……」

ジェレミーは大きく息をついた。「なら、まだ見てないんだ。もし、あれを見ていたら、今ごろはもう、なんとか言われているはずだからな。あの帳簿には、トラックも通れるようなでかい穴が、ぼこぼこ開いてるんだ。あんたも知ってる通り」

「ああ、そうだね」副首席はジェレミーの頭越しに見やり、眼をあわせるのを避けた。

少しの間、建築家はじっと立って、考えていた。「帳簿は司祭館にあるのか？」やおら、前よりも抑えた声で訊いた。

「さあ。いや、そうかもしれない」

ジェレミーの怒りが再沸騰した。「まったく、信じられないほどのまぬけだな！」吐き捨てるように言った。「そんなことさえ――」ドアからロウィナが現れ、近づいてくるのを見て、彼は口をつぐんだ。

「こんにちは、ロウィナ」聖堂参事は救われて、ほっと息をついて言った。

「アーサー」ロウィナが呼びかけたが、彼はすでに歩き始めていた。

「また後で」副首席は肩越しに叫ぶと、ギフトショップの方に急ぎ去った。

ロウィナは訝しげにジェレミーを見た。「何だったの？ 怒っていたみたいだけど」

すばやく冷静さを取り戻し、魅力的な笑顔を作った。「ああ、なんでもない。彼が変な奴なのは、きみも知ってるだろう」

ジェレミーがきつく拳を握り締めているのに気づいて、ロウィナは納得せずに言った。「わたしになにか隠しているのね」軽くなじるような口調で、「わたしたち、何でも話し合うんじゃなかったの？」

「もちろんだよ」ふたりは揃って司祭館の方に歩きだした。ジェレミーはロウィナがどこにいこうとしているのか知りたかったが、訊かなかった。彼女は買物袋を下げていたが、中に何がはいっているのかはわからなかった。イヴリン・マーズデンの家の前で立ち止まり、ジェレミーは二階の窓を見上げた。「ぼくらを見ているぜ」なれなれしく囁いた。

「かわいそうな人」ロウィナは偽りの同情を見せて言った。「だめよ、気の毒に思わなきゃ――他人の生活を盗み見るほかに、することが何もないんですもの」

「編み物をしながら」ジェレミーはつけ加えて、片眉を上げてみせた。「ギロチンのそばのマダム・ドファルジュってわけか（ディケンズ『二都物語』）。どっちが先に断頭台に上るんだろうな――きみか、それともぼくか？」

「やめて！」派手に身震いした彼女の反応にジェレミーは笑った。「真面目に聞いて、ジェレミー」ロウィナは続けた。「わたしたち、話し合わなくちゃならなくってよ。いくつか気になることが……」

「ああ、わかってる」しかし、そう言いつつ、彼はロウィナを見てはいなかった。彼女の肩越しに司祭館を見ていた。考えこむ表情で。

ギフトショップに着くと、アーサー・ブリジズフレンチは珍しくヴィクターがひとりでいるのを見つけた。

ヴィクターは彼らしくもなく沈んだ様子で、聖堂参事を迎える声にもいつもの陽気さがなかった。普段なら、副首席がここに来る目的を察知して、自分の経験したトルコ風のお愉しみ《ターキッシュ・ディライト》のいかがわしい冗談を言うのに、この日はこう言っただけだった。「いつもの？」

「ああ、頼むよ」

「ラッキーだったね――これが最後の一箱だよ」ヴィクターはそう言いながら、カウンターの下に手をのばした。「この二、三日、それがバカ売れでさ。だから、お宅にいっぱいあると思ってたよ。みんな、あなたのために買ったんじゃなかったのかい。ほかの人はそんなもの食べないからさ、気が確かなら」

副首席は怪訝そうに眉を寄せた。「しかし、誰も私にくれちゃいないが。バートがきみに黙って、置き場所を変えたんじゃないか？」

「ううん、だって、ぼくが全部売ったんだよ」彼は指を折って数えだした。「土曜の朝はマーズデンさんにひとつ。午後に、ロウィナ・ハントにひとつ、その後、あの建築家にひとつ。彼って、セクシーでおいしそうだね」普段の陽気さのかけらがこぼれた。

「変だな」

「そして今朝、首席司祭にひとつ売ったよ」ここでヴィクターは見るからに傷ついた顔になり、咎めるようにブリジズフレンチ聖堂参事を睨んだ。「首席司祭の話じゃ、今夜、あなたが食事に来るから、驚かせてやりたいんだって」

副首席は片眉を上げた。「ああ……」

「なにかの間違いだと思ってたのに」ヴィクターの口調は険しくなった。「アーサー、まさかあなたが、ぼくらをあの最低の屑野郎に売るなんて思わなかったよ」

副首席は仰天した。「売る？　きみたちを売るなんて、どうしてそう思うんだね？」

「だって、首席司祭の家に行ってごちそうになるんだろ？　それって、つまり彼の味方につくってことじゃないの？」

「食事に招かれただけだよ」ブリジズフレンチは慎重に答えた。「私は誰の味方にもついていない」

「噂を聞いたんだ……」ヴィクターはためらった。「あなたが引退するって。嘘だよね？」

「境内の噂をなんでもかんでも鵜呑みにするのはどうかと思うがね」聖堂参事は言い返した。

「しかし、なんでまた……」

もはやヴィクターは自分を抑えていられなかった。「あいつは、ぼくらの契約は更新しないって言ったんだ！　ターキッシュ・ディライトを買いにきた時に！」

「ああ」

「バートは――もう、バートは半狂乱さ！　家に帰って、鎮静剤を飲まなきゃならなかったんだ。かわいそうに。こんなのってないよ！　ぼくらはずっと、長い間、ここのためにつくしてきたのに」

副首席は眼を伏せた。「ヴィクター、すまない」

「それにドロシーもさ！　司祭から、馘にするって言われたって！　信じられる!?」

「まったくひどい」

「ドロシーはいいよ、ドロシーなら、あいつをやっつけられるかもしれないもの――なんたって、バックに教区の〈母の会〉がまるごとついてるんだから。あんなちびすけのひよひよ司祭なんか、相手にもならないだろうさ。だけど、ぼくらはどうなるんだい！　バートは自律神経失調症だし、ぼくの心臓はこんな負担に耐えられない。このまま路頭に迷うことになったら、ふたりとも死んじまう」まるで雪の中でマッチを売り歩くヴィクトリア時代の浮浪児のような眼で、ヴィクターはすがるように副首席を見つめた。「なんとかして彼をとめられないの、アーサー？　助けてよ、お願いだ。ねえ、このとおりだよ！　ずっと友達だったじゃないか」

アーサー・ブリジズフレンチはカウンターに代金を置いて、ターキッシュ・ディライトを取り上げた。「本当にごめんよ、ヴィクター。聖堂参事会できみたちのために抗議はしたんだが、私には、もう、何もできないんだ」それ以上、何も言えそうになく、逃げるように店を出た。

彼はそのまま大聖堂に行くことを考えたが、ほかの誰とも会う危険を冒したくなかったので、

〈司祭の扉〉からこっそりはいって、自分の席に行こうと思った。法衣のポケットの鍵を探ったところで、前の日に鍵をジェレミー・バートレットに貸したままだったことを思い出した。彼がいつでも図書室の〈カテドラル・センター〉の展示物を片付けられるように。トッドに鍵を返してもらってくるように頼んでおいたのだが、今朝の出来事でそんな些細なことはすっかり副首席の心から――そしておそらくはトッドの心からも――いまのいままでとんでいた。おまけに、近場だからとコートも着ずに出てきたので、気がつくと体中が冷えきっていた。ぶるっと身を震わせ、薄い胸に菓子の箱をしっかり抱くと彼は家に戻りはじめた。

甘い菓子。首席司祭が甘い菓子を彼のために買ったという。「強いものから甘いものが出た」という聖書の〈サムソンの謎〉がふと心に浮かんだ。サムソンのかけた謎はなかなか的を射ている。強い司祭からターキッシュ・ディライトが出た。首席司祭からの和解の贈り物。毛むくじゃらのサムソンのように、毛深い司祭。司祭の力の源も髪の毛にあるのだろうか？　サムソンが自らの命を犠牲に、自分を捕らえた者どもの宮を引き倒したように、首席司祭もその身勝手な野望で、大聖堂を崩してしまうのだろうか？　まさに謎だった。そしてそれは、アーサー・ブリジズフレンチにあることを思いつかせた。

彼は足取りを早めた。家に着くと、まっすぐ書斎に行き、本の山の下からそこそこきれいな白紙を見つけだした。毎朝、タイムズのクロスワードパズルに使う重たい金の万年筆のキャップをはずし、机の前に坐ると、判読しがたいほとんど読めないような字でなにやら書きつけ始めた。手を休めたのは、新しいターキッシュ・ディライトの箱のセロファンをはがす時だけだった。

少しあとで、バートは境内を横切る途中、ギフトショップの前を足早に通りながら、ヴィクターに見られなかったかどうか、用心深く振り返った。そちらにばかり気をとられていたので、境内にいたその女が、文字通り鼻先に現れるまで気がつかなかった。「あーら、坊や」ヴァル・ドルーイットは大声で言った。「もうかたっぽの子はどうしたのよ?」

どきっとしたのと後ろめたさとで、バートは飛び上がった。「やめてよっ!」彼は喘いだ。「心臓がとまるかと思ったよっ!」

ヴァルは愉快そうに笑った。「びっくりさせちゃったみたいねえ?」じろじろと見て言った。「あんた、何してたの? ヴィクターを裏切ろうとしてたの?」

彼は眼をぱちくりさせた。「どういう意味?」

あばらを小突いて、ヴァルは野卑に鼻で笑った。「相手は誰よ、ねえ? まさか首席司祭じゃないわよねえ——あんなのはタイプじゃないでしょう?」しばらく馬鹿笑いをした。「あのロウィナ・ハントでもないわよねえ——間違いない、あんたのタイプじゃないもんね!」

バートはあやふやな笑みを浮かべた。「何の話?」

「ちょっと待って。考えるから」ヴァルはぐっと顔を近づけて、彼の顔を覗きこんだ。「わかった、ルパート・グリーンウッドだ。結婚してるけど、そんなの関係ないもんねえ? 彼、幸せな夫婦生活を送ってるにしちゃ、ちょっと聖歌隊の男の子たちをかわいがりすぎると思わない？」大胆にウィンクした。「心配しなくていいわよ、ヴィクターには言わないから」

「でも、ドルーイットさん……」

「やあねえ、ヴァルって呼んでよ！　あんたとあたしの仲じゃないのさ」彼女は彼の腕に自分の腕をまきつけた。「ねえ、バート。あたし、ジンを一杯やりたいの。あんたもどう？」

「あなたが土曜日にまるまる一本飲んじゃったからもうないよ」彼は抗弁した。

「だからなによう」彼女は甘ったるい声を出した。「一緒に酒屋に寄ってからうちに行きましょうよ。ジンおごってよ、そしたら境内の奴らの、あんたも知らない話を教えてあげるからさ。ゴシップ、好きでしょ？　いいこと教えてあげる……」

「土曜日にもそうやって約束したのに」バートが思い出させた。「なにひとつ話さないうちに、酔い潰れちゃったじゃないか」

ヴァルはくすくすと笑った。「そうだったかしらん？　でも今度こそご期待に添うからさ」イヴリン・マーズデンの二階の窓を見上げて、わけ知り顔に眉をしかめてみせた。「本当よ、坊や、あそこの干涸びたカラスばあより、あたしはずっといろんなことを知ってるんだから」


その晩、七時になる直前に、アーサー・ブリジズフレンチはジョン・キングズリー宅の呼び鈴を鳴らした。

「アーサー！　さあ、はいって」思いがけない客を迎えて、聖堂参事は彼を中に招いた。

「これから司祭館で食事をするんだ」副首席は唐突に言った。「その前に、きみと話しておきたくて」

「大歓迎だよ」

副首席は持参したターキッシュ・ディライトの箱をホールのテーブルに置いた。「きみに持ってきたんだ、ジョン。ぜひ、受け取ってもらいたくて」

「ありがとう、アーサー。嬉しいよ。でも……」

「もし……もし司祭に罷免されたら、私は、すぐにも出ていかなければならないだろう。そうしたら、もう会えないかもしれないから」

「いや、それはないよ」ジョン・キングズリーは打ち消した。「首席司祭もそこまで横暴じゃないよ。きみの都合がつくまで、十分に時間をくれるとも」

「それでもだ」

辞任のことを話すのに〈もし〉という仮定語句を使っているにしろ、アーサー・ブリジズフレンチがついに決意を固めたことを、キングズリー聖堂参事は感じ取った。最近話しあった時に見せた、ほとんどヒステリーのような狂乱ぶりはすっかり消えて、副首席は哀しげではあるが穏やかだった。「司祭館に行く前に一杯どうだね?」

「いや、いいんだ。それよりも、告解を聴いてほしいんだよ、ジョン」

「なにも、今、そんなことをしなくても」

副首席は重々しく微笑した。「そうかもしれない、でも、自分の気がすむようにしたいんだ。

拒まないでくれるだろう？」

「もちろんだよ。それできみの気がすむのならね」

というわけで、告解がなされ、赦免が与えられた。ブリジズフレンチ聖堂参事は辞する支度をととのえた。「もうひとつだけ、きみに頼みがあるんだ」

「いいとも、私にできることなら何でもやるよ」キングズリー聖堂参事は、友人でもあり同僚でもある男の袖に手を触れて、ふと、その古びた黒い法衣の袖口がだいぶほころびてきているのに気がついた。

副首席はため息をついた。「今夜のことが心配なんだ。司祭は――その、欲しいものを手に入れるためには、なんでもやりかねないからね」

「どういう意味だい？」彼は副首席を真剣に見つめた。

「自分でもはっきりわかるわけじゃない。ただ、ひどく不安でしかたないんだ。私を招待するということが、そもそもあの男には似つかわしくない行動だし――なにかたくらんでいるんじゃないか」

「私は首席司祭が問題を解決するために、本物の努力をしていると思うよ」ジョン・キングズリーは請け合った。「きっと彼は彼なりにがんばっているんだよ、時々、道に迷うことはあるかもしれないが」

「きみは誰でも〈証拠不十分〉で無罪にしてしまうんだな、違うかい、ジョン？」ブリジズフレンチ聖堂参事はわずかに皮肉っぽく笑った。「それがきみのいちばんの欠点だよ。きみは人が罪悪を犯すと信じることができないんだ」

「そう考えたくないのは確かだね」彼は認めた。「現実的ではないと頭ではわかっているんだが。でも、首席司祭はきっと……」

「ひとつ、約束をしてほしい」副首席はさえぎった。「十時になったら、司祭館に電話をかけてほしいんだ。大丈夫かどうか、確かめてほしい」

「しかし、そんな……」

「約束してくれ」繰り返し、副首席は食い下がった。「お願いだ」

「わかった」あまり気が進まなかったが、ジョン・キングズリーは同意した。「そうするよ」

「ありがとう、ジョン。忘れないでくれ。十時きっかりだよ」そう言い残すと、アーサー・ブリジズフレンチは司祭館に行くべく、出ていった。

十時きっかりだった。大聖堂の時刻を告げる鐘を聞くと、ジョン・キングズリーはダイヤルを回した。しばらく呼び出し音が鳴った後、ようやく首席司祭が出た。「スチュワート・ラティマーです」こころもち、いらついた声だった。

キングズリーは自分が馬鹿げたことをしている気分になった。「ええと、こんばんは、司祭。ジョン・キングズリーですが……その、うまく行っているか、知りたかっただけです。つまり、アーサーの件で」

激しく息を吸いこむ音が聞こえた。「いや、実のところ、アーサーは……様子が変なんだ」

「どういうことです？」

「最初のうちはよかった。いいムードで、話し合いは順調に進んだ。食事もなんのわだかまりもなく、なごやかに楽しんだ。ところが、今になって急に、あの男は、どんなことがあっても絶対に辞職する気はないと言い出した。私が大聖堂を破滅させようとしていると息巻いて、ここで尻尾をまいて逃げることで、私の好きにさせたりすれば、自分を一生許すことができないと。自分からは絶対に辞職しないし、私にはやめさせることもできないと言うんだ」

「しかし、そんなはずは。私が思ったのは……」

「あなたは思った！　私も思った！」当惑が、首席司祭の怒りの炎に油をそそいだ。「だめだ、ジョン！　どうしようもない！　あの男に道理を解くことは不可能だ！」

「私がもう一度、彼と話をしてみれば……」

「それが何になる？　私とあなたと精魂つきるまで説得したところで、どうせ蛙の面に水だ」皮肉に笑った。「だめだ、どんなにがんばったところで、アーサー・ブリジズフレンチと縁を切ることはできないだろう。死がわれわれをわかつまで！」

しかし、一時間ほど後。それまで悶々として眠れずにいたジョン・キングズリーは、耳障りな救急車のサイレンにうながされ、ベッドから出た時、まさかそんな事態を予期していなかった。ショック、悲嘆、そして今夜の出来事における共犯者としての罪悪感が心に渦巻いた。なんといっても、ジョン・キングズリーが、司祭館での夕食会を提案したのだから。何が起きたのかは、もう明白だった。瀕死のアーサー・ブリジズフレンチが担架で運びだされると、いくらもたたないうちに、ふたりの逞しい警官にはさまれて、こびとのようなスチュワート・ラティマー首席司祭が「捜査に協力していただくために」警察署に連行された。なぜ、こんなことに？　いったいなぜ？　ジョン・キングズリーは痛ましい思いで自問した。自分は責められるべきなのか？　ああ、しかし、こんなことになるなんて、誰に想像できただろう？

第三幕

30

どうか、遠く離れないでください。
苦しみが近づいており、助けるものがいないのです。

詩篇第二十二篇十一

「毒を盛られたって！」デイヴィッドは信じられずにルーシーを凝視した。「アーサー・ブリジズフレンチが？」

「そうお父さんは言ってたわ」彼女もまた呆然としていた。

トッドが初めて口をきいた。「亡くなったの？」トッドは前日の午後遅くに、なんの前触れもなく、薄汚れた赤いナイロンのバックパックを肩にかけて現れ、ソファベッドで一夜を明かしたのだが、そんなにも急にマルベリーを離れた理由については、奇妙なほど寡黙をとおしていた。

ルーシーは頷いた。「ええ、亡くなったわ。病院で、夜のうちに」糸が切れたように、すとんと腰をおろすと、彼女は朝食のテーブル越しにふたりの男たちを見つめ、巻き毛を指にからませ、できるだけ言葉少なに、父の電話の内容を伝えた。「司祭館の夕食に呼ばれたんですって。副首席は司祭館に行く前に、何か悪いことが起きるかもしれないって言いにきたけど、お父さんは信じなかったの。そしたら食事の後、副首席の具合が悪くなって、首席司祭が救急車を呼んだんだけど、結局、病院で亡くなったって。今、わかってるのは、死因が毒ってことだけ——毒の種類も、飲ませた方法もわかってないけど、警察は首席司祭を連行したって」

「首席司祭を？」デイヴィッドは息をのんだ。「なんてこった！　だけどまさか警察は、マルベリー大聖堂の首席司祭が冷酷に人を殺したなんて考えないだろう？」と言いながらも、十分に動機をもってさえいれば、あの司祭なら殺人をやりかねないと、容易に信じられる自分に気づいた。あの司祭は目的のためなら手段を選ばない、まったく冷酷で利己的なたちだ。それにしても本当に驚きなのは、殺されたのが首席司祭ではなかったことである——もしそうであれば、容疑者はごまんといるのだが。

「お父さんの知ってるかぎりでは、まだ起訴はされてないみたい」

「それには早すぎる」デイヴィッドが言った。

彼女は頷いた。「でも主教は面会にいったのよ。もっと詳しくわかったら、また電話をくれるって」そこで、デリケートな話題に踏み出すことを思って躊躇した。「お父さんから、あなたに打診してみてほしいって言われたの、ダーリン、もしも、できれば……」

「だめだ」彼は断固として言った。「絶対にだめだ。この件には首をつっこまないよ。そもそも、うちの事務所が許可するわけがない。刑事事件にはタッチしないんだ」

彼女はひとまず矛先をおさめることにした。「わかったわ。電話がきたら、そう言っておくわね」

この会話の間、トッド・ランドールは最初に思わずもらした言葉以外、一言も発しなかったが、今ようやく、すべてを振り払おうとするかのように、乱暴に頭を振った。「そんな馬鹿な。ぼくは昨日、一緒にいたんだ。あの人が死んだなんて、そんな」

しかし彼は死んでいた。次にかかってきた電話は、ジョン・キングズリーからというよりも、もっぱらパット・ウィロビーからだった。ルーシーと二、三、言葉をかわすと、パットは訊ねた。「デイヴィッドもいるの?」

ルーシーはわずかにためらった。「ええ」

「そうじゃないかと思ったわ。電話をかわってもらえる?」

デイヴィッドはちょうどホールに出てきていたが、ルーシーが受話器の口をふさいで、差し出したのを見て驚いた。「パットから。あなたと話したいんですって」

「ぼくがここにいるって言ったの?」

「いるって知ってるみたいよ」

彼は見るからにしぶしぶ受話器を受け取った。「もしもし、パット」

「おはよう、デイヴィッド」電話のむこうから、きびきびとした声が伝わってきた。「あなたが出勤する前に捕まえたかったのよ」

「今、出ようとしてたんですよ」とは言ったものの、マルベリーにおける重大事件の進展に関して、好奇心を満足させるまでは、家を出るつもりはなかった。

「あなたがどれくらい早くマルベリーに来られるか、ジョージが知りたがってるのよ。どうやら首席司祭は起訴されそうなの、できるかぎり早く弁護士に会う必要があるのよ」

「だめです」デイヴィッドは、ルーシーに言ったのと同じくらい頑強に繰り返した。「ぼくは関われません。ジョージ主教には、首席司祭の義父に連絡するようにお伝えください——きっと、あらゆる弁護士をポケットにいっぱい飼ってますよ。彼が必要とする強力なタイプの」

「でもあなたはここの土地を知っているし、関係している人たちもみんな知っているでしょう。ジョージもわたしも、この仕事にはあなたがいちばん適しているということで意見があったのよ」

「だめですよ、パット。うちの事務所が、うんと言うはずがない。〈フォースダイク、フォースダイク＆ギャロウェイ〉は刑事事件を扱わないんです。そんな恐ろしいことをほのめかしたら、父親のほうのフォースダイク御大が、その場で心臓発作を起こします」

「それはクリスピン・フォースダイクのこと？」

「クリスピン・フォースダイク卿です」彼は重々しく言いなおした。

「彼とは幼なじみよ」パット主教大人は実に満足気に言った。「兄の同級生でね——休暇にはよく一緒に、うちに泊まりにきたものよ。信じられないかもしれないけど、〈古くさ《フォシル》〉・フォースダイクちゃんは、昔、わたしに気があったの。彼のほうはわたしがなんとかするわ――だから、そっちは心配しなくて大丈夫よ」

「でも……」彼は弱々しく抗議した。

「それじゃいつ、あなたとルーシーは、こっちに来られるかしら？」

デイヴィッドはもう一度、反論をこころみた。「いや、あのですね、パット」たとえ彼がこの事件に着手したいとしても――自分ではそうとは思えなかったが――ほかにも考えなければならない問題があった。ジョン・キングズリーの家でルーシーと部屋が別になることや、ジェレミー・バートレットと不快なほど接近することなどが。

「そうそう」まるで彼の心を読んだかのようにパットは言った。「あなたたちはマルベリーにしばらく滞在することになるけど、ルーシーのお父さんの家に泊めてもらえばいいなんて、考えてませんよ。ジョンはあなたたちが泊まってくれるのを喜んでいるけれど、彼はひとり暮らしになれているから、食事のことやなにか、あれこれ考えるのは、たぶんストレスになると思うのよ。主教館には広い客室がひとつあるから、あなたたちの好きなだけうちに泊まってくれればいいわ」巧妙で遠回しな申し出だったが、その本意は間違えようもなかった。

「まったくもう、パット」彼は敗北を認めて言った。「わかりましたよ。行きます。あなたがフォースダイクをなんとかしてくれたら、の話ですよ」

「ああ、それは全然、問題ないわ」パットはくすくす笑った。「まかせておいて。脅迫のまねごとをすることになるでしょうけど。わたしは、〈古くさ〉・フォースダイクちゃんのあのことこのことを知ってるの、たとえば、新しい仕事仲間には知られたくないようなことよ。じゃ、すぐに来てくれるわね？」

「できるだけ早く行きます」デイヴィッドは答えた。苦笑を浮かべて受話器を置いた彼を、ルーシーが不思議そうに見た。「〈古くさ〉・フォースダイクちゃんか。参った！」

デイヴィッドが二階で旅支度をしている間、トッドはルーシーが朝食の皿を洗うのを手伝った。「短いロンドン滞在になっちゃったわね！」彼女は言った。「こんなことになって、ごめんなさいね」

「ぼく、今すぐにはマルベリーに戻りたくないんだ」トッドが打ち明けた。「しばらくイヴリンとは顔を合わせないほうがいいと思って」

「でも、なにがあったの？」ルーシーは好奇心から訊ねた。

のっぽのアメリカ人はしょげた顔になった。「細かいことは言わないでおくよ。それは関係ないことだから……今度の事件とは。でも彼女とブリジズフレンチ参事の間に、ちょっとした……一幕があって。偶然聞いてしまったんだ――すごく気まずかった、ぼくも、彼女も。イヴリンはきっと、今はぼくに会いたくないよ」彼はしばらく考えた。「どうしようかな。二、三日ケンブリッジに行って、カスティに会おうかな。泊まるとこくらいなら見つけてもらえるだろうし」

「そんなことしなくても大丈夫よ」ルーシーは言った。「よかったら、ここに泊まってくれればいいわ——留守番をして、ソフィーのごはんをやって。そうしてもらえれば、留守の間、あの子をペットホテルに預けなくてすむから助かるわ。あなたも好きな時にロンドンを観光できるじゃない」名前を呼ばれて、くだんのママレード縞の猫は台所のテーブルの上にひょっこり現れ、几帳面に、からっぽのシリアルボウルに鼻をつっこんだ。

「ああ、それはいいや——ぼく、動物が大好きなんだ」トッドが耳の後をかいてやると、ソフィーはゴロゴロと喉を鳴らして答えた。「あなたとデイヴィッドがいいと言ってくれるんなら」椅子に腰をおろした彼の顔は、突然、抑えきれない悲しみに歪んだ。「それに、そうすれば電話で、詳しいことがわかったら教えてもらえるし。死んだなんて。さっきから自分に言い聞かせようとしているんだけど、全然、信じられない。だって、本当にいい人だったんだ——ちょっと変わってたけど、悪意のかけらもない人だった。蠅一匹殺せないような。彼に殺意を持つ人がいたなんて、考えられない。もしかしたら、ただの事故だったのかも——なにか間違って飲んだのかな、薬とか。ぼくがマルベリーにいたら生きてたかもしれない……」

ルーシーは慰めるように、青年の肩に腕をまわした。「そんな風に考えちゃだめよ、トッド」

主教館の客用寝室は大きく広々としていたが、こぢんまりとした家庭的な雰囲気に包まれていた。ダブルベッドにかかった陽気な小枝模様のベッドスプレッド、ナイトテーブルに山と積まれた手擦れだらけの本、整理だんすの花瓶に活けてある、庭の遅咲きの開きすぎた薔薇と緑の枝。眺めもすばらしかった。大きな上げ下げ窓からは、中世の回廊を残すマルベリー大聖堂の南西の角を臨むことができる。

「気にいってくれるといいんだけど」パットが、大きくドアを開けて言った。

「まあ、パット、すてきだわ」ルーシーは声をあげた。

「完璧ですよ」デイヴィッドも熱をこめて言い添え、パットの眼を捕らえた。彼女はすばやくウィンクを返してきた。

「それじゃどうぞ、荷物をほどいてちょうだい――洋服だんすにハンガーがあるから、自由に使ってね。わたしは階下《した》でお湯を沸かしてるわ――用意ができたらおりてらっしゃい。たくさん話すことがあるから」

「ありがとう、パット」デイヴィッドは言った。「なにもかも」

二、三分ほどで、ふたりが台所に降りてくると、ちょうど、やかんがしゅんしゅん鳴りだしたところだった。彼らがテーブルにつくと、パットは手際よくティーポットにお湯を満たした。

「それにしても」デイヴィッドが述懐した。「日曜にマルベリーを出たときには、まさか火曜日に戻ってくるなんて思いませんでしたよ」

ルーシーは父親のことが気掛かりだった。「お父さんはわたしたちがここに来るのを知ってるの？」

「ええ、それとあなたたちがここに泊まることも言っておいたわ――ふたりを泊めるくらいの部屋はあると言っただけだけど」パットは苦笑した。「納得していたわよ。今晩、夕食に来てくれるわ」

「で、事件の方はどうなったんです？」好奇心をそれ以上抑えきれずに、デイヴィッドが訊ねた。「ぼくはいつ首席司祭と会うんですか？　まだ勾留されているんですか？　起訴されたんですか？」

「ストップ！」パットは笑った。「質問は一度にひとつにしてちょうだい！　いいえ、まだ起訴されていないわ。だけど、ええ、勾留されたままよ。それに彼とは……すぐに会えるでしょう」彼女は自分のカップにちょっとお茶をそそいでみて、濃さを確かめたが、まだ少し薄かった。

「首席司祭がぼくに会いたいと言ったんですか？」

「いいえ、その、そういうわけじゃないの。つまりね、ジョージが面会にいったのよ」パットは説明した。「今朝いちばんに。あなたに電話で話した通り、ジョージとわたしは、この事件を担当してくれるなら、断然あなたがいいということで意見があったの。でも……」

「彼はぼくに会いたがってないんですか？　知ってたら、わざわざ長い旅をしなくてもよかったのに」

「会いたがってないんじゃないのよ」パットが急いで言った。「だけど、奥さんに会うまでは弁護士には会わないって言うの。でも、奥さんがまだロンドンから帰ってないのよ。夕方まで戻れないみたい」

デイヴィッドはため息をついた。「それじゃ、あなたの知っていることをぼくらに教えてくには隠し事をしないんですよ」

「いいことだわ」パットは頷いた。「ジョージとわたしも、ずっと二人三脚でやってきたのよ」

「わたしが本当に知りたいのは」ルーシーが言葉をさしはさんだ。「首席司祭が――やったのかどうかよ。本当に彼がアーサー・ブリジズフレンチに毒を盛ったの？」

パットが感情たっぷりに眉をあげた。「そう、それが問題なのよ」

「やったの？」

「やってないと言っているわ」パットはもう一度、お茶の濃さを見た。今度はちょうどよかったので、皆に注いだ。「首席司祭はジョージに、自分は毒なんて盛っていない、どうしてこんなことになったのか、まったく見当もつかないと言ったわ。彼は副首席を夕食に招いたんですって――缶詰のスープと、パンとチーズ、それと、和解の贈り物としてアーサーの大好物のターキッシュ・ディライトを買っておいたそうよ。首席司祭はターキッシュ・ディライトを全然食べなかった――かわりに果物を食べたの。でもアーサーはいくつか食べたのね。それからしばらくして、アーサーがひどく具合悪くなって、吐き気と胸の痛みを訴えだしたの。首席司祭はお医者さまを呼んで、お医者さまは救急車を呼んだけど、救急車が来た時には手遅れだった。二、三時間後に病院で亡くなったのよ」

「ひどい」ルーシーは顔を曇らせた。「かわいそうなブリジズフレンチ参事」

「首席司祭もね」パットは言い添えた。「誰も彼もが、彼の仕業だと信じたがってる。そうでないと証明しようとすれば、境内でのあなたの人気は下がるでしょうね」

「あなたは首席司祭がやったと信じてるんですか？」デイヴィッドが鋭く訊いた。

パットは注意深く言葉を選んだ。「やることができたとは思うわ――スチュワート・ラティマーは善人とは言えないものね。でも彼がジョージに、自分はやっていないと言うのなら――ジョージは彼の霊的指導者にあたるから――それなら、わたしも信じないわけにはいかないわ。だけど、本当に厄介なのは、もしも首席司祭がアーサー・ブリジズフレンチを殺したのでないのなら、それはつまり、境内のほかの誰かがやったということになるでしょう。だとするとどうなるのか、考えたくもないわ」

「ええ」デイヴィッドは答えた。「わかります。やっぱりぼくは自分の直感を信じてロンドンにいるべきだったと思い始めましたよ！」

その時、ホールで電話が鳴った。パットが電話を取りにいき、少しして戻ってきた。

「アン・ラティマーからだったわ」彼女はデイヴィッドに言った。「司祭館であなたに会いたいそうよ。今すぐに」

31

あなたは、悩む民をこそ救われますが、
高ぶる目は低くされます。

詩篇第十八篇二十七

デイヴィッドはアン・ラティマーとはたった一度、それもほんの短い時間、会っただけだった――彼女の夫の就任式で。冷ややかなブロンド、という印象の記憶は、マルベリー住人のコメントにより、いっそう強化されていた。ジェレミー・バートレットは常に、〈氷の女王〉と陰で呼んでいた。そんな第一印象は、司祭館の玄関で迎えてくれた彼女に再会しても、薄れることはなかった。寒々とした青のドレスで現れ、儀礼的に手を差し出した彼女の指は、その青い眼と同じくらい冷たかった。「こんばんは、ミドルトンブラウンさん。すぐに来てくださって感謝します」

夫人は彼を客間に通し、飲み物をすすめた。彼女のグラスには弱いシェリーがはいっているように見えたが、デイヴィッドはウィスキーをやりたい気分だったので、それを頼んだ。彼女が注文に答えてくれながら、眼に非難の色を浮かべたように見えたのが、気のせいであればいいいと思いつつ。

「今、主人に会ってきました」夫人は例のきびきびとした声で言い始めた。「あなたを弁護士として雇いたいというのは主人の希望です。このことは主教さまに助言をいただいたので」

「で、あなたは不賛成なんですね？」考えるより先に言葉が飛び出し、すぐに自分の無分別を後悔した。この事件を担当したいわけではないが、それでも、機会を失うかもしれないと思った途端、自分でも驚いたことにがっかりした。

　彼の洞察力を讃えてか、もしくは無礼に対する非難か、夫人は鋭く見返した。「まあ、そうね」彼女は認めた。「わたしは主人に、父がきっとふさわしい弁護士を見つけてくれると言ったんですけど。刑事事件で国民的名声を博している、ロンドンの弁護士を」デイヴィッドは何も言わなかった。アン・ラティマーはしばらく値踏みするように彼を見た後、続けた。「主教さまは、あなたがマルベリー大聖堂と境内の住人をよく知っているので、とても有利なはずだとおっしゃいました。主人も同意しています。そのことを伝えると、父も納得しました。ですからわたしは、今、あなたが主人の弁護を引き受ける気があるかどうかお聞きしているんです」

　引き受ける気があると言えるのだろうか？「わかりました」気がつくと、デイヴィッドはそう答えていた。

「ひとつ、条件が」アン・ラティマーはシェリーをひとくち飲んで、グラスの縁越しに彼を見据えた。「いずれ裁判になれば、その時の弁護士は父が選びます。父はもう誰か、心に決めているようですわ――もちろん、高名な勅撰弁護士を」

あからさまな不信にむっとしながらも、デイヴィッドは微笑んでみせた。「結構です。もちろん、私がきちんと仕事をすれば、裁判にはならないでしょうけれども」

夫人はほとんど憐れむような眼で彼を見つめ、氷のような軽蔑の声を放った。「馬鹿なことをおっしゃらないで。裁判になるに決まってます」

傷つけられて、デイヴィッドはまたも考えるより先に口をすべらせた。「それはあなたがご主人を有罪と考えているということですか？」

「わたしがどう考えているかは問題じゃありません」アン・ラティマーは冷静に、薄いピンクの爪を調べた。「大事なのは、わたしがスチュワートの味方をするということ。そして、あなたが自分の仕事をして、主人を無罪放免にすることです」

その晩、デイヴィッドが新しい依頼人を訪れて警察署に出向いている間に、主教館には思いがけない客が訪れていた。パットに台所に案内されながら、マイク・ドルーイット警部は説明した。「私はこの大聖堂の関係者なもんで、この事件からははずされたんですよ。でもジョージ主教が非公式な立場で状況を教えてほしいとおっしゃったんで、警察が今のところどこまで把握しているか報告しようと思ったんです」

「わざわざすみませんね」パットは言った。「お茶はいかが？　コーヒー？　もっと強い飲み物の方がいいかしら？」

「なんでもいいですよ」警部はジョン・キングズリーと主教に挨拶し、ルーシーにはとっておきの笑顔を向けた。彼らは台所のテーブルで、コーヒーのマグをかかえて坐っていた。パットは警部にもコーヒーを注いだ。

「で、どうなっとるんだね?」ウィロビー主教は訊ねた。「全然、情報が伝わってこないんだ――ただ、毒が使われたとしか」

マイク・ドルーイットは椅子を引いて、仲間に加わった。「これは絶対にオフレコに願いますよ」警部は話し始めた。「毒は例のターキッシュ・ディライトに仕こまれてたんです。というか、のっかっていたんですよ――まぶしてある砂糖にまぎれるように、表面にふりかけてありました。だから首席司祭は無事だったんです――ターキッシュ・ディライトをひとつも食いませんでしたからね」

一同は沈黙のうちにその情報を受け取った。あまりのショックで、何も反応できなかった。ついにルーシーが口を開いた。「何の毒だったんですか? 出どころはわかっているんですか?」

ドルーイットは頷いた。「どこにでもある普通の殺鼠剤ですよ。からの――というか、ほとんどからの――缶が発見されています」

パットは質問することを恐れているかのようだった。「どこで見つかったの?」

答える前に、警部は一瞬、躊躇した。「イヴリン・マーズデンの庭の物置です。もちろん、何も知らないと主張しています、殺鼠剤が自分のものであることは認めていますが。しかし、彼女の隣に住んでいる首席司祭も含めて、境内の誰でもその殺鼠剤を使うことができたんですよ。境内と庭を仕切る門にも物置にも鍵がかかっていないし、殺鼠剤はもう長いことそこにほったらかしだったそうです」

「アーサー・ブリジズフレンチもお隣に住んでいたでしょう――反対側の」パットが指摘した。

「司祭館に行く前に、アーサーが自分で毒を飲んでいたということはないの？」

「いえ、ターキッシュ・ディライトに仕こまれていたのは絶対確実です」警部は説明した。「気分が悪くなる前に、彼は司祭館で数時間を過ごしています――前もって服毒していたとすれば、もっと早く症状が現れるはずです。さっき、境内の誰でも殺鼠剤を使えたと言いましたが、被害者は勘定に入れていません。だいたい、被害者の着衣にも所持品にも毒を持ちこんだ痕跡がありませんでしたからね」

「ということは……首席司祭のほかに容疑者がいるということですか？」ルーシーが疑問を口にした。

ドルーイットは考えこんで顎をさすった。「今のところはないですね。まあ、首席司祭を起訴するのに十分な証拠があると警察は考えている、とだけ言っておきましょう」

「では、起訴されるのかね？」主教が言葉をはさんだ。「殺人罪で？」

その単語がはっきりと言葉に出されたのは、今が初めてだった。「ええ、今夜、起訴されることになるでしょうね。朝になればシュルーズベリ下級裁判所で、取り調べのための再勾留を認めさせるでしょう。保釈はまあ無理ですね。殺人罪では」

ジョン・キングズリーはため息をついた。「ひどいことだ」

「どっちにしろ、教えにきてくれてありがとう、マイク」主教は言った。「状況を知ることができて、本当にありがたいよ」

「本当にね」夫人がつけ加えた。「また何かあったら、いつでも、遠慮なく来てちょうだい」

警察官は少し照れたようだった。「お安いご用です。でも、もし誰かに訊かれても、私が話したってことは秘密ですよ」

「首席司祭は、自分はやっていないと言い張っている」何時間もたって、ようやくデイヴィッドは客用寝室でルーシーとふたりきりになれたが、興奮しすぎて眠れずにいた。彼は窓辺に寄り、カーテンを開けて大聖堂を見た。それは朧月夜に、黒い影となってぼんやり浮かんでいる。

ルーシーが隣に寄り添ってきた。「どんな様子だった？」

無意識に、彼は彼女の肩に手を回した。「いかにもあいつらしかったよ。気難しくて感じの悪い、実に無礼な態度でね。もちろん、その仮面の下では気が狂うほど恐がってる。それでも、自分は絶対にやっていないと言い張るんだ」

「信じる？」

「いろいろな事情があるにしろ、ぼくは信じたいね。でも、おもしろいのは——奥さんが無罪を確信していないというのが、はっきりわかったことだよ」

「ふうん」

「だけど、もし彼がやっていないとするとデイヴィッドは考えを口に出した。「誰がやったんだろう？　そもそも、なぜやったんだ？　つまり、ブリジズフレンチ参事はまったく誰の害にもならない老人だろう。彼の死を望むもっともな理由を持っていたのは、唯一、司祭だけだ。現実的に考えて――哀れなブリジズフレンチ聖堂参事よりも、司祭の方がずっと、殺されてもおかしくないんだ」

ルーシーは急に思いついて、振り向いた。「彼を殺そうとしたんじゃなかったとは考えられない？　誰かが首席司祭を殺そうとして、手違いで参事を死なせてしまったとか？」

デイヴィッドはその可能性を検討してみた。「だとすると、なぜ」ようやく、彼は言った。「ターキッシュ・ディライトに毒を仕こんだんだろう？　クレーム・ド・マント・ターキッシュ・ディライトを食べるのは、マルベリーじゅうでブリジズフレンチ参事だけだということは、間違いなく全員が知っているはずだ」

「そうね」彼女はがっかりして認めた。「それは、ほかの誰でもなく、ブリジズフレンチ参事を確実に殺す方法だわ。彼が狙われたことは間違いないわね。でも、誰がそんなことを？」

「知りたいことが山ほどあるな」デイヴィッドが言った。「まず、最近クレーム・ド・マント・ターキッシュ・ディライトを買ったのは誰か」

「マルベリーでそれを売っているところは、大聖堂のギフトショップだけだから、調べるのは簡単よ」

「きみはすばらしいよ、ダーリン！」デイヴィッドは肩に回している手に力をこめた。「それじゃ明日はそこから始めることにしよう、下級裁判所から帰ったら。その後、イヴリン・マーズデンとちょっと話をしてみたいな。物置の殺鼠剤のことで、何か知っているかどうか」

「それじゃ、わたしはトッドに電話するわ。あの子はイヴリン・マーズデンのことで何か知っているらしいの、まだ話してもらってないけど――大事なことかもしれない」修道院跡の歩廊を見下ろし、ルーシーは軽く身を震わせた。

「寒いのかい？」彼は気遣って、訊ねた。

「ちょっとね」ルーシーは認めた。「それもあるけど……ただ、ジェレミーの話を思い出したのよ。ここの回廊には出るんですって、トマス修道士の幽霊が」デイヴィッドは顔をしかめて、何か言いかけた。彼女は急いで機先を制した。「でもそんなつまらない話で、一晩じゅうここに立ってることないわ、デイヴィッド。ベッドにはいりましょ」

彼のしかめ面はすぐに笑みほころんだ。「もし、ぼくの抵抗できない誘惑をしたときみがうぬぼれているなら」耳元に囁きかけて、カーテンを引いた。「その通りだよ」

32

私はやせ衰えて、
屋根の上のひとりぼっちの鳥のようになりました。

詩篇第百二篇七

スチュワート・ラティマーのシュルーズベリ下級裁判所への出頭は形式的なもので、数分で終わった。彼は、シュロップシャーはマルベリー大聖堂境内の司祭館に住むスチュワート・ラティマー師に相違ないと証言し、十一月十九日のアーサー・ブリジズフレンチ師殺害容疑で起訴されたことを告げられると、しっかりとした声で無罪を主張した。けれども、保釈は認められず、裁判までの間、再勾留されることになった。

当然のことながら、この事件は全国規模で耳目を集めた。なんといってもスチュワート・ラティマーは、国民的な有名人ではないにしろ、殺人という重大な犯罪に関わったりすれば国じゅうの関心をひきつけるだけの高い地位にある聖職者であった。というわけで、裁判所を出たデイヴィッドは、いっせいにマイクを突き付けられる試練をくぐらねばならなかった。ほとんど何も明かさず短いコメントだけで切り抜け、マルベリーに向かって脱出したが、いずれにしても、その晩のニュースに登場するのは間違いなかった。

ルーシーとパットは主教館の台所で彼の帰りを待っていた。デイヴィッドが午前中の出来事を話す間に、パットはコーヒーをいれてやった。「申しわけないけれど、全国の新聞にも、テレビにも出ることになるよ。マスコミはこういう事件に目がないし、れっきとした大聖堂首席司祭が殺人罪で起訴されるなんて、前代未聞といっていい。カメラが何十台も来てた――言うことを準備しておいてよかったよ」

ルーシーの顔が誇らしげに輝いた。「それじゃ、あなたはテレビスターになるの？」

「ほんの二、三秒の栄光だけどね」彼は謙遜した笑みを浮かべて認めた。

「それはそれで結構だけど、この後はどうするつもり？」パットはいつも通り実際的に言った。「あなたたちが春に巻きこまれた別の事件について、ルーシーに話してもらったわ――あなたたちふたりがどうやって、十分な証拠を集めて、実際に犯罪が行なわれるのを防いだのかをね。ここでもそうするつもり？　自分たちで聞きこみを？」

「まあ、そんなようなことです」彼は認めた。「昨日、あなたのおっしゃった通り、もしもスチュワート・ラティマーがアーサー・ブリジズフレンチを毒殺したのでないとすれば、境内のほかの人間がやったことになる。ですから、何人かと話してみて、何かわかるかどうか試してみたいんですが。失礼と思われますか？」

「わたしはとてもいい考えだと思いますよ」パットが保証した。「あなたはもう境内の全員と知り合いだから、あまり疑いをもたれずに話を聞くことができるでしょうしね。どこから始めるつもり？」

「ギフトショップから始めようと思っています——誰が最近、クレーム・ド・マント・ターキッシュ・ディライトを買ったのかを見つけなければ」

「もうやっといてあげたわよ」ルーシーがにっこりした。「今朝、あなたがシュルーズベリに行っている間に、ギフトショップに行って、〈ヴィクトリアとアルバート〉とお喋りしたの」

「なんて言っていた？」彼は意気ごんで振り向いた。

ルーシーは首を振った。「ふたりともアーサー・ブリジズフレンチのことで、すっかり取り乱してるの——彼のことが本当に大好きだったのよ。ヴィクターのほうが特に落ちこんでた。月曜日にずいぶんひどいことを言ってしまって、結局、それが最後になってしまったから」

「どうしたんだ？」

「それが、その朝、首席司祭が言いに来たらしいのよ——ヴィクトリアとアルバートに——ギフトショップの契約を更新するつもりはないって。そのすぐ後に、ブリジズフレンチ参事がお店に来たものだから、ヴィクターが突っかかったらしいの、首席司祭の味方につくなんて見損なったって。ブリジズフレンチ参事はそれは傷ついた様子だったって、ヴィクターは今、ひどく後悔しているの」

「興味深いな」デイヴィッドは言った。「特に、首席司祭がその朝にふたりを馘《くび》にしたというのは。でも、実際に関係があるのかどうか。ターキッシュ・ディライトの方はどうだった？最近、誰が買ったのか覚えてたかい？」

ルーシーは微笑んだ。「〈ヴィクトリアとアルバート〉をよく知っていたら、そんな質問しようと思わないでしょうね。もちろん覚えてたわよ」ヴィクターのまねをして、指を折りながら、「土曜日の午前中にイヴリン・マーズデン。土曜日の午後に、ロウィナとジェレミーがそれぞれひとつずつ。月曜日の午前中に首席司祭が買って、そのちょっと後に、ブリジズフレンチ参事が自分の分を補充に来たの。ヴィクターの話だと、それが最後の一箱だったそうよ。今は入荷待ちなんですって」

「だけど、もうその必要はないわね」パットが現実的に口をはさんだ。

「ええ、そうなのよ。そのことを言ったら、ヴィクターは泣きだしちゃって」

デイヴィッドは食卓を指でとんとん叩いていた。「でも、それが何を意味するか、わかるかい？　毒がターキッシュ・ディライトにかけられていたという警察の見解が正しいとすれば、今、名前のあがった人間のうちひとりが犯人だということになる！」

「そんなに簡単なことかしら？」ルーシーは考えこんで眉を寄せた。「だってね、たとえ誰かが、マーズデンさんの物置の殺鼠剤をかけたターキッシュ・ディライトを用意できたとしても、今度はそれをどうやって司祭館に持ちこむの？　司祭館に押し入るか、正面から堂々とはいるかして、首席司祭が買っておいたお菓子の箱と毒入りの箱をすりかえたってわけ？」

デイヴィッドは額をこすった。「そこまでがっちりとは考えていないよ。追及されると、荒唐無稽に聞こえるけどさ、全然不可能ってわけじゃない。方法さえわかれば、犯人が誰なのかもわかるような気がする。犯人は今、言ったうちのひとりのはずだ。でなければ」突然、閃いてつけ加えた。「〈ヴィクトリアとアルバート〉かもしれない。ターキッシュ・ディライトが全部売れたというのは、彼らの言葉だけだろう――自分たちの分を一箱、とっておいたかもしれないよ、その目的のために」

「〈ヴィクトリアとアルバート〉がブリジズフレンチ参事を毒殺したなんて、そんなはずないじゃない！」ルーシーが言い返した。

「それでも」デイヴィッドは言った。「完全にはずすことはできないよ。なんたって、参事が自分たちを裏切って首席司祭についたと思いこんでたんだ……」

「次はどうするの？」パットがまた訊ねた。

「午後にマーズデンさんを訪ねてみます」

パットは彼を鋭く見つめた。「イヴリンを疑っているの？」

「そうは言ってませんよ」デイヴィッドは眉をあげた。「ですが、なんといっても殺鼠剤は彼女のものです。それに彼女はターキッシュ・ディライトを実際に買っています。正直に言いますが、好むと好まざるとにかかわらず、マーズデンさんを容疑者リストのトップに持ってこないわけにはいかないんです」

「でも、動機がないわ」パットが抗弁した。「アーサーをとても好いていたんだから」

「とにかく、訪ねてみます」デイヴィッドは繰り返した。

「ひとりで？」ルーシーが訊ねる。

「うん、ひとりで。そのほうがいいだろう？　それじゃ、きみはトッドに電話をかけてくれるかい——何か知ってるみたいなんだろう?」

イヴリンはデイヴィッドを心から歓迎している様子で、銀のティーポットと手作りのビスケットでもてなしてくれた。彼女は礼儀正しかったが、どこかうわの空で、一口、二口、お茶を飲むと、カップをおろして黒い毛糸玉を取り上げた。すぐに、指が忙しく動きだし、編み針が軽い音をたてはじめたが、その眼はデイヴィッドをじっと見つめていた。

デイヴィッドの世間話の種はつきかけていたが、まだ本題にはいる潮時ではないように思えた。彼はふと窓の外に眼をやった。「ここからだと景色がいいですね」

「ええ、大聖堂がよく見えるんです」イヴリンは頷いた。境内を見下ろしても、その指は一瞬たりとも止まらなかった。「窓のすぐそこに大聖堂がいつも見えているのが、とても好きなんです。たいていの人はただの建物と思っても、ここに何年も住んできたわたしたちにとっては、それ以上のものですから。建物というより人間のようで、季節や、お天気や、一日の時間が変わるごとに、雰囲気が変わるんですよ。夏の朝、東端に光が射しこむ様子といったら——もう、この世のものとは思えませんよ。そして霧の深い冬の日に、ぼんやりとおぼろに見える時は……」彼女はため息をついた。「ここは本当に住むにはすばらしい場所ですわ」しかし、イヴリン・マーズデンの眼は大聖堂を見ていない、とデイヴィッドは気づいた。その眼は今、境内をきびきびと横切って、家の前を通り過ぎ、司祭館の入口にはいっていく背の高い人影を見つめていた。パットだ。彼は少しどきりとした。けれども、パットの思いがけない登場を頭の中で消化するより先に、大事なことに気がついた。

「ここからは司祭館に出入りする人が見えますね」彼はずばりと言った。

「ええ」

彼女がそうやって一日の大半を過ごしていることは、デイヴィッドの眼にも一目瞭然だった。次の質問を婉曲的な言葉でくるむ余裕はなかった。とにかく、答えを知りたかった。「月曜の夜——あなたはこの窓のそばに坐っていたんですか？」

「ええ」質問に対する好奇心はちらとも見せなかったが、月曜の夜、という言葉にはわずかな反応があった。

「外を見ていましたか？」

「編み物をしていました、夕方、いつもやるように」一度、口をつぐんだ。「ええ、外を見ていたと言ってもいいでしょうね。でも、別に覗いていたわけじゃありませんよ」言い訳がましくつけ加えた。「わたしは別に穿鑿好きじゃありません。ただ、境内の様子に興味があるだけで」

「司祭館に誰かはいりましたか？」

また、彼女の眼の光にわずかな反応があった。「アーサー・ブリジズフレンチが」そして唾をのみこんだ。

デイヴィッドは、はやる気持ちを抑えきれずに、身をのりだした。「アーサー・ブリジズフレンチだけですか？」

「ええ、アーサーだけ。首席司祭もです、もちろん。午後遅くに、しばらく外に行っていました――たぶん晩禱でしょう」

「そのほかには？　よく考えてみてください。とても重要なことかもしれないんです」

しかし、よく考えてみる必要などなかった。彼女は鮮明に覚えていた。月曜の夜は、忘れようとしても忘れられない夜だった。「わたしはこの窓のそばに、午後から夜までずっといましたもの……救急車が来た時まで」もう一度、大きく唾をのみこみ、続けた。「トッドが……いなかったので、食事の支度をしなくてよかったものですから。それにわたし……わたしは、あまりおなかが空いてなくて、夜までずっとここで編んでいたんです。あの夜は、アーサーのほかには誰も司祭館に行きませんでした。誓えますわ。誰かがはいったとしたら、絶対に見たはずです」

デイヴィッドはどうにかこうにか、興奮を抑えこんだ。突然、これは密室殺人になった。ただし――と彼は思った――ただし、イヴリン・マーズデンがやったのでなければ。「もうひとつかふたつ、質問をしてもかまいませんか？」

彼女は平静を取り戻していた。「ええ、どうぞ」指は驚くほどのスピードで動き続けていた。

「土曜の午前中に、あなたはターキッシュ・ディライトを一箱買いましたね？」

イヴリンはその質問を奇異に感じていないようだった。もしかすると警察がすでに調査済みなのかもしれなかった。「ええ、そうです。わたしはいつも……前はいつも……うちに一箱、おいておくことにしていました、アーサーが来たときのために。金曜の晩、あの人はうちで食事をして、箱をからにしていったものですから、土曜日に新しいのを買ったんです」

まったく素直な答えだ。しかし、もっともらしい話ともいえる。もう警察が質問したのだろうか？　あまり追及すると、質問の動機を疑われそうなので、しかたなくもうひとつの質問に切り替えた。こちらはかなりデリケートな問題だった。「使われた殺鼠剤はお宅の物置のものでした。長い間、置いてあったんですか？」

彼女がくちびるをきっと引き締めると出っ歯が見えなくなった。「ええ」

「最後にそれを……見たのは？」

「あら、もう何ヵ月も前ですよ。去年の冬か、その前の冬だったかしら、台所に鼠が出たものですから」

「誰かがお宅の物置に忍びこむことはできましたか？」

「簡単ですよ。鍵をかけてませんもの、庭の門にも」

デイヴィッドは、庭の門が窓からは見えないことに気づいた。ということは、イヴリンが司祭館の入口を見ている間も、誰でも好きなときに気づかれずに庭にはいりこむことができたということだ。デイヴィッドは知るべきことは知ったと判断した。彼はティーカップを差し出して、微笑みかけた。「もう一杯、いただいてもよろしいですか？」

「ええ、もちろんですわ」編み物を膝に置くと、ティーポットに手をのばした。「わたしからあなたに質問をしてもよろしいかしら？」

「ええ、どうぞ」

「首席司祭はどうなるんです？　殺人犯として有罪になったら？」

デイヴィッドはわずかに身をひいた。「それは、刑務所にはいることになりますよ、かなり長い間」

「よかった」すばやく編み物に視線を落とす前に、その眼がきらりと満足げに光るのを、デイヴィッドは見逃さなかった。「スチュワート・ラティマーは善人ではありませんよ、ミドルトンブラウンさん」熱っぽく、彼女は言った。

33

あなたはただ、それを目にし、
悪者への報いを見るだけである。

詩篇第九十一篇八

デイヴィッドが戻ると、ルーシーはちょうど台所で、夕食のデザートをひとりでこしらえていた。「パットがいない間は、少しでも役にたとうと思って」彼女は説明した。「何かおもしろいこと、わかった？」

「ああ、わかったよ」彼女にキスをしていると、カインとアベルが尾をふりながら出迎えにやってきた。彼はかがみこんで、かわるがわる撫でてやった。「手伝おうか？」

「それじゃ話しながら、レモンの皮をすって」

「うん」彼はレモンを取り上げた。「殺鼠剤に関しては、だいたいドルーイット警部が話してくれた通りだった――基本的に、誰でもあそこの物置には好きなときにはいれたんだ、昨日も含めて」

「でも、彼女に見られないの？」

「うん、見られない。そこが問題なんだ、実は」彼は浮き浮きとレモンを放り投げて、また受けとめた。「つまりね、マーズデンさんは午後から夜にかけて、窓辺で編み物をしながら、ずっと坐って司祭館を見張っていた。もちろん、そうは言わなかったけどね——自分は穿鑿好きなわけでなく、興味があっただけだと言い張って——だけど、彼女が真実を語ってるとすれば、その間に司祭館に行った人間は、アーサー・ブリジズフレンチただひとりだ」

「じゃあ、誰かが司祭館にこっそりはいって、ターキッシュ・ディライトをすり替えたっていう、あなたの仮説は……」

「はずれだ」彼は認めた。

「ねえ、真実を語っているとすればって」ルーシーは訊ねた。「どういう意味？」

「わからないか？　イヴリン・マーズデンが自分でやったかもしれないんだよ！　首席司祭が晩禱に行っている間、司祭館に忍びこんだのは彼女自身かもしれない。毒は女の武器っていうじゃないか？」

「そう、だけど……」

「あとは動機だけだな。なぜアーサー・ブリジズフレンチを殺したがるのか、その理由がまったく見当がつかない。首席司祭を殺すならわかる——彼女もみんなと同じように彼を憎んでいるようだからね。だけど、アーサー・ブリジズフレンチってのは」

「動機はあるかもしれないのよ」ルーシーが、気がすすまない様子で言った。

デイヴィッドはレモンを取り落とした。「えっ？　何かわかったのか？」

「それが、トッドにやっと電話がつながって。話してもらったんだけど……でも、全然関係ないかもしれないのよ」彼女は言いよどんだ。「トッドは話したがらなかったわ——今度のことには全然、関係のないことだからって。その通りかもしれない。だけど……」

「いいから話してごらん！」デイヴィッドは強く言った。

「トッドの話だと、あのふたりは……一幕あった、という言い方をトッドはしてたわ。ふたりってイヴリン・マーズデンとアーサー・ブリジズフレンチのことよ。月曜の朝に。トッドは偶然、聞いてしまって、それで、マルベリーを出てきたの。だからマーズデンさんと顔を合わせるのが決まり悪くて、ここに戻ってこられないの」

「いったい何があったんだ？」

「彼女は、首席司祭に家賃をとても払えない額に値上げすると言われたことを伝えにきたの。それって、家を明けわたせと言われたのも同然でしょ」

デイヴィッドは音もなく口笛を吹いた。「それじゃ、首席司祭を憎むわけだ」

「まあ、そうね」

「だけど、アーサー・ブリジズフレンチとは？　何があったんだ？」

「彼女は助けを求めに来たのよ。彼なら聖堂参事会で、家賃の値上げをなんとかして阻止できるんじゃないかって。でも参事は、もう自分にできることは全部やったと答えたのよ」ルーシーは眉を曇らせて、躊躇した。「そしたら……彼女はブリジズフレンチ参事にプロポーズしたって、トッドが。マーズデンさんは、参事のお母さんが亡くなったら結婚する、というのは暗黙の了解だと思っていたらしいの」

「で、どうなったの？」一応訊ねたが、いやな予感がした。

「参事はあっさり拒絶したわ――誤解を招くまねをしたのなら、全面的に非を認めるけれど、結婚なんてとんでもないって」

自分でも驚いたことに、デイヴィッドは追い詰められた老人に思わず共感していた。「そりゃ、まあ、とんでもないことだろうね。彼はあんまり……結婚しそうなタイプじゃなかっただろう？」

ルーシーは拒絶された女のために憤慨した。「まあっ、デイヴィッド！　とんでもないってどういうことよ！　結婚すれば、お互いにいい話相手になれたかもしれないし、彼女の住宅問題も一挙に解決できたはずよ。結婚くらい、受け入れてもよかったんだわ」

デイヴィッドはいかにも仰天したように眉をあげた。「そら耳かな――ルーシー・キングズリーが結婚の利を説いているぞ？　こりゃ、何かの間違いだな」

「わたしたちのことを言ってるんじゃないわよ」彼女は睨みつけた。「わからないの？　かわいそうな人――そんな振られ方をして。きっと深く傷ついたに違いないわ」

デイヴィッドは芝居がかった動作で胸に爪をたて、天を仰いだ。「それはちょうど、きみが毎回、ぼくの大真面目なプロポーズをにべもなく拒絶して、この小さな胸をぐっさり傷つけるようにかい」

その様子があまりにも滑稽だったので、ルーシーは思わず笑いだし、いらいらもふっとんでしまった。「比べられるものじゃないでしょ、デイヴィッドったら!」

彼は急に真面目な顔になり、腰をおろした。「でも、きみの言う通りだ。動機に関しては。侮辱された女——小説に出てくるもっとも古い動機のひとつじゃないか? 冷たい仕打ちに対する怒りとでも、誇りを傷つけられた復讐とでも、好きなように言えばいい。残念だけど、これでイヴリン・マーズデンは本当に、有力な容疑者になった」

「そんな、まさか」ルーシーは否定した。

デイヴィッドは無意識にレモンを取り上げ、お手玉しながら考え始めた。「侮辱された女が、自分を振った男を殺そうと決意。同時に、もうひとりの憎んでいる男にも殺人の罪をきせて、復讐する。実際、そうだったかもしれないよ! うまく計画を立てて、首席司祭だけが実行可能な人物と思わせることは可能だ」

「彼女がそこまで計算するような人だと、本気で思うわけ?」

「今日会った後では……わからないよ、ルーシー。信じられないことはないと思う。彼女は、なんていうか……すごくさめていた。感情がないっていうのか。ただ坐って、編み物をしてるんだ——マダム・ドファルジュを連想したよ。彼女がギロチンの側にいる様子を思い浮かべれば、侮辱した男に毒を盛る様子なんて簡単に想像できるだろう。前にも言ったけど、毒は女の武器だ。それに、使われたのは彼女の殺鼠剤だった」

ルーシーはため息をついた。「可能性はあるわね、でも、納得したわけじゃないわよ。直接、話を聞いてみたいわ——きっと、何か見落としがあると思うの」

「いいよ」彼は同意した。「きみの見解は大歓迎だ。それに、きみは人の話を聞き出すのがうまいから――彼女がぼくには言わなかったことも、聞き出せるかもしれない」

「明日、話してみる」ルーシーは決めた。家の前で物音がして、部屋の角で寝ていた犬たちが、のっそり立ち上がり、期待するように尾を振り始めた。彼女は急いでつけ加えた。「でも、今の話はパットにしちゃだめよ、ちらっとでも。あなたが本気でイヴリンを疑っているのを知ったら、きっとひどく心配するわ。わたしが直接、話をするまで待って」

「わかった」彼が頷くと同時に、買物袋をいくつもぶら下げたパットが、台所のドアを押し開けた。

「司祭館に行きましたね、パット」非難するつもりはなかったのだが、言ってしまってから、そう聞こえたことに気づいた。

「ええ」パットは穏やかに答え、彼の口調に眉をあげた。「買物なんかのついでにね。アン・ラティマーに会いにいったのよ、何か力になれないかと思って」

「ああ」

「だってねえ」流し台の上に買物袋をのせ、手をのばして犬の頭を撫でてやりながら、「あの人には何か支えが必要かもしれないと思ったのよ――ジョージの話じゃ、彼女は今朝、朝の礼拝にひとりきりで来てたんですって。普段、平日の礼拝には出席しない人なのに」

「ラティマー夫人と仲良くしているなんて知らなかったわ」ルーシーが言った。

「してないわよ。全然」パットはかぶりを振った。「お互い、めったに顔をあわさないもの

——あの人はたいていロンドンにいるし、今も言ったけど、大聖堂の礼拝にそんなに出てこないしね。もちろん、ラティマー夫妻を一度、食事に招いたことはあるけれど、最後まで、彼女がどんな人かわからなかったわ——内面をほとんど面にださないのよ。あの人がわたしに訊いたのは、どこでお肉を買うかってことだけ！　でも、一応、お見舞いに行って、力になれることがあれば助けてあげるのが礼儀というものだと思って」

デイヴィッドは興味をそそられた。「で、なんて言ってました？」

パットは辛辣に笑った。「わたしの助けなんて必要でもなければ、望んでもいない。自分ひとりでちゃんとやっていけますって。少しでも精神的な助けになればと思って、礼拝に出るときは付き添いましょうかと申し出たら、余計なことはしなくていいと言われたわ——ひとりきりの方が見栄えがいいって言うのよ！」

「ああ！」職業柄、デイヴィッドはそのような事例を何度も見てきていた。「悲嘆にくれる妻、逆境の中でひとりけなげに耐え、冤罪に苦しむ夫を救わんと、公衆の前に身をさらして神に祈るの図、か」

「嘘でしょう、そんな」ルーシーは異議を唱えた。

「いいえ、そうなの」パットは断言した。「何もかも計算ずくなのよ。きっと、父親との長い長い協議の結果ね」

「でも、ご主人が牢屋にはいってるんだから、ものすごく心配してるはずよ」

「あまり心配しているようには見えなかったわね。そもそも、わたしがお見舞いの言葉をかけたら、あの奥さんたら、スチュワートの最大の敵は彼自身だから今いるところが相応だなんて言うの——謙虚さを学んでもいいころだから、牢屋にいるのもいい経験でしょうだって！」ルーシーは信じられない顔で首を振った。「奥さんの言葉を聞けば聞くほど、司祭が気の毒になってくるわ！」

その日の晩、台所のテーブルを囲んでの情報交換は、ほとんど行なわれなかった。デイヴィッドは、イヴリン・マーズデンに対する疑念を胸に閉じこめて窮屈な思いをしていた。それを口にすることは、パットだけでなく、ルーシーの父と主教までも悲しませてしまうと感じ取ったのだ。というわけで、主な話題は夕方のニュースにデイヴィッドが出たことになった。「ぼくは本当にあんな風に見えるのか？」彼は呻いた。「あんなに白髪があるのか？」

「とても上品に映ってましたよ」パットが断言した。

「とってもすてきだったわ」ルーシーが言い添えた。「みんなに自慢したいくらい」

夕食の後にジェレミーが立ち寄ると、いよいよデイヴィッドは調査結果を話しづらくなった。ジェレミーはデイヴィッドがニュースに出ているのを見て、いったい何事かと、ロンドンのルーシーの家に電話をかけたのだが、トッドから、ルーシーが実はマルベリーのすぐ隣の家にいることを聞かされたので、矢も楯もたまらず会いにきたのだった。

デイヴィッドには煙たい存在だが、しかし、のちのち思い出すことになる肝腎な台詞を言ったのも、そのジェレミーだった。「ぼくは少数派らしい」笑いながら、彼は言ったのだ。「マルベリーじゅうで、ほとんどぼくだけさ、首席司祭の釈放を願ってるのは。だって彼がいなけりゃ〈カテドラル・センター〉計画はどうなる？　そしたら、ぼくはどうなる？」

34

山は上がり、谷は沈みました。
あなたが定めたその場所へと。

詩篇第百四篇八

イヴリン・マーズデン宅に近づくにつれ、ルーシーは、彼女が境内を見下ろせるいつもの席に坐っているのをはっきりと見ることができた。そのことでひとつ質問を思いついたので、折を見て聞き出すことにした。ミス・マーズデンもルーシーを見ていたに相違なく、呼び鈴をひくとすぐに現れた。たった二日の間に、招かれざる客がふたりも来たことに驚いていたとしても、イヴリン・マーズデンはそんなことを口に出すようなはしたないまねはしなかった。「こんにちは、キングズリーさん」彼女は挨拶した。

「ちょうど通りかかったものですから」ルーシーは言った。「ブリジズフレンチ参事のことで、お悔やみを申し上げようと思って。あなたには特におつらかったんじゃありません？——お親しくされてたんでしょう？」

はっと息を呑む音がした。「ええ。ありがとうございます。わざわざお気遣いいただいて。

どうぞ、あがってお茶でも。お時間がおありなら」

「ええ、いただきます」ルーシーは頷いた。

銀のティーポットのお茶の葉が十分に開くまでは、お定まりの世間話で間をもたせなければならなかった。天候のこと（寒いですね、以外に何が言えるだろうか、十一月に？）、昼が短くなってきたこと等々。しかしルーシーは、イヴリンの抑制した冷静な仮面の裏に波打つ感情を感じ取り、月曜日の出来事を話題に出すことをためらった。そのうち、イヴリンが黒い毛糸を取り上げて編み始めるのを見て、司祭と同じくそのあたりさわりのなさそうな話題にとびついた。

「編むの速いんですね。とっても」飛ぶように動く指を見ながら言った。

「ええ。これは……仕上げてしまいたいんです」イヴリンの声はこわばっていた。

「それ、なんですか？　セーター？」

「チョッキ」彼女はよく見えるように持ち上げた。「あげるんですよ……アーサーに」ルーシーの驚愕し、唖然とした表情に、イヴリンは慌てて早口に喋りだした。「先週、編み始めたんです、あの……あの前に。それで……これは、わたしの最後の贈り物なんですよ。だからどうしても仕上げて、棺に入れてあげたくて」

ルーシーは何と言っていいかわからなかった。「まあ。本当に美しい贈り物ですね」胸がつまって、それだけ言うのがやっとだった。

涙がひとつぶ、イヴリンの頬をつたい、顎の先で震えた。「どうしても、あげたくて。アーサーに。わたし、ずっと、ずっと前から……」嗚咽をこらえ、大きく息を吸いこんだ。編み物が膝に落ち、彼女は両手で顔をおおった。「ごめんなさい」かすれた声で、「本当に、ごめんなさい。わたし、こんな……」

衝動的に、ルーシーは立ち上がって年かさの女に歩み寄ると、傍らに膝をついて、ぎゅっと抱き締めた。思いがけない心からの同情に触れて、イヴリンの自制心はついに崩れ落ち、身も世もなく大声をあげて泣きだした。それはアーサー・ブリジズフレンチの死以来、初めての嘆きだった。しばらく泣いていた彼女は、それでも無理に何か言おうとした。「しーっ」ルーシーはやさしく声をかけた。「何も言わないで。泣きたいだけ泣いて」

そしてイヴリンは、最初の悲嘆の嵐が去るまで声をあげて泣いた。「彼を愛していたの」ようやく声を取り戻した。「ずっと前から。死んでしまったなんて信じられない。しかも、最後にあんな別れ方を……わたし、ひどいことを言ってしまって。もう一生、自分を許せない」

ルーシーはイヴリンの両肩をしっかりつかんだ。「かわいそうに。でも、彼は絶対、あなたにそんな風に思ってもらいたくないはずだわ。あなたに……長い間の、ふたりの思い出を大切にしてほしいと思ってる。絶対に」

イヴリンはルーシーから身をはなし、すがるような眼を向けてきた。眼を泣き腫らし、もっとも見栄えのよい時でも決して魅力的とはいえなかった顔はあちこち赤く醜かった。「本当……？　わたし、ずっと思って……願ってたのよ……アーサーがわたしを愛してると。彼なりに。だって、わたしは本当に愛してたんですもの」最後は涙がまじり、弱々しくなった。

「もちろん、あなたを愛してたわ」ルーシーはきっぱりと言い切った。「彼なりに愛してたのよ。男の人は女と同じような、女が望むような愛情表現をするとはかぎらないけれど、だからといって、気持ちがないわけではないのよ。アーサーはあなたを愛していたわ。絶対に」彼女は繰り返した。

初めて、イヴリンの涙あふれる眼に希望が宿った。「それが信じられたら。これから先、彼なしで生きることに、耐えていける気がするわ」

ふたりきりで話し合う機会を作るために、ルーシーとデイヴィッドは午後の犬の散歩を引き受けようと申し出た。ふたりきりの時間が欲しいのだろうと察したパットは、その申し出を受けた。借り物のゴム長とアウトドア用ジャケットを装備し、元気いっぱいのカインとアベルにぐいぐい引っ張られながら、ふたりは境内を後にした。

田園の中まで来ると、ふたりは犬を放してやり、息をきらしながらゆっくりと歩き始めた。丘陵の谷間に濃い影が集まりだし、沈みかけた陽の斜光が、何マイルも先の切り立ったウェンロックの丘を燃え立たせている。「で？」やっと、普通の歩調を取り戻したところで、デイヴィッドが訊ねた。「何かわかったかい？」

犬たちが普段の無気力なぐうたらぶりを脱ぎ捨て、急斜面をものすごい勢いで駆け上っていくのを、ルーシーは眼で追っていた。「イヴリン・マーズデンにはとてもアーサー・ブリジズフレンチを殺すことなんてできなかったわ」ようやく言った。

「でも、どうして？　イヴリンはひとりだった――アリバイはない。動機もある。そもそも、使われたのは彼女の殺鼠剤だよ」

「そうじゃないのよ、デイヴィッド。殺せなかったのは、彼を愛していたからなの」

「愛していた？」デイヴィッドは理解できずに、繰り返した。

「そう、愛してたのよ」ルーシーは微笑した。「もう何年も前からアーサーを愛していたの。信じられないのはわかるわ――彼は特に魅力的なタイプじゃなかったものね――だけど、あの人は本当に愛していたの。イヴリンが彼と結婚したがっていることは、境内じゅうの人間が知ってたけど、たぶんみんな、生活の保証と地位を望んでいるだけだと思ってる。そりゃ、そのことも少しは考えにあったでしょうけど、彼女は純粋に愛していたのよ。殺すなんてとても無理」

デイヴィッドは自分の仮説を捨てたくなかった。「振られても？　彼女の気持ちには、永久に答えられないと宣告されても？」

「永久に、というのは長すぎるわ」ルーシーは彼の手をとり、ぎゅっと力をこめた。「それはあなたがいちばんよく知ってるはずよ。状況は変わるわ。人も変わる。だいいち、あの人は彼が自分を彼なりに愛してくれていたと信じたがってるのよ。本当にそうだったかもしれないわ――わたしは知らない。だけど、あの人にはそう信じることが本当に必要なの」

「それじゃ、彼女は殺していないんだね？」

「ええ」ルーシーはきっぱりと言い切った。彼女の確信ぶりに、デイヴィッドもついに納得した。「かわいそうな人――デイヴィッド、あなたにも見てほしかった。彼が亡くなったことで、すっかり自分を失ってるのよ」

「でも、昨日会った時はものすごく冷静で、落ち着いてたけどな。まるっきり他人ごとみたいに」

「もう、デイヴィッドったら。あなたって本当に女心をわかってないのね。彼女は一生懸命、強がっていたのよ、あなたの前では。でも、わたしがちょっと同情の気持ちを表したら、もうぼろぼろに泣き崩れてしまったわ。見ていて、胸をえぐられるようだった」

ふたりはしばらく無言で、手をつないだまま歩いていった。「だけど、彼女がやったんじゃないとすると」とうとうデイヴィッドが口をきった。「誰がやったんだ？」

ルーシーは肩をすくめた。「それで思ったんだけど……」

「もしほかには誰も司祭館に行ってないとすると……」

「そのことで、ひとつ言おうと思ったの」ルーシーが言った。「ほかの人が司祭館に忍びこむのは、不可能じゃないわよ」

「どうして？」デイヴィッドは眉をあげて振り返った。「マーズデンさんは窓からずっと動かなかったんだよ」

「あら、もちろん離れたわよ。あなたまさか、彼女が十時間も十二時間も坐りっぱなしでいられるなんて思わないでしょう……生理的欲求を無視して」

「そりゃそうだ！　でも、それならそうと、なんで言ってくれなかったんだろう……」

「そんなこと、男の人に言えるわけないでしょ。おくゆかしい人なんだから、そんな恥ずかしいこと、自分から口に出せるもんですか。ただ覚えてなかっただけかもしれないし。だけどわたしから訊いてみたら、何回かお手洗いに行ったのを認めたわ」

「その間に、誰かが……」

「誰かが司祭館に行ったかもしれない、彼女が窓から離れている間にね。家を訪ねた時、あの人が窓にいるのがはっきり見えたわ、昼間でも。夜なら部屋に電気がついているから――編み物をしてるんだから、当然明かりはつけたでしょ――外からなら、もっとはっきり見えたはずよ。もし、司祭館に行くのに、彼女の眼を避けたいと思ったら、あの人が窓を離れるのを待てばいいのよ。行った時に、たまたま彼女が窓際にいなくて、見られずにすむと気づいたのかもしれないし。とりあえず、境内のほとんどの人は、彼女があそこに坐っていつも外を見ていることを知ってると思うわ」

「ふむ」デイヴィッドは新情報を頭の中で咀嚼した。「ってことは、ぼくらは振り出しに戻ったわけか」

「そうね」ルーシーはそこでためらった。「あのね、あなたは前に、毒は女の武器だって言ったでしょう。そのことで考えてみたの。ロウィナ・ハントはどうかしらって――このあたりに住む女性で、自分の邪魔になると判断すればお年寄りでも平気で毒殺できるような人といえば、たぶんロウィナだわ」

デイヴィッドは顔をしかめた。「どうしてそうロウィナばかり目の敵にするんだい」彼は反駁した。「ぼくにはいつも愛想がいいよ」

「あら、もちろんそうでしょうよ」ルーシーはつとめて声に侮蔑の色がこもらないようにした。「あなたは男だもの。そしてロウィナは男性向けの女よ。わかるでしょ。あの人は自分の魅力を全部、対男性用にとっとくの。でもね、デイヴィッド、彼女が非情なほど冷酷になれることを、知っとかなきゃだめ。あの人はなんでも自分の思い通りにしなきゃ気がすまないし、そのためにはどんなことでもやる。そう、殺人でも」

彼の顔はかたくなだった。「そりゃ言いがかりだよ、ルーシー。だいたい、ブリジズフレンチ参事を殺す動機を持ってないのに」

「言い切れるかしら。お父さんの話してくれたことを思い出してよ――ロウィナは食堂とギフトショップを経営したがっているけど、聖堂参事会議で副首席は彼女にというか、首席司祭に反対してたのよ。ひょっとすると、副首席さえ消すことができれば自分の思い通りになると考えたかもしれない。それに彼女、カスティのことで副首席を逆恨みしてなかった？　母親の希望に逆らって神学の道に進むように娘にアドバイスしたって」

「きみは大げさだよ」デイヴィッドは言った。「今日の午後、たまたまロウィナに会ったけど、副首席が死んだことに、みんなと同じくらいショックを受けてるようだった」

「ロウィナに会ったですって？」今度はルーシーが眉をつりあげる番だった。

「大聖堂で、だよ。きみがマーズデンさんに会いにいってる間、何かわかることがあればと思って大聖堂にはいったら、〈友の会〉のカウンターにいた。それでちょっと話をしただけだよ」

「じゃ、彼女が月曜の夜にどこにいたのか、訊かなかったの」

「ちゃんと訊いたよ」デイヴィッドはむっとしたように答えた。「まあ、話の成り行きで。サイレンを聞いたかどうか」

「それで麗しのロウィナはなんて？」

「それが、あまり協力的じゃなくてね」デイヴィッドは不承不承に認めた。「家にはいたけど、サイレンは聞かなかったと言うんだ。どうもそのことは話したくないようだったな。あまりはぐらかそうとするから、何か隠し事でもしてるんじゃないかと思った」

ルーシーは満足気な顔になった。「たとえば、殺人とか？　でなければ、あなたに知られたくなかったのかもね、寝室で非番のマイク・ドルーイット警部をもてなすのに……没頭していて……サイレンが聞こえなかったって」

「ルーシー！　そんなのわからないだろ！」

彼女は微笑した。「ええ、でもわたしはロウィナをよおく知ってるの。それと、忘れないで、彼女は土曜日にターキッシュ・ディライトを一箱買ってるのよ。何かよこしまな目的がなくて、あの人がどうしてそんなことをするの？　きまぐれに親切なことをするなんて、あの人らしくないわ」

デイヴィッドは立ち止まり、犬を呼んだ。「暗くなってきた――もう帰ろう」突然、ある考えに振り返った。「そうやってロウィナのことばかり言うなら」突っかかるような口調で言った。「きみのすてきなジェレミーはどうだ？　彼もターキッシュ・ディライトを買っている。

それに、ロウィナと同じくらい、ブリジズフレンチ参事を消したい理由がある――副首席は、〈カテドラル・センター〉の強力な擁護者とは言えなかったからね！　いや、ルーシー、ロウィナについてのきみの意見は受け入れられないな。どうしても選べと言われれば、ぼくはジェレミー・バートレットに賭けるね」

その晩、ドルーイット警部がまた主教館を訪ねてきた。彼が来た時、台所のテーブルのまわりにはパットとジョージのウィロビー夫妻、ルーシーとジョンのキングズリー父娘と、前回と同じ顔触れが揃っており、今回はそこにデイヴィッドも加わっていた。

パットは警部を歓迎し、ぴかぴかの松材のテーブルに席を作った。「今、デザートを食べるところだったのよ。あなたもいかが？」

「本当はいけないんですがね、でもいただきますよ」よく締まったウェストラインを叩きながら、警察官はにやりとした。

主教は自身の偉大な太鼓腹を見下ろし、嘆かわしげに片目をつぶってみせた。「奥さんには内緒にしとくよ」

「デイヴィッドにはお会いになりました？」ルーシーが口をはさんだ。「わたしの友人のデイヴィッド・ミドルトンブラウンです」

「いえ、まだちゃんとお会いしたことはないです」ドルーイットはテーブル越しに手を差し出した。「一、二回、お見かけしましたが。首席司祭の代理人をなさってる？」

「そうです」

パットはフルーツクランブルを盛り分けていた。「新しいニュースはあるの、マイク？　捜査に進展があった？」

警部は心もとなげにデイヴィッドを見やった。「私は本当はここにいちゃいけないんですがね。だけど、完全にオフレコだと保証してくれれば……」

「もちろんですよ」デイヴィッドは急いで言葉をはさんだ。「助けていただけるなら、どんなことでもありがたい。よそには絶対、もらしません」

ドルーイットは心持ち肩の力を抜いた。「ですがねえ」彼は笑った。「なんで私が首席司祭を助けなきゃならないかわかりませんよ。あの男はまったくのくそ野郎だ」

「ああ、よく知ってます」デイヴィッドは実感をこめて同意した。「あ、いや、今のもオフレコです」

「そうじゃなくて、マルベリー大聖堂を助けるためと思ってみて」パットが提案した。

「そうですね。私だって、この大聖堂が汚名をかぶるのは見たくない」警察官は同意した。

パットがもう一度、うながした。「何か新しいことがあった？」

「おっとそうだった、ひとつふたつあるんですよ、実は」

一同は彼の方を向き、期待して待った。警部はクランブルを頬張り、うまそうにひとつ頷くと、続きを話しだした。「殺人の直後、司祭館はもちろんただちに捜索されました。詳しい検査のために、われわれはかなりの品物を持ち出しました。そのひとつに――その、動機になりそうなものが見つかったんですよ」

「なんなの？」パットは食い入るような眼で彼を見つめた。

「そいつがどんな風に、それどころか、実際に今回の事件に関係しているかは、まだわかっていませんがね」彼は釘をさしておいてから、「しかし、重要な意味を持つかもしれません。首席司祭の書斎にあったマルベリー音楽祭の帳簿なんですがね。うちの数字に強い者が一目それを見て、はっきりどこがおかしいとまではわからないが、それでも、帳尻があっていないと言いましてね。で、徹底的に調べさせるのに会計士に送ったんですが、結果がでるまで、二、三日はかかる。だけど一考の価値があると思いませんか？」

「誰かが帳簿をごまかしていたってこと？」パットはいつも通り、歯に衣着せずにずばりと言った。

「はあ、その可能性があります。私に言えるのは、金の流れのどこかで誰かがちょろまかしていたんじゃないかという疑いがあるってことだけです。それが誰なのかを会計士が見つけてくれるのを期待してるんですがね。捜査に役立つかもしれないでしょう。なんたって、音楽祭の責任者はブリジズフレンチ参事でしたから、帳簿も彼が持っていたはずなんです」

「それでもし、帳簿がおかしいことに首席司祭が気づいたか、疑いをもったかしたとすれば……」デイヴィッドが考えを口にだした。

「首席司祭に訊いてみたらどうです？」ドルーイットが提案した。

「ブリジズフレンチ参事の家も捜索したんですか？」ルーシーが訊いた。

「もちろん」

「特に何かあったの？」パットが訊いた。

「いや、ないと思いますね」警部はそれを認めて、「もちろん、あとで何か出てくるかもしれませんが。書斎の机には、開封したターキッシュ・ディライトの箱があって、中身がいくつかなくなっていました――意外でもなんでもありゃしない。部屋中が本の山だらけで、捜査員はみんなつまずいてましたよ。机の上にもまわりにも書類が積み上がってましたが、音楽祭関係のはひとつもなかった。机にのってたもののいちばん上にあった書類は――ということは、彼が最後に作っていたものでしょうが――聖書からの引用文のリストみたいでしたよ。説教の原稿を書こうとしてたんでしょうかね」ドルーイットはため息をついた。「まったく気の毒に。喋ることのない説教を準備してたんだ」

「言っちゃなんだが、アーサーはあまり説教がうまくなかったよ」やぶから棒に主教が口をだした。

ジョン・キングズリーが非難の眼を向けた。「ジョージ、彼は亡くなったんだよ」

しかし、しめくくりの言葉を言ったのはパットだった。「だからといって、彼の説教がてんでつまらなかったという事実は変わらないわね」

ドルーイット警部が辞去しかけると、デイヴィッドがためらいがちに眼を向けた。「ひとつ質問をしてもかまいませんか？」

「どうぞどうぞ」

「警察は境内の全員について、犯行当夜の居場所を確認したでしょうから、その記録があるはずですよね。その内容を教えてもらうわけにはいかないでしょうか？　はっきり言えば、誰にアリバイがあって、誰にないのかってことですが」

「できるだけのことはやってみましょう」警部は約束した。「明日の晩にまた来ますよ、それでよければ」

「助かります」デイヴィッドは感謝をこめて言った。

警部が帰った後、一同はしばらくコーヒーをちびちびと飲みながら、今聞いた話の意味することを考えていた。

最初に口をきったのはパットだった。「どう考えていいのか、さっぱりわからないわ。もしかしたら結局、首席司祭がアーサーを殺したのかもしれないわね」

その晩、ほとんど初めて、ジョン・キングズリーが喋った。「いえ、それはないでしょう」その声は静かだがきっぱりとしていた。一同は彼の方に顔を向けた。

「どうして？」ルーシーが訊ねた。

「それはね、あの夜に電話で首席司祭が言った言葉だよ。彼は、アーサーが気難しくなって、どうあっても辞職しないと逆らっていると言った。私たちはずっと、アーサーが理性的になってくれることを望んでたのに」

「でも、いったい……？」デイヴィッドが言いかけた。

「それこそアーサーを殺す動機に思えるがね」主教が言った。

「だけど、わからないかい？　もしもその時点で、首席司祭が彼を殺そうと決心していたなら――もうすでにターキッシュ・ディライトに毒をかけていたとしたら――そんなことを言うはずがないんだよ。アーサーが約束を守っておとなしく辞任するつもりでいる場合には首席司祭が持ちえない動機を、わざわざ私に提供したようなものだ。彼は、アーサーが辞任するつもりでいると、私に思わせておくこともできた。アーサーが死んで、この先、自分の邪魔をしないことをわかっていたのなら」聖堂参事は頭を振ると、眼鏡をはずして鼻梁をこすった。「そうなんだよ。首席司祭が有罪だと信じるのがどんなに都合がよくても、あの電話で彼は自分の無罪を証明している」

デイヴィッドはルーシーと視線をかわした。今の話が示す真実を認めつつ、彼女の父親に対する尊敬の念をますます深めながら。

35

神は必ず敵の頭を打ち砕かれる。
おのれの罪過《ざいか》のうちを歩む者の毛深い脳天を。

詩篇第六十八篇二十一

一夜明けた金曜の朝――マルベリー殺人事件の記事が週刊〈教会タイムズ〉の一面を賑々しく飾った日――デイヴィッドはシュルーズベリ刑務所の依頼人との面会手続きを、再勾留審問以来はじめてとった。二日間の勾留はスチュワート・ラティマーの機嫌を直してはいなかった。司祭は面会室のテーブルの上を毛深い指で何度も叩きながら、入室してきたデイヴィッドを睨みつけた。「まだ私をここから出せないようだな」これが彼の第一声だった。

「まだ二日ですからね」向かいに腰をおろしたデイヴィッドは、依頼人が苦況にはほど遠い様子でいるのを見てとった。首席司祭はきれいに髭を剃り、きっちりと正装していた。

「私の人生でいちばん長い二日間だった。あとどれだけ耐えろというつもりかね？」

デイヴィッドは首席司祭の不機嫌にペースを乱されまいと決意した。「できるだけがんばってください」穏やかに返答した。「待遇はなかなかのようですね」

首席司祭は乾いた笑い声をたてた。「まだ拷問はされていない、という意味でならそうだね。しかしここはサヴォイ・ホテルとは言えないよ。食事はまったくひどいものだ」

「おっしゃる通り、ここはサヴォイではありません」

「ふん、少しは成果があったのかね？」スチュワート・ラティマーは嘲笑まじりに、「そのために、私はとてつもなく高い料金を払ってるんだろう？」

デイヴィッドは眉間に皺を寄せた。彼の声は静かだったが、毅然としていた。「私の仕事がお気に召さないのなら、誰でも好きな人を選んでくだされればよろしいのです。私はあなたなど恐くない。好きに侮辱しなさい――ただ、あなたにとって、いずれここから出るための希望が私だけであることを覚えておくことです」

腕を組み、首席司祭はぶすっと黙りこんだ。

間を置いて、デイヴィッドは普通の調子で話し始めた。「今日、来たのは、あることを訊きたかったからです。音楽祭の帳簿のことで」

「帳簿？」

首席司祭がどこまで知っているのかをはかるために、できるだけ事実は伏せておくつもりだった。「キングズリー参事の話では、あなたが帳簿を渡すことを要求し、ブリジズフレンチ参事はその後、帳簿を提出したということでした」

「そう、その通りだ。しかし、それになんの関係がある？」

デイヴィッドは遠回しな質問で答えた。「帳簿をお調べになった？」

「いや、実は見ていない。ブリジズフレンチのどうしようもなく汚い字を解読するより、ずっと重要なことがたくさんあったのでね。帳簿は私の書斎だ——まだそこにあると思う、もし必要なら」

デイヴィッドは、もっと率直になる必要があると気づいた。「キングズリー参事の話では、あなたは、帳簿を渡すようにかなり強要していたそうですね。それは帳簿になんらかの……不首尾があると……疑いをもったからですか？」

「いや、とんでもない」首席司祭はそっけなく手を振った。「ブリジズフレンチを頑固な邪魔者だとは思っていたが、不正直であると思ったことは一度もない」

「では、なぜそこまで強要を？」

「そんなことは明らかだと思うがね、あなたの頭でも」首席司祭は意地悪く強調して言った。「誰が偉いのかをはっきり悟らせるためだよ」デイヴィッドの表情を見て、突然、身をのりだした。「まさか、帳簿におかしなところがあったというのではあるまいな？」

「まあ」デイヴィッドは不承不承に認めた。「可能性だけですが。警察は、誰かが着服していたと考えているようです。まだ、誰がどのようにやったのか、わかっていな……」

首席司祭は突然、乾いた哄笑を轟かせた。「これは傑作だ！」

唖然として、デイヴィッドは言った。「何がおかしいのか、わかりませんが……」

「わからないかね？」スチュワート・ラティマーは両の指先をつきあわせると、デイヴィッドから指先に視線を移した。「ずっと、帳簿が自分の書斎にあったことさ。彼らは全員、同じ穴のむじなだ——私が保証する。ブリジズフレンチ、セットフォード、グリーンウッド——ひとりが有罪なら、全員が有罪だ。彼らが隅でこそこそ相談していた理由がやっとわかった。私に気づかれたらと、気が気でなかったに違いない。そこが、いちばんの傑作だよ——あの役たたずどもをまとめて一掃する手段を、私はこの手に握っていたのに気づきもしなかったんだからな！」

ドルーイット警部は自分の言葉に忠実な人物だった。その晩、彼はまた現れて、台所のテーブルの仲間に加わると、小さな手帳を取り出した。

「アリバイをお訊ねでしたね」デイヴィッドに言い、メモを繰った。「たいした情報はない。ほとんど全員が、晩禱の後はずっと家にいたようです。配偶者のいる人間は、互いのアリバイを提供できる——グリーンウッド参事夫婦、それからジョージ主教と奥さん」ウィロビー夫妻の名前まであげなければならないことに恐縮した様子で、申しわけなさそうに微笑した。「クレア・フェアブラザーは、夜までクリニックで仕事をして、九時過ぎに帰宅しているから、セットフォード参事はそれまで家にひとりでいた。それからひとり暮らしの人々は——誰ひとり、まともなアリバイがない。みんな、ひとりで家にいたというだけで。その人たちというのが、ええと、キングズリー参事と」彼はまた、申しわけなさそうな顔になった。「マーズデンさんと、バートレットさんと、ハントさん。マーズデンさんのところのトッド・ランドールは、その夜いなかった」彼は音をたてて手帳を閉じた。「こんなもので助けになるかどうかわかりませんが」

「どうもありがとうございました、警部」デイヴィッドは言った。「助けになるかどうかは、後になればわかりますよ！」

「あの」ルーシーが無邪気な顔で声をはさんだ。「その夜は鳴鐘者の方々は練習していたんですか？」

「いや、練習はいつも火曜日です」警部は説明した。

「じゃ、あなたはあの晩、境内にいなかったんですか？」

彼は露ほども逡巡しなかった。「ええ、夜勤で。もちろん、後になって現場に召集されましたよ。しかし今は前にも言った通り、この件からははずされています」

ルーシーとデイヴィッドは困惑した視線をかわした。もし、ロウィナ・ハントがマイク・ドルーイットと一緒にいたのでなければ――ふたりは眼と眼で会話した――いったいどんな、話したくないようなことをしていたのだろう？

「何かもっとわかったことはあるのかな、昨夜、話してくれた――音楽祭の帳簿のことで？」

主教が訊ねた。

「うちのものが、不正は教会の建築維持基金に関係があると断定したくらいですね――明らかに膨大な額が移されています」ドルーイット警部はやや落ち着かない顔になった。「本当はこんなこと、もらしちゃいけないんですがね。少々、具合が悪いんですよ――その、はっきりと、これが事件にどんな関係があるか突き止めるまでは」

ウィロビー神学博士は髭をしごいた。「うん、わかった」

「ですから、今のところはまだ、誰にもこのことは言わないでほしいんですよ」言いながら、ドルーイットはデイヴィッドを見た。「いずれ、帳簿の連著人であるグリーンウッド参事とセットフォード参事にも事情を聞いて、知っていることを教えてもらわなければならないので」

「つまり、警察よりも先に彼らのところに行って、何もかもぶちこわすのは勘弁してくれ、と」デイヴィッドはうがった意見を言った。

「ま、そういうことです」ドルーイットはにやりとした。「悪く思わんでくださいよ……」

「参ったな」のちに部屋でふたりきりになると、デイヴィッドは言った。「ルパート・グリーンウッドにもセットフォード参事にも、帳簿のことを訊けないってのは。とても重要な鍵だという気がするのに」ぶらりと窓辺に寄り、大聖堂の黒い姿を見つめた。

「ロウィナ・ハントにはアリバイがないわ」ルーシーはあっさり言うと、蹴るようにして靴を脱いだ。「わたしはそれこそ重要だと思うわ」

彼は振り返って、ルーシーが服を脱ぐのを見守った。見られていることを気にかける様子もなく、故意に魅惑的にふるまうわけでもなく、ただ優美な身のこなしで淡々と脱いでいるだけだが、その光景はいつもデイヴィッドにとって実に刺激的なものだった。彼は論点に意識を集中しようとした。「ジェレミー・バートレットは？」彼は思い出させた。「あの男にもアリバイはないみたいだろ。それにドルーイットは、なくなった金が教会建築維持基金に関係するとか言っていた。建築だよ、ルーシー！　それこそきみの仲良しのジェレミーを指し示しているじやないか。ぼくは彼が着服した張本人だと思うね。それを隠すために、あいつが殺人を犯して、首席司祭との約束がおしゃかになるのを防ごうとしたとしても、驚かないよ」

「どうしてそんなにジェレミーが殺人や何かを犯したと決めつけるのかわからない。なんで彼を毛嫌いするの」

デイヴィッドは言い訳がましく答えた。「ぼくはただ、ジェレミーを信用してないだけだよ。あいつは何か……なんとなく……胡散臭いから」

「変なの」ルーシーは両腕を彼の体に回した。

デイヴィッドはしかし、その魅力に完全に屈伏する前に呟いた。「思い出したいことがあったんだ。誰かに言われた言葉。なんだったかなあ……」

36

主よ。朝明けに、私の声を聞いてください。
朝明けに、私はあなたのために備えをし、
見張りをいたします。

詩篇第五篇三

その翌朝八時、盛大に鳴り響く大聖堂の鐘の音で目を覚ましたデイヴィッドの無意識は、ずっと思い出そうとしていた記憶をついに掘りあてた。

「ルーシー！」突然、頭が冴えて、デイヴィッドは怒鳴った。「鳴鐘者だ！」

「鳴鐘者、うるさい」彼女は呻いて、顔を枕に埋めた。「朝っぱらからあんな騒音をたてるなんて」

「そんなことはいいんだ！　昨夜、ぼくが思い出そうとしていた台詞を言ったのは鳴鐘者だったんだよ！」

「今、何時？」寝返りをうつと、眠そうな細い眼で時計を見た。「八時半よ、土曜の――こんなに鐘を鳴らしまくるなんて信じられない！」

「聞いてくれ、ルーシー」デイヴィッドはしつこく言った。「アイヴァ・ジョーンズの追悼ミサの後、ここの朝食会でトッドが言ったんだ」

「鳴鐘者じゃなかったの」

「トッドは鳴鐘者が言ったことをたまたま耳にして、それを話してくれたんだ」彼は辛抱強く説明した。「首席司祭のガーデン・パーティーでのことだ。首席司祭がビールのことでさんざん彼らをいびって、おまえたちは醜聞そのものだと言ったら、鳴鐘者のひとりが本当の醜聞は大聖堂の内部で始まっていると言い返したんだ！」

ルーシーはまだはっきり目が覚めておらず、話についていけなかった。「それで？　何の関係があるの……？」

「わからないか？　首席司祭は鳴鐘者がオルガン奏者と聖歌隊の少年のことを話していると思いこんで、アイヴァ・ジョーンズを自殺に追いこむことを言った。だけど、鳴鐘者が実際は、帳簿の改竄のことを言っていたとしたら？　それなら辻褄があうんだ！」彼は床に手をのばしてガウンを探した。

「ちょっと、起きるんじゃないでしょ？」

「起きる。鳴鐘者たちに会いにいって、知っていることを聞き出さなけりゃ——彼らに質問しようとした人間は誰もいないんだ！」

「ああん、行っちゃいや」懇願するように、彼の腕に手をかけた。「時間はいくらでもあるじゃない」

それはとても心をそそられる誘惑だったが、十分とは言えなかった。「ごめんよ。わかるまでは、ぼくは何もできそうにない」

ルーシーはため息をついた。「んもう、行っちゃえば！」そして上掛けを頭の上まで引っ張りあげると、鐘の音を遮断するために両耳に指をつっこんだ。

デイヴィッドがルーシーを伴わずに階下におりてくると、パットはもう起きて台所にいた。

「土曜日は英国の誇るたっぷり朝食の日なの」彼女は宣言した。「ジョージは八時の礼拝を終わって、もうすぐ帰ってくるはずよ」

「今朝はえらく早くから鐘が鳴ってましたね？」

「土曜日はたいてい八時過ぎから、奏鳴を始めるのよ」パットは説明した。「長い曲だと三時間半くらいかかるし、マイク・ドルーイットはだいたい十二時からが警察の当番だから、早くから始めないとマイクが鐘を鳴らせないの。マイクが普段、テナーを鳴らしているから、彼抜きではうまく奏鳴できないのよ。境内の人間は鐘の音に慣れてるし――それに、どっちにしろ、わたしたちのほとんどは早起きしなきゃならないから」

「ルーシーはちょっと怒ってましたよ」彼が言った。「たぶん、今朝はゆっくり朝寝をしたかったんでしょう」

「かわいそうなルーシー」パットはくすくす笑った。

デイヴィッドは台所の中を落ち着きなく歩き回った。「鳴鐘者と話さなきゃならない――重要かもしれないことを思い出したんですが、ぼくは鳴鐘者がそれを教えてくれると考えてるんですよ」

「まあ、でも、あと二、三時間は話せないわよ、奏鳴が失敗しないかぎり」彼女は厳然たる論理で指摘した。「だから坐って、食事をしなさいな。さあさ坊や、卵はどうやって食べる？」

デイヴィッドは南袖廊の螺旋階段のいちばん下で待っていた。鐘の音がやんでしばらくすると、鳴鐘者たちが先を争うように降りてきた。最初に出てきたのはドルーイット警部で、彼は正午からの勤務に間に合うように大急ぎで去ろうとした。「話をする時間がないんだ」デイヴィッドに声をかけた。「これから当番でね」

「ぜひ、いつか話をしたいんですが、警部――ふたりだけで」

ドルーイットは足を止めて、考えた。「いいよ。明日の晩は？〈修道士の首〉亭で一杯やりながらってのは？」

「いいですね。何時に？」

「八時では？」

「結構です。じゃ、明日」

ドルーイットに続いて、階段吹き抜けからは若い男女が数名、ぺちゃくちゃ喋りながら出てきた。声が袖廊のアーチ型天井にこだましました。「リーダーの方は？」デイヴィッドは遠慮がちに声をかけた。

「バリーならまだ鐘楼の上よ——いっつも最後に降りてくるの」つんつん頭で片耳にずらっと銀の輪のピアスをした血色の悪い娘が教えてくれた。「もしよかったら、上ってったら」彼女は親切につけ加えた。

デイヴィッドは唾を飲んだ。彼は高い場所をことさら快適と感じたことがなかった。「いや、いいんです。待ちます」

最後の一団が降りてきたのは、それから間もなくだった。ほっそりした華奢なブロンド娘、続いて鷲鼻の逞しい青年、そしてしんがりに長身長髪のバリー・クラブツリー。デイヴィッドは司祭のガーデンパーティーで会ったわけではないが、見たことはある連中だと気づいた。

デイヴィッドは一歩進み出た。「バリーさん？」

長身の青年が振り向いた。「はい？」

デイヴィッドはウィロビー夫妻の友人であると自己紹介をした——彼らがおりてくるのを待っている間に、自分が首席司祭の弁護士であると明かすよりも、そうした方が境内の人間と仲良くなれると判断したのだ。

「女房のリズです」バリーが紹介した。「こっちは親友のニール」

「急いでるのかな？　一杯おごらせてほしいんだ」デイヴィッドが申し出た。

バリーとニールは顔を見合わせた。「いいね」バリーは言った。

「おれはおごりを蹴ったことはないよ」ニールもすいた前歯を剝き出して、にやりとした。

リズ・クラブツリーは首を振った。「あたしはだめ。キャロラインをおいてきたから——あ、娘なんですけど――」デイヴィッドに説明した。「今朝、グリーンウッドさんに預けてきたんです、だから迎えに行かなきゃ」

「なんだよ、来ればいいじゃないか、リズ」バリーはせっついた。「あの奥さんはキャロラインを預かるのが大好きだろう。ちょっとくらい長く預かってもらっても、あの人は気にしないよ」

「だめ、そんなの悪いわよ。あんたたちで行ってらっしゃい」彼女は言い添えた。「じゃ、先に帰ってるわね、バリー」

「〈修道士の首〉亭は？」デイヴィッドは、マルベリーで唯一、彼の知っているパブの名前をあげた。

「いいよ」バリーは同意した。「払ってくれるんなら。あそこは、町の反対側にあるおれたちの行きつけよりちょっと高いんだ」

ふたりの鳴鐘者は先に立って町に出た。デイヴィッドはまだ大聖堂境内を出てマルベリーの町を歩いたことはほとんどなかった。大聖堂に敬意を表して、マルベリーは一応法的には市に指定されているが、実際は単なる市場町だった。しかしその町並には歴史があり、湾曲した黒と白の建物が絵画のように、町の中央を走る狭い通りの両側にひしめきあっている。その中央をぐるりと取り巻くのは、鉄道景気のころに建った贅沢なヴィクトリア風の赤煉瓦の建物が並ぶ一帯で、醸造職人向けに建てられた、より慎ましい造りのテラスハウスが、それに沿うようにたくさん並んでいる。大戦の間の建築ブームはマルベリーを素通りしたらしく、そのころにはやった二軒住宅はほとんどなかった。けれども近年は、市の避けがたい拡張により、町の端には新興住宅地ができ、樹木のないちっぽけな芝生の区画ごとに、似たり寄ったりの四角い箱のような建て売り住宅が並んでいる。

しかしながら、〈修道士の首〉亭は大聖堂のすぐ近くにあり、境内と町を隔てる広々とした緑の広場を望んでいた。チューダー様式を模倣したそのまとまりのない建物は、ここは単なるパブではないと主張していた。二階の狭苦しい粗末な部屋をいくつか寝室として提供している事実をあげて、それは宿屋を名乗っていた。が、一階は、樫の梁や、真鍮の馬具飾りや、覆いのない暖炉など、パブとしての期待を裏切らないものだった。

行きつけではないようなことを言っていたわりには、バリーもニールも明らかに店に顔を知られていた。バーテンを名前で呼んで挨拶し、プラウマンズ・ビターをジョッキで注文し、勝手に火のそばのテーブルに腰を落ち着けた。デイヴィッドは代金を払い、泡立つ飲み物を受け取ると、ビールをぽたぽたしたたらせながらテーブルに運んだ。

「気をつけてよ!」ニールはにやっとした。「一応、全部飲むつもりなんだからさ。やっ、どうも」ジョッキをかかげてから、ぐいぐいと飲みだした。

「ありがとう」バリーも礼を言った。

デイヴィッドはめったにビールを飲まないが、ここは彼らと一緒に地ビールを味わうのがいいだろうと思った。プラウマンズ・ビターは飲んでみると驚くほど飲みやすく、彼が本題を切り出すまでに、一同は二杯目をやっていた。

「ちょっと前に、トッド・ランドールと話したんだ」彼はさりげなく言った。

バリーは頷いた。「ああ、アメリカ人の」

「いい奴だよ」ニールが口をはさんだ。「バリーが鳴鐘に誘ったんだけどさ」

「だめだったのかい？」

「いや、一、二回、鐘楼に上ってきた」バリーは説明した。「挑戦しに。だけどタイミングがどうしてもつかめなくて、それで結局やめたんだ」

「首席司祭の任命式の後、ガーデンパーティーで一緒だったんだってね」

「ああ」バリーは認めた。「おれたちのテーブルに来たんだ、カスティ・ハントと」

ニールは笑った。「おれたちとじゃなくて、ビールと相席したかったんだよ」

ビールを一口飲んで、デイヴィッドは慎重に言葉を選んだ。「首席司祭がビールのことで、きみたちにひどいことを言ったらしいね」

バリーは鼻先で笑った。「あのうぬぼれちび」

「だけど、バリーがそっくりそのまま、がつんと返してやったんだよ、なあ？」ニールは痛快そうな口振りで言い、親友を尊敬の眼差しで見た。

「さあ、どうかな」バリーはジョッキを揺すり、謙遜して言った。

「なーに言ってんだよ！」ニールは勢いこんでデイヴィッドの方を向いた。「バリーは、教会の恥はおれたちじゃないって言い返したんだ——本当の醜聞は大聖堂の中で起きてるってさ！」

デイヴィッドは息をのみ、そしてできるだけ軽い口調で言った。「それはどういう意味だい、バリー？　本気で言ったのか、それとも売り言葉に買い言葉ってやつか？」

若い鳴鐘者は答える前にしばらく、値踏みするように彼を見つめた。「本気で言ったんだよ。おかしなことが起きてたから」

「おかしなこと？」

「足場さ。夏の音楽祭の後、南袖廊の〈ベケットの窓〉の内側と外側に組み立てられた」バリーはぐっとジョッキを飲み干した。「十一月の守護聖人祭まで、あれはそのままだった。だけどその間、それこそ何ヵ月も何も起こらなかった。職人も誰も来なかった」

「それ、確かかい？」

「ああ、確かだよ。鐘楼に上るときに、外側の足場がよく見える。おれはしょっちゅう鐘楼に上るからね。ほとんど毎日。職人なんかひとりもいなかった」彼は繰り返した。「ただ足場を組んで、何ヵ月もほったらかして、それをまた取り壊した。ほかには何もしなかった。どう考えたっておかしいと思わないか？」

37

主よ。私を偽りのくちびる、欺きの舌から、
救い出してください。

詩篇第百二十篇二

考えれば考えるほど、大聖堂建築家がアーサー・ブリジズフレンチの死に関与していると思えてならないが、ルーシーを喜ばせるために、デイヴィッドはロウィナ・ハントのアリバイの穴を追及しに訪問すると約束した。

日曜日、主教による静かだが窮屈な朝の礼拝と、その埋め合わせともいえるすばらしく美味な正餐の後、午後になって彼は出かけた。

ロウィナはデイヴィッドが戸口に立っているのを見て、美しく整えた眉をあげた。礼儀正しく招き入れてくれたが、飲み物をすすめようとはしなかった。居間は整頓され、彼が主教宅に散らかしてきたような新聞の日曜版もここにはなく、暖炉の中では陽気に炎が燃え盛っていた。誰か客を待っているのだろうか、とデイヴィッドは訝った。

彼女は腰をおろし、彼に椅子をすすめた。「それで、わたくしにどんなご用ですの、ミドル

トンブラウンさん？」ファーストネームで呼ぶ間柄になるつもりはないことを強調して言った。

デイヴィッドは立ったままで、単刀直入に切り出した。「こんな形で押しかけることになって、申しわけありません。しかし境内で月曜の夜に起きたことを、完璧に把握することがもっとも重要なのです。ですから、あなたがどこで何をしていたのか、もう一度、お訊ねしたい」

苛々と、さも不快げに顔をしかめ、ロウィナは言い返した。「前に言った通りですわ。一晩じゅう家にいました。外出もしていませんし、何も聞いていません」

「でも、何をしていたんです？」彼は繰り返した。

「関係ないでしょう」ぴしりと言い返し、その後、無理に微笑を浮かべて、険悪な空気をやわらげようとした。「それとこれとどんなつながりがあるのかわかりませんわ」

デイヴィッドは率直になろうと決めた。「非常に重要になるかもしれないんですよ、もしも――たとえば――あなたがひとりでなかったとすれば」

顔から微笑がみるみるうちに消え、口元がきっと引き締まった。「そういう……ほのめかしを、真面目に話し合うつもりはありませんわ」食いしばった歯の間から、冷たく言い放った。「もう一度、言います。関係ないことです。あなたにそんなことを訊く権利はありません。もう、お引き取り願いますわ」

ロウィナの家を出ると、ひとりの女が、境内の反対側、大聖堂の陰からひょろひょろとおぼつかない足取りでデイヴィッドに近寄ってきた。彼は礼儀正しく脇に一歩どいて道を譲ったが、女は立ち止まり、臆面もなく声をかけてきた。デイヴィッドはその女を見たことがなかったが、彼女が口を開いた途端に、ぴんときた。ヴァル・ドルーイットだ。このお上品な大聖堂境内で遭遇するとは、およそ想像もつかないタイプだったが、ルーシーが前もって警部夫人の描写をしてくれていたので、その過剰な色気から誰なのかわかった。デイヴィッドは、しかし、彼女が魅力的でなくもないことに驚いていた。少々下品だが、官能的で肉感的な魅力は、秋の肌寒さを考慮したショッキングピンクのつやつやしたビニールのレインコートの内側から、むんむんとあふれていた。

「火ぃない、あんた？」夫人はメンソール系の細長い煙草を、彼に向かって突き出した。

「いえ、すみません。吸わないんです」

「ああ、気にしないで」達観したように笑い、強烈なジンの臭いをふきつけてきた。

デイヴィッドは境内の入口に向かって、また歩きだした。驚いたことに、彼女もついてきた。

「じゃ、あんたもお仲間ってわけ？」世間話のようにさらりと言った。

「は？」

「あの売女と寝るお仲間よ。あの女ってば、ひとりじゃ満足できないのねえ。うちの亭主ひとりで十分のはずなのに——なんたって、うちの人のアレは抜群なんだから。あたしとわけあわなきゃならないにしたって。だけど、あの女はどんな男もほっとけないのよ、ねえ？　あたし時々、見張ってんの、マイクが来そうな時に」ひとりでくっくっと笑い、デイヴィッドが啞然としているのをいいことに、ぺらぺら喋り続けた。「当番だって言ってるけどさ、あいつは隙を見つけちゃ、あの女の家に行って、ささっと一発やってんのよ。あたしが見てるのも知らないで、こそこそ駆けこんでさ、はん、笑っちゃうわ。でも、時々あたしもびっくりよ。こないだの夜の男は、うちの亭主じゃなかったし。今日は今日で、あんただったし。へんね。今日の午後は絶対にマイクだと思ったのに」ここで警部夫人は、内緒話をするように声を落とした。「教えてよ、ねえ。ふたりだけの秘密にするから。あの女、そんなにいいの？」

「ぼくは……わかりません」デイヴィッドはひどく当惑して、口の中でもごもごと言った。「すみません、失礼します——」歩幅を広げ、じきに彼女を引き離した。

その晩、デイヴィッドはドルーイット警部より先に〈修道士の首〉亭に着いた。ウィスキーを注文し、火のそばに陣取ると、この先どれほど難しくデリケートな仕事が待ち構えているかを考え始めた。やはり、ルーシーは正しかった。ロウィナ・ハントは間違いなく何かを隠しており、そのことについてドルーイットが何か知っているかどうか、明らかにしなければならない。そのためには、警部にまず、彼女の愛人であることを認めさせなければならず、それから……

「やあ、デイヴィッド」ドルーイット警部が向かいの席に逞しい体を落ち着けた。「遅くなってすまない。ちょっと……長引いてね」

ロウィナとか、とデイヴィッドは思った。「何をやります？　プラウマンズ？」

ドルーイットはデイヴィッドの飲み物を見た。「実をいうと私はウィスキー党でね、もしよければ」

「いいですよ。ダブルで？」

「そりゃあどうも」

デイヴィッドがバーに行き、ウィスキーをもう一杯持って戻ってくると、ふたりはしばらく無言のまま、酒を飲んだ。飲みながら、ドルーイットはなぜ呼び出されたのかを訝しみ、デイヴィッドは質問を前に心を奮い立たせていた。直接的なアプローチはロウィナにはほとんど功を奏さなかったが、まっすぐな気性のドルーイットにならかえって有効かもしれない。彼はついに腹をくくった。「今日の午後、奥さんと会いましたよ」

「ヴァルと？」ドルーイットは必要以上に驚きも警戒も見せなかった。「ヴァルをご存じとは知らなかった」

「知りませんでしたよ。今日の午後までは。さっき境内でばったり会って」デイヴィッドは底に残った酒を見下ろし、ドルーイットの眼を避けた。「奥さんに言われましたよ……あなたとロウィナ・ハントのことを」顔をあげると、警察官は赤面していた。一瞬、警部の顔は石のように硬張ったが、やがて意識的に力を抜いた。

「ああ、そう？」ドルーイットは無理に笑ってみせた。「あなたに否定してもしょうがないようだ、ただ、境内の人にはあまり知られたくないな。私のためじゃない――ロウィナのために」

「そりゃ、もちろん」また、デイヴィッドはうつむいた。

「もう一杯どう?」ドルーイットが申し出た。

「いただきます」

警察官は戻ってくると、話し始めた。まるで、この情事について告白する相手を長い間待っていた警部のために、状況が、デイヴィッドをつかわしてくれたかのように。「始まったのはこの夏だ」彼は言った。「音楽祭のころに。あれからずっと続いてきた。彼女の家で、非番の時や鳴鐘の練習の後、時間がとれる時はいつも。ヴァルにはただ当番だと言って」彼は思い出し笑いをした。「ぶっちゃけて言うがね、デイヴィッド。うちのはとんでもない鬼婆あなんだ」

「でも、奥さんは……」デイヴィッドは、何と言うべきかわからず、言葉を濁した。

ドルーイットはふんと皮肉に笑った。「ヴァルが雪のように汚《けが》れなき貞女だなんて思うことないよ」

デイヴィッドは、ちらともそんな風に考えたことがなかったが、どう答えていいかわからなかったので、かねてから心にあった肝腎な質問に急いで切り替えた。「月曜の夜はハントさんと一緒でしたか?」ずばりと訊いた。

警察官はその質問に驚いたようだった。「いや」同様にずばりと答えた。「あの夜は当番だったと言ったはずだ。どれほど罪深いことをやろうが、義務と愉しみを混同することは絶対にない」

「どう言えばいいのか」デイヴィッドは歯切れの悪い口振りで言いながら、何度もグラスをおろしては、テーブルにいくつも濡れた輪を作った。「ぼくはハントさんの月曜の夜のアリバイに満足していません。ひょっとして、あなたと一緒だったことを認めたくないでいるのかもしれない、と思ったんですが」

ドルーイットは一瞬、暖炉の火を見つめた。よく手入れされた口髭を撫でるために、口の前に手を持ってきたので、喋りだした声はくぐもっていた。「そのことでは私も満足してないんだ」彼は静かに認めた。「事情聴取した刑事に、彼女は自分が一晩じゅう家にいて、一度も外に出なかったと言った。だけど、私は九時ごろに電話をしているんだ、十二時に勤務が終わった後で寄ってもいいかどうかを聞くために」

「で、彼女は何と？」ウィスキーがせっかくふたりの間にかけた、親密さの魔法を台無しにしそうで、デイヴィッドは喋るのが恐かった。

「それなんだ。彼女は何も言わなかった。電話に出なかったんだよ」ドルーイットは彼を見ると、激しい当惑に頭を振った。「そうなんだ、畜生、電話に出なかった」警部は繰り返した。

「なら、彼女はどこにいたんだ？」

38

主よ。悪者の願いをかなえさせないでください。
そのたくらみを遂げさせないでください。
彼らはおごり高ぶっています。

詩篇第百四十篇八

その夜、デイヴィッドは気がかりなことが多すぎて、よく眠れなかった。早々に起き出すと、シュルーズベリの刑務所にいる首席司祭に、もう一度、会いにいくことにした。朝いちばんに、刑務所に電話をかけ、依頼人と面会する約束をとりつけた。

「今日の午後、昼食の後にすぐ、首席司祭と会うことにしたよ」台所にはいると、朝食の最中のパットとルーシーに告げた。

「ほかにまだ何を訊くつもりなの？」ルーシーは知りたがった。

「アリバイのことで、ぼくが見当違いをやっていないかどうかを知る必要がある――ロウィナに、もちろんジェレミーにも、アリバイがないってことだけにこだわりすぎてないかどうか」

ルーシーはコーンフレークのボウル越しに彼を睨んだ。「あなたったら、まだジェレミーと話をしてもいないのに、彼を容疑者ナンバーワン扱いしてるのね――いまだに」

「まあ、待てよ。だけど、教会建築維持基金で妙なことをしていたのをブリジズフレンチが見つけたとすれば、あの男にも立派な動機があるってことは認めるだろう？」

「ロウィナが何かを隠していることを忘れないでね」ルーシーが釘をさした。

パットは困惑して眉根を寄せた。「でも首席司祭に会うことが何の役に立つの？」

デイヴィッドは腰をおろし、トーストを一枚とって、説明した。「アリバイ問題が、かえって眼くらましになってるかもしれない。先週、ルーシーの言ったことは正しかった。動機があって、アリバイがないだけじゃだめなんだ――機会の問題がある。首席司祭以外の誰が、毒入りターキッシュ・ディライトを用意して、本物とすりかえることができたのか。たとえマーズデンさんに見られずに、司祭館に忍びこめたとしてもだ。犯人はどうして司祭館にターキッシュ・ディライトがあることを知ったのか？　そもそも、われわれはどの時間帯を問題にしているのか？　犯行の夜のアリバイだけを問題にするのは、まったく無意味かもしれないんだ、首席司祭がターキッシュ・ディライトを買ってから、ブリジズフレンチ参事が実際に食べるまでの時間があるんだから。だからまず、条件をきちんと絞りこむ必要がある――首席司祭がターキッシュ・ディライトを買ったことを知っていた人間は誰かとか、買った後、箱はどこに置いてあったのかとか、そういうことを」

パットは彼にお茶をいれてやった。「箱のセロファンはどうしたのかしらね？」彼女は疑問を口にした。

「それだ！　首席司祭はいつセロファンをはずしたのか？　ブリジズフレンチ参事が家に来る前か？　食事の直前か？」

「機会の問題だけじゃないわ」ルーシーが指摘した。「論理の問題もあるのよ。ジェレミーを例にとってみて。いい？――彼の家は司祭館のすぐ隣だけど、間には高い塀があるわ。彼があの塀をよじのぼるとこなんて想像できる？　司祭館に行くためには、大聖堂の西端を迂回して、境内をほとんど一周しなければならないのよ。そんな目立つことをしたら、境内の誰かが必ず見かけてるはずよ、マーズデンさんが窓を離れてたとしても」

「大聖堂の中を通り抜けて行けないのか？」お気にいりの容疑者が弁護されるのを聞きたくなくて、デイヴィッドはそう言ってみた。

ルーシーはかぶりを振った。「彼は鍵を持ってないわ――ずいぶん前に、わたしにそう言ったの」

「どうやら」デイヴィッドは言った。「そのうちバートレット氏と話すときがきたら、ぼくは山ほど質問をしなければならないようだな」

「で、それはいつになるのかしら？」パットが訊ねた。

「首席司祭の話の内容にもよりますね。でもまあ、今晩にでも」

「わたしが話をしてきてもいいわよ」ルーシーが申し出た。

デイヴィッドは眉を寄せた。「いいや」

「でも、わたしはあなたより彼を知っているわ。だから、わたしのほうが……」

「絶対にだめだ」彼はきっぱりと言い切った。「もし、教会建築維持基金で違法なことをしているとすれば――鳴鐘者の証言がそれを裏づけているけれども――彼は危険な人間ということだ。殺人を犯していようといまいと。そんな奴ときみをふたりきりにさせたくない」

パットは、ルーシーをジェレミーとふたりきりにさせたくない理由はそれだけではないだろうと察し、巧みに話題をそらした。「そうそう、忘れてたわ、ルーシー、あなたが起きてくる前に、ジュディス・グリーンウッドから電話があったの。今日、一緒にお昼を食べられないかって」

ルーシーは眼でデイヴィッドに問いかけた。「行っておいで」彼はすすめた。「ぼくはシュルーズベリに行く途中で、サンドウィッチでもつまむから」

それは十一月末に時々ある、雲のない凍えそうな日だった――しっとりした秋の霧が、刺すような冬の冷気に、何の前触れもなくその座を譲る。ジュディスとの昼食の帰り道、ルーシーはコートの前をしっかりとかきあわせ、陽光の中の大聖堂を見上げた。アーチを外から支える控え壁が、鋭く尖った影を袖廊に落とし、西の正面入口の彫刻が、くっきりと陰影を際立たせている。彼女は主教館の玄関前で立ち止まり、南袖廊に眼を向けた。そこからは、生き残った二階建ての修道院回廊にさえぎられて、〈ベケットの窓〉は見えない。その時ルーシーは、何ヵ月か前にジェレミーが言った言葉を思い出した。初めて境内を案内してくれた晩に、彼は〈ベケットの窓〉がいちばんよく見える場所は自分の寝室の窓だと言った。

デイヴィッドの明示した要望と、彼女自身の持てるかぎりの理性に従って、これからやろうとしていることを考えなおすつもりはなかった。大きく息を吸いこむと、ルーシーは肩をぐっとそびやかし、ジェレミーの家に向かって突き進んだ。

彼女の姿を見て、彼は顔を輝かせた。「ルーシー！　さあ、あがって！」

その熱っぽい歓迎ぶりに、ルーシーはふと不安になったが、逃げ出したい気持ちを抑え、精一杯の笑顔を作ってみせた。「お邪魔だったかしら？」

「きみがお邪魔なわけないじゃないか」大仰に片眉をあげた。「仕事部屋でちょっと作業をしてたけど、別に急ぐものじゃない。あがって、お茶を飲んでいけよ」

「ええ、ありがとう」

「さしつかえなければ、姫。この思いがけなき幸甚を賜る理由をば、お聞かせ願えませんでしょうか？」脇に一歩どき、彼女を玄関ホールに招き入れながら訊ねた。

もっともらしい話をひねりだす時間はほとんどなかったが、まことしやかな言い訳は、するりと口をついて出た。「わたしの絵をどんな風に飾ってくれたか、見たいと思ったの。この間、話した時のことを覚えてる？――あなた、絵を居間から移したと言ってたでしょう。画家の虚栄心と笑ってくれてかまわないけど――いちばん見栄えのするように飾ってもらえたかどうか、確かめたくって」そう言うと、にっこりしてみせた。

ジェレミーは階段の下で立ち止まり、問いかけるような眼で彼女を見た。「いいけど。でも、ぼくがあれを寝室にかけたと言ったのを覚えてる？　くさいくどき文句かもしれないよ？

〈ぼくの絵が二階にあるんだけど見ないか〉って？」

ルーシーは声をたてて笑った。その笑い声が、自分で感じるほど硬張っては、聞こえないようにと願った。「あなたの意図が紳士的だと信じてるわ」

彼は眉をさらに高くあげたが、あいかわらず軽い、おどけた口調で言った。「ぼくはそれほど自分を信じてないけどね。ぼくがきみに夢中なのは知ってるだろう」

「じゃ、いちかばちか賭けてみましょ」

「どうぞ、お好きに」彼は先に立って階段を上り、広々とした寝室に案内した。

大きな窓から光をとりいれた広い空間だが、ルーシーの眼に、それは明らかに男の部屋だった。女っ気がまるでない。調度類はすべてどっしりと黒っぽいもので、女性が好むこまごました置物などはひとつもない。壁までもが、ベッドの正面にかかった絵以外は何も飾られていない。ルーシーはジェレミーの亡妻はどんな女性だったのだろうと、これが初めてではないが訝った。これは奥さんも使っていた家具なのか、それとも、彼は結婚生活を思い出させるものをすべて処分して、新たな生活を始めたのか？

わきあがる同情を抑え、どうすれば邪魔されずに、窓の外をゆっくり眺められるだろうかと、ルーシーはすばやく考えをめぐらせた。そして絵の位置を、いかにも真剣な面持ちでじっくり吟味した。「うーん」ようやく口を開いた。「そこは気に入らないわ。光線がよくないもの。こっちのほうがずっとよく見えると思う、その壁よ。そこなら、クロゼットの陰にならないわ」

ジェレミーは彼女の指の先を眼で追った。「うん、そうだね。なんたって、画家はきみだ」

へりくだって付け加えた。

「ハンマーある？」

「階下にね。すぐ取ってくるよ」

彼がドアから出ていってしまうと、すぐにルーシーは窓辺に寄った。ジェレミーの言った通りだった。〈ベケットの窓〉の眺めは、陽光の中では殊に最高だった。八百年近く前のものにしては、驚くほど状態がよい。だが、窓を囲む石造りの部分は、最近いじられたようには見えなかった。これといった石の色の違いも修復の跡もまったくない。ルーシーは、足場について鳴鐘者がデイヴィッドに話したことを思い出した。ほかにも思い出したいくつかの事柄が、突然、心の中でひとつに組み合わさった——教会建築維持基金の数字の食い違い、ジョージ主教がジェレミーから緊急に窓を修理しなければならないと言われたという話、数ヵ月前に、ジェレミーがアメリカ人観光客に、十年前に窓枠をすべて交換して石造部分も造りなおしたと説明したこと、守護聖人祭でトッドの言った、緊急修理の前と窓がまったく同じに見えるという言葉。もちろん、同じに見えるはずだ——なにもしていないのだから。窓そのものが、無言の証人だ。修復の職人に対する賛辞の証としてでなく、詐欺の動かざる証拠として。デイヴィッドは正しかった。もしもジェレミーが、非情にもこれほど手のこんだ計略をたてて、大聖堂の基金と自分の財布をつないだとすれば、その不誠実を隠すために、どんなことまでやるだろう？あらゆる可能性を想像し、彼女は息がとまりそうになった。

戸口で、ジェレミーはハンマーを片手に、窓辺で陽光に髪を後光のように輝かせているルーシーの姿に、ものも言えずに立ちつくしていた。冷静にふるまおうという決意は、彼女への情欲が胸を締めつけるにつれ、消散した。我を忘れて大股に部屋を横切ると、彼女の体に両腕を回して、髪に顔を埋めた。「ああ、ルーシー」彼は熱く囁いた。「きれいだよ」

はっと息をのみ、身をふりほどこうとしたが、彼の腕は思いもよらず力強かった。「恐がらないで」そっと言った。「きみが欲しいんだ、ルーシー。デイヴィッドなんかより、ずっと歓ばせてあげるよ。試してみないか？　もういい加減に、じらさないでくれ」そう言うと、やにわに片手で胸をつかみ、乱暴にくちびるをあわせてきた。

その数秒の間に、ルーシーの感情は、漠然とした不安から、はっきりした恐怖に突き落とされた。彼の眼の色に、密接した顔の表情に、そして、のこのこ踏みこんでしまったこの状況が意味することに。この人が殺人犯？　今なら容易に信じることができた。そして、自分をきつく抱きすくめ、背に当たっている手は、ハンマーを握っているのだ。

39

主よ。私をよこしまな人から助けだし、
暴虐《ぼうぎゃく》の者から、私を守ってください。

詩篇第百四十篇一

叫びだしたい衝動をねじふせ、驚くほどの意志でルーシーは冷静さを保った。大声をあげれば、災いを招きかねないと本能的に悟って。首をよじると頬が乱暴に男の口髭にこすれた。

「放しなさい、ジェレミー」力強く言った声が、まったく震えておらず、内心の恐怖をあらわしていないことに、自分でも驚きつつ安堵した。「馬鹿なことはやめて」

ぎょっとしたように、彼は従った。両腕をだらりとおろし、一歩下がった。

相手が自分と同じく動揺している間に不意打ちをかけるべく、計り知れない危険を承知でたみかけた。「あの窓」ルーシーは言った。「〈ベケットの窓〉。緊急の補修なんてやらなかったのね？　何もしてないんでしょう」

ジェレミーは凝視した。「なんのことだい？」

「わたしには眼があるのよ、ジェレミー。馬鹿にしないで。あの窓はこの十年間、いじられたことがないはずよ。夏に、あなたがアメリカ人の観光客に説明したのを聞いたわ、窓枠から石造り部分まで十年前にすっかり新しくされたって。なのに、緊急に補修が必要なほどひどい状態になったなんて、そんな馬鹿なこと、信じられると思う？」

激しくほとんど攻撃的ともいえる語勢で挑んだのに、ジェレミーの反応はてんで予想外なものだった。彼はひょいと肩をすくめ、いつもの調子で両眉をあげた。「きみの勝ちだよ」短く笑って、ハンマーをベッドに投げ出した。

「でも、どうして、ジェレミー？　そんな手のこんだ計画をたてて、大聖堂の基金を横領しなければならないほど、お金に困ってるわけでもないのに」

彼は心底愉快そうに、もっと長く笑った。「そんな風に思ってるのかい？　ぼくがそんな目的でやったと、本気で思ってるの？」

「違うの？」彼女は問い詰めた。「ほかにどう思えっていうの？」

ジェレミーは窓辺に寄ると、〈ベケットの窓〉を見下ろしながら、語り始めた。「アーサー・ブリジズフレンチを助けてやろうとしたんだよ。マルベリー音楽祭は大赤字だった。きみだってあの時点で気づいてただろ――馬鹿高い光沢紙を使ったプログラムやら、何やかやでさんざん金を使っといて、全然、客は来ない。ブリジズフレンチはすっかりパニック状態だった。特に新しい首席司祭が来ると決まってからね。だから、教会建築維持基金から金を移動して、不足分を埋め合わせる算段をしてやったんだ。我ながらなかなか賢いと思ったんだが」自己満足の笑みを浮かべて向き直った。「ぼくの発案だよ――臨時出費の口実にあの窓を利用しようってのは。足場を組んで、いかにも修理をしているように見せかければ、余計な穿鑿をする奴はいないだろうと踏んでね。なんたって、ここの連中がよく言うように、〈ベケットの窓〉は大聖堂の至宝だ、あれを保存するためなら、どんなに金がかかっても文句を言う奴はいない。あのロウィナ・ハントからも、〈大聖堂友の会〉から一万ポンドを出させたんだぜ――あの女は、助けてくれと泣きついたブリジズフレンチの哀願は蹴ったのに」

ルーシーは言葉を失った。返答できずにいると、不意に呼び鈴が鳴り響き、呪縛を解いた。デイヴィッドだわ。彼がシュルーズベリにいることは百も承知なのに、一瞬、不条理にもそう思った。しかし、誰であれ、この闖入者《ちんにゅうしゃ》は救いの神だった。ほっと安堵し、ジェレミーに続いて階段をおりた。

玄関口にいたのはトッドだった。彼は最初、玄関ホールに出てきたジェレミーの背後に、ルーシーがいることに気づかなかった。「こんちは、ジェレミー」いつもの明るい、親しげな調子で呼びかけた。「まだブリジズフレンチ参事の鍵を持ってるんじゃないかと思って――先週、受け取るつもりでいて、忘れちゃったから」

「ああ、そのへんにあるはずだよ。今、探すから、はいっててくれ」ジェレミーはホールのテーブルに近づくと、書類をどかし始めた。

「トッド！　マルベリーに戻ってきてたって知らなかったわ！」

青年はルーシーの姿を見て、同様に驚いた。「あれっ、ルーシー！　ついさっき帰ってきたとこなんだ。ごたごたからひとりだけ離れてることに、もう我慢できなくて」

ジェレミーは鍵を探し当て、トッドにぽんと放り投げた。頑丈そうな輪に、鍵が束になってぶらさがっている。「もっと早く返すつもりだったけど、いなかったから」

「どうも」トッドは踵を返し、帰りかけた。

「一緒に帰るわ、トッド」ルーシーは急いで言うと、後を追うように外に出た。「さよなら、ジェレミー。またね」

「ルーシー……」ジェレミーは彼女の背に向かって呼びかけた。「もう少し、話し合おうよ」

「今度ね」

ドアの前でジェレミーが、じっと眼で追っているので、ふたりの会話は小声になった。「何かあったの？」トッドは訊ねた。

「話せば長い話よ。どこに行くつもりなの？」

「ブリジズフレンチ参事の家に泊まろうと思って。そしたら、鍵を持ってないことに気がついたんだ」

「主教館にいらっしゃいよ」ルーシーが誘った。「今、死ぬほどお茶が欲しいの、話したいこともたくさんあるし」

「そうしようかな」

「それはそうと」ルーシーはわざとちょっぴり厳しい顔になって訊ねた。「ソフィーはどうしたの？　わたしの猫ちゃんをほったらかしてきたの？」

トッドは恥じ入った顔になった。「お掃除おばさんに頼んできたんだ。ちゃんと面倒を見てくれるって言うから――ごめん、気に障らないといいんだけど。でももう、いても立ってもいられなくて」

「全然、気に障らないわ。それどころか」ルーシーは告白した。「あの時、あなたが来てくれてどんなに嬉しかったか、とても言葉では言い表わせないほどよ！」


パットの台所に戻ると、今のショックの反動が急にきて、ルーシーはがくがく震えながら椅子の上に崩れ落ち、両手で顔をおおうと、滝のように涙を流し始めた。パットの冷静な処置がなければ、ヒステリーを起こしていただろう。主教夫人は濃いお茶をいれ、ぐんにゃりした手に、無理矢理カップを持たせた。「さあさあ、いい子だから、何があったのか話してごらんなさい」

しゃくりあげながら、深く息を吸いこむと、ルーシーは化粧の崩れた頬に手をあてた。「デイヴィッドには言わないと約束して」

「わかったわ、その方がいいなら」

ぽつりぽつりと、痛々しく何度もつっかえながら、ルーシーは行き当たりばったりのジェレミー訪問の顛末と、不慮の結果について語った。トッドは肝をつぶした。パットは同情的だったが、実際的でもあった。「でもねえ――今のことはデイヴィッドに話さなければだめよ。窓のことで発見した事実は知らせないと」

「ええ、わかってる。でも、彼には絶対、知られたくない……ほかのことは。わたしがジェレミーの家に行って、そんな危ない状況にすすんで身をおいたなんて知ったら、絶対許してくれないわ、そしたら……あの人、ジェレミーに何をするかわからない」

「それじゃ差し当たって、彼が知る必要のことだけを伝えなさい。でもね、いつかはすべてを打ち明けなければいけないと思いますよ」

「行くんじゃなかった。わたしが馬鹿だったのよ」ルーシーは自らを責めた。「ああ、パット！　わたしったら、どうして、どうしてあんなことを！」ひとつ間違えばどんな結果になっていたことか、その恐怖は自分でも言い表わせなかった。

年かさの女は、ルーシーをぎゅっと抱き締めた。「過ぎたことは過ぎたことよ。どんなに不愉快だったとしても、その場かぎりで終わったことだわ。それに少なくとも、ほら、窓の秘密を知ることができたじゃないの」

午後遅く、デイヴィッドが戻ってきたころには、何もかも片がついていた。トッドは主教館に滞在することになった。パットは、故副首席の空き家に泊まりますというトッドの主張を聞き入れず、トッドはまた、ミス・マーズデンの下宿に戻る心の準備ができていないことを認めたので、そうなったのである。カインとアベルは大はしゃぎで、大きな湿った鼻面をトッドの手のひらにこすりつけ、関心をひこうと競いあっていた。

しかしデイヴィッドは、トッドがいることを気にするどころか、青年がマルベリーに戻った理由も、これからどうするつもりかも、訊くことすら忘れているようだった。

「できたかもしれないんだ！」デイヴィッドは興奮したまま叫んだ。「第三者にも、首席司祭の買ったターキッシュ・ディライトに毒をふりかけることが！」

「でも、どうやって？」ルーシーはもう、このころには平静を取り戻していた。

彼は腰をおろして、パットからお茶を受け取った。「首席司祭に訊いてきたんだ。あまり協力的でなかったけど、これが唯一の突破口かもしれないと説得した。それで彼も真剣になって、ようやく、晩禱の後にジェレミーと話した時、ターキッシュ・ディライトのことも話したのを思い出したんだよ」

「買ったことを？」トッドが訊ねた。ルーシーとパットが前もって、調査状況を話しておいたので、彼も討議に参加できるのだ。

「そう、ブリジズフレンチ参事を夕食に招いて、その後、ターキッシュ・ディライトでもてなすつもりだってことも話していた」

「それじゃ、ジェレミーは知ってたわけね」パットは考え深く言い、ルーシーを見た。

「でも、ロウィナはどうなの？」ルーシーは、自分の第一容疑者を放棄したくなくて訊いた。

「彼女にも話したの？　ちゃんと訊いてきた？」

「訊いたよ――話してないそうだ。でも、ジェレミーと話している時に、立ち聞きされたかもしれないと言っている」デイヴィッドは可能性を認めた。「彼女はふたりのすぐそばに立っていた。だから、容疑からはずすわけにはいかない」

次のトッドの質問は、彼がこの状況の意味をよく理解していることを表していた。「箱が開けられたのはいつ？　首席司祭はそれを開けてから、どこに置いたの？」

デイヴィッドは称賛の微笑を向けた。「ブリジズフレンチ参事が来てすぐだ。最初、首席司祭はターキッシュ・ディライトを夕食の後までとっとくつもりだったけど、参事があまりにもぴりぴりしてるもんだから、緊張をほぐしてやろうと思って、すぐに出すことにした。首席司祭はセロファンのラップをはがして、参事にすすめた。でも、参事が食後まで待つと言ったものだから、その箱を玄関ホールに置いて、食事が終わるまでそのままにしておいた。それがだいたい十時前だ。ルーシーのお父さんが十時に電話をかけている」彼は言い添えた。「首席司祭は、ターキッシュ・ディライトを食堂に持っていったのが、電話よりちょっと前だったと言っているんだ」

「それなら」パットが端的にまとめた。「ターキッシュ・ディライトに誰でも近づけた時間枠を絞りこむことができるわね。アーサーが八時に着いて、ジョンが十時に電話をかけたとすれば、おかしなことが起きたのは、その二時間足らずの間だわ」

「そしてジェレミーは、犯行に必要な情報をすべて得ている。ただ、どうしてもわからないのは」デイヴィッドは白状した。「どうやって司祭館にはいりこめたのかってことだ。しかも、どうやって誰にも見られずに司祭館まで行けたのか。ルーシーが言ったように、境内をぐるっと一周しなければ、そこに行けないんだから」

「鍵だ！」トッドの眼は興奮に輝いていた。「ジェレミーはブリジズフレンチ参事の鍵を持ってた！」ジーンズのポケットから大きな輪をひっぱりだし、重々しい音と共にテーブルの上に置いた。「ついさっき返してもらったこれだよ！　参事が日曜日に貸したんだ、図書室のディスプレーを片付けられるように。月曜日に返してもらうつもりだったけど、いろいろあって、今日の午後まですっかり忘れてて」もう一度、鍵の束を取り上げると、得意気に振り回してじゃらじゃらいわせた。「一通り揃ってる」説明を始めた。「これが司祭館の鍵——首席司祭不在期間に、副首席が代理をつとめた時のだ。こっちが大聖堂の〈司祭の扉〉の鍵、こっちのが南袖廊の扉の鍵。ジェレミーは南袖廊から——あそこは彼の家の前の回廊からつながってる——大聖堂にはいって、そのまま〈司祭の扉〉から出れば、司祭館のまん前に出られる」

「ルーシーがジェレミーの動機になりそうなものを見つけてきたわ」パットは言った。ルーシーは咎めるような眼をさっと向けたが、パットは穏やかに続けた。「ルーシーは今日、たまたまジェレミーに会ったんだけど、その時に彼は〈ベケットの窓〉のことで、とんでもない事実を認めたらしいの」

ルーシーは巻き毛を指にくるくる巻きつけ、デイヴィッドから眼をそらしたまま、音楽祭の赤字を補塡するためのジェレミーのたくらみについて話した。

「本当にジェレミーがそんなことをきみに話したの？」そう訊ねる声にも、表情にも、不信の色がありありとあった。

ルーシーはやっと顔をあげて、彼の眼を見た。「ええ、話してくれた。話されるより先に、ほとんどわかったけど。あなたの聞いてきた鳴鐘者の足場の話や、ほかのいろいろなことを思い出した後で、あの窓に全然、修理の跡がないことに気がついたの。それで問い詰めたら、その通りだと認めて、話してくれたのよ――横領は自分のためじゃなくて、アーサー・ブリジズフレンチを助けるためにやったことなんだって」

デイヴィッドは、自分のジェレミーに対する人物評価が正しかったと証明されたことに、一瞬、勝利の喜びを隠しきれなかった。「だからぼくが、ジェレミーは信用できない奴だと言っただろう」わざと大仰に言った。けれどもルーシーの反応はまったく予想外なものだった。彼女はただ頷いて、眼をそらした。

「あなたの言う通りだったわ」小さな声で言った。

デイヴィッドは考えこんで、親指の爪を噛み始めた。「だけど、それが参事を殺す動機になるか？　大聖堂の基金の一部を、実際に自分のポケットに入れたわけでなし、ブリジズフレンチもそのことを承知していたんなら……」

「でも、わからない？」ルーシーがさえぎった。「結局、同じことなのよ。どう言いつくろっても、横領は横領なんだから。ポイントは、アーサー・ブリジズフレンチが知っていたってことじゃないの、首席司祭が知らなかったということよ。もしもばれたら、ジェレミーは多くのものを失うでしょ」

「それに、もしもブリジズフレンチ参事が首席司祭にばらすって脅してたら？」トッドが仮説を述べた。「参事は、帳簿を提出させられた後でまずいことを見つけられたとしても、〈全部ジェレミーの考えたことです〉と言えば、罪を軽くしてもらえると思ったかもしれない。もし参事が実行したら？」

「首席司祭はおもしろく思わないでしょうし、ジェレミーはお殿さまの寵をうしなうでしょうね」パットがずばりと言った。「もちろん、〈カテドラル・センター〉の設計依頼も」

「当然、悪い評判も立つし」ルーシーが言い添えた。

「動機としては」デイヴィッドは言った。「悪くないね」彼はテーブルの一同に微笑みかけた。

「紳士淑女諸君。われわれはついに真相にたどりついたようだ」

しかしその夜、ルーシーはとろとろと眠りかけながらも、今ではジェレミーに嫌悪しか感じないのに、それでも彼が人殺しだとは信じられない自分に気がついた。まだ何かがぴたりとはまっていない気がするのに、その何かがわからない。それにロウィナの問題が残っている。ルーシーにしてみればロウィナには、ジェレミーと同じくらい有力な動機があるばかりか、アリバイもなく、それについて話したがらないというおまけまでついている。突然、ジェレミーの言葉を思い出した。ロウィナが〈大聖堂友の会〉基金から、窓のいんちきな補修に一万ポンドも出したという話だ。ロウィナはこの横領と隠蔽工作を知っていて協力したのだろうか？　明日、直接ロウィナに会って確かめなければ。きっとデイヴィッドは、そんな必要はないと言って喜ばないだろうが、彼に断わることはない。計画を知らなければ、止めようがないのだから。

40

彼らは酔った人のようによろめき、
ふらついて分別が乱れた。

詩篇第百七篇二十七

翌朝ルーシーは、デイヴィッドが台所でパットやトッドと喋っている間にそっと家を抜け出すと、大聖堂にはいり、南側廊の〈友の会〉カウンターに直行した。デイヴィッドに何の相談もなく、勝手なことをしているという罪悪感はあったが、ジェレミーの有罪を確信している彼の様子では、彼女のロウィナに対する疑惑など、頭から否定されてしまうだろうから、と自分に言い聞かせて来たのだ。

意外にも、ロウィナはカウンターにいなかった。かわりに年配のボランティアの婦人がでんとおさまり、ハントさんは、と訊ねたルーシーを、胡散臭げに見返してきた。「いませんよ」婦人は言った。

「ええ、そのようですね。お家にいらっしゃるのかしら？　わたしはキングズリー参事の娘なんです」とっておきの笑顔と共につけくわえ、この大聖堂における父の人気が彼女の好感度もあげてくれることを期待した。

作戦は大成功だった。婦人はすぐに警戒心を解いた。「まあ、参事さんの！　あのすてきな方のお嬢さんね！」彼女は親切に続けた。「ハントさんなら、きっと家ですよ。今朝早く、うちに電話してきて、気分が悪いのでお昼までかわってほしいっておっしゃったから」

「まあ。ご親切に、ありがとうございました」

ルーシーは大聖堂を出て、境内をまわり、ロウィナの家に向かった。彼女と対決する意を固めた今、病気の女性をわずらわせることについての良心の呵責にも邪魔されまいと覚悟した。それでも、ギフトショップの前を通り過ぎようとして、ふと、ロウィナにふさわしい見舞いの品がないだろうかと、寄っていく気になった。

ヴィクターとバートはふたりとも、彼女と会えた喜びをおおっぴらに表した。「うわあ、ダーリン！」ヴィクターは興奮して叫んだ。「もう何日も会わなかったじゃない！」

「何週間にも感じたよ」バートがいかにも男らしく、女性を喜ばせる世辞を言った。

「それでご用は、ルーシーちゃん？　もしかして、わざわざ会いにきてくれたの？」

「ハントさんがお加減悪いって聞いたから、何かお見舞いを持っていこうと思ったのよ」

ヴィクターは芝居がかった動作で、両手をさっと天にあげた。「ひゃー、きみって天使だね！　そいじゃ今度ぼくが熱を出したら、おでこをなでなでしに来てくれる？」

「あなたはバートがしっかり看病してくれるでしょ。でも、ハントさんはひとり暮らしなのよ」彼女は彼を諭した。

バートは感謝に満ちた笑顔を彼女に向け、ヴィクターはいつもより派手に喉を鳴らしてげらげら笑った。「ひとり暮らし、ねえ」ようやく落ち着くと、茶目っ気たっぷりに言った。「でも、めったにひとりじゃないと思うよ、意味わかる？」

彼らは奥から品物を出してきて、彼女の前に並べた。やっとのことで、ほかのどれよりも、なんとかロウィナのお眼鏡にかないそうな、ドライフラワーの花束を選んだ。

「また来てねー、ルーシーちゃん」店を出ると、ヴィクターの声が追いかけてきた。

ルーシーは呼び鈴を鳴らし、ベッドに伏せっているロウィナが階下に降りてくるまで長くかかることを予想したが、彼女はほとんど即座に飛び出してきた。ドアを開けた彼女の期待に満ちた顔は、一瞬にして、身構えた冷ややかさに転じた。ロウィナの挨拶が、ヴィクターとバートのものほど熱がこもっていなくても、ルーシーは驚かなかった。彼女からそう好かれていると感じたためしは一度もない。もしかしたら、ここに来たことは、時間の無駄になるだろうか――ロウィナは何か喋ってくれるかしら？　デイヴィッドにさえ冷淡だったのに、自分になら打ち明けるかもしれないなんて、どうしてそんなことを考えたのだろう？

ルーシーは笑顔をつくると、ドライフラワーを差し出した。「〈友の会〉カウンターにいた方に、ご病気だとうかがったものですから。これ、つまらないものですけど」

ロウィナはそれを受け取り、一瞬、躊躇した。「おあがりになりません？」

中にはいると、ルーシーはより近くでロウィナを見ることができた。ほんとうに具合が悪そうだった。真っ赤に腫れた眼のまわりはマスカラで汚れ、鼻は鮮やかな朱色に染まっている。

が、彼女からはまぎれもないジンの臭いが漂い、最初の言葉はこれだった。「一緒に飲みません?」

ロウィナが無造作にドライフラワーを落とした居間のテーブルには、半分からのジンの瓶がのっていた。誘いを断わることで、朝の飲酒習慣を咎めていると受け取られて、女主人の機嫌を損なってはと、ルーシーは頷いた。「トニックを強くしてください」すすめられた椅子に坐り、ロウィナが危なっかしい手つきで作った飲み物に、形ばかりに口をつけた。この時点でもまだ、どうやって話をすすめたらいいのかわからなかった。ロウィナの様子も態度も、ルーシーの過去のいかなる経験とも懸け離れたものだった。

気詰まりな沈黙がしばらく続いた後、ルーシーは計画を実行に移すことにした。「よろしければ、ひとつふたつお訊きしたいことがあるんですけど」微笑を浮かべて言った。

「質問によりけりですわね」ロウィナの声はつっけんどんで、微笑み返そうともしなかった。「月曜の夜のことでしたら、お訊ねになっても無駄よ。あなたのお友達のミドルトンブラウンさんに、話せることは全部話しましたから」

「いいえ、そのことじゃありません。〈ベケットの窓〉の補修についてです――〈友の会〉はこのプロジェクトにかなりの額を寄付なさったとか」

ロウィナはこころもち肩の力を抜いた。「ええ、しました。あの窓の大切さを考えると、わたくしたちも何かできることをしなければならない気がして。八月の百花祭でかなり利益があったので、気前よく寄付できましたわ」

「〈わたしたち〉とおっしゃるのは、実際は〈わたし〉ということですか？」ルーシーは悪意からでなく、明確にしようとして訊いた。

眉をしかめ、ロウィナはそっけなく言った。「いちいち言葉尻をとらえるおつもりなら、ええ、決断したのはわたくしですが、当然、委員会で協議にかけた後です。あなたもおっしゃった通り、かなりの額ですものね」

「一万ポンド、ですか？」

ロウィナは答える前に、ぐっとジンをあおった。「誰に聞いたか知らないけど、それにあなたにどんな関係があるのか知らないけど、その通りよ」彼女は酒を飲み干した。グラスのジンがなくなるのと同じペースで、ロウィナから威勢のよさが失われるようだった。ため息をつき、前に身をのりだすと、生《き》のままのジンを、どぼどぼとグラスに注いだ。

ルーシーは、デイヴィッドの調査だけでなく警察の捜査すら危険にさらさずに、ジェレミーの詐欺についてロウィナを問い詰めることは不可能だと判断した。どっちみちロウィナは質問に答えられる状態ではなかった。とりあえず、ひとつの事実については証明できたのだから、ここいらで退散して、ロウィナの面倒はジンに見させたほうがいいだろうと、ルーシーは考えた。

まだたっぷり酒のはいったグラスを置くと、ルーシーは立ち上がった。「ご協力ありがとうございました。ごちそうさま。失礼します」

「だめ！」無意識に叫んだ彼女の声に、ふたりともが啞然とした。「いえ、だから」ロウィナはほとんど懇願するように付け加えた。「いてほしいの。ひとりにしないでほしいの」

ルーシーは何と言っていいかわからなかった。もう一度、腰をおろした。「お加減は大丈夫？」ためらいがちに微笑みかけてみた。

ロウィナは答えなかった、が、間もなく涙がひとつぶ頬にこぼれおちたかと思うと、それはあとからあとから新しい涙をひきつれてきた。片手をあげ、ぬぐおうとしてぬぐいきれずにいるその仕種が彼女らしくもなく、哀れを誘った。

ルーシーは二、三日前にイヴリン・マーズデンにそうしたように、思わず席を立って近寄ると、うなだれた両肩に片腕をまわした。「何か話したいことがおありなの？」

ロウィナはかぶりを振り、しゃくりあげながらやっと声を出した。「だめ、話せないわ」彼女はハンカチを探してポケットを探った。ルーシーは手をのばしてティッシュの箱を取り、渡してやった。涙の小雨は、あっという間に豪雨になった。「ごめんなさい。こんな……泣くつもりじゃ」

「二階にお連れしましょうか？　少し休んだほうがいいんじゃないかしら」拒絶されると予想したが、意外にもロウィナは頷いた。上階につれていくのは、ルーシーが考えていたよりもずっと骨だった。ロウィナの脚は動く意志も能力もなくしたようで、ルーシーはどうにかこうにか階段を上らせると、彼女のものとおぼしき寝室につれこんだ。

それは、前日にはいった寝室と対極をなすものだった。ジェレミーのそれが男性的であったのと同じくらい、この部屋は女性的で、繊細な調度品と、レースのベッドカバーと、壁にかかった花々を描いた水彩画に飾られていた。充満するティーローズの香りは、ジンの臭いをしのいでいた。チェストの上には小さな凝った銀製の写真立てがいくつも並び、鏡台には化粧品やクリームや美顔術の秘法の材料を納めた様々な瓶が所狭しと置かれていた。しかしルーシーが、ロウィナを椅子に導きつつ眼をとめたのは、鏡台の鏡にかけられているものだった。間違いなく、それは警察の肩章で、ルーシーが最後に会った時にマイケル・ドルーイット警部のつけていたものとよく似ていた。その瞬間、ロウィナを苦しめているものが何なのかを、ルーシーは直観的に悟った。

すべて吐き出したほうがロウィナのためだ、とルーシーは自分に言い聞かせた。心の奥で、ロウィナが酩酊して悲嘆にくれている今の状態なら、重大な手がかりをもらしてくれるかもしれないと期待していることに、やましさを覚えたが。「何があなたを苦しめているのか、話してみません?」なだめるように言った。「ドルーイット警部に関係すること?」

ロウィナははっと身をひいた。「知ってるの……わたしとマイクのことを?」

事態をよくするか悪くするかわからなかったが、ルーシーは頷いた。

「境内じゅうがわたしを笑いものにしてるってわけ?」ロウィナは捨て鉢に笑った。「ありがたいことね」

「いいえ、もちろん違うわ」ルーシーは慌てて安心させようとした。「わたしはただ……なんとなく、勘でわかっちゃっただけで。だから、話してみたら? 喋ったほうが、すっきりすると思うわ」

そんな状態ではあったが、ロウィナはルーシーの言い分が正しいことに気づいたようだった。震える息をひとつつくと、彼女は語り始めた。「今朝、彼が家に来たの。全部終わりにするって」その言葉を口に出すことで、感情の堰が切れたのだろう。彼女はしばらく激しく泣きじゃくった。ルーシーは賢明にも追求せず、ただ力づけるようにぎゅっと手を握って、ロウィナが自分から喋りだすのを待った。何度もすすりあげた後で、ロウィナは続けた。「マイクの奥さんに。見つかったの。あの女は彼がわたしに逢い続けるなら、騒ぎを起こすって――マイクの上司に言うって。勤務中にわたしのところに行ってたって――嘘なのよ、あの売女！　でも上の人たちは信じるわ、そしたら懲戒、いえ、免職されるかもしれない。そんな危険は冒せないって……言ったの、彼が。全部、終わりだって。さっき呼び鈴が鳴った時、もしかしたら考えなおして、戻ってきてくれたと思った……でも、あなただった、もう彼は戻ってこない。わたしは彼を永久に失ったのよ」ルーシーの手を振り払うと、立ち上がって鏡台に近寄り、鏡の中の泣き腫らした顔を覗きこんだ。「見て。わたしはもう若くないわ。この先、どうしろって言うの？」

やっとのことで、ルーシーは、自分の口調に安心感と説得力があるように聞こえることを願いつつ、答えた。「男はほかにもたくさんいるじゃない。あなたはとても美しいわ、ロウィナ、海にいる魚は彼だけじゃないわよ」

「あなたは簡単に言えるわよ」ロウィナは激しく言い返した。「あなたはわたしより若くて、自分の男がいるじゃないの！　でもわたしには誰がいるの、こんな町に、こんな大聖堂に？

干涸びた聖職者しかいないわよ！」

「ジェレミーがいるでしょう」ルーシーは言った。ふさわしい言葉と思ったのだが、ロウィナの反応はまったく予想外なものだった。ロウィナは笑ったのだ、ヒステリーを起こしたように、長い間。

「ジェレミー！」侮蔑をこめて吐き捨てるように言うと、鏡の中からルーシーの眼をまっすぐ見返した。「彼も干物の聖職者たちと同じだわ、わたしには！」

「どうして？　彼は……」

ロウィナは彼女に向き直り、昂然と構えた。「教えられない理由はないわ、今となっちゃ。マイクを失った今は、もう」大きく息を吸いこむと、支離滅裂に続けた。「先週。夕方、食事に来て。話し合うことが……いろんな……あったのよ。大聖堂のことで。彼はアーサーの鍵を持ってた。大聖堂の中を通ってきて――誰にも見られなかった。誰もここに来たことを知らなかった。ふたりで食事をして。話をしたわ。今までにないほどいい雰囲気になって。奥さんを亡くしてからどんなに淋しかったか、話してくれた。かわいそうだと思ったわ。彼のことはちょっと好きだったのよ。だから……だから、ここに来たわ。ベッドにはいって。でも、彼は……できなかった。なんにも。何時間も試したわ、でも、できなかったのよ、全然。こんな侮辱ってない！」芝居がかった仕種で、両手で顔をおおった。「こんな恥をかかされたこと、一度もないわよ！」

脳の中に理解が染み透り、ルーシーは凝然と相手を見つめた。「それが月曜日だったのね？」

彼女は囁くように言った。

「月曜に決まってるでしょう！　どうしてわたしが警察にも、あなたのデイヴィッドにも、その晩何をしてたか言わないと思ってるのよ？　マイクに知られたら、彼を失ってしまうじゃない。でも、今は……もう、どうだっていい。どっちにしろ、彼を失ったんだもの」あとは言葉にならず、啜り泣きだけが続いた。

それでも質問はなされなければならなかった。「彼がここにいたのは何時？　いつ来たの？　いつ帰ったの？」

ロウィナは投げ遣りに、自身ばかりでなく、ジェレミーにも鉄壁のアリバイを与える答えを返した。「七時半ごろに来たわ。サイレンが鳴ってたときは、きっとベッドの中だった――聞こえなかったもの。帰ったのはそれより後よ、ちょうど真夜中を過ぎたころ。わたしたちはずっと一緒だったのよ」

41

神は、すべての苦難から私を救い出し、
私の目が私の敵をながめるようになったからです。

詩篇第五十四篇七

ルーシーが戻った時、デイヴィッドはコーヒーのマグをかかえて、トッドやパットと台所のテーブルを囲んでいた。「どこにいたんだ、ルーシー？」デイヴィッドは問い詰めてきたが、その語調に苛立ちはなく、気遣いだけが感じられた。「家じゅう、探し回ったんだよ——外に行くって言わなかったから」

「ごめんなさい——こんなに長くかかると思わなくて。ロウィナに会ってきたの」

「ロウィナに？」デイヴィッドは怪訝そうな顔をした。「ロウィナは全然関係ないだろう。まあ、聞いてくれ」彼は熱っぽく続けた。「ちょうど今、話していたんだ。もしジェレミーが……」

「違うわ」新たな情報にいまだ呆然としているルーシーの声は、淡々としていたが彼の熱弁を制した。一同はルーシーを見た。「悪いけど。いい知らせじゃないのよ、でもジェレミーはやってない、ロウィナもやってない。どっちもできなかったの、事件が起きた時、ふたりは一緒だったのよ」そして今、聞いたばかりの話を、彼らに伝えた。ロウィナの告白のきっかけとなったいくつかの事項は、彼女の心を慮《おもんばか》って省略した。

「なんてこった」続く、麻痺したような沈黙を破り、デイヴィッドは声をもらした。「ロウィナと……ジェレミーが？　でも、どうしてきみに話したんだ？　ぼくには話そうとしなかったのに。警察にも」

「そんなのはどうでもいいことよ。わたしに話してくれた――重要なのはそれだけよ。とにかく、ロウィナにもジェレミーにもやれなかった」

「ふたりがぐるでなければ、でしょ」トッドが言った。「共謀の可能性はない？」

パットが首を振った。「いいえ、わたしはそう思わないわ。そんなタイプの事件とは思えない」

「でも、それじゃ容疑者がひとりも残らないよ」トッドは困惑した。「首席司祭しか」

「いや、いるぞ――〈ヴィクトリアとアルバート〉が」デイヴィッドが思い出した。「ターキッシュ・ディライトをもう一箱隠しといて、言わなかったのかも」

ルーシーは抗議した。「そんなの想像もできないわ。〈ヴィクトリアとアルバート〉だなんて――あのふたりには虫も殺せないわよ」

「それじゃ」デイヴィッドは答えを期待せずに問いかけた。「いったいどうやって？」

ここで、彼らは事件に関することをすっかりトッドに話して聞かせ、もしかしたら自分たちの見過ごした事実が見つかり、突如、重大な証拠として脚光を浴びる可能性に望みをかけた。議論は昼食の間じゅう続き、午後にまでもつれこんだ。彼らはトッドに、非公式な情報提供者としてのドルーイット警部の役割を説明し、もっとも信頼のおける情報源から得た警察の捜査状況について知るところを話した。

「じゃ、警察はブリジズフレンチ参事の家も、司祭館と同じように家宅捜索したの？」トッドが訊ねた。

「そうよ」パットは言った。「マイクの話じゃ、警察は何も発見できなかったらしいわ、半分食べかけのターキッシュ・ディライトの箱と、亡くなる直前まで作っていたらしい説教の覚え書き以外は」

「説教の覚え書き？」トッドは眉を寄せた。「でもブリジズフレンチ参事は下書きしたことないよ――いつもいきなりインクで書きだして、一言も直さないんだ。ぼくは何回も見てるけど、参事は机の前に坐ると、愛用の金のペンを握って、そのまま原稿用紙に書きだすんだ。下書きなんかしなかったよ」力をこめて繰り返した。

パットは両眉をあげた。「それじゃ、いったい……」とデイヴィッド。

「それ、警察が持ってっちゃったかしら？」ルーシーが訊いた。

「持っていってないと思うわ」パットが答えた。「だって、警察は重要なものと考えなかったんでしょう」

「見にいこうよ」トッドが興奮して提案した。「ぼくはまだ鍵を持ってるから、すぐにでも行けるよ」

パットはためらった。「警察はあまりよく思わないんじゃないかしらね」

「言わなきゃいい」デイヴィッドが言った。「よし、トッド。行こう」繰り返されるまでもなく、青年は飛び上がって鍵を探しに行った。

「わたしも行く」ルーシーが宣言した。

「わたしは残るわ」パットは言った。「それじゃ、なるべく早く帰ってらっしゃいね」

副首席が最後に家をあとにしてから、まだ一週間とたたないのに、そこはすでに廃屋めいた、打ち棄てられた雰囲気を呈していた。デイヴィッドもルーシーもこの家にはいったことはなく、薄暗い玄関ホールからは、トッドがふたりを書斎に案内した。

カーテンがひかれた書斎は、ホールと同じくらい暗かった。軽率につき進む探検家を待ち受ける危機にそなえ――果てるともない本の山が床じゅうを埋めつくしているのである――トッドは天井の明かりのスイッチを入れ、本の山の間を縫うように机にたどりついた。デイヴィッドとルーシーは入口に残った。「なんか変だぞ」トッドは困惑し、眉を寄せて小声で言った。「本の位置が変わってる。山もきちんとしすぎてるし。参事はどこに何があるか把握してたけど、散らかしまくってた」

埃をかぶり、静まり返った死者の家に、許しも得ずにはいりこんだことにより、デイヴィッドもまた思わず知らず囁くような声になっていた。「机の上はどうだ?」

トッドは仔細に調べた。すぐ眼につくのは、端にのったターキッシュ・ディライトの箱。もう片方の端には、驚いたことに、アーサー・ブリジズフレンチの癖のある字でトッドの名前の書かれた茶封筒が置かれていた。そして机の中央には、革張りの古びた聖書があり、その中には例の下書きらしき紙が挟みこまれていた。「ぼく宛の封筒がある」ふたりに向かって言った。

「何だろう?」

「持ってらっしゃい」ルーシーはやさしく言った。「あまり長居したくないわ」そしてぶるっと身震いした。

守るように、デイヴィッドは彼女の背に腕を回した。「まったくだ、よし、トッド。行こう。ターキッシュ・ディライトの箱と、覚え書きも持ってくるんだ」

「聖書にはさんであるけど」

「なら、聖書ごと持ってくればいい」

トッドは言われた品物をかかえて、今来た道を引き返してきた。すぐに、彼らは家を出て、鍵をかけると境内を通り抜け、パットが迎えてくれる台所の暖かさを求めて、大急ぎで帰った。

「で、何を見つけてきたの?」パットはすぐに訊いてきた。

トッドは荷物をテーブルにおろした。「参事の聖書。中に覚え書きがはさまってます。ターキッシュ・ディライトも」

「それとトッド宛のものがあったわ」ルーシーはつけ加えた。

「それは？」パットが訊いた。

「さあ」皆は、トッドがすぐに封筒を破るだろうと思ったが、妙にためらっているようだった。

「まずお茶にしましょうよ」トッドが提案した。「そしたら開けます」

お湯が沸く間、一同は坐って黙りこんだまま、テーブルの上の品物を見ていた。呼び鈴がなった。パットが答えて出ていき、やがて、台所にドルーイット警部をつれてくると、皆、ぎくりとして飛び上がった。

「警部はお茶に寄ってくれたのよ」パットが言った。

トッドは警部がテーブルの上を好奇に満ちた眼でじろじろ眺めるのを見て、説明する義務を感じたようだった。「ぼくたち……その、ブリジズフレンチ参事の家に行って、いくつか形見を持ち帰ったんです」

ドルーイットは一同の神妙な表情をおもしろそうに見ていた。「かまわんよ。あそこは調べ終わったんだから、先週、説明した通り。特に気になるものはなかった」

パットはターキッシュ・ディライトの箱を開けて覗きこんだ。「半分くらい、からになってるわ」さらにじっと見た。「それと、上仕切りのワックスペーパーがなくなってるみたい」

「捨てたんでしょう」ドルーイットは軽く言った。「それか、工場の機械のミスかもしれない。司祭館にあったやつには二枚はいってたし、ああいう機械ってのは、きっとしょっちゅうミスってるんですよ」

お茶がちょうどよい濃さになり、パットがそれぞれのカップに注いだ。皆がお茶に口をつけると、トッドは封筒を取り上げてためつすがめつしながら、上書きされた自分の名前をそっと指先でなぞった。「ぼくへの最後のメッセージみたいな感じがして」トッドは弱々しく説明した。「開けるのが恐いんだ。これがどういう意味なのか」

「開けてごらん」デイヴィッドがうながした。トッドはパットに渡されたナイフで、封筒の上を切り開き、おそるおそる覗きこんでから、さかさにして中身をテーブルに出した。中身は手紙でも、書き付けでもなかった。それはただの小さな薄い本だった。

ルーシーが、言わずもがなの事実を口にした。「本？」

本は革張りで、表紙に題名がなかった。トッドはそれを開いて題名を読み上げた。「サー・ウォルター・ラリー著、〈子々孫々に伝うべき教え〉」面食らったように、テーブルを見回した。

「どういうこと？」

「プレゼントよ、それは」パットが言った。「参事が受け取ってほしかったものよ、あなたのことが好きだったから」

「でも、どうしてあの時に？　これじゃまるで知っていたみたい……」

「辞任するつもりでいたけど、あなたがマルベリーに戻ってくる前に、自分がいなくなるかもしれないから、後で受け取れるようにしておいたんじゃないかしら？」ルーシーは意見を言った。

トッドがページをめくったとき、デイヴィッドが、紙片がはさまれているのを見つけた。

「しおりかな？」

トッドは本を開き、くだんのページを読み上げた。「〈主に仕えよ。神をばそなたの行動すべての造物主と思い定め、そなたが努力せしことの実を結ぶも結ばずも、なべて主の思召しと心得て、御心に叶うようよく祈り、主が顰《ひそ》みて、そなたの幸運と努力をば、砂漠にふる雨のごと撒き散らし給わぬよう、よくつとめよ。余の経験にもとづく忠告と、余の父としての訓戒を、深くそなたの心のうちに留めよ。さすれば、主は必ずや、そなたを能うかぎりの力で導き、そなたの心を恩寵で満たさん〉でも、どういう意味？　手紙も何もないよ」

「ある、ここに」デイヴィッドは聖書を取り上げ、紙片を抜き取った。「サムソン」彼は読み上げた。「〈強いものから甘いものが出た。士師記十四章十四節。士師記十六章二十九節から三十節〉何のことかわかるか、トッド？」

「見せて」トッドは紙をしばらく穴の開くほど見つめていた。「これは覚え書きじゃない」彼は断言した。「さっきも言ったけど、参事は下書きしたことがないんだ。ぼくはクイズだと思うな。パズルとか」

「クイズ？」デイヴィッドはにわかに興奮を覚えて、繰り返した。「パズルだって？」

パットは日曜学校で長年教えてきて得た知識を披露した。「サムソンの謎かけじゃないの？〈食らうものから食べ物が出、強いものから甘いものが出た〉」

「ああ、それです！」デイヴィッドは、最初の引用文を聖書で確認して言った。

トッドはもう一度、リストを見た。「これ、クロスワードパズルの鍵か何かみたいだ。ブリジズフレンチ参事がクロスワードやクイズに、どれだけ夢中だったか知ってるでしょ。参事は暇さえあれば、こんなのばかりやってた」

「全部読み上げてくれ」デイヴィッドが指示した。「何か意味があるに違いない。ひょっとすると、辞任するかどうかの決断に関係したことかもしれないぞ」

「ええっと、ふたつの部分にわかれてるみたいだ」トッドが分析した。「サムソンと士師記のふたつの引用の下に、アブラハムとイサク、創世記二十二章七節から八節。で、一行あいて、マタイ伝七章六節、アモス書六章十二節、詩篇百九章二十節から三十節、最後が詩篇百九章八節」

「旧約と新約、両方のだわね」パットが意見を言った。「共通点は何かしら？」

「ふたつの部分、か」デイヴィッドが言った。「賛成と反対？　辞すべきか辞せざるべきか？」

まさにその瞬間を狙ったように、主教が台所の入口から顔を突き出した。「お茶はあるかね、おまえ？」のんびりと訊いた。

パットはびっくりして振り向いた。「ジョージ！　ごめんなさい――あなたが書斎にいたのを忘れてた！　ここで一緒に飲む？」

アルビ派異端分派のことで頭がいっぱいだったウィロビー神学博士は、その時初めて、自分の家の台所に人が大勢いることに気づいた。「おや！　ああ、いいよ。主人たるもの、おもてなしせにゃならんだろ」

「ジョージ主教」彼が腰をおろす前に、デイヴィッドが言った。「ぼくたちがお借りしてもいい予備の聖書が何冊かありますか？」

主教にとっては、台所のテーブルを囲んでお茶を飲みながら聖書の勉強会を開くのは、ごく自然で、理由を訊くまでもないことだった。「もちろんだとも。書斎にある——持ってこようか？　何冊いるね？」

デイヴィッドはすばやく数えた。「五冊、お願いします」

主教が腕いっぱいに聖書をかかえて戻ってくると、デイヴィッドは自分の作戦を説明した。「ひとりが引用をひとつずつ受け持って、それぞれのを読み上げれば、すぐに終わる」全員が同意し、テーブルのまわりを順繰りにひとつずつあてがわれた。デイヴィッドがまず自分の受け持ちを、アーサー・ブリジズフレンチの聖書を使って読み上げた。「これはサムソンの、別の引用だ」彼は説明した。「サムソンの最期。宮《みや》を引き倒して、自分もろともペリシテ人を殺すところだ。士師記十六章二十九節から三十節、〈そしてサムソンは、宮を支えている二本の中柱を、一本は右の手に、一本は左の手にかかえ、それに寄りかかった。そしてサムソンは『ペリシテ人と一緒に死のう』と言って、力をこめてそれを引いた。すると宮は、その中にいた領主たちと民全体との上に落ちた。こうしてサムソンが死ぬ時に殺した者は、彼が生きている間に殺した者よりも多かった〉」

パットの番だった。「わたしのはアブラハムとイサクの犠牲のところ。みんな知ってるはずよね、このお話は——主がアブラハムに息子を犠牲にするように求めて、主の約束を信じていたアブラハムはそれに従おうとした。〈イサクは父アブラハムに話しかけて言った。『お父さん』すると彼は『何だ。イサク』と答えた。イサクは尋ねた。『火とたきぎはありますが、全焼の犠牲のための羊はどこにあるのですか』アブラハムは答えた。『イサク。神ご自身が全焼の犠牲の羊を備えてくださるのだ』こうしてふたりは一緒に歩き続けた〉。なんだか、どっちも犠牲に関係する引用みたいね。デイヴィッドの説はあってるかも――ここにある引用は、参事に辞任という自己犠牲の道を選ばせたものばかりかもしれないわねえ。あなたのは、ルーシー？」

「豚に真珠を投げるなというくだり。マタイ伝七章六節。〈聖なるものを犬に与えてはいけません。また豚の前に真珠を投げてはなりません。それを足で踏みにじり、向き直ってあなたがたを引き裂くでしょうから〉これは首席司祭のことかしら？」

デイヴィッドとパットは揃って頷いた。「そうかもしれないわ」パットが力強く言った。「わたしは首席司祭が豚より悪く言われるのを聞いたことがあるものね、この部屋からそう遠くないところで」

「私のは、少々曖昧だ」マイク・ドルーイットが自分のを読み上げた。「アモス書六章十二節〈馬は岩の上を走るだろうか。人は牛で海を耕すだろうか。あなたがたは、公義を災いに変え、正義の実を毒草に変えた〉」

〈毒草〉という単語に、一同はいっせいに息をのみ、トッドの方を向いて、次の引用を待った。

「かなり長いよ」トッドは言った。「詩篇百九章二十節から三十節。意味のありそうなところを抜粋すると、〈このことが、私をなじる者や、私の魂について悪口を言う者への、主からの刑罰でありますように……私は悩み、そして貧しく、私の心は、私のうちで傷ついています。

私は、伸びていく夕日の影のように去りゆき……私はまた、彼らのそしりとなり、彼らは私を見て、その頭を振ります……私をなじる者が侮辱をこうむり、おのれの恥を上着として着ますように〉」

ウィロビー神学博士はにんまりとした。「短いのがあたった。あまり陽気な場所じゃないがね。百九章八節〈彼の日はわずかとなり、彼の仕事は他人が取りますように〉」

今度は皆、顔を見合わせた。誰も、この部屋に無言のうちに垂れ籠めている考えを、はっきり言葉にする必要はなかった――アーサー・ブリジズフレンチは首席司祭にそのような運命を願ったかもしれないが、それは彼自身の運命となってしまった。

「だんだんわかってきたぞ」しばらく考えてから、デイヴィッドがゆっくりと言った。「何が起きたのか、ようやくわかったような気がするけど、いったいどんな風にやったんだ。それに、どうやって証明すればいいんだ、証拠のかけらもなしで」ブリジズフレンチ参事の聖書を取り上げ、テーブルの上でそっと振った。「ページの間に書き付けでもはさんであるかと思ったんだが。何もないようだね」

「それって、参事のやりそうなことだよ」トッドが断言した。「パズルの鍵を、パズルで隠すって。もう一回、書斎に戻って、本を全部調べてみようよ」

マイク・ドルーイットが大声で笑った。「そのくらい警察が考えなかったと思うかね？　とっくに調査済みだよ、私が保証する――警察のお定まりの仕事だ」

「ああ、だから本が全部動かされてたのか」トッドは思い出して、しょげてしまった。パットはデイヴィッドに向き直った。何が起きたのかわかった、という彼の言葉に興味を覚えたのだ。

「あなたの考えを聞かせてもらえる?」

デイヴィッドは首を振った。「いや、まだです。今も言った通り、わかったような気がするというだけで——証拠も何もない。まず、みんなの考えを聞かせてもらえないか——ひょっとして、瓢簞《ひょうたん》から駒なんてことになるかもしれないから」


引用の含意について論議が始まる前に、ジョン・キングズリーが娘を探しに訪ねてきた。テーブルのまわりに、そんなにも大勢の人が集まり、熱心に聖書を繰っているのを見て、少々びっくりした様子だった。主教が追加の椅子を探しに行き、パットがお湯を沸かしなおしに立ち上がった時、参事はテーブルの上のターキッシュ・ディライトの箱に気がついた。「どこからそんなものを?」

「それはブリジズフレンチ参事が机の上に残していったやつです……亡くなる前に」トッドが説明した。「何か変わったことがないか調べようと思って持ってきたんですが、半分からになったただのターキッシュ・ディライトの箱でした」

キングズリー参事は立ったまま、一瞬、凝然とした。「今、思い出した」彼は言った。「月曜の夜からずっと忘れていた」注意をひかれ、一同は参事を注目した。「アーサーが司祭館に行く直前に、私に会いにきてターキッシュ・ディライトをくれたんだよ。なんとなく変な感じはしたんだ——ぜひ私に受け取ってほしいものだと言って」

「それをどうしました？」デイヴィッドは熱心に訊いた。「どこにありますか？」

参事は思い出そうとして眉を寄せた。あの夜から、あまりに多くのことが起こりすぎていた。「私は箱を開けていない。たぶん、ホールのテーブルに置いたままじゃないかな」ようやく彼は言った。「見てこようか？　大事なことだと思うかい？」

デイヴィッドは勢いよく頷いた。「それがぼくらの求める証拠かもしれないんです」

「わたしが行くわ、お父さん」ルーシーが申し出た。

「そうか？　じゃあ、行っておいで」

ルーシーがいなかったのはほんの二、三分のことだったが、台所のテーブルのまわりで待っている一同には、何時間にも感じられた。「もしジョアンナ・サウスコット（英国の宗教家。信者は十万人を数えたという）の箱を開けるなら」なんとか場を明るくしようと、ウィロビー神学博士は軽口をたたいてみせた。「ちょっと電話をかけて、もうあと何人か主教を呼んだほうがいいと思わんかね？」

ルーシーは息を切らして、箱の上蓋を凝視しながらはいってきた。「箱の上に何か書いてある」蓋の上の小さな文字を指差して言った。一同はまわりに群がり、眼をすがめて読もうとした。

「わたしには、また聖書の引用に見えるわねえ、アーサーの書いた」パットは言い添えた。

「なんて書いてあるの？　トッド、若い人の眼なら読めるでしょう――ずいぶん小さいけど」

トッドはじっくりと見た。「ヘブル書十一章四節、だと思います」

デイヴィッドが新約聖書を後までずっとめくっていった。「あった。〈信仰によって、アベルはカインよりもすぐれたいけにえを神に捧げ、そのいけにえによって彼が義人であることの証明を得ました。神が、彼のささげ物を、よいささげ物だと証してくださったからです。彼は死にましたが、その信仰によって、今もなお語っています〉」顔をあげて、深くも浅くも、意を悟った六組の眼を見た。「彼は死にましたが、その信仰によって、今もなお語っています」デイヴィッドは繰り返した。「間違いない。これだよ。アーサー・ブリジズフレンチは今、ぼくらに語ろうとしているんだ。証拠を」

箱の受け取り主であるジョン・キングズリーの手によって、ついに蓋は開けられた。中にあったものはターキッシュ・ディライトではなく、家庭内の聖餐式に用いる小さな古びた聖餐杯だった。彼は慎重に持ち上げ、皆がよく見えるようにした。すると、杯の中から、ごく小さな紙片が飛び出し、床の上にはらりと落ちた。

トッドが、かがんで拾いあげた。「きっと最後の手がかりだ」

「また引用？」パットが言った。

「そうです。マタイ伝二十六章四十二節」

デイヴィッドにはページを繰る指が、もどかしいほどのろく不器用に感じられた。視線を一身に浴びつつ、一生探し当てられないのではないかとさえ思った。「〈イエスは二度目に離れていき、祈って言われた。『我が父よ。どうしても飲まずには済まされぬ杯でしたら、どうぞみこころのとおりをなさってください』〉。なんてこった」

「〈飲まずには済まされぬ杯〉というのは」ジョン・キングズリーは言った。「まさか……」

「待ってください」デイヴィッドが小声で言った。「それだけじゃなかった。聖書の同じページの余白に、何か書いてある」

「アーサーの字？」パットが訊いた。

「そうです」デイヴィッドは本の向きを変え、じっと見つめて、のたくった小さな文字を読み上げた。「〈トマス修道士はこの教会を愛し、邪悪な男に逆らい殉教した。私も先人に続く。神は私に、この大聖堂を守るために命を捧げよと命じられた。私が長年愛してきたこの教会を、破滅させる男の魔手から守れと。手がかりはいずれあなたをここに導くだろう。そしてあなたは知るだろう、私が自分の命を断つ必要があったことを。しかしてまた、彼が疑われ、苦しむ必要があったことを。私の殉教が無駄にならず、マルベリー大聖堂が救われることを祈る〉」

長い、呆然とした沈黙が続いた。

「そうか」ついにデイヴィッドが言った。「やっぱり」

ドルーイットは立ち上がり、デイヴィッドに敬意のこもった口振りで言った。「どうやってやったのかも、見当がついてるか？」

デイヴィッドは考えこんでいた。「たぶん、わかると思う」

「じゃあ、駅に行きながら説明してもらえるかな」

「今すぐ？　ぼくも？　なんで急ぐんだ？」

「首席司祭のことで片付けなければならないちょっとした問題があるからね」ドルーイットは頭を振り、当惑と無念のいりまじったため息をもらした。「きみは首席司祭の弁護士だろう。今すぐあのちびを娑婆に出さないと不当逮捕で訴えるとでも、言い出されちゃかなわんからな」

笑って、デイヴィッドはまた腰をおろした。「ここだけの話だがね。首席司祭なら何分か待たせたって、全然かまわないよ。まず、もう一杯お茶を飲むほうが大事だ!」

エピローグ

その手のしわざにしたがって彼らに報い、
その仕打ちに報復してください。

詩篇第二十八篇四

マルベリーにクリスマスが来た。町じゅうで、木々はきらめき、子供らは大はしゃぎで黄色い声をあげ、大量の食物が口の中に消えた。境内では低い太陽が、真っ青に冴えわたる寒空に、大聖堂の姿をくっきりと、輝くばかりに際立たせていた。

司祭館では、ラティマー家がマルベリー最初のクリスマスを迎えていた。ふたりの子供たち、クリストファーとスティーヴンはもちろん帰省しており、司祭館は普段よりも活気があった。ジェレミー・バートレットも昼食に呼ばれて、懸案の〈カテドラル・センター〉計画について、首席司祭と熱心に話し合っていた。首席司祭の逮捕と勾留という不運な出来事については、一言も口にされなかったが、黙りこくったアン・ラティマーの抑えた動作や非難の眼差しひとつひとつが十分に語っていた。

その隣の家にトッドはまだ戻っていなかったが、イヴリン・マーズデンはひとりではなかった。彼女は心尽くしのすばらしいごちそうで、ヴィクターとバートをもてなしており、普段の様子からは考えられないほど、家はお祭り騒ぎで賑やかだった。

大聖堂東端に面した赤煉瓦の三軒はすべて空き家だった――副首席の家、オルガン奏者の家、音楽監督の家。ルパートとジュディスのグリーンウッド夫妻は、クリスマス直前にロンドンに引っ越してしまっていた。しかし境内の奥は、なにやら活気づいていた――セットフォード夫妻が、自分たちの祝祭のごちそうに木の実を黙々とかじる教区宣教師宅ではなく、ロウィナ・ハントの家である。朝の礼拝後にロウィナは鳴鐘者たちを招いて飲み物をふるまったのだが、それは新たによりを戻したマイク・ドルーイットが、ほかの者たちが昼食に帰った後も居残るだろうと確信してのたくらみだった。

ウィロビー家のクリスマスの正餐は、クラッカーや七面鳥や火のついたクリスマス・プディングが完璧に揃った伝統的なパーティーだった。そのうえシャンペンまでがデイヴィッドによって提供され、昼間から祝祭気分をもりあげた。

テーブルの下で七面鳥の肉片が降ってくるのを、わくわくしながら辛抱強く待つ二匹の犬に加えて、食卓を囲んでいるのは七名だった。ウィロビー夫妻、デイヴィッドとルーシー、ジョン・キングズリー、トッド・ランドール、そして主教秘書のオリヴィア・アシュレイ。それぞれがクラッカーの紐を引き、中から飛び出したジョークの紙を読み上げ、紙のとんがり帽子をかぶると、一同はわいわいと楽しげに喋りだした。パットは過去数ヵ月の不幸な出来事が話題にならないように気を配ったが、〈ここにいない友に〉という乾杯の音頭が、事件を皆の脳裏にまざまざと甦らせると、話題にのぼるのはとうてい避けがたく思われた。

七人のうちでただひとり、四週間前にアーサー・ブリジズフレンチの死の謎が解きほぐされた日、パットの台所にいなかったオリヴィアは、当然のことながら、詳細について、特にデイヴィッドの口から聞きたがっていた。だから、彼女がそのことを持ち出した時、パットはとめなかった。

「気の毒なブリジズフレンチ参事」オリヴィアは頭を振った。「自殺するしかないと思い詰めるほど、苦しんでいたなんて」

デイヴィッドは彼女に向き直った。「いや、理由はそれだけじゃない。単にどうしようもない状況から逃避しようとして、参事は自殺したんじゃない――状況を改善しようという、彼なりの努力だった。死ぬことで、自分の愛するものを守ろうとしたんだ。もう、そうするしかないと――マルベリー大聖堂を救うには自分の命を犠牲にするしかないと思いこんで」

「でも、どうして、死ぬことで大聖堂を救えるなんて思ったのかしら？」

「首席司祭に容疑がかかるようにしたんだよ。大聖堂を脅かすすべての原因を作った張本人であり、彼が憎む男に」デイヴィッドは説明した。「参事は首席司祭に間違いなく容疑がかかるようにお膳立てした。容疑が晴れても――もちろん結局そうなるが――首席司祭にはずっと黒い噂がついてまわるとわかっていたから」

「人の口がどんなものか知ってるでしょう」パットがつけ加えた。「火のないところに煙はたたないって、みんな言うわ。人はすぐ最悪の事態を信じたがるものよ、特にスチュワート・ラティマーほどの嫌われ者なら」

「少なくとも首席司祭は泥をかぶることになる」デイヴィッドは続けた。「パットの言う通り、逮捕されたというだけで、程度の差はあれ、後ろ指をさされ続けることになるだろうね、どんなに不当で、道理に合わない逮捕だとしても」

「でも、いったいどうやって、参事はそんなことができたの？　警察も、ほかの人もみんな騙されたわ。どうして誰も自殺を疑わなかったの？」

デイヴィッドは苦笑した。「どうして誰も疑わなかったんだろうね？　ああいう行動は、いかにも参事の性格にあっていたし、アイヴァ・ジョーンズの自殺の後にキングズリー参事がした説教を聞いて、状況によっては自殺も正当化されると解釈したのも不思議じゃないし」

「私はそんなことは言ってないよ」ジョン・キングズリーは弁明するように口をはさんだ。「私はただ、われわれには裁く権利はないと言っただけだ。今もそう思っているよ。でも、悪いことをした――もしかすると、本当にあの説教がアーサーを追いこむ一因になったのかもしれない」

ルーシーは腕をのばし、父の手を握った。「お父さん、もう言わないで」彼女は力強く言った。

「ぼくらがなぜ疑わなかったのか」デイヴィッドは続けた。「それは警察が不可能だと言ったからだ。司祭館に着く前に参事が服毒したはずがないと――時間的にあわないし、なにより、司祭館のターキッシュ・デイライトの箱に実際、毒があった。それに、警察は見つけられなかった――着衣にも所持品の中にも――参事が毒を持ちこんだ痕跡をね。警察は、もし参事が自殺をするのなら、もっと簡単で単純なやりかたでやったはずだと判断した。参事の意図が司祭に濡れ衣をきせることにあって、殺人に見えなければ意味がないということまでは、警察にはわからなかったんだ」

「わたしはたぶん鈍いんでしょうけど」オリヴィアが笑った。「どうやって、副首席が実行したのかを教えてちょうだい。どうやってターキッシュ・ディライトに毒を？」

「ここがデイヴィッドの頭のいいところなの」ルーシーは誇らしげに言った。

彼は謙遜して首を振った。「全然。耳にはさんだことで、ちょっと思いついただけだよ。考えついたブリジズフレンチ参事こそ頭がいい。ぼくはただ二と二を足して四にしただけだ」

「て言うより」ルーシーが言い添えた。「二と〇を足して二にしたのよね」

「上仕切りのワックスペーパーなんだ」デイヴィッドは種明かしをした。「パットが、ブリジズフレンチ参事の机にあったターキッシュ・ディライトの箱からワックスペーパーがなくなっていると言ったのと、ドルーイット警部が、司祭館にあった箱には二枚はいっていたと言ったのを、ぼくは聞いたんだよ。それで、どうやったのかがわかった。参事は自分のターキッシュ・ディライトの仕切り紙に、毒をつつんで持ちこんだんだ。そしてキングズリー参事に、十時になったら司祭館に電話をするように頼んでおき、首席司祭が電話に答えるために部屋を出ると、ターキッシュ・ディライトの上に毒をばらまいて、仕切り紙を蓋の中に入れたのさ」

「ほとんど完全犯罪だったのね」パットが評した。「だけど、あの余分な仕切り紙に重要な意味があることに気がついたのはデイヴィッドだけだった。ほかの誰も、警察でさえ、注目しようともしなかったのにね。さ、それじゃ」彼女はきっぱりと言った。「もう少しクリスマスらしい話に切り替えましょう」

「ひとつだけ訊いてもいいですか？」今までまったく黙りこくっていたトッドが、頼むように言った。

パットは頷いた。「どうぞ」

「首席司祭はどうなるんですか？　その、容疑が晴れて司祭館に戻ってきたけど、この先、何もなかったような顔で、マルベリーでやってくわけにはいかないでしょう？」

銅鑼のような笑い声を、主教が響かせた。「いい質問だ、お若いの」ちらりとパットを見やると、「これは我が奥方の意見なんだが――そして、パットはたいがい、こういうことではあたっとるんだが――近いうちに、首席司祭は何かすばらしい功績をたてて昇格するだろう」

「運がよければ」彼女は微笑みながら付け加えた。「うんと僻地の旧植民地の主教になれるでしょうね――この手のことはたいていそうやって片付くの」

「それはしかし、〈カテドラル・センター〉の計画次第じゃないだろうか？」ジョン・キングズリーが異論を唱えた。「この二、三ヵ月で聖堂参事会はだいぶ変わった。アーサーとルパートがいなくなった後、副首席と音楽監督に自分の味方になる人間を任命できるとなれば、首席司祭は強気でここに留まろうとするかもしれないよ」そこで間をとった。「実を言えば、私も辞任を考えているんだ」彼は申しわけなさそうに主教を見た。「この数ヵ月は、私のような歳の人間には、いささかきつすぎたよ」

「ナンセンスだ！」ジョージ・ウィロビーは大声で怒鳴った。「きみは私よりも若いんだぞ、ジョン・キングズリー。そして、私は辞任なぞ考えとらん！　だめだ、きみは残ってくれ！　何が起ころうとも、この聖堂参事会はきみの経験と知恵が必要だ。私はきみが必要なんだよ、ジョン。お願いだ。辞任の話は当分、ずっとずっと先までしないでくれ」

キングズリー参事は負けを認めて、黙って頷いた。

「でも主教、〈カテドラル・センター〉計画は」オリヴィアが言った。「まだ進められるんですか？」

主教は頷いた。「最後に話した時、首席司祭は断行する意志を固めていたよ」

デイヴィッドが空咳をした。「遺憾ながら」静かだが、権威に満ちた声で言った。「それは不可能です」

一同は揃って彼を見つめた。「ここ何週間か、ちょっとした調査をさせてもらったんだよ」デイヴィッドは打ち明けた。「守護聖人祭で行き合った時にパットに言われたことで、ちょっと思いついたんだ。大修道院教会の一部は修道院に、一部は市に属するものだ。宗教改革の修道院解散の時、市の人々が自分たちに属する部分を取り壊したので、それで西端に空き地ができたと」彼は確認するようにパットを見た。

彼女は頷いた。「そうよ……でもそれがどうして……」

「少々、法律上の調査をやったんですよ。その結果、教会の一部が市に属していたとすれば、その敷地も市のものだったことが判明しました——それは現在も市のものです。だから大聖堂はあの土地に何も建てられない」勝ち誇ったようにしめくくった。「あれは大聖堂の土地ではないんだ。あの空き地はマルベリー市のものなんだよ。司祭の巨大建築志向《エディフィス・コンプレックス》を満足させるために、市があの土地を譲るとは、とても思えないな」

「まあ、それで決まりよ」パットがすぐさま言った。「新しいお城を作れないなら、首席司祭はもちろん出ていくわね」

「ジェレミー・バートレットはどうなるのかね？」主教が訊ねた。「彼はあまり喜ばないと思うが」

デイヴィッドは満足気に、にやりとした。「でしょうね」

「私から言ってやらにゃならんだろうな」ウィロビー神学博士は憂鬱そうに、髭をしごいた。

「いえ。ぼくから直接伝えますよ」デイヴィッドはルーシーを見やり、これまでジェレミーに味わわされた、あの手この手の屈辱を思い返して、自分がその使命をどんなに愉しむだろうと気づいた。多少うしろめたくはあったけれども。

正餐の後は、プレゼントを開ける時間だった。ルーシーはソファで静かに坐り、たくさんの贈り物が交換され、開けられ、そして歓声があがるのを、心のほんの一部分だけで眺めていた。その瞬間が近づいていることを、ひしひしと感じていた。はっきりと決意を伝える時が。

前夜、大聖堂の深夜の礼拝から帰ると、デイヴィッドは彼女をヤドリギの下に立たせて熱烈なキスをした後、小さな宝石サイズの箱を差し出した。「クリスマスプレゼントだよ、きみに」と彼は言った。「今、開けるかい、明日まで待つ？」彼女は待つことを選んだ。決断までの時間が必要だった。それは指輪に違いないと、そして彼が答えを期待しているとわかっていたから。

一晩じゅう、結婚に対する考えとさんざん格闘して眠れなかった。過去に何度もそうした葛藤はあったが、今回はどうしたことか、それまでと違った結論に達していた。この二、三週間の間に、ルーシーは自分に関して、あまり認めたくない事実を発見していた。どうして自分が、もっともふさわしくない男にばかり惹かれるのか、じっくり考えてみたのだ。というのも、ある意味で自分はたしかにジェレミーに惹かれていたと、ついに認めたからだった——いろいろな面で前の夫とあまり変わらないと判明した男に。どちらも口のうまい魅力的な年上の男で、邪悪な一面をうまく隠していた。ジェレミーには興味がない、とデイヴィッドに抗議した時でさえ、不思議と魅力を感じていた。状況がその誤りを証明する時まで。しかし、その間じゅう、愛していたのはデイヴィッドだったのだ。その慎み深い確かな力強さを今、この時ほど魅力的に感じたことはなかった。デイヴィッドはやさしい、デイヴィッドはいたわってくれる、デイヴィッドは誠実、デイヴィッドはいい人。デイヴィッドはわたしを心から愛してくれる、そして、わたしはデイヴィッドを愛している。これから先、それが変わることなんて、想像もできない。もし彼が、明日、わたしたちふたりの大好きな人たちが大勢いる前で、結婚してほしいと言ったら、イエスと答えよう。

だから今、ルーシーはその瞬間を、喜びと慄きに心臓を轟かせながら待っていた。その小さな箱は、ツリーの下にいちばん最後まで残された。デイヴィッドがそれを持ってきた。「ありったけの愛をこめて」そう言いながら、ルーシーの両手の中にそっとおいた。

トッドは期待をこめて首をのばした。「指輪だ」彼女の指がぎこちなく包装紙を開いていくと、彼は予言した。「婚約指輪だ。ねえ、指輪でしょ?」

ついにルーシーは箱を開いた。実に精妙な、すばらしく凝った細工の、金と紫水晶からなる、それはブローチだった。「いいえ」やっとルーシーは口を開いた。「指輪じゃないわ」

不運にも、デイヴィッドは彼女の声に潜む失望の響きを聞き逃していた。「そりゃそうさ」彼は笑うと、皆に説明した。「こちらのレディに、もう何度、結婚してくれと言ってふられたか、数えきれないんでね。またふられたら、とても立ち直れないと思ったんだ――初めて一緒に過ごすクリスマスに」ルーシーを振り返ると、デイヴィッドは痛々しいほど熱心に訊いた。「気に入ったかい、ダーリン? きみのために作らせたんだ」

「ええ。ええ、もちろん。きれい――とってもすてき」落胆をぐっとのみこむと、にっこりして、デイヴィッドの顔を見上げた。彼はブローチを彼女の襟に留めつけた。「でも、こんなことしてくれなくてもよかったのに、ダーリン――ものすごく高かったでしょう?」

デイヴィッドはにっこりと笑い返した。「ああ、高かったよ。だけど、心配しなくていいんだ――首席司祭に送りつける請求書に、どっさりゼロをつけといたからね。それとペアのイヤリングを作ってもお釣りがくるよ!」

訳者あとがき

お待たせしました。ルーシーとデイヴィッドの活躍する、教会を舞台とするミステリ、シリーズ第三弾をお届けします。

今回、画家であるルーシーは、お父さんのジョン・キングズリー聖堂参事が奉仕するマルベリー大聖堂の音楽祭のために、プログラムの表紙を作ることになりました。仕事を引き受けたルーシーはマルベリーに何度か出向きます。もちろん、デイヴィッドも。

ちょうどこのころ、マルベリー大聖堂に新首席司祭が任命されます。ロンドンから来た野心家の司祭、スチュワート・ラティマーは、地元の感情を無視し、独裁者として横暴に振る舞います。みずからの意向に沿わない者、大聖堂の利益にならない者は容赦なく切り捨てようとし、境内の人々のうったえに耳を貸そうともしません。そんな嵐の中、音楽祭の日は来ます。

この音楽祭をきっかけに、運命の歯車は静かに回りだします。それぞれの思惑、悪意、善意さえもが絡みあい、ついにある者を死に追いやります。けれども、これはまだ悲劇の序章にすぎません。このひとつの死から、運命の歯車は音をたてて狂い始めるのです。

ルーシーとデイヴィッドをはじめ、サンタクロースに似た陽気なウィロビー主教、肝っ玉母さんの主教夫人、ルーシーに想いをよせる大聖堂建築家、その建築家に秋波を送る妖艶な美女、大聖堂ギフトショップの愉快なカップルなど、個性的な登場人物たちの日常がどのように影響しあい、ドミノ倒しのように結末に向かうのか。作者、ケイト・チャールズの筆の力をとくとご覧ください。

舞台となる大聖堂に、十六世紀に修道僧が殉教したという伝説が残っていますが、この時代背景について簡単に補足しておきます。

ヘンリー八世は王妃キャサリンと離婚して、若く美しい宮女アン・ブーリンと結婚しようとしましたが、ローマ法王の許可がおりず、ついにイギリス教会をローマから独立させ、手下のカンタベリー大司教に王妃との離婚を認めさせました。この離婚騒動は、ヘンリー八世が世継の王子を切望して起こしたものですが、アン・ブーリンが産んだのは王女でした。失望したヘンリー八世は、アン・ブーリンを反逆罪で斬首します。このアン・ブーリンの産んだ王女がエリザベスです。ちなみにエリザベスをロンドン塔に幽閉した姉、〈血なまぐさい《ブラッディ》〉メアリは、王妃キャサリンの娘です。

当時、たびかさなる戦争で王室の国庫はからっぽでしたが、ヘンリー八世は宗教改革の名のもとに修道院の解散を命じ、そのありあまるほど豊かな財産を没収することで、国の赤字を解消しました。本書の伝説では、大聖堂の至宝を没収から守ろうとして殺された修道僧の幽霊が現在も境内に出没する、とありますが、きっと実際にこのような逸話はあちこちの教会に残っているのでしょう。地縛霊つきで。

役職名についてひとつおことわりしておきます。アーサー・ブリジズフレンチのSubdeanという役職は、Dean（首席司祭）に次ぐ地位にあたります。本書では便宜的に副首席司祭と訳しました。

また、教会や聖書に関する疑問点を、浅羽莢子さんに教えていただきました。謹んで御礼申し上げます。

ケイト・チャールズ著作リスト（＊はルーシー&デイヴィッド・シリーズ）

1＊ A Drink of Deadly Wine (1991)『災いを秘めた酒』創元推理文庫
2＊ The Snares of Death (1992)『死の誘い』創元推理文庫
3＊ Appointed to Die (1993) 本書
4＊ A Dead Man Out of Mind (1994)

5 * Evil Angels among Them (1995)
6 Unruly Passions (1998)
7 Strange Children (1999)
8 Cruel Habitations (2000)

検　印
廃　止

訳者紹介　1968年生まれ。1990年東京外国語大学卒。英米文学翻訳家。訳書に，フェラーズ「猿来たりなば」，ソーヤー「老人たちの生活と推理」，マゴーン「騙し絵の檻」などがある。

死のさだめ

2001年4月13日　初版

著　者　ケイト・チャールズ

訳　者　中《なか》村《むら》有《ゆ》希《き》

発行所　(株)　東京創元社
代表者　戸川安宣

162-0814/東京都新宿区新小川町1-5
電　話　03・3268・8231-営業部
　　　　03・3268・8204-編集部
振　替　00160-9-1565

工友会印刷・本間製本

ISBN4-488-29003-5　C0197

●創元推理文庫●

シャーロック・ホームズの秘密ファイル　J・トムスン　押田由起訳

名探偵の代名詞シャーロック・ホームズ。あの神話的ヒーローが、英国女流作家の筆でいま甦る！　謎と推理の七短編を収めた秀作集。

シャーロック・ホームズのクロニクル　J・トムスン　押田由起訳

謎を追って、名探偵が霧のロンドンをゆく。気鋭の英国女流が敬意をこめて綴る、贋作ホームズの決定版。ファン必読の第二短編集！

シャーロック・ホームズのジャーナル　J・トムスン　押田由起訳

生彩に富む筆致が興趣をかきたてる贋作ホームズの第三短編集！　七つの探偵譚に、二人目のワトスン夫人の正体を巡る小文を付した。

ホームズとワトスン　J・トムスン　押田由起訳

世界にその名を知られる二人。だが、その一生は未だ多くの謎につつまれている。二人の語られざる生涯にせまる、ファン必携の書。

冬のさなかに　A・P・ベイカー　高田恵子訳

殺され剝製にされた大家の死の秘密にシャーロック・ホームズの娘が明晰な推理で迫る。精緻な筆致がかもしだす、謎解きの醍醐味！

エドウィン・ドルードの失踪　P・ローランド　押田由起訳

文豪ディケンズが遺した未完の長編ミステリの真相に、名探偵ホームズが挑む!?　絶妙の着想を秘めた、贋作ホームズ譚中の異色作。

●創元推理文庫●

水の戒律
F・ケラーマン
高橋恭美子訳
敬虔なユダヤ人コミュニティでレイプ事件？　巻き起こる不安と緊張――マカヴィティ賞最優秀処女長編に輝く、大型新人のデビュー作。

聖と俗と
F・ケラーマン
高橋恭美子訳
同じ場所で発見された二体の黒焦げの人骨はかけ離れた境遇にある二人の少女のものだった!?　デッカーの苦闘を描く、迫真の第二弾。

豊饒の地上下
F・ケラーマン
高橋恭美子訳
深夜の住宅地でひとりシーソーに乗って遊んでいた赤ん坊。その身元を探るうちデッカーは凄惨な四重殺人の渦中へ。重厚な第三弾！

贖《あがな》いの日
F・ケラーマン
高橋恭美子訳
新婚旅行で東海岸を訪れたデッカーは生母と邂逅、その孫息子が失踪したことから、異郷で困難承知の調査に取り組む。感動の第四弾。

慈悲のこころ上下
F・ケラーマン
小梨　直訳
黒死病に魅入られた世紀末ロンドン。芝居の世界に単身とびこんだシェイクスピアは恩人の死に際会、絢爛たる時代絵巻の幕が上がる。

沈黙のあと
J・キャロル
浅羽莢子訳
僕はいま息子の頭に銃を突きつけている。なのに彼は微笑んで……聞いてくれ、完璧な幸福が崩れ去ったわけを。待望の傑作文庫化！